アウシュヴィッツの歯科医

THE DENTIST OF AUSCHWITZ
A MEMOIR

BENJAMIN JACOBS
ベンジャミン・ジェイコブス
上田祥士 監訳
向井和美 訳

紀伊國屋書店

BENJAMIN JACOBS
THE DENTIST OF AUSCHWITZ: A MEMOIR

上_1934年夏のヤクボヴィッチ家。後列左から、父（ヴィグドル）、母（エステル）、兄（ヨゼク）、いとこ（トーバ）。座っているのが姉（ポーラ）と14歳のわたし。
下_1937年。大好きだった祖父のヘルシュ・ヤンコヴ・ヤクボヴィッチ。顎ひげのせいでいやがらせをされ、家に閉じこもるようになり1941年に死去。

上_左からヨゼク、ポーラ、わたし、叔父のシュロモ。毎年ドブラに来てくれた叔父と1934年に撮影。
下_1929年ごろ。穀物商だった父のヴィグドル・ヤクボヴィッチ。1944年、フュルステングルーベ収容所でカポに殺された。

上_1933年ごろ、ドブラ・シオニスト協会のメンバー。最前列で看板を持っているのがわたし（右から3番目）とダヴィッド・コット（左から3番目）。ヨゼクは右から2番目。ポーラは2列目の右から3番目。このなかで戦争を生きのびたのは、わたしとヨゼクともうひとりだけだった。

下右_1940年のポーラ。姉は強制収容所での過酷な暮らしより、母とともにヘウムノで死ぬことを選んだ。
下左_1941年のわたし。ポズナン近くに初めてできた労働収容所のひとつに移送されるひと月前。

上_アウシュヴィッツの冷酷な看板。「ここはドイツの強制収容所アウシュヴィッツであって、保養所ではない。生きられるのは、数週間からせいぜい3か月だ。ここから出られるのは、灰になって煙突を登っていくときだけ。それがいやならフェンスに触れて今すぐ死ね」。現在、この看板の写真はアウシュヴィッツ博物館に展示されている。1985年、著者撮影。
下_わたしが3週間隔離されていたアウシュヴィッツの“死のブロック”。1985年、著者撮影。

©ullstein bild Ðtl./ゲッティイメージズ

上_豪華客船カップ・アルコナ号。1945年5月3日、カップ・アルコナ号、ティールベク号、ドイッチュラント号は、リューベック湾でイギリス空軍の爆撃を受けて沈没した。3隻の船に乗せられた収容者はわたしを含め約15000人。生存者はわずか1600人ほどだった。

参照：ヨアヒム・フォルファー著『カップ・アルコナ号──ある船舶の歴史（*Cap Arcona:Biographie eines Shiffes*）』（Herford:Koehlers Verlagsgesellschaft, 1977）

下_1985年、沈没したカップ・アルコナ号とティールベク号の犠牲者を追悼するティンメンドルフの慰霊碑に花を捧げるわたし。右側の石碑には、犠牲者の出身国名が13記されている。

上右_カップ・アルコナの悲劇から一年後、亡くなった仲間に生存者たちが花環を捧げた。
上左_フェルステングルーベで最年少の収容者だった13歳のメンデーレ（中央）。カップ・アルコナ号の生存者ふたりと。右は氏名不詳のカポ。左は元収容者頭のオットー・ブライテン。
下_いとこの息子アーロン・パチェコフスキー5歳。1945年に両親と。彼はウッチのゲットーで、父親の死体運搬馬車に隠れて「地上の地獄」の3年間を生きぬいた。

ドイツ・ヴェストファーレンのリューデンシャイトで。1945年5月のリューベック湾での悲劇から生還した直後のわたし。メンデーレが見つけてきたドイツ海軍の制服を着ている。

上_「忘れない《パミエンタムィ》」と記されたヘウムノ収容所跡地の慰霊碑にて。母と姉をはじめ、ヘウムノで殺された36万人のユダヤ人の死を悼んだ。ここでは、チェコスロバキアのリディツェから移送された子どもも82人も殺された。犠牲者の灰は近くの森に撒かれた。

下_戦後40年の1985年。故郷のドブラを訪れ、昔の隣人のポーランド人たちと会った。

神の庇護により収容所での死を免れた兄ヨゼクに
姉ポーラ、母、父に
そして、みずからの物語を語ることがかなわなかったすべての人たちに

ブックデザイン
櫻井　久
装画
杉田比呂美

アウシュヴィッツの歯科医　目次

＊【1】【2】…は著者による注で、原注として巻末に付す。

［　］は訳者による注を示す。

＊本文中の書名は、邦訳があるものは邦題を表記し、

未邦訳の本については初出のみ原題の逐語訳の下に（　）で原題を加えた。

＊本文中の聖書の引用は、日本聖書協会『聖書　新共同訳』を使用した。

アウシュヴィッツの歯科医

まえがき

一九八五年七月、わたしはアメリカで暮らすユダヤ人男女一二人の調査団に加わって、鉄のカーテンの向こう側を訪れた。ポーランド、ルーマニア、ハンガリー、チェコスロバキアの首都でわたしたちが訪問したのは、年老いてどこにも出かけられなくなったユダヤ人たちだ。そのほとんどは、ユダヤ人の慈善団体が支援する老人ホームで暮らしていた。彼らの知るかつてのユダヤ人らしい生活はもはや存在せず、反ユダヤ主義は今もはびこっている。ユダヤ人から見れば、ヒトラーは第二次世界大戦に勝利したのだ。

ボストンの自宅に戻ったわたしは、その旅で見聞きしたことをひとつひとつ思い出していた。そして、昔の経験を思いかえすにつれ、みずからの責任に向き合わざるをえなくなり、いったいどんなふうにして人々がごっそりと地上から抹殺されたのか、なぜそんなことが起きたのか、聴衆の前で話しはじめるようになった。話しているうちに、立体写真のように心のなかにしまわれていた記憶の断片が次々とあらわれ、当時の経験が端々《はしばし》まで鮮やかに浮かびあがってきた。

しかし、若いころすでに知っていたように、人生は思いどおりにはいかない。ある日、病院の定期検診を受けたわたしは、健康そのものというお墨付きを期待していたにもかかわらず、結果はまったくの逆だった。「咽頭《いんとう》がんです」と告げられたのだ。よき友人でもあるゴロール医師は、本人に劣らずその結果に打ちのめされ、翌日すぐに手術するよう強く勧めてくれた。

わたしは最悪の事態を想像した。というのも、自分の経験を若い世代に伝える講演会が、わたしにとってきわめて重要なものになっていたからだ。偏見に対して声を上げることの大事さを、聴衆はしっかり受けとめてくれていた。はたして、手術後も声を出せるだろうか。喋《しゃべ》れなくなるかもしれないと思うと、気持ちが深く落ちこんだ。何人かの医師に回復の見込みを尋ねてみたものの、みな慎重で、予後について聞かせてはくれなかった。

さいわい腫瘍《しゅよう》は小さく、即座に行なった手術と、術後数週間にわたる放射線治療のおかげで、声はほとんど変わらなかった。それでも、この先どうなるかは医師にも予測できない。心の声がつねに語りかけてきた。「書くんだ。声を出せる時間はそう長くないかもしれないぞ」

わたしはみずからの経験を書きはじめ、その作業に没頭した。ほかの人から聞いた話も書きとめていくうちに、書きたいことがどんどん出てきた。そうして完成したのが、この作品だ。

本書はわたしの記憶を掘り起こして書いたものだが、そのいくつかは無意識の領域に深く埋もれていたため、さまざまな人の助けがなければ思い出すことはできなかっただろう。感謝すべき人が多すぎて、全員にお礼を言えずにいる。それでも、せめて何人かには感謝の言葉を述べておきたい。

アウシュヴィッツ第三強制収容所の付属収容所フュルステングルーベの資料を参照するにあた

っては、作家でアウシュヴィッツ・ビルケナウ博物館の資料保管係でもあるタデウシュ・イワシュコに協力してもらった。ドイツのシュレースヴィヒ＝ホルシュタイン州公文書館のディルク・ヤコモフスキー博士、そしてフライブルクにある軍事資料館のマリエンホッファー博士には、バルト海でのカップ・アルコナ号の悲劇に関する資料を探す際、お世話になった。ハンブルク・南アメリカ汽船会社およびハンブルク・アメリカ・ライン（ハパック）のエディス・ファイファーからは、豪華客船カップ・アルコナ号に関する会社の記録や歴史的資料を提供してもらい、爆撃や沈没に関する〝極秘〟資料の入手にも手を貸していただいた。また、ボストン大学教授で、すぐれた詩人でもあるバーバラ・ヘルフゴット・ハイアットは、本書がまだ構想の段階から、ぜひ執筆するよう励ましてくれた。ホロコースト関連の著書が多い作家アイナ・フリードマンは、わたしの原稿を最初の一〇〇ページまで読んでこう言ってくれた。「書きなさい。あなたはもう立派な作家よ」

校閲作業に才能を発揮してくれたアーサー・エーデルシュタインとマージ・ガーフィールドに心からの感謝を捧げる。また、貴重な時間を割いてくれたマーク・デーンにも深く感謝している。彼がワープロを貸してくれなければ、わたしは今もこの原稿をタイプライターで打っていただろう。

本書の出版にあたって有益なアドバイスをくれたカレン・E・スミス博士には、とくにお礼を言わなければならない。

最後に、わが妻エルゼに感謝したい。妻は結婚以来四四年以上にわたって、つねにわたしの内面を支えてくれた。そしてわが家族、友人、隣人たちには、本書の執筆中わたしがひたすら隠遁《いんとん》していたことを心から詫びなければならない。

細かな事実の解説で読者をわずらわせないため、注釈や参照事項を満載することは意図的に避けた。

本書の記述に誤りや不備がある場合、その責任はわたしにあり、ここに名前を挙げたかたがたにはない。彼らはみな、本書のために惜しみない協力をしてくれた。

第1章　移送

一九四一年五月五日の朝、ポーランドのヴァルテガウ［ドイツに編入された帝国大管区ヴァルテラント］地方のドブラという村から、一六七人のユダヤ人を乗せた三台のおんぼろトラックが、いなか道をあえぐように進んでいった。目的地を知っているのは、彼らを捕えにきた兵士たちだけだ。季節は春だというのに、咲きはじめた花々で鮮やかに彩られた野原は、その朝の陰鬱《いんうつ》さに染まりどんよりとして見えた。ふだんなら五月にはあちこちでさえずっている鳥たちも、妙に静かだった。

わたしたちの村にとって、その日は暗黒の一日だった。この地域を管轄するナチスの監督官シュヴァイケルトの命令が、ユダヤ人評議会［ナチスドイツ占領下の東ヨーロッパでゲットーの運営にあたったユダヤ人自治組織］に伝えられ、一六歳から六〇歳までのユダヤ人男性全員が強制収容所へ移送されることになっていた。ただし、一家にひとりだけ男性が残るのを許された。わが家では父が行くことを希望し、わたしは同行をみずから申し出た。兄は体がさほど丈夫ではなかったからだ。その結果、兄は母や姉と一緒にゲットー［ユダヤ人を隔離するために設けられた居住区］に残ることになった。父とわたしが持っていける荷物は、それぞれふたつだけ。当時、わたしは歯科医になるための勉強を始めてまだ一年目だったが、母は必需品に加えて、歯科治療用の小さな道具箱をどうしても持っていけと言ってきかなかった。その道具箱が、のちにわたしの命を救うことになるとは、このときは知るよしもなかった。

母は悲痛な面持ちをしていた。姉のポーラは気丈に涙をこらえ、兄のヨゼクは今日から家長としてしっかり家を守ると約束した。家族全員が別れのつらさを味わい、わたしは顔をそむけて、なんとか勇気を振りしぼった。

父と母はそれまで、人前ではもちろん、家族の前で愛情をおもてにあらわすことはめったになかった。しかし、もしかしたら最後になるかもしれないこの日、両親はわたしたちの前で抱き合った。父とわたしが家を出るとき、母は前もって家族で確認し合っていたことをもう一度口にした。「この悪夢が終わったら、家族全員またここに戻ってくるんだからね」。その目には涙があふれていた。

集合場所である村内の学校へ向かう道すがら、同じような場面をいくつも目にした。どの家の玄関口でも、小さなドラマが繰りひろげられていた。幼い女の子が、行かないでと泣き叫んで父親にすがりつく。二度と会えないことを知っているかのように。

校庭に着くと、SS［ナチス親衛隊］隊員がそこらじゅうにいた。黒い制服、磨きあげられたブーツ、そして「交差する骨の上に髑髏《どくろ》」の帽章にいたるまで、すべてが悪の象徴に見える。校庭のまんなかには、シュヴァイケルトが周囲を圧するように立っており、かたわらにユダヤ人評議会の議長モリス・フランカスがいる。移送に付き添うのは、ゲットーのユダヤ人警官ふたり。ひとりは元肉屋のハイム・タルツァンで、この任務にうってつけだ。しかし、もうひとりのマルコヴィッツはいかにも場違いで、それもそのはず、この男はごく単純な性格で見た目ほど気性は荒くない。背の高いSS隊員たちに囲まれて小さく見えるのは、ヴァルテガウ地方のユダヤ人の統括を委任されているノイマン医師だ。がっしりした体格の中年男性で、髪は真っ白、瞳は明るいブルー。いかにも自分こそが責任者だと言いたげなようすで立っている。

ユダヤ人同士で争わせる方法を、ナチスは熟知していた。そのために設立したのがユダヤ人評議会だ。ドブラの評議会メンバーたちは、臆面もなくみずからコミュニティの指導者を名乗った。自分たちが任命した警察官を後ろ盾にして、彼らは見境なく権力をわたしたちに行使した。血の通った人間ならとてもできないようなことも、平気でしてみせた。自分や家族や友人を優遇して、当時だれもが直面していた物資の不足や差別を逃れていたのだ。このとき彼らはまだ知らなかったが、同胞を死へと追いやった自分たちもまた、最後には同じ運命をたどることになる。

フランカスがわたしたちの名前を読みあげると、該当者がひとりずつ「はい《ヤヴォール》」と返事をしていった。午前九時、校庭の門が開き、三台のトラックにそれぞれ五五、六人ずつ乗りこんだ。SSの看守がトラックの尾板に飛び乗って最後の確認をしたあと、わたしたちをネットで覆った。

砂利道を走るトラックがスピードを上げはじめたとき、道沿いの玄関口からトラックのほうを見ているふたりの女性が目に入ってきた。近くまで来ると、父とわたしにはそれが母とポーラだとわかった。トラックが目の前を通るとき、ふたりは黄色い〈ダビデの星〉［二つの正三角形を逆に重ねた形で、ユダヤ教やユダヤ民族を象徴する］のワッペンをおずおずと隠しながら、こちらに手を振った。父とわたしもじっと見つめ返し、その日の暗い雲のように重苦しい心で、ふたりの姿が見えなくなるまで目を向けていた。この瞬間を最後に、わたしたち家族は永遠に離ればなれになってしまった。

トラックに乗せられた一六七人は一六歳から六〇歳までのユダヤ人男性で、ひと家族からひとりかふたり、場合によっては三人も出てきており、みな仕事も生活スタイルも生い立ちもまちまちだ。とはいえ、この時代そのものがそうであったように、どこへ向かうとも知れない旅にあって、わたしたちは運命をともにしているという連帯感に包まれていた。ちらりと父のほうを見ると、かつては誇り高き家長だった人が、肩を落とし途方に暮れている。

トラックの横板にもたれて、真っ黒なエンジンの排気ガスをぼんやり眺めていると、自分自身の暗い未来がそこに見えてくるような気がした。少しでも気持ちをなごませたくて、わたしは幼かった日々に思いを馳せた。

第2章　ポーランドの小さなユダヤ人村

一九一九年一一月のある寒い日、わたしはポーランド西部の小さな村ドブラで生まれた。先祖にちなんだ名をつける慣習に従い、亡くなった母方の祖母の名バイラに似たベレクと名づけられた。今にして思えば、わたしは生まれるべき時代も場所も宗教も間違えてしまったために、若き日の夢を実現できなかったのだ。

兄のヨゼク、姉のポーラとともに、わたしはドブラで育ち成人した。聞いたところによると、わが先祖はユダヤ人がポーランドに移住して以来、ずっとこの街で暮らしてきたらしい。わたしたち家族には、父と母が結婚後手に入れた家と、二・五ヘクタールの土地があった。当時の標準から見てもつつましい家で、寝室がふたつと、ダイニングルームを兼ねた居間と、キッチンがすべてだった。冬には、茶色いタイルで覆われた高さ二メートルほどの石炭オーブンが居間を暖めてくれた。そして、キッチンには黒い鉄のコンロ。家の裏手には、藁《わら》ぶき屋根の納屋と家畜小屋ふたつと小さな鶏舎《けいしゃ》があった。その奥には果樹が何本か植えられていた。小さな果樹には、このうえなく甘い黄色のサクランボが実ったが、家族が食べる前にいつもスズメが食べてしまった。ほかには、プラムやセイヨウナシやリンゴの木もあり、毎年セイヨウナシが最後に実をつけた。

残りの土地にはライ麦と小麦とジャガイモが育ち、一家が冬を越すのにじゅうぶんな量を収穫できた。家族は畑仕事に精を出し、毎日夜明けとともに起きて、土を耕したり、種を蒔《ま》いたり、作物を刈りとったりした。わが家は決して裕福ではなかった。物質主義とは無縁で、多くを持たなかったし持ちたいとも思わなかった。それでも、わたしたちは居心地のよい家庭で幸せに暮らしていた。

わが家にあった唯一の贅沢品といえば、ダイニングテーブルの下に敷かれた鮮やかな東洋じゅうたんで、宮殿や王様の絵柄が織りこまれていた。少年のころ、わたしは何時間もそこに寝そべって冒険小説を読んだり、鉱石ラジオ［鉱石を使って電波を受信する電源不要の簡単なラジオ］で音楽を聴いたりしたものだ。居間の壁には家族の写真が飾られ、わが家の先祖である、灰色の長い顎《あご》ひげをたくわえた男性たちや、伝統的なレースの衣装を身にまとった女性たちの姿があった。

父はささやかな穀物商を営み、家族全員でそれを手伝っていた。一〇歳にして、わたしは一〇〇キロもある穀物袋を肩にかついで、倉庫から秤《はかり》のある場所まで運んだものだ。父は朴訥《ぼくとつ》とした善良な働き者で、なによりも家族を大事にした。背は母よりも低くて、頭はほぼ禿《は》げていた。顔は丸く、頬にはうっすら赤みがさし、ほほ笑むと気立てのよさがあらわれる。以前はかなり太っていたが、あるとき医者から心臓の肥大を指摘されたため、体重を落とした。父はわずか一一歳で、八人のきょうだいとともに孤児になってしまった。そして、預けられた先がわたしの母方の祖母の家で、父はそこで母と出会った。ふたりとも苗字は同じヤクボヴィッチだが、血縁関係はない。子どものころから働かざるをえなかったせいで、父は学校に通えず、読み書きもほとんどできなかった。だからサインは十字を三つ並べた形だったが、街ではどこでもそれで通用した。両親が結婚したのは一九一二年、父が一八歳で母が一六歳のときだ。ふたりはめったに喧嘩をしなかった。ぎくしゃくすることがあるとすれば、その原因は、父が倹約好きで母のほうはおおらかだったことだが、言い争いになるほどではなかった。

母は村いちばんの進歩的なユダヤ人女性で、伝統のかつらはだれよりも早くかぶるのをやめた。軽い糖尿病だったため体重に気を配り、ほっそりした体型を維持していた。髪は黒くウェーブがかかり、肌は畑仕事のせいで日焼けしていた。心根がやさしかったので、それを当てにして貧しい人たちがよく訪ねてきた。イツァクという盲目の男性は、わが家に来れば必ず食事を出してもらえると知り、週に一度はやってきた。そして、針金と植物の茎と弓で手作りした楽器で、一流の音楽家顔負けの演奏をした。粗末なその楽器で、オーケストラのあらゆるパートの真似もしてみせた。母は町から町へさまようロマ［いわゆるジプシーのこと］が物乞いに来たときにさえ、なにかしらを与えていた。

母は、子どもたちが悪さをしても、体罰を与えたことは一度もない。お仕置きとして、子どもが空腹に耐えかねるまで食事をお預けにしたり、外に出るのを禁じたりすればじゅうぶんだと思っていたのだ。子どもならだれでも、こういうお母さんがほしいと思うような母親だった。キッチンだけは父方のいとこであるトーバに任せていたが、そのほかの家事は母がすべて取り仕切っていた。子どもたちが両親の言うことを聞いたのは怯《おび》えからではなく、ふたりとも愛情とやさしさで接してくれたからだ。ユダヤ教の伝統を重んじ、神を深く信仰することを教えられて、わたしたちは育った。

姉のポーラはわたしより二歳上だった。利発で物知りで、背は母と同じくらい高かった。ボブに切りそろえた茶色い髪が、少し面長な顎のラインで揺れる。口紅を塗る以外、化粧はほとんどしたことがない。薄茶色の瞳と長い睫毛《まつげ》と形のよい眉が、美しい顔立ちを際立たせていた。兄のヨゼクはわたしより六歳上だ。バル・ミツヴァ［男子が一三歳になったことを祝うユダヤ教の成人式］を終えると、兄はタルムード［ユダヤ人の生活の規範となる律法とその注釈を集大成した書物］の勉強を始めたが、イェシヴァ［タルムードを学習するための学校］があまりに厳格だったため、すぐに自分には無理だと悟って退学し、歯科技工士になった。

わたしたちきょうだいにとって子ども時代のいちばんの思い出は、毎年夏に父が借りたリンネという村の小さなコテージで過ごしたことだ。コテージは森のなかにあり、周囲には野生のベリーやマッシュルームが生えていた。午前中、よく探検に繰りだした小川には、チャブ［コイ科の淡水魚］に似た小さな魚がたくさん泳いでいて、丸い網ですくって捕った。

七歳になったばかりの早春の日、母はわたしに納屋の面積ほどの小さな土地をくれた。「今日からここはあなたのものよ」。自分だけの特別な土地ができたことは、少年にとってなんとも誇らしい気分だった。周囲にはすでに野生の花々が生い茂っていたので、自分の畑には野菜を植えることにした。

母方の祖母はわたしが生まれる前に亡くなっており、わたしたちは祖父と暮らしていた。祖父は背が高く痩《や》せ型《がた》で、きれいに整えた顎ひげをたくわえていた。歩くときは背筋を伸ばし、軽くリズムをつけて体を前に押しだす。銀の持ち手がついた杖を使っていたのは、単に体を支えるためではなく、趣味のよさを示すためでもあった。祖父は三人の孫全員に愛情を注いでくれたが、わたしはいつも、末の孫息子である自分が特別にかわいがられているように感じていた。わが幼年期において、大きな役割を果たしてくれたのが祖父だったのだ。祖父は魚釣りがとびきり得意で、暖かな日にはよく川へ釣りに連れていってくれたので、ほどなくわたしも大物を釣りあげられるようになった。

夏には、わたしがユダヤ人学級《ヘデル》［聖書や祈禱書《きとうしょ》の読みかたを教えるコミュニティの学校。五歳から一三歳くらいまでの男子が通う］から帰ると、スカルキャップ［ユダヤ人男性がかぶる丸い縁なし帽］をかぶった祖父がベンチに座り、身をかがめて聖書を読んでいたものだ。ときには、いつのまにか目を閉じ、陽射《ひざ》しを浴びてうたた寝をしていることもあった。わたしの声を聞いて目覚めた祖父が嬉しそうにほほ笑むと、顎ひげも一緒に持ちあがった。当時、六〇歳を過ぎた人は見るからに老人で、たいていは顔に皺《しわ》が刻まれ、歯も抜け落ちていた。けれども、祖父は自分の歯が揃っていたし、本も老眼鏡なしで読めた。

わたしが学校から帰るのを待って、祖父は用意しておいた釣り竿二本と網と、ほかの道具を入れた袋を脇に抱え、わたしを連れて家から一五分ほど離れたヴァルタ川の支流へ向かった。名前もないごく小さな川だ。祖父がズボンをふくらはぎまでたくしあげて川に入っていくと、もともと細い体がさらに痩せて見えた。わたしもあとに続き、祖父はわたしが釣り針に餌《えさ》をつけるのを見守った。そして腕を持ちあげ、大きな弧《こ》を描いて釣り糸を放り投げ、思いどおりの場所に餌が落ちるまで何度も繰り返した。「ゆっくりだぞ、ベレク、ゆっくり」。釣り糸と格闘するわたしに、祖父が声をかける。わたしがきちんとやれることも、うまく投げられないと満足しないことも祖父は知っていた。祖父の場所まで間を詰めていくうちに、川底の石が足裏に食いこんできた。蝶を捕るのに使うような捕獲網で魚を獲るときは、ふたりが前後に並んで動き、網をスイレンの葉っぱの下にそっと押しこむ。「ゆっくり奥まで入れて、一定のリズムで進め」。収穫がゼロだと、すべてが無駄になる。スズキが獲れれば夕食のおかずになったし、カワカマスは母がゲフィルテ・フィッシュ［川魚を刻んで卵やタマネギなどを混ぜ、だんごにしてスープで煮こんだユダヤ料理］の材料に使った。

祖父はチェスも教えてくれた。「チェスをやると頭がよくなるぞ」とよく口にしていたものだ。第一次世界大戦では、その勇敢な闘いぶりをポーランド軍元帥《げんすい》ユゼフ・ピウスツキ［ポーランド建国の父と呼ばれ、初代の国家元首となった］から表彰されたらしいのだが、そのことについては話したがらなかった。

ポーランドでは、ヒトラーの時代以前からすでに反ユダヤ主義がはびこっていた。ほかのマイノリティーが公平に扱われていても、ユダヤ人だけは例外だった。一九三〇年代後半になると、それまでどっちつかずの態度でいた人たちまでが、ナチスの人種差別政策をかかげるヒトラーに同調していった。わたしたちはポーランドで生まれたにもかかわらず、よそ者とみなされたのだ。ユダヤ人がポーランドで平等な扱いを受けるには、まずキリスト教徒になる必要があった。ポーランドの聖職者たちは、ユダヤ人に暴力を振るえとは教えないまでも、兄弟愛を注げとも教えなかった。両親の世代は社会からの抑圧に忍従していたが、わたしの世代になると、その状況を受け容れて暮らすのは耐えがたかった。両親のように、ポーランド人である前にユダヤ人だとは考えていなかったからだ。だから、生活のしかたを改め、ポーランドの慣習や服装や文化や言語になじめば、非ユダヤ人も寛容になってくれるはずだと思ったのだが、そう簡単にはいかなかった。なにより驚いたのは、ポーランドのユダヤ人は贅沢に暮らしているというまことしやかな嘘がささやかれていたことだ。

ユダヤ人は暴言を浴びせられ、昼日中から殴られることも多かった。それでも、はっきりわかる傷痕《きずあと》がないかぎり警察は動いてくれない。商売を営むユダヤ人は、〝悪徳商人〟と呼ばれた。だから、兄もわたしも父の商売を継ぐのがいやになり、自分で職業を選ぶことにした。どんな仕事を選ぼうとも、深く染みついた偏見がなくなりはしないことを、まだわかっていなかったのだ。

学校でも、教科書にはユダヤ人の歴史も文化も、そしてその存在さえも書かれていなかった。ドブラの公立学校には、ユダヤ人の教師はひとりもいなかった。わたしはベレクという名前のせいで、ベイリスと呼ばれてからかわれた。帝政ロシアでベイリスという名のユダヤ人が、儀式に則《のっと》って少年を殺したとされる〝ベイリス事件〟があったからだ。いやな気持になったわたしは、中学校に入る前に、ポーランド名のブロネクに改名した。

一九三〇年代の半ば、〈農民組合〉がポーランド各地に農業協同組合を設立した。目的はあきらかで、ユダヤ人を農産物の商売から締めだすことだ。農協のモットーは「われわれは、われわれの手で、われわれのために」。こうした経済的な締めつけによって、ユダヤ人のあらゆる商売が、そして実際にはポーランドのユダヤ人すべてが影響を受けた。

教育機関では、ユダヤ人の入学定員を制限する試みが広がった。そして、〝シェヒタ〟と呼ばれるユダヤ教に沿った屠畜法《とちくほう》が禁じられたことも、反ユダヤ主義のひとつのあらわれだ。当時、ポーランドはドイツと一触即発の状態にあったが、むしろいちばんの敵はユダヤ人だった。穏健派の人々でさえ、わたしたちを追いだす方法を模索していた。ナチスのやりかたを学んだファシストたちは、ユダヤ人全員をポーランドから追放するよう要求した。

法外な課税も、わたしたちにとっては重荷だった。教区の税金を払っているのに、ユダヤ人学校やシナゴーグ［礼拝のためのユダヤ教の会堂］には予算が割り当てられない。ある日、収税吏《しゅうぜいり》がトラックでわが家にやってきて、家具を運びだそうとした。母は父が帰るまで待ってくれと頼んだが、収税吏はそれを無視し、家具を運びだすよう助手ふたりに命じた。彼らは、洗濯してきれいにアイロンをかけた衣類を床に放り投げ、その上を踏んで歩いた。待ってほしいと母が頼んでも無駄だった。そのとき、ふいに稲光がして近くに雷が落ちた。落雷の音で神経を粉々に砕《くだ》かれた母は、身を震わせてこう言った。「あの雷はなんの罪もない人に落ちたかもしれない。いっそ、あなたたちに落ちればよかったのに」。苦しげな表情を浮かべながら、母は玄関の外へ彼らを追って出た。

その後、数週間のうちに母は裁判にかけられた。国家を誹謗《ひぼう》した罪で告訴されたのだ。収税吏は母の言葉をゆがめ、母が「雷はポーランドに落ちればいい」と言ったと証言した。助手ふたりもそのとんでもない嘘を支持したため、母は有罪となり、一年間の実刑判決を言い渡された。こんなでっちあげがまかりとおったことで、ユダヤ人たちのあいだに強い不安が生まれた。それは、収税吏がケチな意趣返しをしたからではなく、国家が公然と反ユダヤ主義的な行為に関わったからだ。

母が投獄されるなんて信じられなかった。刑務所になど入れられたら、狂信的な愛国主義者の手で殺されてしまうに違いない。ちょうどその年に選挙があるので、おそらく政権が一新すれば、軽微な罪の政治犯は恩赦になるはずだとわたしたちは期待した。そこで、母は身を隠すことにし、転々と居場所を変えた。

たまに、危険を承知で家に戻ってくることがあり、ちょうど母がいた夜、玄関のドアを激しく叩く音がした。「開けろ！　警察だ！」

「ちょっと待ってくれ」と祖父が答えて、時間を稼いだ。

しばらくして祖父がドアを開けると、警官がふたり、ずかずかと入ってきた。「エステルはどこだ？」

「さあ、知らんね」祖父は落ち着いた口調でそう答えると、関心のないようすでベッドに戻り、こちらに背中を向けて眠りにつくふりをした。家族はみな、母が見つかるまで長くはかからないだろうと思っていた。警官たちが部屋をひとつ探し終えて出てくるたびに、母が見つかり手錠をかけられたのではないかと、わたしは肝を冷やしながら目を閉じた。けれども、驚いたことに母は見つからなかった。どこにいるのだと尋ねられたわたしは、唇を噛んで答えた。「母はここにはいません」。うまく嘘をつけたかどうか自信がなかった。いずれにせよ、彼らは母が家のなかにいるはずだと言い張った。

ひとりが父に詰め寄った。「いいか、ヴィグドル。エステルがいるのはわかってるんだぞ。どこなんだ?」

しかし、父は相手の言葉を否定し、「ここにはいませんよ」と何食わぬ顔で答えた。

警官たちは、信じられないという表情で頭を振りながら、ようやく出ていった。わたしたちきょうだいにも、母がどこに隠れているのかわからなかった。まさか消えてなくなるはずはあるまい。祖父は、警官がほんとうに立ち去ったかどうか確認させ、もういないとわかるとベッドから出た。するとそこに、祖父のベッドのなかに母がいた! しばらくたってから、父は馬車の荷台に藁を詰めこみ、藁で母を隠して新たな隠れ場所へ送っていった。やがて選挙が終わると、待ち望んでいた恩赦が実現した。監獄行きは免れたものの、母は八か月以上も逃走を余儀なくされていたのだ。

世界恐慌がポーランドにも長い影を落とし、だれもが食うや食わずの生活をしていた。さらに悪いことに、父はドイツ人地主貴族のヘラー氏が銀行にローンを申しこむ際、保証人になったせいで、ヘラー氏が破産すると、借金の肩代わりをしなければならなくなった。そのうえ次の収穫で返済するからと、さらなる借金の保証人にさせられた。父は最初の損害をなんとか取り戻したくて、同意してしまったのだ。しかしこれは巧妙な詐欺で、ヘラー氏からお金が返ってくることはなく、わたしたちは破産したも同然だった。多額の借金を負い、食事はほぼ毎日、自分たちの畑で採れた野菜ですませた。当時、わが家はほんとうに苦しかったが、村にはもっと気の毒な人たちもたくさんいた。どこかの家族が困っているのを知ると、少しましな家族が助ける。わたしは子どものころ、安息日《シャバット》［金曜日の日没から土曜日の日没まで。あらゆる労働が禁じられるため、前日に食事の支度をしておく］前になると、貧しい家庭に食べ物を届けるよう母からよく言いつかったのを憶《おぼ》えている。

状況はどんどん悪くなっていたものの、わたしたちにはどこにも行くあてがなかった。当時、パレスチナはイギリスの委任統治領だったため、移住するのは困難だった。ナチスは、ユダヤ人を西インド洋のマダガスカルに定住させようと画策していた。ポーランドではユダヤ人を支援する人がいなくなりつつあったが、それでも、みながみなナチズムに傾倒していたわけではない。キリスト教徒たちは、憎悪と欺瞞《ぎまん》に満ちた世界など信じていなかったし、多くの人が相変わらずわたしたちに手を差しのべてくれた。これから先を読んでもらえばわかるが、わたしが生きのびられたのは、おおぜいの親切なキリスト教徒に助けられたおかげでもある。

一九三八年、ヒトラーはポーランド回廊と呼ばれる、東プロイセンとドイツ本土を分断する細長い土地［第一次世界大戦後、ドイツからポーランドに譲渡された土地の一部］の通行を要求。しかし、一九三五年にピウスツキの後継者となったポーランドのエドヴァルト・リッツ＝シミグウィ元帥はこう言いはなった。「ボタンひとつも敵の手には渡さない！」

第3章　電撃戦《ブリッツクリーク》

一九三九年の夏、ドイツ軍がポーランドに侵攻する気配が強まっていた。ドブラはドイツから東に一六〇キロしか離れていないため、わたしたちが不安を抱くのも無理はなかった。両親は第一次世界大戦を憶えていることもあり、ドイツ軍を恐れるというよりも、むしろ戦争そのものを恐れていた。戦争体験が悪夢のように心に沁みついていたのだ。けれども、まだ二〇歳前だったわたしは、恐怖心よりも好奇心のほうが強かった。

兄のヨゼクは、二年間ポーランド陸軍騎兵隊で訓練を受けていた。そのため、戦争に向けて周囲が熱を帯びてきたころ、兄は招集され、部隊とともにポーランド国境へ赴いた。一九三九年九月一日、ついに緊迫の待機状態が終わりを告げた。ヒトラー率いるドイツ軍がポーランドに侵攻し、第二次世界大戦が始まったのだ。多くの国民が従軍を志願し、わたしも母の願いにそむいて入隊しようとした。しかし、当時ポーランド軍の徴兵年齢は二一歳以上だったため、徴兵官に追い返されてしまった。「必要になったら連絡する」とその徴兵官は言った。もしかしたら、最新兵器を備えたナチス軍と闘うことがいかに無謀か、彼にはこのときすでにわかっていたのかもしれない。

次の日、近くの精神病院が患者全員を解放し、何百人もの精神病患者が村の通りを練り歩く、信じがたい光景が見られた。ひとりはナポレオンの真似をし、じきにわが軍がやってきてドイツ軍と闘うんだとわめいている。別の男は軍隊の行進さながら手足を高く上げて歩き、目に入るものすべてに敬礼している。一見ごくふつうに見えた若い女性は、だしぬけに意味不明の言葉をまくしたてはじめる。患者たちが宙を見つめながらよたよたと通りを歩いていくようすは、痛ましく異様だった。のちにドイツ軍が村に入ってくると、彼らは壁の前に立たされ、処刑された。

九月三日、ナチス軍はわずか三〇キロの距離まで迫っていた。まもなく村に攻め入ってくるはずだ。ポーランド軍は退却しながらも断固として闘う姿勢を見せ、ヴァルタ川で敵を迎え撃った。ドイツ軍の侵攻を食いとめるにはもっとも理にかなった場所だ。両親の記憶によれば、第一次世界大戦中、村の統治国が何度か替わったときにも、似たような状況になったという。わたしたち家族は避難の準備を始めた。すると、その直前になって兄のヨゼクが前線から戻ってきた。「おれたちの隊にはライフル銃と槍《やり》しかない。大慌てで退却するしかなかったんだ」

九月四日の月曜日、わたしたちはドブラを去ることにした。プジョー社製の古いトラックは気まぐれで走りだすようなおんぼろだったため、父は安全を考慮し、馬二頭に荷台を引かせ、うしろに予備の馬一頭をつなぐことにした。必要最小限の食料と衣類、貴重品、毛布、マットレスを積みこむと、出発の用意が整った。

祖父は一緒に行くのを拒んだ。ドイツ軍の兵士など怖くはないというのだ。「この前の戦争でも戦った相手だからな。兵士はしょせん兵士だ。年寄りには手出しせんだろう」と冷静な口調で言った。わたしたちは祖父を残し、避難する人たちでごった返す道を進んでいった。

道路は荷馬車であふれていた。なかには、子どもたちにミルクを飲ませるため、家畜の牛まで連れている家族もいた。自動車はすでに軍に押収されており、ほとんど見当たらない。わが家の馬たちは働き盛りをとうに過ぎていたため、上り坂のたびに家族が馬車から降り、荷台を押して歩いた。のろのろと一時間ほど進んだころ、軍用機の近づく音が聞こえた。最初はポーランド軍の飛行機だと思ったが、さらに近づいてくると、そうではないのがはっきりわかった。異常なほどの轟音《ごうおん》と黒十字の記章。それだけで、敵の飛行機だと判別できる。身のすくむ思いだったが、パイロットには道を行くのが民間人だと見てとれるはずだ。

爆撃機が低空飛行してきたとき、わたしたちはてっきり、民間人かどうか見定めているだけだろうと考えた。攻撃されることはないと思いこんでいたのだ。ところが驚いたことに、敵はこちらを狙って撃ちはじめ、人々は大混乱に陥った。右側はヴァルタ川、左側は野原。道沿いの木はまばらで逃げこむ場所もなく、だれもその場を動けない。わずか数センチの間隔で荷馬車が密集しているせいで、一斉射撃のたびに大きな被害が出た。わが家の馬三頭は後ろ脚で立っていななき、荷台から逃げだそうと暴れた。やがて攻撃が終わると、シュトゥーカ［ドイツ軍の急降下爆撃機］は高度を上げて離れていき、あとには死と破壊が残された。あちこちに死体、負傷した人と動物、そして壊れた荷台が散らばっている。わたしが戦争を間近で感じとったのはこのときが初めてだ。そのあと起きたことを思えば、両親の懸念はもっともだったといえる。

さらに数キロ進んだところで、またもドイツ軍の飛行機が二機あらわれた。迎え撃つはずのポーランド軍機は見当たらなかったので、なにが起きるかはわかった。恐怖心が湧いてくる。道路の右側は土手で、その下は川だ。そのとき突然、陸軍部隊が道路の左側を通っていったため、わたしたちは草深く滑りやすい土手のほうへ押しやられた。父は馬から飛び降り、馬たちが離れないよう、手綱を馬の口の近くで握った。人々が「おい、どけよ」と叫び、通り道を確保しようとする。母とポーラとヨゼクとわたしは、そのとき荷台のうしろを歩いていた。いきなり、父が叫んだ。「馬を前にまとめろ！」。兄がうしろの馬を荷台からはずしたちょうどそのとき、川に爆弾が落ち、道路が水浸しになった。わが家の荷台はさらに押しやられ、その重みで馬たちも荷台も土手を滑り降り、川へ落ちていった。ヴァルタ川がまっぷたつに裂けた。巨大な水しぶきが上がり、川は泡を立ててわが家の荷物や貴重品を飲みこみ、底まで沈めてしまった。大きな渦が円を描いて次第に小さくなり、消えていく。あとには、家族の荷物と馬二頭の墓場の上に、さざ波が漂うばかりだった。わたしたちに残されたのは身に着けている服と、ヨゼクが綱を握っていた馬一頭だけ。爆撃機が遠ざかっていくと、わたしたちは呆然とその場に立ちつくした。一部始終を見ていた人たちが、次々とそばを通りすぎていく。みな恐れをなして、わたしたちが道路の脇にどいてくれることだけを願っていた。

父は、ウニエユフにある自分の兄の家に行こうと言った。「戦争が終わるまであそこにいればいい」

伯父のハイムは保守的できわめて敬虔なユダヤ教徒だが、家族のことはあまり眼中になかった。伯父とその妻と九人の子どもたちは、貧困に近い状態で狭いアパート暮らしをしていた。長女の

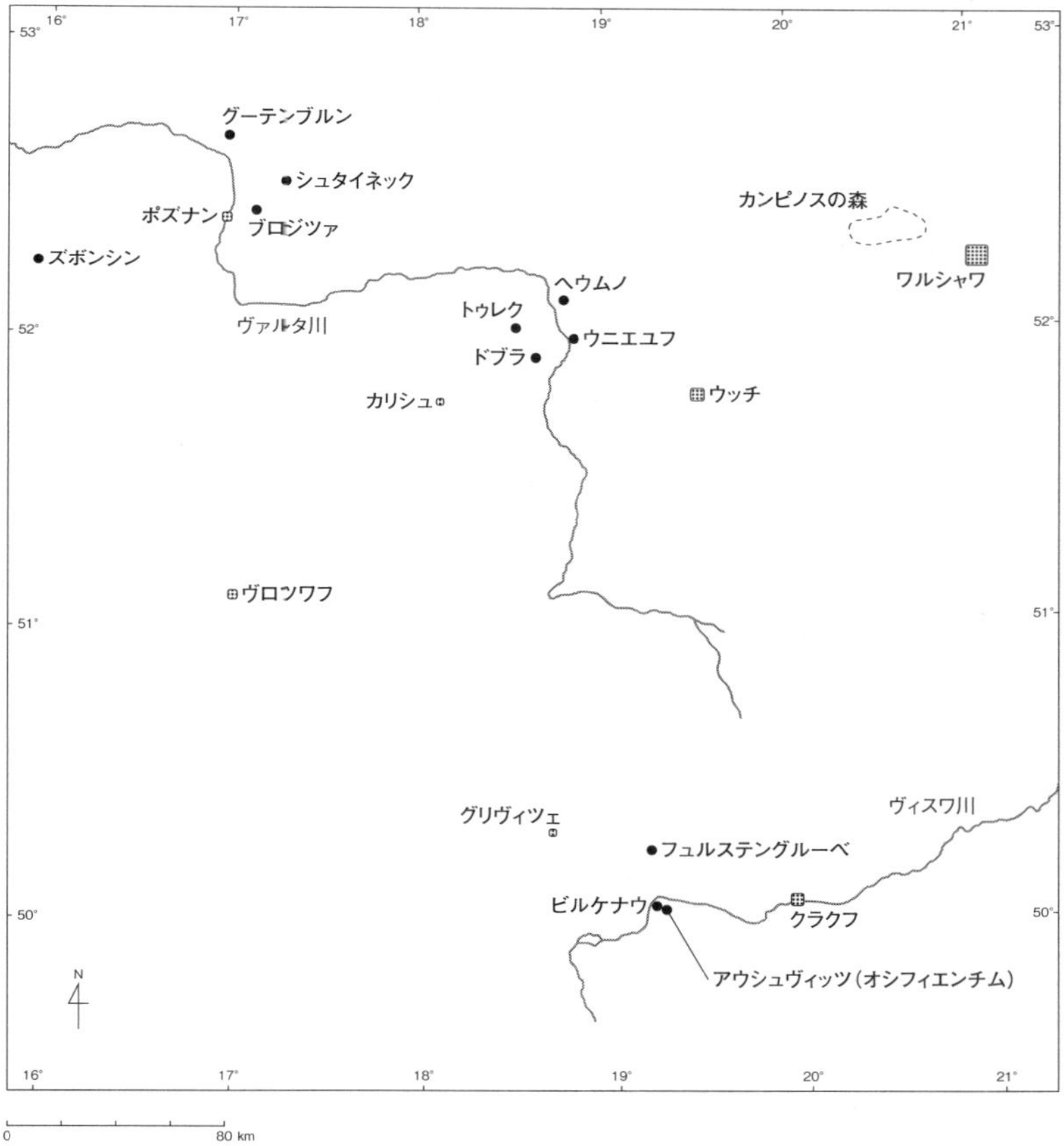

【map1】

ポーランド中部・西部,1939年

トーバは何年かわが家で暮らしていたが、戦争が始まる数か月前に実家に戻った。ハイム伯父のアパートに行ってみたが、そこにはだれもいなかった。ウニエユフの住民の例に漏れず、伯父一家もわが国の軍隊がドイツ軍を阻止できないのを見越していたのだ。おそらく彼らも東に向かったのだろう。もはや、わたしたちは来た道を戻ることもできず、前に進むしかなかった。これ以上、馬を一頭だけ引いていてもどうしようもない。しかたなく、野原で草をはんでいる馬を残して、わたしたちは汚れた服のまま、がっくりと肩を落とし、お腹をすかせてウニエユフをあとにした。

街を出たところで、だれかが父の名を呼んだ。チモリンスキだ。二、三年前、破産したヘラー氏の地所を彼が買いとった縁で、それ以来、父とは頻繁に仕事上の付き合いがあった。なんという偶然だろう。「ヴィグドル！　こんなところでなにをしてる」と彼は声を上げた。「そこにいるのは、奥さんと子どもたちかい？　来いよ、一緒に連れていってやるから」。道が混んでいるため急に止まることができず、チモリンスキは馬車を走らせながら叫んだ。

頑丈そうなベルギー原産馬に引かれたその馬車は、丈が高く広々として、わが家の貧相な馬車とは格段の違いだ。わたしたちは馬車のかたわらを走りつづけ、やがてチモリンスキと息子カロルの手を借りて荷台に乗りこんだ。父がいきさつを説明する。チモリンスキと奥さんは前の席に座っていた。父と母は並んで座り、それと向き合う形で、わたしたちきょうだいとカロルが後部座席に座った。これでやっとひと息つけた。

道路がすいてくると、チモリンスキは馬に餌をやるため、馬車を道からそらせた。オート麦の詰まった袋を馬の首に掛けてやり、地面に藁を撒く。そのあと、持ってきた手作りパンとバターと牛乳をわたしたちに分けてくれた。そのやさしさに甘えて、わたしたちは遠慮なくお相伴にあずかった。

ポーランド軍の兵士たちが道を通っていったが、もはや軍隊の体をなしていなかった。「ドイツ軍はどこにいるんですか？」とわたしたちは尋ねてみた。

「このまま進んでいったほうがいい」と彼らは答えた。すでに暗くなりはじめていたが、その助言に従うことにした。チモリンスキが馬を早足で走らせる。道を行く軍用車の数が減ってきて、走るのが楽になった。

カロルは愛想のよい二七歳の青年で、戦争が始まるまで、クラクフにあるヤギェウォ大学で学んでいた。マルクス主義や平和主義やヒトラーについて、馬車のなかで彼はしきりに話をした。あたりを包む夕闇と、馬車のリズミカルな揺れにいざなわれてわたしはうとうとし、まもなく深い眠りに落ちていった。

おそらく、さほど長くは眠っていないだろう。わたしは聞き覚えのある音で目覚めた。西のほうに目をやると、地平線に丸い点がふたつ見えた。うなるようなエンジン音が大きくなり、丸い点もどんどん大きくなってきて、いかにも恐ろしげなドイツ空軍戦闘機メッサーシュミットが姿をあらわした。チモリンスキが、刈り取りの終わった畑に馬車を入れ、わたしたちは荷台から降りた。半狂乱になった人々がつまずき、よろめきながら逃げまどっているものの、隠れる場所はどこにもない。耳をつんざく轟音を立てて二機の爆撃機が並列飛行し、上空で旋回した。と思うまもなく、爆弾の落ちるヒューという音が聞こえ、わたしは身を伏せた。爆弾が破裂して地面が吹き飛び、あとに巨大な穴がいくつもできた。馬が爆音に驚いていななき、後ろ脚で立ちあがる。ここにいるのは民間人ばかりで、軍隊の姿はどこにもないというのに、ドイツ軍は機関銃を打ちつづけていた。

やがて弾薬がなくなったとみえて、敵機は飛び去っていった。わたしは震えながら立ちあがった。激しい鼓動がまだ治まらない。壊れた荷台と死んだ馬。かたわらの電柱には血だらけのジャケットがぶらさがり、なかに腕の一部がまだ残っている。わたしたちはぞっとしながらも、命が助かったことを神に感謝した。これまでにも戦争はあったが、こんな状況は初めてだ。これは戦争ではない、とだれもが口にした。血も涙もない殺人だ。「非道な最新兵器を使うと、こうなるんだ」カロルが頭を振りながらつぶやいた。

わたしたちはなおも東へ向かい、やがて太陽が真上に来た。九月としては異常な暑さだ。途中、道路には動物の死体や壊れた車が数多く置き去りにされていた。ほうぼうから腐敗臭が漂ってくる。電柱にぶらさがっていた腕が、まだわたしの頭から離れない。数キロ進んだところで馬車を止め、父はズウォティ［ポーランドの通貨］で食料を買おうとしたが、たった数日前までふんだんにあったものが、今はほとんどなくなっている。友人一家の食料も底をつきつつあったが、それでも彼らはわたしたちに食べ物を分けてくれた。

二、三時間は爆撃もなくほっとしていたが、やがてまた聞きなれた音がして、上空はドイツ軍が掌握していることを思い知らされた。次になにが起きるか予測できたので、馬車を野原に止めると、わたしたちは即座に隠れ場所を探して駆けだした。わたしは兄のあとを追って、とげの多い枯れた茂みに入っていき、できるだけ目立たないようふたりで身を伏せた。まもなく、前と同じように爆撃機が近づいてきた。低空飛行しながらあたり一帯を機銃掃射《きじゅうそうしゃ》し、爆弾を落としていく。しかし、爆弾よりも銃のほうが犠牲者を多く生みだした。一斉射撃が終わるたびに、わたしは自分の体に触れ、撃たれて血が出ていないかどうか確認した。

さほど遠くない場所で、だれかがどさりと崩れ落ちた。近寄ってみると、右のこめかみから血が流れている。一発の弾丸に命を奪われたのだ。四〇代半ばの女性が叫びながら近づいてきた。「スタシェク、ああ、なんてこと。スタシェク!」。そのうしろには男性がふたり。だれもが悲しみに暮れ、死者を憐れみながらも怯えていた。次は自分かもしれないとわかっているので、早く逃げたいのだ。「スタシェク!」という叫び声が、わたしの耳にいつまでも響いていた。

両親がなぜあれほど戦争を怖がっていたのか、ようやく理解できた。祖国ポーランドのまんなかで、空挺《くうてい》部隊による矢継ぎ早の機銃掃射を受けたこの日、戦争を冒険のように思っていたわたしの幻想は消えた。馬車は走りつづけ、ウッチを過ぎてさらに東のワルシャワへ向かっていた。夜が明けるまで馬車は止めない。昼間走るのは危険だとわかったので、ここからは夜間だけ移動することに決めたのだ。いつまでも知人家族に厄介をかけるのは次第に気が引けてきたし、そのうえ食料はもうほとんどなくなっている。みなで話し合い、次の村で馬車を止めて、食べ物を買えないかもう一度試してみることにした。

空に黒い雲が垂れこめ、今にも雨が降りそうだったが、太陽が姿をあらわすと雲は消え、天気のいい日になった。遠からずまた敵機がやってくるだろう。次はいつ爆撃されるかとわたしたちは気が気ではなく、いつかは自分たちが犠牲になるかもしれないと不安だった。それでも前に進むしかない。馬車はカンピノスの森のそばを走っていた。カンピノスの村はもう目の前だ。最初にあらわれた農家で馬車を止めた。大地主の持つ力は疑いようがなく、チモリンスキの威光のおかげで、わたしたちは驚くほどていねいな挨拶で迎えられた。農家のあるじはとてもやさしく、庭だけでなく納屋まで貸してくれた。訛《なま》りが強いので、なにを喋っているのかよくわからない。自分の言葉がほとんど伝わっていないと知るや、あるじは身振りで伝えはじめた。

今しがたまで牛乳を搾《しぼ》っていた奥さんが、ふたりの子どもたち――八歳くらいの女の子と一四歳になるかならないかの男の子――と一緒に牛舎から出てきた。子どもたちは恥ずかしそうにこちらを盗み見ている。奥さんの抱える手桶《ておけ》には温かい牛乳があふれんばかりで、わたしたちは食欲をそそられた。お金を払ってパンとバターと卵と牛乳を分けてもらい、そのおかげで家を出て以来、初めて温かい食事にありつくことができた。

夜じゅう馬車の荷台で揺られていたため、横になって足を伸ばせるのは気持ちがよかった。けれども、しばらくするとまたシュトゥーカの轟音が聞こえてきた。神よ、いったいいつまで続くのですか。しかし、今度の爆撃機はどうやらワルシャワに向かっているらしく、上空を通りすぎていった。

翌朝、わたしたちはドイツ軍が矢の勢いで前進していることを知った。もはやポーランド軍は抵抗するすべもない。残された兵士たちだけで敵の進軍を食いとめるのは無理だ。リッツ＝シミグウィ元帥の勇ましい言葉「ボタンひとつも敵の手には渡さない！」も今となってはむなしく響く。わたしたちも、これ以上東に逃げても無駄だろう。こうして温かいもてなしを受けられるとあって、しばらくはその農家にとどまることにした。ドイツ軍機はワルシャワに向けて飛んでいき、もはやこちらには攻撃してこなかった。まるで通常の航空路であるかのように、軍機は上空を行ったり来たりしている。

それから四八時間のあいだに、わたしたちはソ連がドイツに宣戦布告したという噂《うわさ》を何度も耳にした。大英帝国とフランスはすでにドイツと交戦状態にあったが、実際の軍隊がどこにいるのかはわからない。もしかしたら、宣戦布告は単なる政治的策略なのかもしれない。わが国がドイツ軍の手に落ちるのはもはや確実で、問題はいつそうなるかだけだった。

第4章　ドイツによる占領

わたしたちはわが家が恋しかったし、逃げるのに疲れてもいた。逃げなくてすむ日が早く来てほしかった。農家の息子カツェクは、毎日のようにわたしを連れて村じゅうを熱心に案内してくれる。九月一〇日の昼前にもふたりで散歩に出かけた。一キロも行かないところでバイクのエンジン音が聞こえてきた。と思うまもなく、見慣れない恰好《かっこう》の兵士を乗せたバイクが坂のてっぺんに姿をあらわし、猛スピードでこちらに近づいてきた。サイドカーは空《から》で、うしろにエンジンの煙と砂埃《すなぼこり》がもうもうと舞いあがる。道を歩いているのはわたしたちだけだ。怖かったが、逃げだすにはすでに遅すぎた。

バイクが止まった。兵士はエンジンを切り、しばらくじっとしていた。そしてゴーグルを額に上げてから、ドイツ語が話せるかと尋ねてきた。

「はい」わたしはおずおずと目を伏せたまま答えた。

「怖いのか？」

「いいえ」はっきりと返事をする。

「ポーランド軍の兵士はこのあたりにたくさんいるのか？」

「いいえ」

「兵士が通っていくのを見たことがあるか?」

「いいえ」

通りに人の姿がないのを見て、住民はどこにいるのかと兵士は尋ねた。「おれたちを怖がってるのか? だったら、その必要はないと伝えてくれ」。彼は袋のなかを探り、チョコレートバーとドイツ製の煙草を取りだした。それをこちらに差しだして「取っとけよ」と言い、わたしたちをじっと見ている。ドイツからの侵入者がこんなにやさしく気前がいいとは思ってもみず、わたしたちはとまどうばかりだった。彼が頷《うなず》いて受けとるよう促したので、手を伸ばした。すでにバイクがほかにも数台、そばまで来ていた。これほど奇妙な軍服を着ていなければ、彼らはポーランドの地元民に見えただろう。装甲車や装甲トラックも続々とこちらに向かってくる。印象的だったのは、兵士を乗せたバイクが大きなエンジン音とともに走り去った光景だ。ドイツ軍がやすやすとポーランドを打ち負かした理由がわたしたちにもわかった。徒歩や馬で移動するわが軍隊とは違って、彼らの移動手段は自動車なのだ。

わたしたちは走って帰り、今しがたのことと、ドイツ兵たちの親切なようすを伝えた。ドイツ軍がやってきたことはみな知っており、ドイツ兵が全員そういう接しかたをしてくれるなら、さほど心配はいらないかもしれない、と言い合った。道路では、総統《フューラー》ヒトラーを称える歌を口ずさみながら、兵士たちがひっきりなしに通っていく。

これ以上先へ逃げるのは無理だ。こうなったら、できるだけ早く故郷へ帰るしかない。とはいえ、ドイツ軍の戦車や装甲車の流れは東へ向かっているのだから、それに逆らうように移動するのは不可能だ。そのうえ、今日一日は市民の遠出を禁じるというドイツ軍からの通達があった。

翌朝、早い時間にわたしたちは出発し、なにごともなく日暮れまで走りつづけた。しかし次の日、丘の上にドイツ軍の将校四、五人が立って避難民を監視していた。女性や子どもは黙ってそのそばを通りすぎたが、男たちはおそるおそる帽子を持ちあげた。通りすぎるわたしたちをじろじろ見ながら、将校のひとりが挑発的な口調で言った。「おい見ろよ、ユダヤ人だ！　しっぽを巻いて逃げていくぞ。愚かなユダヤ人め、もうすぐ捕まえてやるからな！」。チモリンスキは、わたしたちの顔が蒼白になったのを見て、動揺の大きさに気づいたようだ。

「あの野郎ども！」チモリンスキは怒りをあらわにした。「いつか、こっちがおまえらを捕まえてやるさ」。このときは知るよしもなかったが、二週間後、彼は逮捕された。その後、ひと握りの灰となって家族のもとへ帰ってくることになる。

そういえば以前、叔父のシュロモとドイツ軍について話したことがあった。ポーランドが占領されるのを案じていた叔父の言葉どおりになったわけで、わたしは気持ちが滅入った。あのとき、叔父は頭を振りながらこうつぶやいていた。「神がみなを助けてくださる」

太陽が沈み、あたりが暗くなってもまだ空気は埃っぽくて暑く、わたしたちは道路をはずれ、木陰で一夜を過ごすことにした。ほどなく、涼を求める人たちがおおぜい集まってきた。その夜聞いた噂によると、ソ連軍がポーランド東部に侵攻してきたらしい。あとで、それが事実だとわかった。しかし、ソ連軍に助けを求めていった人たちは追い返された。「帰れ。そのうち占領してやるからな」。一九三九年、ドイツ外相リッベントロップとソ連外相モロトフのあいだで〝秘密議定書〟が交わされたことはすでにみな知っていたが、長年の敵同士がそう長くいい関係でいられるとはだれも信じていなかった。わたしは夜が明けるまでずっと、ナチスの将校から受けた嘲《あざけ》りや脅しが胸に蘇《よみがえ》って眠れなかった。ひとつの疑問が繰り返し頭に浮かんでくる。「わたしたちは神に見放されたのだろうか」

親切で寛大なチモリンスキ一家のおかげで、わたしたちは無事家に帰りついた。家のなかはほとんど変わっていなかったが、村ではナチスが権力をふるっていた。占領の二日後、ドイツ軍はとくに理由もなく男を一〇人選んで絞首刑にし、村人はすぐそばでそれを見せられた。連中の目的は、抵抗する意欲を萎《な》えさせることだ。処刑された男のひとりは、わたしの親友シモン・トルツァスカラだった。

九月二七日、ワルシャワが陥落した。戦争が終わったという意味では嬉しかったし、少なくともわたしたちは終わったと思っていた。ポーランド回廊とヴァルテガウの併合は、ナチスがポーランド侵攻後、最初に手を付けたことのひとつだ。それでも、食料不足を除けば当初はほとんど変化がなかった。ユダヤ人への抑圧にはポーランド人の協力が必要になるため、ワルシャワの公営ラジオ局はとんでもないデマを流していた。だれかがこんなことを口にした。「露骨な嘘でも、繰り返していればほんとうらしくなるものさ」。まさにそのとおりだった。

そしてまもなく、出版物はポーランド人向けのものもユダヤ人向けのものも発行が禁止された。代わりに発行された八ページのタブロイド紙には、戦況報告と、戦前のポーランドでドイツ人が迫害されたという話ばかり。ドイツ軍が占領を正当化しようとしているのだ。国民はラジオを押収されたため、ニュースといえばドイツ兵から聞くものしかない。ほかの世界が遠い場所に思えた。

ナチ党のハンス・フランクがヴァルテガウの総督となり、シュヴァイケルト氏がわが地区の行政官を務めることになった。彼らは、ユダヤ人の自由を制限する命令を矢継ぎ早に出した。規則のなかにはひどく曖昧《あいまい》なものもあったため、許されるとはっきりわかるもの以外、禁止とみなさざるをえなかった。

わが家族がお祝いのために顔を揃えたのは、一九三九年の一二月が最後になった。毎年、一二月にはハヌカーというユダヤ教の祭りがあって、八日間、夜ごと燭台《しょくだい》に火を灯《とも》していく。ところがある夜、空が突如として真っ赤に染まった。まるで、街じゅうが火に包まれたようだ。恐るべきことに、ドイツ軍がシナゴーグとそれに隣接する礼拝所ふたつを燃やし、ユダヤ教の聖典トーラーを破壊したらしい。村のユダヤ人たちは打ちのめされた。正統派ユダヤ教徒たちは、家族を亡くしたときのようにシヴァ［近親者の葬儀から七日間におよぶ服喪期間。上着を引き裂くなどして悲しみをあらわす］に入り、服を引き裂き床に座って喪に服した。あれから毎年、一二月が来るたびにわたしはこの事件を思い出す。わが家にとっては、全員が揃った最後の、そしてもっとも悲しい祝祭だった。

ユダヤ人への規制は日増しに強化されていった。葬儀の祈禱式には本来なら一〇人は集まる必要があるのに、六人しか出席を許されなくなった。新たな夜間外出禁止令によって、午後七時から午前八時まで通りに出ることが禁じられ、少しでも違反したユダヤ人は射殺された。買える商品や利用できる商店も制限された。農家へ通じる道は遮断され、お金を持っていても必要なものを買えなくなった。ユダヤ人以外の友人何人かは、まだわたしたちを助けてくれていたが、それも禁じられた。やがて、ユダヤ人の家はすべて、〈ダビデの星〉の印をかかげるよう命じられ、六歳以上のユダヤ人は全員、服にその印を縫いつけることを強制された。さらなる侮辱は、ユダヤ人を意味する「Ｊｕｄｅ《ユーデ》」というドイツ語を、ヘブライ文字でその星のまんなかに入れなければならないことだ。わが民族の象徴が、恥辱の印として使われた。その後、歩道を歩くのも禁じられ、側溝《そっこう》を歩かざるをえなくなった。ドイツ人はおもしろがって車をユダヤ人にぶつけた。顎ひげを伸ばしたユダヤ人は恰好の標的になり、ひげを切られたり、引っ張られたり、燃やされたりした。金や銀はすべて押収され、隠し持っていた場合は死刑になった。身体への暴力は毎日のように行なわれた。

一二月のある夜、玄関のドアを乱暴に叩く音と、開けろと命じる声に、わたしたちは目を覚ました。そのうちいなくなるだろうと、最初は返事をしなかった。すると、ドアを叩き壊すぞと怒鳴る声がした。まずターゲットにされるのは男たちなので、母がドアのそばまで行った。「どなたです？　なんのご用でしょう？」

「いいから開けろ！」相手は繰り返し、ドアを叩きつづけている。「武器の捜索だ」。捜索というのは見えすいた口実だとわかっていたが、開けないとさらに怒りを煽《あお》ってしまう。母がドアを開けると、入ってきたのは郵便局員とおぼしきドイツ人四人だった。それを見て母は安堵したようだ。「おまえらはユダヤ人か?」。男のひとりに尋ねられたが、母は答えなかった。

三人が家のなかを歩きまわっているあいだ、四人目は銃がどこにあるのか尋ねていた。母は頭を横に振った。「うちには銃はありません」

玄関脇の祖父の寝室に入っていった男が、同じ質問をした。「銃はどこだ?」。そして、ベッドの下を覗《のぞ》きこみ、わたしの歯科治療道具が入った小さな箱に目をとめた。男は勝ち誇ったような笑みを浮かべてその箱を高くかかげ、叫んだ。「この中身はなんだ?《ヴァス・イスト・ダ・ドリン》」

「孫の歯科治療道具だ」と祖父が答えた。

「歯科治療道具?」男はばかにしたように鼻を鳴らし、その箱を祖父の顔に投げつけた。治療道具が飛び散り、祖父は悲鳴を上げた。

そのあいだ、ひとりは父を罵倒《ばとう》していた。「悪いことが起きるのは、なにもかもおまえらユダヤ人のせいだ。おまえらがこの戦争を望んだんだから、償うのは当然だ」

父は血の気の引いた顔で静かに抗議した。「自分たちの目で確かめてくれ。ここには武器はない」。しかし、相手は耳を貸さない。たとえ父が許しを請《こ》うたとしても、彼らの気持ちは変わらなかっただろう。ここに来た目的はただひとつ、ユダヤ人を懲《こ》らしめ殴りつけるためなのだから。

男が銃剣で父の頭を殴った。顔から血が滴《したた》り落ちるのを見たとき、わたしは父が死んでしまったと思った。もうひとりのドイツ人は、家具や鏡に銃弾を打ちこんでいる。三人目の男は兄の顔を平手打ちした。それからわたしのほうを見て「おまえもユダヤ人だな?《アオホ・ユダ》」と怒鳴った。殴ってもいい人間だと確かめるかのように。わたしは怯えて部屋のかどに体を押しつけ、床に座りこんで両膝を抱えた。そして顔を覆い、最悪の事態を避けようとした。

「そいつは放っておけ。まだガキだろ?」別の男の声。わたしはその場から一歩も動けなかった。相手はブーツでわたしの背中を二、三回蹴《け》り、それ以上は手出ししなかった。

ようやく男たちが立ち去り、悪夢は終わった。ヨゼクは鼻の骨が折れていた。父の額は四、五針縫う必要があったし、祖父は血を流してベッドに横たわっていた。ポーラが祖父の手当をする。母は濡れたタオルを父の額に当て、「あの人たち、前はふつうの郵便局員だったのに」とつぶやいてため息をついた。こんなことが起きるなんてまったく信じられない。あまりにひどすぎる。わたしは二〇年間生きてきたが、まだまだ純朴で、人が人をこれほど憎めるものだとは知らなかった。そのとき、わたしはゴーレムのお話を思い出した。旧約聖書やタルムードの時代から何世紀も語りつがれてきた物語だ。ラビ〔ユダヤ教の指導者〕が神聖な儀式を執《と》り行なって神の名を唱えたあと、粘土や木でできた人形に人工的な命を吹きこむ。すると魂のないこの人形は、どんな命令にでも盲目的に従うようになる。ゴーレムをドイツ人とみなせば、さまざまな疑問への答えが見つかるように思えた。「わたしたちはなにものなのか」「わたしたちがなにをしたのか」「なぜこんなにも見下されるのか」。あの夜、なにかが人間性に対するわたしの考えかたを永遠に変えた。わたしたちの暮らしは、もはや取り返しがつかないほど大きく変わってしまったのだ。

村に住むある女性によると、ドイツの憲兵がユダヤ人の居所を訊いてまわっているという。「だれかがきっと、あなたたちの家を教えたに違いないわ」

ポーランドでは、〝ドイツ系住民《フォルクスドイチェ》〟はもはや総統に魂を売り渡してしまったらしい。いい例が、長年わが家の隣人で友人でもあったマルクス家の人たちだ。奥さんはこのところ、ナチスのすることすべてを擁護するようになった。例の夜以来、奥さんがうちに来ることもなくなった。あの襲撃があってから、わが家はびくびくしながら暮らしていた。夜、外で人の気配がするたびに、またドイツ人が襲いにきたのではないかと思ってしまう。夜間ユダヤ人が家に押し入られ、殴りつけられる事件は、これが最初でも最後でもなかった。それからずっと、わたしたちはあの夜の恐怖心を抱えて過ごした。今ではユダヤ人を殺すことが許され、奨励さえされているのだ。

続いて、「狩り集め」が行なわれた。ユダヤ人が集められ、屈辱的な労働を強いられる。ある日、ポーラが捕まってドイツ軍の兵舎に連れていかれ、便所の掃除をさせられた。「こんなきれいな娘がユダヤ人とは、かわいそうにな」と兵士のひとりがいやみを言い、ほかの兵士たちが笑った。ポーラは体を震わせて帰ってくると、こう訴えた。「あんな思いをするくらいなら、死んだほうがましだわ」

わたしと姉は、ポーランド内のソ連占領地域へ逃げることに決めた。両親は賛成ではなかったが、このような状況ではひとりひとりが自分で決断するしかない、と腹をくくった。出発したのは一二月の終わり、もう少しで新年になるときだった。その朝は、大雪が降ってもおかしくないほど寒かったが、まだ雪は降っていなかった。わたしたちは服につけていた黄色い〈ダビデの星〉のワッペンをはずし、ユダヤ人だと見破られないことを願った。怪しまれないよう、荷物は必要最小限だけ。家族と別れの挨拶を交わしたあと、ふたりで家をあとにした。空気は冷たく、白い霜が野原一面を覆い、小川は凍っていた。わたしたちは森を通り、運命を左右する冒険の旅へと踏みだした。

四時間後、ようやく駅に着いた。旅の第一段階が終わったが、これから先まだ数百キロも行かなければならない。ポーラは明るい褐色の髪でユダヤ人には見えないため、ソ連国境に近い街までの切符ふたり分を難なく買うことができた。腰を下ろして列車が来るのを待つ。待合室には、同じように逃走をもくろむユダヤ人がほかにもいた。わたしたちは素性を知られるのを恐れ、だれとも言葉を交わさなかった。やっと列車が入ってきてこれで安心だと思ったとき、ふいに聞こえてきたアナウンスにふたりとも愕然《がくぜん》とした。「ユダヤ人はこの列車に乗ることを禁ずる。それ以外の者は乗車してよい」。どういうわけか、SS隊員たちは旅行者にユダヤ人が混じっているのを知ったのだ。

プラットホームに残ったのは一〇人ほどで、みな列車が音を立ててゆっくり離れていくのを呆然と眺めていた。SS隊員ふたりがわたしたちの身分証明書を点検し、ユダヤ人を示す〝J〟のスタンプを押す。それを返す前に、彼らは怒りを込めてこう警告した。「今度列車に乗ろうとしたら撃ち殺すからな」。計画が台無しになり、わたしたちはがっくりと肩を落とした。こうなったら家に帰るしかない。

家族はわたしたちの無念さをわかってくれたが、戻ってきたのを喜んでもいた。父はどんなときにも不運のなかに光明を見いだそうとする。「なにが起きようと、少なくとも家族一緒にいられるじゃないか」。そして、よく口にする言葉を付け加えた。「どんなに熱い料理でも、食べるころには冷めるさ」

数週間後、姉の友人が希望をくじかれてソ連占領地域から戻ってくると、あそこへは行くなと忠告してくれた。「ロシア人は、やってきたユダヤ人を狩り集めて、シベリアの強制収容所に移送してるんだ」。なぜソ連までがわたしたちを目の敵《かたき》にするのか、わけがわからない。共産主義のもとでならユダヤ人も平等に扱われるに違いない、という思惑はこっぱみじんに砕け散った。

祖父は通りに出るたびにひげのせいでいやがらせをされるため、外出をやめた。そして、友人たちに会えなくなると、次第に弱っていった。ある朝、深い眠りから祖父が永遠に目覚めないのを知って、わたしたちは衝撃を受けた。わたしが心から慕っていた人が亡くなった。祖父が死んだのは、生きる気力をなくしたからだと家族にはわかっていた。祖父がいなくなった今、わたしの人生はもうこれまでと同じではない。墓地への行進は、知人の参列が禁じられていたため、家族だけで行なった。家のなかの鏡はすべて覆いをかけ、家族は一週間のシヴァに服した。友人たちは危険をものともせず、一〇人必要な祈禱式に来てくれた。彼らは口々に、祖父のやすらかな死をうらやましがった。

数日後、わたしは母と裏通りを歩いて村はずれへ向かっていた。半分ほど行ったところで、わたしの元クラスメートが近づいてくるのに気づいた。ドイツ人の血を引く人の多くがそうしたように、彼もナチ党に入党していた。身に着けているのは、茶色のシャツに赤いハーケンクロイツ（鉤十字《かぎじゅうじ》）の腕章。ドイツ人だとわからせることで、総統への忠誠心を誇示したいのだ。すぐそばまでくると、彼は母の体をどんと突き、地面に倒した。

わたしはびっくりして相手の顔をまじまじと見た。「オットー、なぜこんなことをするんだ？」。

怒りが込みあげてくる。彼の目のなかには、不気味な冷淡さと残酷さが宿っていた。昨日までのクラスメートが今日は敵になった。

オットーは、ナチスがよく使う罵倒語を口にした。「ユダヤ人のブタ、おまえらはペストだ、戦争犯罪人だ」

彼はわたしたちが知人だとわかっていたはずだが、良心のとがめはないらしく、なおも憎しみの言葉をつぶやきながら去っていった。わたしは悔しさにこめかみが脈打つのを感じた。鉤十字の腕章をひっぺがしてやればよかったのに、まるで手足の自由がきかなくなったかのように立ちつくすことしかできなかった。侮辱を受けた母は青ざめ、震えが止まらなかったが、さいわい怪我はなかった。わたしは母を慰められずにいた。母を守れなかったことで、強い罪悪感に駆られていたのだ。人の心がどれほど簡単に汚れてしまうか、この件でよくわかった。今年は悪いことばかりだったが、もしかしたら来年はもっと悪くなるかもしれない。

第5章　ドブラのゲットー

ユダヤ人から略奪した品物の分け前にあずかろうと、多くの人たちがヒトラーに追随した。口実も遠慮もなく、ナチスは少しずつわたしたちの家や財産や希望やプライドを奪っていった。わたしたちは階段をひとつずつ落ちていき、ついにいちばん下まで達したかに思えたが、実はこの深淵には底がないのだと、まもなく思い知ることになる。

一九四〇年の春、わたしたちは家を退去するよう命令を受けた。近所でユダヤ人家族はうちだけだ。わが家の商売も家も土地もすべて、以前父の会社で働いていたドイツ系住民、アンデルスのものになった。彼は身分証明書ひとつで財産を手に入れたのだ。わたしたちはユダヤ人評議会から住居を割り当てられた。通りを横切ったところにある、もとは学校だった建物の屋根裏部屋だ。持っていくことが許されたのは、ひと抱えの荷物だけだった。ポーラは通りをそっと渡って家に忍びこみ、愛読書を何冊か持ちだしてきた。アンデルスは商売に向いていなかったため、その後まもなく廃業した。母をなにより悲しませたのは、校舎から見下ろすわが家がすっかり様変わりしてしまったことだ。

以前は倉庫として使われていた三階の屋根裏部屋が、わたしたちの住居になった。ポーラとヨゼクとわたしは床に敷いた藁ぶとんで眠った。父と母はそれぞれ簡易ベッドを使った。プライバシーを確保するため、毛布を吊るして間仕切りにした。

わたしたちは安息日を守りつづけた。金曜日の夜になると母がろうそくに火を灯し、お祈りを唱える。父は以前とたいして変わっていないようにふるまい、よくこう言っていた。「失ったものはなにもない。すべて今だけのことだ。戦争が終わればまた家に戻れるし、なにもかも元どおりになるさ」

一九四〇年、三月の終わりになると鳥たちが戻ってきた。その年は自然の営みがいつもより早かった。よく晴れたある日、校庭に立っていると、軍服姿のドイツ人五人が角を曲がって校門から入ってきた。わたしはなんだか変だなと感じた。彼らはいったいなにをしにきたのだろう。ここには、学校の元守衛とわたしたち家族しか住んでいない。ドイツ兵たちが近づいてくる。リーダーの伍長が、きびしい口調でわたしにブロネク・ヤクボヴィッチかと尋ねた。

「そうです」

「おまえを逮捕する」

なにかの間違いであることはたしかだ。「ほんとうにわたしですか？　なぜ？　いったいなにをしたというんです？」

「あとでわかる。いいから来るんだ」

どうやら間違いではないらしいが、なぜ自分が逮捕されるのか、そしてなぜ兵士が五人も来る必要があるのか、わからないままだ。母とポーラは騒ぎを耳にして降りてくると、驚いて息をのんだ。「どうしてうちの息子を逮捕するんです？　いったいどうしようっていうの？」母が詰め寄る。

「とにかく一緒に来い」兵士のひとりが声を荒げて促した。

「待って。せめて上着を取りにいかせて」と母が訴える。

「必要ない。どうせ射殺されるんだ」伍長が母に向かってつぶやいた。母は気を失いそうになり、姉に支えられて手で顔を覆った。

　わたしは彼らに従って校庭を出た。兵士が両脇にひとりずつ付き、ふたりはうしろ、そして伍長は前を行く。近所の人たちがなにごとかと家から出てきてこちらを見ていた。わたしは生まれたときからずっとこの村に住んでいるので、住民のほぼ全員と顔なじみだった。みな、わたしがなぜ逮捕され五人の兵士に連行されるのか、理解できないようすだ。わたしは内心怯えていたもののの、シェイクスピア劇の登場人物のように頭を高く上げて歩いた。長い道のりだった。村の反対側まで歩くと、そこに軍司令部を兼ねたシュヴァイケルトの官邸があらわれた。中庭では、兵舎の壁に向かって銃を手にした兵士たちが並び、連れてこられた四人の男たちを監視している。伍長が手でわたしに合図し、四人のほうへ行くよう命じた。

　わたしの右側にいるのはヴィグドル・セルニクで、姉の友人だ。その隣に立っているのはドブラに住むポーランド人のヤン・コツロースキといういかがわしい男。これまで何回か投獄されていて、「あいつとさえ関わらなければ安泰だ」と言われるような人物だ。三人目はパヴェウで、わたしは名前しか知らない。四人目は初めて見る顔だった。おそらく、セルニクがここにいるのは、〝ブンド〟と呼ばれるユダヤ人社会主義労働者組織の代表をしていたからだろう。もしかしたらわたしが逮捕されたのは、シオニスト青年組織〈若き守護者〉【1】のメンバーだからかもしれない。しかし、そんな理由で逮捕されたという話は聞いたことがない。

わたしはヴィグドルに、なぜ逮捕されたのか訊いてみた。すると、彼が小声で返してきた。「きみはなんて言われたんだ?」

「射殺すると言われた」

「おれもだ」

監視兵のひとりがいきなり「黙れ!」と叫んで銃の撃鉄《げきてつ》を起こした。

わたしには死ぬ心がまえができていなかった。なぜ自分はここにいるのだろう。ときおり人が口にするように、これが神のご意志なのだろうか。もしこれがわたしの運命なら、死にゆく苦しみを少しでもやわらげたい。これまでせいいっぱい生きてきたじゃないかと自分に言い聞かせてみる。しょせん、だれしも永遠には生きられないのだ。そう思って必死に納得しようとしたがうまくいかず、たいした慰めにもならなかったが、かといってできるのはせいぜいそれくらいしかない。ほかの四人も当惑し、自分たちがここにいる理由がわからずに、不安げな視線を交わしている。そばを通る兵士たちでさえ、われわれが何者で、なぜ逮捕されたのか仲間に尋ねていた。しかし、監視兵も知らなかった。

二時間後、軍曹がやってきて、ついてくるようわたしたちに命じた。道路を数百メートル行くと、見慣れない馬車があった。底の浅い荷台三台に巨大な車輪が付いていて、ベルギー原産馬六頭がそれを引っ張る形だ。命令に従って、わたしたちは乗りこんだ。軍曹と監視兵があとに続く。馬車が軍の複合施設を離れ、村の外をめざして走りだすと、わたしは勇気を奮って、どこへ連れていかれるのか軍曹に尋ねた。相手はなにも答えず、そんな質問をされたことに驚いたようすだった。同じ荷台に乗っていたヴィグドルが、いかにもこう言いたげにこちらを見た。「教えてもらえるとでも思ったのか？」。意気をくじかれ、わたしは口をつぐんだ。

しばらく走ると馬車は道路をはずれ、砂利採掘場へと入っていった。なぜこんなところへ連れてこられたのだろう。砂利を掘る場所は、死体を埋めるには不向きなはずなのに。軍曹は馬車から降り、砂利を荷台に積むよう命じた。わけがわからない。数分後、軍曹は用心深くあたりを見まわしてから、わたしにささやいた。「きみたちは撃たれない」。そして、ドブラの歯科医クルシェの名前を口にした。

わたしはクルシェのことを、名前だけは知っていた。二、三年前ドブラに越してきた、村でただひとりの歯科医だ。村の人たちは遠慮がちにクルシェの噂を口にした。「あの先生は礼儀正しいポーランド人と、退廃的なドイツ人の混血だ」とだれかが話すのを聞いたことがある。ドイツ軍がドブラに入ってくると、彼はナチ党でいちはやく目立つ存在になった。

わたしは命拾いした喜びで胸がいっぱいになった。その知らせをヴィグドルに伝えると、ヴィグドルがほかの三人に伝えた。わたしたちは、役に立つ存在であることを運命の宣告者に知らしめるかのように、猛烈な勢いで荷台に砂利を積みはじめ、命を救ってもらったことを感謝した。

クルシェがわたしの逮捕とどう関係するのか、ちょっとした機会を捉えて軍曹に尋ねてみた。

「ここでは言えない」彼は落ち着かないようすで答えた。「きみの居所を教えてくれれば、あとでこちらから出向く」。学校の場所を伝えると、軍曹は必ず行くと約束した。

驚くべき早さで荷台に砂利が積まれていった。五時までに馬車は一〇往復し、軍の複合施設の庭には砂利が積みあがっていた。逮捕の理由をだれにも教えないまま、ドイツ兵はわたしたちを解放した。

わたしは何度も何度も神に感謝し、大急ぎで彼らの視界から消えた。そして、道路に出たとたん全速力で駆けだした。息を切らせて家に帰りつくと、母の顔がぱっと輝いた。わたしを見て、苦悩の表情が喜びに変わったのだ。どうやら、母はユダヤ人評議会の議員たちを訪ね、逮捕の理由を探って仲裁してくれるよう頼んでいたらしい。いっぽう、父のほうはそもそもこの逮捕をなにかの手違いだと確信していた。数日後、コッロースキだけが再逮捕されたことを知った。その後、彼の姿を見た者も声を聞いた者もいない。噂によると、どこかの収容所で死んだらしい。

陽が沈むと、わたしはあの軍曹が約束を守るかどうか気になってきた。しばらくすると、軍曹らしき人物が通りを歩いてきて、番地を確認しているのが見えた。彼はわたしを認めると、そばに来て声をひそめた。「人目につくとまずい」。そしてわたしと一緒にすばやく校舎に入った。家族に紹介したところ、彼はスプレンゲル軍曹と名乗った。ここに来たことはだれにも漏らさないでくれと言う。そして、わたしを逮捕したのは、クルシェの不服を受けてシュヴァイケルトが命令したからだと教えてくれた。なんでも、クルシェはわたしがこの村で歯科診療をしていると思いこみ、そのせいで自分のところに患者が来ないのだと主張したらしい。もちろん、それはまったくの嘘だ。そもそも、きちんと歯を手入れするポーランド人はほとんどいないし、大多数は貧しくて治療費を払う余裕もない。歯を失っても、義歯を入れる必要すら感じていないのだ。

やがて、スプレンゲル軍曹はわたしと仲よくなり、毎日のようにやってきた。最初は用心していたわたしたち家族も、時間がたつにつれ彼を信頼するようになった。スプレンゲルには、ナチスの特徴ともいえる反ユダヤ主義的な悪意がないように思えた。それに彼自身、ナチスのいう「優等人種」のひとりであるようには見えないのだ。スプレンゲルは変わった青年だった。背の高さは中くらいだが、脚が極端に短く、その短さは異常といえるほどだ。いかにもドイツ人らしい明るい色の髪は、軍隊式の角刈りのせいで、アナグマの剛毛を彷彿《ほうふつ》とさせた。日に焼けて赤みがかった肌と角ばった顎は、まるでセコイアの丸太から削りだしてきたみたいだ。彼を見ていると、自分に不向きな役回りを無理強いされているように思えてくる。

ときおり、スプレンゲルはドイツの新聞を持ってきてくれた。当然、そこにはおなじみの反ユダヤ主義的プロパガンダがあふれていて、ユダヤ人は悪魔の顔をした堕天使《ルシファー》として、あるいは病気を撒き散らす社会の迷惑者として描かれていた。わたしたちふたりがぜったいに触れない話題はふたつ。ナチズムと政治だった。軍曹はわたしたち家族に、ここを離れるよう何度も警告してくれた。「われわれがひどい危害を加えることはないけれど、おそらく次の部隊が来たら、命の保証はないと思う」

一九四〇年五月、フランスに侵攻したドイツ軍は、マジノ線［フランスが国境線に構築した要塞《ようさい》］をただの杭垣《くいがき》と呼び、歯牙にもかけなかった。翌月フランスが降伏し、ヒトラーはパリで勝利を祝った。それからまもなく、スプレンゲルの中隊は西へ移動していった。わたしたち家族はこの青年を好きになっていたので、もう会えないのが心底寂しかった。手紙を書くと約束してくれたものの、彼から連絡が来ることは二度となかった。最初のドイツ軍中隊に代わって新たな部隊がやってくると、ユダヤ人へのさらなる差別的法律が次々と制定されていった。ユダヤ人はほかの人種との付き合いをいっさい禁じられた。アーリア人［ナチスの政策において、ユダヤ人ではないゲルマン民族の白人を指す］はユダヤ人の不純な血と交わってはならない、と法律には書かれていた。

一九四〇年の夏までには、ユダヤ人に対する締めつけがますます強くなっていた。ナチスはドブラのスラム街を一掃してそこにゲットーを作った。長年スラム街で暮らしていた貧しいユダヤ人のなかには、ひと部屋だけを与えられ、あとの部屋はほかの家族に明け渡さざるをえない者もいた。わたしたちも学校を退去させられ、床の汚れた部屋をひとつ与えられた。今となっては、あの狭苦しい屋根裏部屋でさえ上等に思える。長く暮らしたわが家は、もはや遠い日の思い出になってしまった。

食料はゲットーの配給に頼るしかないため、空腹がいちばんの苦しみになった。バター、牛乳、砂糖、小麦粉はほとんど手に入らない。その日一日を乗りきるためならなんでも手放すつもりでいたが、慈善家を装って物々交換にやってくる輩《やから》は結局、自分の利益しか考えていない。交換する品物が少なくなってくると、やがて商売人たちも姿を見せなくなった。

ゲットーでは毎日午前中、ユダヤ人の男性全員と、ときには女性も屈辱的でつらい労働を強いられた。今も忘れられないのは、道端にひざまずいて重いハンマーで大きな石を砕いていく道路工事の重労働だ。

その間にも、ナチスは前代未聞といえるほどやすやすとヨーロッパじゅうを席巻していった。西はフランス、ベルギー、オランダへ侵攻し、北はノルウェーへ攻め入った。南東はイタリア、ユーゴスラビア、ギリシャ、ルーマニア、ハンガリー、ブルガリアを強い影響下に置いた。北アフリカでは、ロンメル将軍がエル・アラメイン［エジプト北部の港町。ロンメル率いるドイツ軍はその地でイギリス軍をはじめとする連合国軍と戦った］へと迫っていた。ナチスは世界じゅうに勢力を拡大していくかのようだ。大英帝国もソビエト連邦も、ヒトラー率いる軍隊には歯が立ちそうにない。ヒトラーもヒムラーもゲッベルスも、演説ではますます乱暴で悪意に満ちた反ユダヤの弁舌を振るうようになった。ドイツ人にしてみれば、負けることなど考えもつかなかった。

希望を奪われ、気力を打ち砕かれて、わたしたちは無駄と知りつつ奇跡を待ちわびた。最大のジレンマは、迫りつつある非常事態をユダヤ人自身が信じようとしないことだった。みな、危機的状況から目をそむけていたのだ。新たに反ユダヤ的な措置が取られるたびに、人々はこう考えた。あいつらにできるのはせいぜいこんなもんさ。ほかになにができるっていうんだ？　けれども、わたしたちが暮らしているのは道理の通じない世界であり、そこではまさかと思うようなことが起きる。ヴァルテガウのゲットーから逃げるのはとてつもなく危険だ。たとえ逃げおおせたとしても、いったいどこへ行けばいいのか。わたしたちは、もはや運命が用意するものを受けとるしかなかった。

突然、タイヤのきしる甲高い音がした。道を渡る一頭の牛を、トラックがよけたのだ。わたしは目を開いた。ここはトラックの荷台で、父がこちらをひたと見据え、わたしの表情を読んでいる。

しばらくするとトラックは道をそれ、草深い土手のうえで止まった。監視兵が叫ぶ。「全員降りて、森のなかで用を足すんだ。ただし、五分以内に戻れ」。監視兵たちは、われわれを囲むように立っている。「だれかひとりでも逃げたら、全員に責任を取らせるからな」。その言葉がただの脅しでないことはわかった。

トラックのすぐ横は深い森で、道路の向こう側には赤いケシの咲く緑の草原が広がっていた。森に入っていくと、木々が鬱蒼《うっそう》と生い茂り、光はほとんど届かない。暗闇にトウヒの香りが漂っている。足の下で枯れ枝の折れる音がした。用を足し終えてトラックまで戻ると、ノイマン医師がわたしのほうをじっと見ていた。

「おいおまえ、ちょっと来い」医師は強い口調で言った。おおぜいのなかでなぜ自分が呼ばれたのかわからず、答えないでいた。けれども、ふたたびその命令が聞こえて、わたしは振り向いた。

「おまえに言ってるんだ」

ナチ党員からだれかひとりだけ呼びだされた場合、いいことはまずないと知っていたが、行くしかない。急いでそちらへ向かい、ナチスが定めた規約どおり、二メートル手前で立ちどまった。びくついているところを見せまいとして、「はい《ヤヴォール》」と大きな声で応じた。医師はわたしの名前と年齢を尋ねた。答えると、戦争前はなにをしていたかと訊かれた。「歯科医になる勉強です」とていねいに返事をする。

「収容所に着いたらわたしのところへ来い」

気持ちを奮いたたせ、ふたたび「了解しました《ヤヴォール》」と答えると、わたしはトラックに戻った。すべてを聞いていた父は息子の不安を察したらしく、いつもどおり楽観的な口調で、気にするなと励ましてくれた。「向こうに着くころには、おまえのことなんか忘れているさ」

走るトラックのなかから、スカーフで頭を覆った信心深い女性が〈黒い聖母像〉の前でひざまずいている姿が見えた。ポーランドでは、通り沿いにこうした聖母像をよく見かける。しばらくすると、郡の中心地トゥレクに到着した。広場には、わたしたちと同じようなトラックが何台も停まっている。クウォダバやクトノやゴリナや地元トゥレクから、ユダヤ人を運んできたのだ。三〇分後、すべてのトラックが列をなし、北へ向かって出発した。「どうやら目的地はポズナンのようだな」と父が言った。ここには何度も来たことがあるので、周辺の道路をよく知っているのだ。

トゥレクを出ると道幅が広くなり、速度を増したトラックはガタガタと音を立てはじめた。真上まで昇った太陽が、畑にも農作業中の人たちにも暖かな陽射しを注いでいる。農民たちは腰を伸ばして、見慣れない人間を運んでいくトラックの列に目を向けてきた。わたしたちのトラックに同乗している武装親衛隊《ヴァッフェンSS》［戦闘組織として編成された部隊］の監視兵ふたりは無表情で、言葉もほとんど発しない。三時間後、トラックは砂利道に入っていった。車体が跳ねるので、側板にもたれているのがつらい。タイヤに巻きあげられる砂埃が、大きな雲になってわたしたちの服も顔も包みこんだ。フェンダーには絶えず砂利がぶつかっている。

太陽がゆっくりと沈みはじめたころ、トラックの一団は、校舎らしい二階建ての建物に近づいていった。そばには木造のバラックが三棟。建物の周囲には、てっぺんに有刺鉄線の付いた高さ三メートルほどの金網が張りめぐらされ、ステッキの形をした杭が一定の間隔で金網を支えている。まわりには野原しかない。おそらく、ここがわたしたちの新しい住処《すみか》なのだろう。

第6章　シュタイネック

先頭のトラックが入口で止まった。ＳＳ隊員四、五人がシェパードを従えてわたしたちを待っている。そのひとりに、ノイマン医師がわれわれの名簿を手渡した。ふたりは短く言葉を交わし、別のＳＳ隊員が拡声器をかかげた。「ここはシュタイネック労働収容所だ。おまえたちは、ここで仕事のしかたを学ぶことになる」。そして拡声器を下ろし、トラックにいるわたしたちの顔をざっと見わたした。「なにか質問はあるか？」と言いたげだが、もしあったとしても、それを口にする勇気はだれにもなかっただろう。彼はトラックごとに立ちどまり、全員の耳に入るよう同じ言葉を繰り返した。

われわれと一緒に来た監視兵たちがトラックの尾板を下ろし、積み荷の人間を銃の台尻《だいじり》で突きながら、外へ押しだした。「全員、早く降りろ」

みな自分の荷物を手に、なだれを打ってトラックから飛びおりた。門の前でＳＳ隊員ふたりが、牧場の牛に焼印をつけるときのように、わたしたちをなかへと流しこむ。最初のグループが門を入ると、たいへんな騒ぎになった。両脇にＳＳ隊員がひとりずつ立ち、通りぬける男たちを手当たり次第、鞭《むち》で打っている。引き綱でつながれた犬たちは、合図を受けて男たちの腕や脚に突進してくる。よろめいた者は恰好の標的だ。そのようすを見てわたしは凍りついた。父とわたしが打たれないようにするには、鞭が振りあげられているあいだに通りぬけるしかない。わたしは片手でスーツケースを持ち、肩から歯科治療道具箱をぶらさげて、父の腕をしっかりつかんだ。身構えたまましばらくやりすごしてから、鞭が上がったところで父とふたり、短距離走者さながらの勢いで駆けぬけた。わたしは無傷だったが父はうまくいかず、あとで確かめると、頭に裂傷がひとつできていた。

収容所に入ると、わたしたちは階段を上がり、スイングドアを通って校舎の廊下を歩いていった。右側には窓の外に運動場が見え、左側には部屋が並んでいる。「全員、四番の部屋に入れ」ドブラから一緒に来た警官のハイム・タルツァンが叫んだ。

部屋のなかは三方の壁に寝台が段になって並び、それぞれのてっぺんにちょっとした棚が付いていた。寝台には藁ぶとんとグレーの毛布と枕。ほとんどの寝台にはすでに人がいる。彼らの挨拶を受けて、わたしたちは恐怖心を煽られた。空いた寝台を見つけられない者がおおぜいいて混乱が起きた。父とわたしは、いちばん下の段に空いた寝台をなんとかふたつ見つけた。そのときはまだ、いちばん下がもっとも条件が悪いとは知らなかったのだ。そこはスペースがきわめて狭く、床に膝をついて潜りこまなければならない。荷物は、窓の脇の壁に沿って積みあげた。道具箱を枕の下に置いたわたしは、ここがただの労働収容所ではなく、どこか別世界のように感じていた。どうやら、人生を最初からそっくり学び直さなければならないようだ。

人がさらに入ってきた。居場所を見つけられず、部屋から部屋へ右往左往している。混乱のなか、収容者のひとりが大声で注意を促した。「おいみんな聞け！」。先ほど門のところで簡潔な指示をしていたSS隊員が、ハイムを従えて四番の部屋に入ってきた。

「ここにいる者は全員働いてもらう。制服を着た人間を見たら挨拶をせよ。話しかけるときは気をつけの姿勢で胸を張り、顔を上げ、肩をうしろに引いて、両手はズボンの縫い目に当てる。われわれが部屋に入ってきたら、最初に気づいた者がみなに注意を促せ。夜は八時までには必ず寝台に戻ること。その三〇分後に消灯だ。起床は朝四時。一時間で支度を終えて仕事に行く。土曜日と日曜日は自由だ。明日は服のシラミ駆除と散髪。仕事の割り当ては月曜日に行なう！」SS隊員は立ち去りかけたが、いちばん大事なことを言い忘れたらしく、足を止めた。「逃亡を企てるのはやめたほうがいい」。そして踵《きびす》を返し、警官を従えて出ていった。命令に従わないとどんな目に遭うかを想像し、わたしたちは震えあがった。

一五分後、ホイッスルのけたたましい音が響いた。「急げ！　急げ！　全員、運動場で点呼だ！」。わたしたちはまたひとつ規則を憶えた。シュタイネックでは歩くことは許されない。わたしは父と並んで、先ほど来た廊下を小走りで出口に向かった。SS隊員がひとり、犬を連れてわたしたちを待っていた。到着のときと同じやりかたで、わたしは鞭をかわした。けれども、今回はシェパードが太腿《ふともも》に噛みついてきて、鼻先を左右に振った。牙から逃れたとき、ズボンは裂け、血が流れていた。釘《くぎ》を何十本も打ちこまれたように足が痛む。傷の具合をよく確かめたかったが、点呼を優先せざるをえず、仲間たちのあとから庭に出た。

ナチスがユダヤ人殺害を公式の政策に定めたヴァンゼー会議よりだいぶ前の一九四一年初め、

占領地域ヴァルテガウの担当大臣だったアルフレート・ローゼンベルクは、この地域で暮らすユダヤ人用の強制労働収容所を建設するよう提案した。ポズナン大学でのよく知られた演説で、彼はこう言った。「二五年にわたりドイツ人やポーランド人を苦しめてきたユダヤ人は、血をもってその罪を償わなければならない」。ローゼンベルクのほかの議案と同じように、この案も満場一致で承認された。一九四一年五月、最初のユダヤ人強制労働収容所《ユーデン・アルバイト・ラーガー》がポズナン陸上競技場に建設され、ユダヤ人男性一〇〇〇人がウッチのゲットーから連行された。そして、二番目に作られた強制労働収容所がシュタイネックだ。

陸上競技場の収容所から移ってきた司令官〔収容所の責任者で、所長を指す〕が、点呼を指揮した。シュタイネックを開設するためにやってきた司令官だ。わたしたちは命令に従って五列に並んでから、ひとりひとり数を数えていった。全員揃っていることを看守が確認する。解放されると、ようやくわたしは洗面所へ向かった。長さ一三メートルほどの水道管から、下に置かれた桶に水が流れ落ちるようになっている。

人としての尊厳を無視した洗面所の光景に、わたしは思わずたじろいだ。半円筒状をした長いセメントの流し台が二面の壁に沿って並び、その上を水道管が走っている。遮断弁が四、五か所にあった。便所は、二〇メートルほどの溝の上に、穴をくりぬいた荒削りの板を渡してあるだけだ。もし下痢をしていれば、服に便がはねてしまう。わたしは太腿についた歯型の周囲の血を洗い流してから、下着とズボンを洗い、その場を離れた。

父が部屋でわたしを待っていた。まだ頭の傷が痛むようだ。やがて、最初の食料配給を知らせるベルが鳴り、廊下二周ぶんの長い列ができた。二〇分待って、収容者が〝槍の先《ピカ》〟と呼ぶ二〇〇グラムにも満たない楔形《くさびがた》のパンひと切れと、コーヒーもどきの飲み物を各自が手に入れた。その黒っぽい液体とほんもののコーヒーとの共通点は色だけ。苦くて甘味料なしではとても飲みこめない。パンのほうも似たようなもので、古くて堅くてカラスムギの味がした。「毎回こんな食事じゃ、飢え死にしちまうぞ」とだれかが言った。最初は食べると吐きそうになった。動物でさえ口をつけそうにない代物で、ましてや人間には無理だ。それでも時間がたつにつれ、空腹を満たそうとしてだれもが食べるようになった。

料理係はラチミールという丸顔の収容者だ。「明日はマーガリンとマーマレードも出るよ」

翌朝ベルが鳴ると、父はわたしを軽く突《つつ》いて起こした。その朝は約束どおりマーガリンが出た。マーマレードのほうは、料理係がスプーン一杯ずつすくってぞんざいにパンの上にのせた。しかし、わたしたちが踵を返すまもなく、ポトポトと床にこぼれ落ちてしまった。そして点呼の時間になった。「始めろ！《アイントリーテン》」。昨日と同じように、わたしたちは数を数えていく。「アイン、ツヴァイ、ドライ、フィーア」。続いて、シラミ駆除のため、服を脱いで一か所に積みあげておくよう命じられた。散髪係といってもほとんど髪を切った経験もない収容者たちが、われわれの頭からつま先までの毛を刈っていく。そのようすを、収容所の前を通る人たちが物珍しげに見ていた。

昼になり、積みあげられた服のなかから、わたしたちは自分のものを探しだした。ナフサ「揮発性の高い未精製のガソリン」の匂いがツンと鼻につく。昼食には、どろどろに煮たカブとジャガイモが出された。最初は吐き気がしたが、とうとう空腹に負けて食べた。午後にはまた点呼。これは服装検査が目的だ。SS隊員はシャツや上着のボタンが全部とまっているかどうかに特別な関心があるらしい。きちんととめていないと鞭打ち五回、靴紐《くつひも》が緩んでいても、同じ回数の罰が与えられた。

続いて行進をさせられたが、わたしたちのやりかたはSS隊員の不興を買った。そこで、「ナチス式行進」の最初の指導が行われることになった。若者はすぐできるようになったが、父や同年代の男たちが膝を曲げずに行進しようとすると、ひどく滑稽なありさまになった。これまで神の掟《おきて》に従って生きてきたラビのヤンコヴに、よくも脚を上げて行進せよなどと命じられるものだ。ヤンコヴは列を組んで歩くことさえうまくできないせいで、いじめの標的になった。地面に突っ伏して肘で匍匐《ほふく》前進させられ、起きあがるとまた同じ動作を繰り返すよう命じられる。そのあと走らされ、ヤンコヴはついに力尽きてくずおれた。疲労があまりに激しく、命令に従えないのを見てとると、SS隊員たちは彼を容赦なく鞭打った。

「ユダヤ人《ドゥ・シャイス・ユダ》のクソ野郎」というお決まりの罵倒語から始まって、世界じゅうのあらゆる悪をユダヤ人のせいにする言葉が続く。はたしてSS隊員はそんなことをほんとうに信じていたのだろうか。それとも、自分たちを正当化していただけなのか。いずれにせよ、彼らがその役割を楽しんでいたのはたしかだ。罵《ののし》られるのはもはや慣れっこになっていたが、濡《ぬ》れ衣《ぎぬ》を着せられるのは受け容れがたい。いったいわたしたちがなにをしてそんな罵声を浴びせられるのか、どうしても理解できなかった。行進から解放されると、わたしたちは三々五々、フェンスのそばの草地に腰を下ろした。陽射しを浴びてくつろいでいると、体も心もほんの少し元気になった。しかし、多少なりとも知識のある者たちは、もはや自尊心も目的も失った今、みずからの運命に逆らえないことを悟っていた。

そういえば今日は安息日だ。ゲットーでは礼拝の場所もなかったが、それでもみなで集まり祈っていたものだ。しかし、ここでは安息日もただの一日にすぎない。「なんだか、あらゆる神様が、アドルフ・ヒトラーというひとりの人間に代わってしまったみたいだ。おれたちの神を失うのは、すごくつらいよ」そばにいただれかがそう言った。

その言葉を聞いて、ラビのヤンコヴは黙っていられなかったようだ。「神はいつまでもわれわれを苦しめてはおかれない」と断言し、祈りの言葉を口にした。「主の名をお持ちになるあなただけが、全智をしろしめすいと高き者である」

全員がぎこちなく押し黙った。知恵の言葉にだれもが疑問を抱いているかのように。数分たったころ、父がなにかを思いついたように、なんとも楽観的な言葉を口にした。「こんな状態もあと何か月かのことだよ」。おそらく母は今ごろ、こんな父がいなくなり寂しがっていることだろう。両親はどんなときも互いを頼りにしていたし、困ったときにはとくにそうだった。

わたしは親友のダヴィッド・コットに目をやった。故郷にいたとき、ダヴィッドとは家族ぐるみでたいそう親しくしていた。わたしは彼の家にしょっちゅう遊びにいき、彼もうちによく来ていた。以前は濃かったその髪も、黒い瞳が宿していた勇気と用心深さも、今はすっかり変わってしまった。さらにせつないのは、無邪気で幸せだったわたしたちの青春が突然断ち切られ、かつての親密さがもはやここには存在しないことだ。そのとき、だしぬけにベルが鳴って夕食の配給時間を告げた。

日曜日の朝、わたしは驚くほど早く目覚めた。今では、ホイッスルも鞭も犬の咆哮《ほうこう》も、すべてがお決まりの日常に思えてきた。点呼がすむと、司令官はわたしたちのなかに医師と料理人と仕立屋がいれば前に出るよう命令した。医師はひとりもいなかったが、料理人と仕立屋はじゅうぶんすぎるほどいた。医師の代わりとして、ドブラから来た理容師のゴルトシュタインが選ばれ、医務室を担当することになった。医務室といっても、あるのは包帯が少しとヨードチンキとアスピリンくらいだ。

料理係のラチミールは助手を四人希望した。この仕事はみなの垂涎《すいぜん》の的で、希望者が殺到した。余った食料をもらえるうえ、調理場はつねに暖かく、作業もきつくないからだ。ほかには仕立屋ひとりと、警官の任務に当たる収容者四人が選ばれた。それが終われば、あとの時間は自由だ。消灯のベルが鳴ったとき、外はまだ明るかった。とはいえ、いちばん下の寝台から見えるのは粗い木目だけ。その季節、夜はまだ涼しかったが、八〇人以上がひしめく部屋にいると、男たちの体が発する熱で汗ばんでしまう。父のほうに目を向けると、とげが刺さらないよう気をつけながら寝台に潜りこむところだった。

最初のころ、この収容所は近隣住民にとって大きなニュースだった。日曜日、農民たちは散歩ついでに、どんな人間がなぜ収容されているのか確かめにやってきた。この地域はもともとユダヤ人への反感が強いことで知られているが、それでもユダヤ人の罪はその出自だけだと知るや、彼らは純粋な怒りをあらわした。やがて、SS隊員がフェンスのそばの農民たちを見つけ、さっさと帰れ、二度と来るなと警告した。

その日は、五月半ばにしてはかなり暑かった。初めて仕事に出かける月曜日、午前四時にベルが鳴り、まだ暗いなか、わたしたちは運動場に集合した。陸上競技場の収容所から来た司令官とノイマン医師が中心に立ち、周囲にＳＳ隊員四、五人と、収容者から選ばれた警官二、三人がいた。父の言葉どおり、ノイマンがわたしのことを忘れているといいと思ったものの、そうはいかなかった。父とわたしを含む四〇〇人がほかの収容者たちと分けられたあと、いきなり「歯医者はノイマン医師のところへ」という声が聞こえてきた。

全身に電流が走った。どうしたらいいのかわからない。呼びかけに応じないのは恐ろしいし、かといって応じるのも恐ろしい。一秒が一時間にも感じられた。もう一度呼ばれたときも、まだ迷っていた。「しかたない」と父が言った。「行くしかないだろう」

わたしは列を突っ切り前に出ると、駆けだして相手の二メートル手前で止まり、かかとをトンと鳴らせた。「ノイマン先生、ご命令に従ってブロネク・ヤクボヴィッチが参りました」と明るい声を出す。

ノイマン医師はわたしを頭のてっぺんからつま先まで見てから、自分の横に来るよう身ぶりで示した。「ここで待ってろ」

振り返ると、わたしはＳＳ隊員やナチスのお偉がた全員と同じ列に立っているではないか。目を上げたとき、一〇〇〇人ほどもいる仲間の収容者たちが、なぜあいつはあそこにいるのか解《げ》しかねるという顔で、こちらを見ていた。わたしも向こう側へ行きたい。ここは自分の居場所ではないし、なにも好きでここにいるわけではない。まもなく、残りの男たちもいくつかの班に分けられた。ノイマンは最初の四〇〇人を指さしてわたしに伝えた。「いいか歯医者、おまえがあの班の班長《コロネンフューラー》だ」。その後、彼は各班の班長をひとりずつ選んでいった。

運動場を出るとき、ゲシュタポ［ナチスドイツの秘密国家警察］の色である黒い制服姿の人たちがおおぜい門のところで待っていた。そのひとりにノイマン医師が名簿を手渡したあと、わたしたちは彼らの監視下に置かれ、行進を命じられた。道路に出ると、彼らは列を突《つつ》いて軍隊式のリズムで歩かせた。「アイン、ツヴァイ、ドライ、フィーア」

最後まで残っていたわたしは、いちばんうしろの列で歩きながらも、自分がなにを求められているのか理解できずにいた。陽の光がかすかに射しはじめてわかったのは、黒い制服であっても、彼らはゲシュタポでもSSでもないということだ。なぜなら、コートにはゲシュタポの記章も襟の折り返しもないからだ。顔つきも柔和で控え目に見える。いったい何者なのだろう。

わたしのうしろを歩く黒い制服の男は、ブリーフケースをひとつ持っていた。わたしはちょっと下がってその男と並んで歩いた。声をかけて話をしたかったが、言葉が喉《のど》に詰まって出てこない。向こうはほとんどこちらに目を向けなかった。電柱の色あせた標識を見ると、どうやらこの道路はポズナンに通じているようだ。やっとのことでわたしは勇気を出し、ポズナンに行くのかと尋ねてみた。重苦しい何秒かが過ぎても、答えはなかった。質問を繰り返そうとしたとき、相手が言葉を返した。「収容者とは親しくしないよう言われているんだ」。そして、ややあってからこう付け加えた。「これから行くのは、〈ホッホ・ウント・ティーフバウ社〉だ。ブロジツァの」。

彼はドイツ語を話しているが、ドイツ人でないのはあきらかだ。おそらく、ドイツ系住民かポーランド人だろう。

「〈ホッホ・ウント・ティーフバウ社〉ってなんですか?」会話を続けるために、そう尋ねた。

「この地域で線路を敷設《ふせつ》している建築会社だ」。やがて、わたしたちのやりとりは少しずつ自然な口調になっていった。あと一時間は歩く、という彼の言葉から考えると、作業場までは往復で四時間かかるということだ。大通りをそれるころには太陽が昇り、朝靄《あさもや》はすっかり消えていた。三日月形の湖のへりをぐるりと行進していくとき、みなの靴が地面を踏み鳴らし、そのたびに砂埃が舞いあがった。やがてバラックが見えてきた。「あそこだ」と彼はバラックを指さした。

最初の建物は事務所だとすぐわかった。二番目は厨房《ちゅうぼう》と食堂らしく、三番目の建物には入口脇につるはしとシャベルと手押し車が置いてある。ここは道具小屋だ。看守のひとりが、作業場まで行儀よく行進していくよう命じ、わたしたちを促した。「一、二、三、四、左へ」。しかし、そのうち掛け声は「タッ、タッ」や「タン、タン」に省略されていった。

先ほどわたしと話した看守は、どうやら全体を指揮する役目のようだ。門の脇にいた男性に彼が書類を渡すと、相手はざっと目を通し、全部で何人かとポーランド語で尋ねた。「四〇七人です」

男性は向きなおり、そばで待っていた人たちに、それぞれ収容者が何人必要か、今度はドイツ語で訊いた。「五〇人」「四〇人」「三五人」とその人たちが答える。

要求した人数を割り当てられると、彼らはそれぞれの班を率いて庭を出ていった。わたしを含む二〇人がその場に残された。左側の建物のなかにかまどがあり、大鍋がふたつ載っているのが見えた。三〇歳くらいの女性が厨房のドアの前に立っている。「ヴィツァクさん、こっちも忘れないで。三人お願いね」とその女性が叫んだ。

男性は手近の三人を示し、連れていくように言った。すると女性は、水汲み要員としてあとふたり必要だと伝えた。男性はわたしと横の男を指さし、「きみたちふたりはスターシャのところで働け」とうなるように言った。そして踵を返し、残りの男たちを連れてどこかへ行った。

スターシャと呼ばれた女性は、厨房助手になった三人に包丁とバケツ何杯ぶんものジャガイモを当てがった。それから、わたしたちふたりに手桶をふたつずつ差しだし、「はい、これを持って」と気さくな口調で言って、森のほうを指さした。「木立のなかに泉があるの。この道路をまっすぐ行くと、小さな道に出るから」そこまで言ってあとの説明に詰まり、看守を手招きした。

「あなた、お名前は?」

「タデウシュです。でも、タデクと呼ばれています」

「ねえ、タデク、このふたりを泉まで連れていってくれる?」。しかし、彼も道がよくわからないらしい。スターシャが目印をいくつか挙げても、首をひねっている。スターシャは手桶を肩から吊り下げるためのチェーンをふたつ渡してくれた。「これで、運びやすくなるでしょ」

いっぽう、ジャガイモを渡された三人は懸命に皮を剝《む》いていた。ふと見ると、ドブラから来た年配のユダヤ人で、市長ムチンスキの腹心でもあったダヴィッド・モスコヴィッチが、いかにも不器用にジャガイモを扱っていた。どう見ても皮剝きの経験はなく、包丁が何度も手から滑り落ちる。それを目にとめたスターシャはジャガイモを手に取り、円を描くように包丁を滑らせながら手本を見せた。

チェーンで両脇に手桶をぶらさげ、わたしたちは看守タデクのあとについていった。水汲み役に選ばれたもうひとりの男はわたしより背が高いため、彼が二歩進むあいだにこちらは三歩進まないと追いつけない。彼はほとんど目も上げずに淡々と前を歩いていく。名前を尋ねると、「マレク」という答えが返ってきた。見たところマレクは三五歳くらいで、弁護士を思わせる知的な顔立ちをしている。仕立てのよいグレーのズボン、ヘリンボーンのジャケット、赤いネクタイというでたちは、手桶を持っていなければ、裁判所に向かう途中と言ってもおかしくない。その穏やかな面差しにわたしは惹かれた。最初に見たときから好ましく感じていたのだ。

チェーンから手桶をぶらさげながら、わたしたちは黙ってタデクの先導する道を歩いていった。刈られたばかりの草の匂いが鼻をくすぐる。ポーランドのいなかでは、多くの家庭がお金を払ってこんなふうに水汲みを頼んでいた。水汲み人夫は両肩に渡した板に桶を吊るして水を運ぶのだ。スターシャに渡されたチェーンは、まんなかで長さを調節できるようになっていた。しかし、チェーンがあるとかえって手桶を扱いにくく、ちょっと試したあと、結局は両手で持つことにした。この三日間つらい経験をしてきたせいで、わたしたちは人間らしい感情をすっかり奪われていた。自分はもはや囚われの身なのだという思いがますます強まってくる。

森の奥は茂みが深いため、足の運びもゆっくりになった。小道には、なめらかな苔《こけ》に覆われた隆起がときおりあらわれる。いたるところに、腐った樹木や根っこがあった。ようやく姿を見せた小川を跳びこえると、そこに泉が見えた。泉の水は澄んで冷たく、地底から湧きでているようだ。蚊や小さな昆虫が、泉から立ちあがる蒸気のなかで渦を巻いている。きれいな水に誘われて口に含んでみると、混じりけのないすがすがしい味がした。泉は底が浅いため、手桶をいっぱいにするには少し時間がかかる。わたしは看守に、ここへ来たことがあるのかとポーランド語で訊いてみた。「いや、ない」と彼は答えた。

手桶に水を入れながら、質問を続けた。「いつからこの任務についているんですか?」

「先週の水曜日に始めたばかりだ」

「どんな任務なのですか?」マレクも自分から会話に加わった。

「つい最近、ドイツ軍が組織化した任務だ。あらゆる軍事施設を監視することになっている」

「収容所も?」とマレク。

「ああ。ほとんどがユダヤ人の収容所だ」タデクはそう打ちあけた。看守たちがポーランド人であることも教えてくれた。手桶の水がいっぱいになると、わたしたちはバラックに戻った。

かまどの前で待っていたスターシャは、その水で、皮を剥いたジャガイモをよく洗った。わたしたちはふたたび水を汲みに出かけた。タデクは同僚と一緒にいたいらしく、ふたりだけで迷わずに行けるかと訊いてきた。「はい!」わたしたちは声を揃えた。自分たちだけになれるとは願ってもない。森に分け入ったとき、ふたりとも初めて監視なしで行動していることに気づいた。

マレク・ルインスキと名乗ったわが相棒は電気技師で、出身地はコウォだという。ドブラから五〇キロも離れていない街だ。マレクはハンサムで背丈は二メートル近くもあり、痩せている。

肌は小麦色、額はまっすぐで鼻が少し長めだ。人種登録所に出向いた際、捕えられたらしい。家族で唯一の男性であることを、ナチスは考慮してくれなかった。その結果コウォの男たちと一緒にトラックに乗せられ、わたしたちに合流してここへ来た。妻とふたりの子どもたちには、さよならを告げることさえできなかったという。その苦しい思いが顔にあらわれていた。話しながらずっと地面を見据えている彼のようすには、コウォのユダヤ人評議会に対する怒りと非難が感じとれた。

森の小道を歩き、やがて開けた場所まで来た。わたしたちは泉を囲う湿った土の上に手桶を置き、大きな岩に腰を下ろした。人の気配がしない静かな状況に身を置くと、さまざまな感情が押しよせてくる。数日のあいだに溜まっていた怒りを、ようやく解き放てるときがきたのだ。この一週間に味わった無力感や絶望感で涙があふれ、ふたりとも座ったまま泣きつづけた。

一五分ほどたって七時四五分くらいになったとき、遠くから人の声が聞こえてきた。大きくなるにつれ、どうやら若い女性たちの歌声らしいとわかった。ポーランドの卒業式で歌う有名な歌をきれいな声で歌っている。わたしたちは泣いていたことも忘れてはっとし、しばらく耳をすませていたが、やがて歌はぴたりと途絶え、明るく美しい響きも消えた。あたりがしんとすると、さっきの穏やかな歌声は夢だったように思えてくる。わたしは目を閉じた。なかなかそこを立ち去る気になれない。すると突然、やぶのなかでがさがさいう音が聞こえ、目を上げるとふたつの目がこちらをじっと見ていた。まもなく草むらが左右に分かれ、わたしたちの前に五人の若い娘が陽光を浴びながら姿をあらわした。一瞬目を疑ったが、どう見てもほんものだ。

「おはよう《ジェンドブリ》」相手を怖がらせないよう、間髪を入れずこちらから挨拶をした。

「ジェンドブリ」と五人が声を揃えた。娘たちはきちんとした服を着て、小脇に包みを抱え、いかにも楽しそうだ。「あなたたちはだれなの?」

「ユダヤ人なんだ。ぼくはブロネク・ヤクボヴィッチ。ドブラ出身だよ。こっちは友人のマレクで、コウォから来た」

「ここでなにをしているの?」

「シュタイネックという収容所にいるんだ。今日が仕事の初日なんだよ。〈ホッホ・ウント・ティーフバウ社〉での」

「ブロジツァの?」ひとりが尋ねた。

「そう」

五人はそれぞれ、ヤジャ、ハリナ、カーチャ、アンカ、ゾーシャという名前だった。戦争前は学校の同級生で、全員ポズナンの出身らしく、今は近くの農園で働いているという。ポズナンはドイツ軍に占領され、ユダヤ人はもうほとんど住んでいない。ナチスが侵攻したとたん、その街は〝ユーデンフライ〟(ユダヤ人がひとりもいない状態)になった。わたしたちのいたゲットーの状況を話して聞かせると、五人ともひどく憤慨した。収容所の状況を知ると、さらにショックを受けたようだ。「なにもかも、ユダヤ人だからというだけの理由で? どうして? どうして?」。それは、わたしたち自身が何度となく自問してきたことだ。娘たちの好奇心は際限がなかった。なぜ頭髪を剃《そ》られているのかも知りたがった。ひとりがわたしをじっと見つめ、片手を差しだして言った。「わたしはゾーシャ・ザシナよ。ドイツ人がそんな残酷なことをするなんて信じられないわ」。ゾーシャ。なんてかわいらしい名前だろう。「お腹がすいているでしょ。ほら、これを食べて」そう言うと、彼女は自分の昼食をわたしたちに差しだした。

わたしはとまどって、受けとるまいとした。ごくふつうの紳士的なふるまいをまだ完全に忘れてはいなかったのだ。「もらえないよ、ゾーシャ」。彼女の名前がなめらかに口をついて出た。「お願いだから受けとって。お父さんと分けて食べてね」とこちらに押しやる。父という言葉を聞いて、わたしは受けとるべきだと考え直した。

ゾーシャの行動に従うかのように、ほかの娘たちも昼食を差しだしてくれた。「いいから、いいから。ほかの人たちにもあげてちょうだい」。わたしたちはていねいに礼を言った。「明日も同じ時間にここへ立ち寄るわ」。去りぎわ、彼女たちはそう口にした。わたしたちが見守るなか、五人は涙ぐみながら深い森のなかへ消えていった。

食べ物の包みを持ち帰ると娘たちと会ったことがばれてしまうので、わたしたちはそれを土に埋めた。そして、看守が探しにこないうちに手桶に水を満たすと、あわただしくバラックへと向かった。わたしが先に立って狭い道を歩いた。高揚感で胸がいっぱいになり、翌日が楽しみでならない。ふと見ると、向こうからタデクが歩いてくる。今しがたの出来事をもしタデクが知ったら、どんな反応をするだろう。「ちょっと道に迷ってしまって」と言うと、彼はそれを信じてくれた。わたしたちの帰りをさらにじりじりと待っていたのはスターシャだ。

「こんなに長く、いったいどこへ行っていたの?」と彼女はいぶかった。

「ああ、ちょっと迷ったんですけど、これでようやく道を憶えました」。なんとか相手の信用を失わず、自分たちだけで水汲みを続けられるよう、わたしはそう答えた。

看守たちは木陰でお喋りをしたり、煙草を吸ったり、トランプに興じたりして、わたしたちに付き添ってくる気はなさそうだ。スターシャは、ジャガイモ係がいかに不器用かをひとしきり話した。彼女の言う〝芽〟の部分がきちんと削れたかどうか、ひとつひとつ確認しなければならなかったという。彼らはジャガイモなど剝いた経験がないのだ、と説明したかったが、ただこう答えておいた。「そのうち上手になりますよ」。一瞬、その言葉は無能なユダヤ人を揶揄《やゆ》するナチスの常套句のように響いた。

泉のところに戻ったときも、頭のなかはまだ先ほどの出会いの場面でいっぱいだった。ゾーシャの美しい顔立ちを思い浮かべると、ほかのことはいっさい消えてしまう。彼女の寛大さ、やさしさ、そして心から案じてくれるようすには胸が熱くなった。五人からもらった食べ物が食欲をそそる。おいしそうな焼きたてのパン、ハム、キルバーサ［ポーランドの燻製ソーセージ］、クッキー、果物。わたしたちは、ひとりぶんより多めにその場で食べてしまい、残りは仲間たちに分けるためポケットに隠した。スターシャからは、もう水はじゅうぶんだと言われたので、昼休みまで待つことにした。

正午になり、仕事はいったん終わった。職長たちが収容者を食堂の前まで連れてくると、蒸し鍋や深鍋やシチュー鍋が外に運ばれてきた。職長や監督や技術者やエンジニアは、ごったがえす食堂のなかで昼食をとった。スターシャは彼らの食事をひときわ敬意を込めて整え、自分自身は全員が食堂を出たあとに、ヴィツァク氏と一緒に食べた。仕事を半日終えた時点で、すでに父が疲れているのがわたしには見てとれた。仕事はきついのかと尋ねると、父はこう答えた。「いいや、おれは体力があるから大丈夫だ」

父が属する班の職長はオーストリア人のシュメルレという男で、残忍な威張り屋だという評判が早くも流れていた。シャベルはつねに満杯にしてから持ちあげるよう、シュメルレは要求した。四七歳で心臓に持病のある父が、シャベル一杯で一四キロほどにもなる土を、一日じゅう上げ下ろしするなんてどだい無理なのだ。わたしは、マレクと森から持ってきた食べ物を父に分けた。だれにもらったかは言わなかったし、父も訊かなかった。

ブロジツァで出されたスープは、収容所の水っぽいスープほどいやな匂いはしなかった。中身はジャガイモとカブがほとんどだが、きらりと光る馬肉も混じっている。その小さなかけらまで、わたしたちは残さずすくった。食事のあと、マレクとともにふたたび水を汲みにいった。仲間たちは湿地での仕事に戻っていった。そのあと、わたしはヴィツァクに命じられて、職長率いるそれぞれの現場に収容者が何人いるかを数えにいき、マレクはスターシャに皿洗い用の水を運んでいった。

当時、とくにポーランドでは、地ならしはつるはしとシャベルで行なうことが多かった。現場をまわってみると、仲間たちがどれほどきつい労働をしているか、よくわかった。粘質の土をシャベルで掘ってすくい、手押し車に載せて何百メートルも運び、線路の道床をこしらえていくのだ。職長の多くはシュメルレよりも人間的だった。しかし、疲れた収容者の動きが鈍ると、彼らも態度を変えた。わたしは労働者の数を調べ終え、ヴィツァクのところへ報告に行った。ヴィツァクの事務所は窓のカーテンが閉まっていたので、ドアをノックした。ドアを開けた彼は黙って書類を受けとった。どうやら余計な口をきかない人物のようだ。

〈ホッホ・ウント・ティーフバウ社〉は完全にドイツの企業なのだが、プロジェクトの一部であるこの工事は、ヴィツァク、クミエック、バシアックという三人のポーランド人が仕切っていた。クミエックとバシアックはポーランドのインテリ層出身だが、ヴィツァクは上流階級の出ではない。クミエックもバシアックも、収容者に対するドイツ人の態度に何度となく嫌悪感を示していた。ただし、ヴィツァクがどう思っているのかはわからなかった。

午後四時に仕事が終わった。シュタイネックに戻る道すがら、看守たちはリズムに合わせてわたしたちを行進させようとした。「一、二、三、四！ アヒルみたいによろよろ歩いているのを見られたら、どう思われるかわからないぞ」。疲労困憊した奴隷のようなわたしたちからすれば、人にどう思われようと知ったことではない。軍隊式の行進など存在しない世界で長年生きてきた礼拝先唱者ピンカスやほかの学者たちに、いったいどうやって行進しろというのか。彼らは人生のほぼすべてを、タルムードの研究や、精神の豊かさを説くことに費やしてきたのだ。やがて、看守たちもわれわれの激しい疲労を見てとり、好きに歩かせてくれた。

やっとのことで収容所に帰りつくと、建物のなかはミツバチの巣箱のように人であふれかえった。収容者たちがいっせいに洗面所や便所を使おうとするからだ。兄弟や父子といえども、多くが別々の労働班に割り当てられており、変更はほぼ不可能だった。わたしたちが戻ると、すでに帰っていた人たちが集まってきて、仕事の内容を教えてくれた。どうやらみな同じ仕事、つまり鉄道の敷設工事をしていたようだ。

その夜、横になるとわたしはゾーシャのことを考えた。暗闇に彼女の顔が浮かんでくる。翌朝の四時、ぐっすり眠っていたため、学校のベルがけたたましく鳴っても目が覚めず、父に突かれてようやく寝床から出た。

収容者の体力が弱りつつあるため、配給されるコーヒーもどきや、モルタルみたいなパンや、偽のマーマレードに替わる食料をなんとか調達する必要があった。「必要は発明の母」とはよく言ったものだ。わたしたちはスプーンの柄の先を岩で叩いて薄くし、ナイフとして使えるようにした。

朝食が終わり、わたしたちの班が集合して門のところへ行くと、看守のチーフであるタデクがわれわれの担当になった。仕事を始めてまだ二日目だというのに、早くもこの生活が日常になっていた。空は雲ゆきが怪しいものの、まだ雨は降っていない。相変わらずシュメルレのもとで働いている父のことがずっと気にかかっていた。どうにかして早くあの班から抜けさせなければならない。

工事現場のバラックに着いたのは七時少し前だった。スターシャ、そしてヴィツァクとその部下の職長たちが待っていた。シャベルとつるはしと手押し車が道具小屋の外に置いてある。タデクが人数を報告したあと、収容者たちはそれぞれ職長についていくよう命じられた。「職長がいない場合は、現場に行って昨日終わったところから始めるように」とヴィツァクが伝えた。

スターシャはマレクとわたしをバラックの前に残し、三人の助手をジャガイモ剝きの作業に当たらせた。わたしたちふたりは、監視なしで泉へ向かった。まだ七時を数分過ぎたころで、昨日の娘たちが来るには早すぎる。九時近くに二回目の水を手桶に汲み終えたとき、彼女たちのやってくる音が聞こえた。「こんにちは」五人は朗らかに挨拶をしながら、泉のそばまで来た。「こんにちは」とわたしたちも答える。

この日は、前日のような好奇心に満ちた活発な会話にはならず、わたしたちは天気の話などをした。やさしい気づかいをなおも見せてくれるのはゾーシャひとりのように思えた。彼女はなにか言いたげにしている。ヤジャが切りだした。「わたしたちの学校には、ユダヤ人の生徒はほとんどいなかったわ」。カーチャとハリナが頷く。

「わたしはカプランという音楽の先生にピアノの個人教授をしてもらっていたのよ。先生はユダヤ人とのハーフだと思う。わたし、カプラン先生が大好きだったわ」とゾーシャが言った。「戦争が始まったとき、先生も奥さんもすでにご年配だったの。おふたりはどうなさっているかしら」

「たしか、あなたは結婚していて、お子さんもふたりいらっしゃるのよね」とカーチャがマレクに尋ねた。

「ああ。息子は九歳で娘は三歳。来週、娘の誕生日なんだ」。マレクは胸のポケットから金文字のイニシャルが入った茶色い革の札入れを取りだし、妻と子どもたちの写真を五人に見せた。そして誇らしげな父親の表情で、絵葉書大の写真が手から手へまわっていくあいだ、五人の顔を眺めていた。

「まあ、なんてすてきな奥さんとかわいらしいお子さんたちでしょう」娘たちが口ぐちに言う。

「手紙は受けとれているの？」ひとりが尋ねた。

「ゲットーからはまだ手紙を出せるけれど、ここでは受けとれないんだ」

彼女たちは驚いて顔を見合わせている。「家族と連絡を取るのがなぜいけないのかしら」とカーチャがいぶかった。「もしご家族に便りを出したければ、手紙でも葉書でも、わたしたちが喜んで送ってあげるわよ」

「それはご親切に」マレクが美しいポーランド語で答えた。彼の行儀のよさは、水汲み仕事にはもったいないほどだ。マレクは礼を言い、申し出をありがたく受けることにした。

わたしもこのときとばかりに、自分の手紙も親族に送ってもらえるだろうかと尋ねた。ハリナがすかさず快諾してくれ、ゾーシャも続いた。「喜んで」

あまりゆっくりしているとだれかが探しにくるかもしれないし、スターシャは今か今かと水を待っているはずだ。すでに九時をだいぶ過ぎていたので、娘たちも仕事に行かなければならない。ゾーシャのかたわらに大きな箱がある。どうやら、五人で持ちよった食べ物らしい。わたしたちに気まずい思いをさせまいとして、ゾーシャはおずおずとその箱を手で示した。「みんなからよ」。その贈り物が彼女たちの昼食ではないと知って、わたしたちは受けとることにした。立ち去りぎわ、ゾーシャがわたしのほうを振り向いた。「ブロネク、お昼休みにここへ来られる？　わたしたち、一二時から一時までは自由時間なの。来られる？」

「たぶん」とわたしは答えた。胸のなかに温かいものが湧きあがる。もしかしたら、彼女はわたしに興味があるのだろうか。やがて五人は、自由な人間ならではの溌剌《はつらつ》としたようすで去っていった。

わたしたちは食べ物を隠し、手桶を持ってその場をあとにした。バラックに戻ると、ヴィツァクがいらだたしげに歩きまわっていた。しかし、すぐにこれは彼の癖だとわかった。ひとときもじっとしていないのだ。いつも急いでいるようすで、だれかと話しながら歩いていても、ひとりですたすたと先に行ってしまう。わたしたちが近づいていくと、ヴィツァクは自分のあとについてくるよう、わたしに合図をした。

「かしこまりました。上級職長殿《ヘア・オーバーマイスター》」。わたしは彼のすぐうしろについた。相手はなにも答えない。

道具小屋と管理職用の食堂を通りすぎ、事務所に入っていった。なかにはだれもいない。ヴィツァクは庭に面した窓ぎわの机を指さした。その上には、測量用マニュアルや本が壁に立てかけて置いてある。彼は台帳を手に取った。「今日から、きみの班の作業日誌をつけるんだ。現場への到着時刻と、ひとりひとりの労働時間も記入しろ。たぶん知っていると思うが、わが社は労働時間に応じて収容所に賃金を支払っている」。そんなことは初耳だ。ヴィツァクは引き出しから名簿を取りだした。タデクが渡した名簿だ。「この机を使うといい」。そう言って、彼はあわただしく部屋を出ていった。

「わかりました。ヴィツァクさん」と答えたが、もはや相手の耳には届いていなかった。彼は現場へ向かったのだ。

あたりには、シャクジョウソウのむせるような香りが漂っている。事務所のなかは、使い古された三組の机と椅子、そして製図台しかなく殺風景だ。ドアを開けると外でマレクが待っていた。この二日間ずっとふたりで働いてきた。マレクと一緒にいるのは心地よかったし、彼から多くのことを学びもした。ふたりで泉のそばに何度も腰を下ろし、湧き出る水の音に耳を澄ませながら、思いがけず五人の娘たちがあらわれた魔法のようなひとときに思いを馳せたものだ。ゾーシャにまた会えるだろうか。「ヴィツァクさんから、事務所にいるように言われたんだ」とマレクに伝えた。

それを聞いてマレクはがっかりしていた。事務所でひとりになって新しい仕事を始めると、ヴィツァクが口にしていた「わが社はきみたちの労働に賃金を支払っている」という言葉が耳に蘇った。ナチスが収容者の労働を売りものにするなんて、思いもよらなかった。わたしたちに働かせて代償を得ているとは、なんともショックだ。わたしは台帳を開いて、職長の名前をアルファベット順に書きこんでから、各職長に割り当てられた収容者の名前と一日の労働時間を記していった。名簿には、ドブラから来た人たちの名前もあった。それを見ると、ともに歩んできた過去を思わずにはいられなかった。

少しすると、スターシャが部屋に入ってきた。表情が輝いている。どうやら彼女はこの作業場では影響力があるらしい。「あのね、ヴィツァクさんが事務所に助手がほしいと言ってたから、あなたを推薦しておいたの。ヴィツァクさんはいい人よ」。そして、自分の意図がきちんと伝わるよう、こう言い添えた。「あなたは善良な人だと思うわ、ブロネク。ヴィツァクさんもそぶりには見せないだろうけど、あなたを気に入ってるのよ。立場上、おもてにはあらわせないだけで」

わたしはわかりましたと答え、ていねいに礼を言った。やがて、タデクが通りかかってドアから顔を覗かせ、ここでなにをしているのかと訊いてきた。ヴィツァクの手伝いをしているのだと答えると、彼はこれまでにない敬意の表情を浮かべ、「そうか」と納得して立ち去った。バシアックと、そのあとからクミエックも事務所に入ってきて、わたしを見るとふたりとも驚いていた。このふたりと一緒に仕事ができたおかげで、わたしにも彼らの事情がわかるようになった。それぞれ理由は違うものの、わたしも彼らもドイツを憎む気持ちは同じだ。ポーランド人がドイツを憎むのは長年の対立が理由であり、最近ではドイツに占領されたせいで、ますます嫌悪感が募っている。ふたりとも、気さくにわたしと接してくれた。

正午になると、マレクが待っていた。「今日からヴィツァクのところで働くことになったんだ」と伝え、代わりの水汲み役をだれかに頼むように言うと、彼は自分ひとりでやれると答えた。娘たちにもらった食料の箱は、まだ泉のそばに埋めたままだ。ゾーシャに会いにいくなら今しかない。人目につかないよう、わたしはバラックの裏手にまわり、小さな丘を横切っていった。そして、バラックの庭からは見えない場所まで来ると、そこから先は大股で歩いた。ゾーシャは木の切り株に座っていた。わたしを見ると立ちあがり、ふたりは挨拶がわりの握手を交わした。

「来てくれたのね」温かみのある声。

「来ないわけがないよ」

ふたりとも、なにを言えばいいのかわからなかった。ゾーシャのまなざしは以前、同年代の女の子たちから向けられたまなざしと同じだった。もしかしたら、好意を持ってくれたのだろうか。

腰を下ろしながら、わたしはなにを話そうか考えていた。会えて嬉しいと伝えればよかったのかもしれない。「きみがここに来るのは勇気がいるだろうね」やっとのことで、そう切りだした。

ゾーシャは自分自身のことを話しはじめた。住んでいる街はポズナン。父親は簿記の仕事をしていて、母親は主婦で、彼女はひとりっ子だ。学校が再開したら高校の卒業証書《マトーラ》がほしいという。ピアノとガーデニングと読書とアメリカ映画を観るのが大好きらしいが、当時すでにポーランドではアメリカ映画は上映されなくなっていた。わたしはかつてカリシュにある学校に通っていたとき、友人の家がアポロンという映画館を経営していた。わたしたちはよく鉄道の駅まで映画フィルムを受けとりにいき、何度でも好きなだけ鑑賞したものだ。ゾーシャとわたしは、記憶に残っている映画をそれぞれ言い合い、好きな俳優や女優の話をした。やがて帰るべき時刻になった。わたしは午前中には来られないため、翌日も昼休みに会うことになった。

仕事場に戻ると、収容者のほとんどはまだ昼休み中だった。わたしの居場所を知っていたのはマレクだけだ。その時間に抜けだすのは危険だとマレクは言った。

「どこへ行ってたの?」とスターシャ。わたしのために昼食を取っておいてくれたらしい。これは予想外だった。仲間たちがみなで大鍋をつついているのに、その目の前で自分だけ違う食事をすることなどどうしてできるだろう。スターシャには感謝しながらも、「仲間と一緒に食べます」と答えた。けれども、日がたつにつれて空腹に勝てなくなり、何度かスターシャから残り物をもらうことになった。

父も、昼休みに庭でわたしの姿が見つからないのを心配していた。見たところ、父は急速に体力を失っている。そうなった原因はあきらかに職長のシュメルレだ。この状況をなんとかしなければならない。そのうち父とわたしの仕事を交換してもらいたいと考えていたが、すぐにそうなるとも思えない。「シュメルレはどう?」と尋ねてみた。

「問題ない。よく怒鳴るが、なにもおれだけにひどい仕打ちをしてるわけじゃない」

「それはどういう意味なの、父さん」

「ときどき怒るのは、おれたちが全力を出していないと思ってるからだ。でも、見た目ほど悪い男じゃない」

父はふだんから不平を言わないし、とくにわたしには言わない。ここで働きはじめてまだ二日目だが、いつもならピンク色の頰が紫色になり、目は落ちくぼんで黒いクマができていて、歩きかたもこれまでになく弱々しかった。わたしは気が気ではなくなり、なにか手を打とうと決めた。新しく与えられた仕事のおかげで、わたしにも少しは発言力がある。クミエックもバシアックも、わたしをチームの一員として見てくれているが、いちばん話しやすいのはスターシャだ。父を厨房で使ってもらえないか、頼んでみることにした。

職長たちがみなに聞こえるよう、「仕事に戻れ!」といっせいに声を上げた。マレクは泉に向かい、わたしは事務所に戻った。製図台の前にバシアックが座っていた。彼は四〇歳を過ぎているが顔の色つやがよく、ブロンドの髪もふさふさしているため、とても若く見えた。小さくて形のよい鼻とスラブ系の繊細な顔立ちが、端正な印象を与える。気立ても穏やかで話しかけやすい。机の上に、妻セシアとふたりで写った結婚式の小さな写真が立てかけられ、仕事中のバシアックを正面から見守っている。結婚したばかりで、子どもはまだいない。いつか家に招待するからと約束してくれたが、それはついにかなわなかった。わたしはバシアックがうらやましかった。彼とたいした違いがあるわけではないのに、わたしのほうはなぜこんなにも差別されるのだろう。髪の色が黒いせいで、〝怪物《ウンメンシュ》〟のように見られるのだろうか。四時になるとホイッスルが鳴り、労働時間の終了を告げた。埋めておいた食料の残り――パンと少しのチーズ――をマレクがみなに差しだすと、列ができる間もなくたちまち消えてなくなった。

　どう考えても、配給の食事だけで生きていくのは無理だし、娘たちが持ってきてくれる食べ物はおおぜいには行きわたらない。ときがたつにつれ、わたしは自分に与えられた有利な立場が、ほかの仲間から疎《うと》んじられているのを感じはじめていた。作業場までの道すがら、奥まったところにある小さな家屋に、〈パン屋《ピエカルニャ》〉の看板がかかっているのは昨日も目に入っていたが、その日、仕事から帰るとき改めてその店に関心が向いた。あそこでパンを売ってもらえないだろうか。試してみる価値はある。タデクがなにげなく口にしていた言葉が頭に蘇った。「きみたちのなかには、金持ちがたくさんいるんだろうな」

　わたしは計画を立て、それをマレクに話してみることにした。あとで部屋に来てほしいと伝えると、彼はなにか大事な用だと悟ったらしく、すぐにやって来た。「作業場へ行く道にパン屋があるのに気づいてた？」と切りだす。彼は興味を惹かれたようにこちらを見た。

「もしタデクが許可してくれたら、だれかが店に寄って、パンを売ってもらえるかどうか訊いてみたらどうだろう」

「代金はだれが払うの?」

「全員が、持ち金に応じて払えばいい」

「もしうまくいけば、すごく助かるな」

「わかった。明日、収容所を出発したらすぐタデクに訊いてみるよ」

「ほかの看守はどうする?」

「タデクが許可すれば、だめとは言わないと思う。パン屋に話すのは、やってくれる?」。わたしたちは段取りを決めたものの、計画のことはまだだれにも、父にさえ打ちあけないことにした。ゲットーにいたころも、じゅうぶんな食事を与えられていたわけではないが、あそこではシュタイネックで要求されるような重労働もしていなかった。この労働に耐えるには、どうしてもカロリーが必要だ。

いまだにすんなりと飲みこめないスープで夕食を終えると、わたしは寝台に潜りこみ、毛布をかぶって眠りに落ちた。あっというまに朝が来て、起床のベルが鳴ると、たちまち全員があわただしく追い立てられた。顔を洗い、服を着て、時間どおりに厨房へ出向いて配給食を受けとり、食べ終え、点呼を受けるまでを一時間ですませて作業場へ向かう。歩きながら、わたしはチャンスをうかがった。タデクが何度もマレクをひとりで泉に行かせていることを考えると、わたしたちは信用されているはずだ。

「一、二分だけ、マレクをパン屋に行かせてもらってもいいですか?」と尋ね、遅れは取り戻すからと言い添えた。

しぶしぶながらも、タデクは認めてくれた。「すぐ戻ってくるんだぞ」

息づまるような数分が過ぎ、マレクは丸いパンをふたつ両脇に抱えて戻ってきた。ひとつが自転車の車輪ほどもある。焼きたてのパンの香りがあたりに漂った。「パンはほしいだけ売ってくれるそうだ」マレクは勝ち誇ったように言った。「来週からは毎日、二〇個多めに焼いておくと言っていたよ」

お金のことを除けば、わたしたちの試みはすべて計画どおりに運んだ。マレクが買ってきたパンは、すぐさま小さなかけらに分けられた。もちろん、じゅうぶんな量ではなかったため、あちこちで不平が漏れはじめ、だれかが「明日はおれもパン屋に行く」と口にした。

しかし、それでは混乱が起きて、これまでの努力が台無しになりかねない。わたしはその男を思いとどまらせ、計画どおりにやるのが全員のためなのだと伝えた。いずれにせよ、あと二、三日もすればスムーズにことが運ぶようになるだろう。生きのびるためには多少の危険も冒さなければならない。なにが安全で、どこまでなら許されるのか、まだまだわからないことが多い。その日、正午になるとわたしはゾーシャに会いにいった。ふたりで喋ったのは楽しいことばかりで、収容所もナチスも政治も話題にのぼらなかった。わたしたちは、次第にごくふつうの青年と娘の関係に近づいていった。ゾーシャはわたしの憧れの女性になり、一緒にいると胸がどきどきした。ボーイフレンドはいるのかと尋ねると、いないという答えが返ってきた。

ゾーシャは、わたしが家族にあてて書いた手紙を受けとり、できるだけ早く届けると約束してくれた。シュタイネックの悲惨な状況は、手紙では触れないようにした。母には、ゾーシャが手紙の受け渡し役として信頼できることを書いておいた。

別れぎわ、わたしはゾーシャの額と両頬にキスをした。胸がじんわりと温かくなり、またすぐに会いたい気持ちでいっぱいになった。作業場に戻ると、仲間たちはみな仕事に戻っていた。だれにも気づかれないように食堂の前を通りすぎる。事務所に人の姿はなかった。けれども、スターシャはわたしの不在に気づいていたらしく、わたしが戻るとすぐ、料理の載ったお皿を手にやってきた。残り物を食べていると、この社会的混乱のなか、われわれユダヤ人の置かれた立場をいやでも思い知らされるが、かといって空腹のままプライドを保ちつづけるのは至難のわざだ。

「仕事場から離れるのをドイツ人に見られるとまずいわよ。わかってると思うけど、ユダヤ人を憎んでる人もいるから」。スターシャは、わたしを守ろうとするように諭した。彼女はこういうおせっかいが好きだ。だれのどんな隠しごとも、いずれは見破ってしまう。それならいっそ、彼女を味方につけたほうが得策だ。わたしはすべてを打ちあけることにした。

「あのねスターシャ、実は果樹園で働いている女の子に出会って、好きになったんです」。彼女は目を細めてにんまりとした。頭には色鮮やかなクプカ（スカーフ）を巻いている。スターシャはまっすぐこちらを見つめ、怪しいと踏んでいたけれどやっぱりね、とでも言いたげな笑みを浮かべた。

「そんなことだろうと思ったわ。でも気をつけて。知ってるだろうけど、わたしたちはユダヤ人と親しくするのを禁じられているの。あなただけじゃなくてユダヤ人全員よ」。そこまで話して言葉を途切らせ、しばらく考えこむ。「ユダヤ人を嫌う人がいるのは、キリスト教徒ではないからよ。もちろん、初期のキリスト教徒がすべてユダヤ人だったのは知ってるわ。キリスト教を唱えたのが、ユダヤ人の血を引く人だったことも。わたしにとってはね、ブロネク、たとえキリスト教徒でなくても同じ人間なのよ」と彼女は考え深げに言った。

続けて、ドイツに占領された怒りを口にしたあと、スターシャはわたしに対して一気に心を開くようになった。わたしが隠しごとをしないだけでなく、収容者という立場を超えてなんでも話したからだ。彼女はわたしを腹心の友のように扱い、仲間うちのゴシップも数多く聞かせてくれるようになった。そして、彼女自身にも秘密があった。ヴィツァクと恋仲なのだ。

父の顔は日に日にやつれ、土気色になっていった。少しでも早く仕事を替わらせなければならない。翌日の昼、父は事務所の前でわたしを待っていた。それまで、わたしは母親似だとみなに言われていたが、スターシャはわたしが父に似ていると口にした。しばらくして、わたしは厨房でもうひとり助手を使ってもらえないだろうかと尋ねてみた、「それ、あなたのお父さんのことでしょ?」

「そうです」

「職長はだれなの?」

「シュメルレです」

「シュメルレ?」と驚いた声。「あの男はなにをしでかすかわからない悪党よ。あいつらはみんなそうだけど」とスターシャは付け加えた。そして、この機会とばかりに、ジャガイモ剝きの助手にはいまだに手こずっていると不満を打ちあけてきた。わたしは、仲間に伝えておくことを約束した。スターシャのおかげで、その日の仕事を終えるころには、父は月曜日から厨房で働けることになっていた。

「ヴィツァクさんのほうは心配いらないわ。うまく話しておくから」と彼女は請けあった。その知らせを聞くと、さすがの父も心底喜んだ。もともと、父はいい知らせにも悪い知らせにも一喜一憂しない人間で、なにごとにも動じない妙な威厳のようなものがあった。末っ子だったわたしを、父はいつも気にかけてくれていた。父自身はほとんど読み書きができなかったので、わたしの成績が上がると誇らしそうにしていたものだ。この日、わたしは初めて父の力になれた気がした。

その日は木曜日で、これから毎日パンを買いたいとタデクに伝えなければならなかった。タデクやほかの看守がわたしのカレッジリング〔卒業記念の指輪〕に興味を持っていると知ったのはちょうどそのころだ。「多めにパンを焼いておくと店主が約束してくれたんです。取りにいかせてもらえますか?」とタデクに尋ねた。

「そうだな」と相手はつぶやき、いいともだめだとも答えない。

わたしは指輪をはずした。「タデクさん、ここではたいして使い物にもならないから、よかったらこれを差しあげます」

彼はわたしの顔と指輪にちらりと目を向けた。「そんな必要はない」。そしてしばらくためらってから、ようやく許可してくれた。「ただし、見つかってもぼくは知らないからな」

「あの時間はまだ暗いですから、おそらくだれにも見つかりません。もし見つかっても、あなたを巻き添えにしないと保証します」。ほんとうは、わたしに保証できることなどほとんどなかったが、ここまで来たら計画を進めるしかない。チャンスが目の前にあるのだ。もしかしたら、よからぬことがいつか起きるかもしれないと感じてはいたし、その後、実際に起きた。しかしそれはだいぶあとのことで、当分のあいだは、だれもが渇望している食料を入手できた。

マレクは、その週のパンを買えるだけのお金を集めた。あとのことはなんとかなるに違いない。

シュタイネックに来てわずか一週間で、実にたくさんのことが起きた。

第7章　ゾーシャ

ゾーシャとは毎日会っていた。彼女はわたしにとって、もはや単なる知り合いではなくなった。お互いに魅かれ合っていたし、ふたりともそれを自覚していた。ある日、ゾーシャの作業着や素肌からエキゾチックな花の香りがした。彼女が遠慮がちに身を寄せてくると、豊かな茶色の髪が、やわらかいさざ波のように顔に落ちかかった。サテンを思わせる肌は光を浴びてきらめき、かすかなほほ笑みには官能的な表情がほの見える。わたしは彼女を引き寄せた。ゾーシャがわたしの腰に両手をまわす。わたしはその体を抱きしめ、頬をそっと撫でた。ふたりの唇が触れ合う。彼女の肌の香りと唇の柔らかさに、胸が高鳴った。体のなかから、それまで失われていた性的な興奮が、ふいに沸き起こるのを感じた。ふたりの唇が重なり、離れて、また重なる。わたしは彼女を自分のものにしたいと願い、相手もそれを望んでいた。わたしたちは、苔に覆われた切り株に座って見つめ合いながら、この関係はきっと最後まで行くことになると感じつつ、それはここではないし今ではないこともわかっていた。その日は、彼女を残して立ち去るのがことのほかつらかった。別れぎわ、ゾーシャはおずおずと、月曜日にはもっと果樹園に近い場所で会えるかもしれないとほのめかした。わたしたちは感情のおもむくままに強く抱き合いながら、口づけを交わした。収容所で暮らすユダヤ人の若者が、こんな春の日に、だれかを愛し愛されるなんて、たとえようもなくすばらしい気分だった。

そういえば、カリシュでユダヤ人向けのギムナジウム［中等教育機関。日本の中高一貫校にあたる］に通っていたころ、一〇歳上だったいとこのヨゼクがわたしにセックスを経験させてやろうとした。売春婦はとても魅力的な若い娘だった。わたしは彼女が作っていた手芸品に感心し、お金のために体を売るなんて残念だと思ったのを憶えている。そして、そこにいるあいだじゅう、なんとか相手を立ち直らせようと説得し、とうとう彼女に触れることなくその場を立ち去った。

事務所に戻ると、スターシャがちらりと視線を向けてきた。どこへ行っていたのか知りたがり、ほどなくわたしはゾーシャと一緒にいたことを告白した。「気をつけるのよ、ブロネク」。彼女は母親のような口調で注意を促した。

最初の一週間の労働が終わって収容所に戻ると、わたしたちは収容所の司令官が来ていることを知らされた。廊下を歩いていくと、司令官が医務室から出てくるのが見えた。うしろから警官がひとり小走りについてくる。司令官は身長が二メートルほどもあり、四五歳くらいで、太っている。ごつい顎が見るからに獰猛《どうもう》そうだ。出っ張った腹は、仕立てのよいＳＳの黒い制服で覆われ、短銃身の拳銃《けんじゅう》を収めたホルスターが、細い革の斜めがけベルトで吊ってある。その下は、乗馬ズボンと磨きあげられたブーツ。ＳＳの制帽を見れば、ナチスの階級は軍曹か分隊長だとわかる。皮肉なことに、クルシェという苗字はドブラの評判の悪い歯医者と同じだった。司令官は遠くを見るような冷たい目をしていた。最初の何日かのうちに、彼は新たな役割分担を決め、各部屋に部屋頭《シュトゥーベナルテステ》を任命した。そして、いかにもSSらしいきわめて横柄な態度で、わたしたちに完全なる服従を要求した。

いまや、この収容所をだれが運営しているかはあきらかだった。このときから、わたしたちは週に一度、消毒薬のツンとする匂いが染みついた灰色と青の縞模様の下着を受けとることになった。毎週、土曜日の午後になると、クルシェが所内の警官を引きつれて収容者を点検しにやってきた。その年の春は例年より暖かく、フェンスの周囲では芝が緑に色づいていた。あるとき、一羽の鳥が飛んできて金網にぶつかり、羽をばたつかせて地面に落ちた。そして懸命に起きあがろうとするが、ついにかなわなかった。もしかしたら、これはなにかの前兆なのだろうか。

部屋で議論が巻き起こった。だれかが声を上げる。「なぜいつもおれたちはスケープゴートにされるんだろう」

「これまで何度も乗りこえてきたんだから、この悪魔《アミュレク》にも打ちかてるさ」と、彼の隣にいたラビのモイシュが応じた。「結局、だれもが神の律法に従って生きるしかないんだ」

「でも、神の律法に従って生きるべきだと神自身がほんとうにお考えになったんだろうか」別のだれかが疑問を口にする。

「そうだ」とモイシュが答え、旧約聖書の一節を唱えた。「わたしはあなたを大いなる国民にし、あなたを祝福する人をわたしは祝福し、あなたを呪う者をわたしは呪う」

すると、別の仲間が割って入った。「なぜおれたちは祖国を追いだされて、世界じゅうに離散させられたんだ？　なぜおれたちは卑しい奴隷にさせられたんだ？　なぜおれたちはいつも憎しみの的にされるんだ?」

モイシュが穏やかな威厳を込めて答えた。「信仰を失い、神への信心を失うことは、われわれの信条に反し、ハラハー〔ユダヤ教の慣習法規〕に反する」。モイシュはみずからの言葉に強い信念を持ち、ほかの人の意見に耳を傾けようとしない。彼はこう断言して議論に終止符を打った。「神を信じ希望を持つことが、われわれにとっては唯一の救いなんだ」。わたし自身は、モイシュほど揺るぎない信仰を持ってはいなかった。

「戦争なんて永遠に続くものじゃない」と父が口にした。「こんな状態が終われば、悪魔に勝利したことをみんなで祝えるさ」。それでも、ナチスに抵抗しようと言いだす者はいない。どんな運命が待っていようと、だれもがそれを甘んじて受け容れるつもりでいるようだ。

わたしたちは、「やりくりする」という言葉をちょっとした盗みの意味で使い、なんとか命を保っていた。生きていくには、乏しい配給を補う手段を見つけなければならない。それには危険が伴う。どこまでならやれるのか、試すことになるからだ。週日のあいだ、わたしたちの班はパン屋で買う焼きたてのパンをだれもが楽しみにしていた。日曜日になると、物見高い人たちがフェンスのそばまでやってきた。外の人たちは最初こそほとんどが同情的だったが、あちこちに収容所ができてくると、目新しさも薄れたようだ。

収容所まで漏れ伝わってくるニュースによると、どうやらこの戦争が早々に終わることはなさそうだった。予測と願望とはきちんと分けなければならない。嘘はたやすく紛れこんでくるし、憶測も広まりやすい。わたしたちはドイツ軍の派手な勝利を耳にした。いまやヨーロッパはヒトラーの意のままだ。ヒトラーの名を聞いただけで、多くの国が震えあがる。最近では、北アフリカで勝利を収めたらしい。ナチスがソ連に侵攻するという噂もあちこちでささやかれていた。ヨーロッパのどこかの国がナチスの勢いを阻止することなど望み薄だ。ナチスに決定的な打撃を与えられるのは、唯一アメリカだけだろう。とはいえ、そんなことがほんとうに起きるとはだれも信じていなかった。自由は、はるか彼方《かなた》のように思えた。

その夜わたしは夢のなかで、見たことのない公園にゾーシャとふたりでいた。なにもかもがまるで現実の出来事のようで、わたしたちは寄り添って歩いていた。ゾーシャはわたしの腰に腕をまわし、肩に頭をもたせかけてきた。

月曜日、早朝にはどんより曇っていた空が次第に晴れ、暖かくなった。最初の週末とは違って、今回の週末はとくになにごともなく過ぎていた。マレクからは、一週間ぶんのパンを買えるだけのお金が集まっていると聞いた。パン屋が近づき、マレクと三人の仲間が前方へ駆けだしていく。「用心してくれ。もし軍服姿の人を見たら、パンの袋を草むらに置いてくるんだ」とわたしは注意を促した。そして、彼らがパン屋へ入っていくのを、ほかの仲間たちとともにハラハラしながら見守った。

結局、なんの支障もなかった。焼きたてのパンの香りをかぐと、すぐに食べたい気持ちを抑えられなくなる。できたてのパンが列を伝って手から手へと渡っていく光景は、ちょっとした見ものだった。代替ナイフで自分の分を切りわける者もいれば、手でちぎる者もいた。わたしは幼いころから焼きたてのパンが大好きだった。土曜日の朝、家で母が朝食用にケーキやハーラ［ユダヤ教の安息日に食べる卵入りのねじりパン」を出してくれると、わたしはただのパンが食べたくて、それを近所の子どもたちとひそかに交換したものだ。

その日の昼、ゾーシャとあらかじめ決めておいた新たなあいびきの場所はすぐに見つけることができた。そこは泉までと同じくらいの距離にあり、しかも人目につく危険が少ない。だれも立ち寄らない窪地で、片側は背の高いトウヒの木が密集し、別の側は小麦の穂がたなびく畑だ。わたしはドブラでのこれまでのことを手短に話した。

次の日、わたしは早目に着いた。少しすると、ゾーシャが華やかな服装であらわれた。クラコヴィアンカと呼ばれる、色とりどりの手縫いレースが施されたクラクフの民族衣装だ。細いウエストを際立たせるフレアースカート、白いブラウスには色鮮やかなシルク刺繍。ほんのり桃色がかった小さな胸が、四角い襟ぐりからわずかに覗く。そして、輝くような瞳には、ポーランド女性の美しさがあらわれていた。ゾーシャの顔が陽光に照らしだされる。わたしは、彼女を自分のものにしたいという思いでいっぱいになった。手をぐっと握ると、震えているのがわかる。わたしたちは小麦畑のなかへ入っていった。互いを求める気持ちが抑えようもなく高まってくる。ゾーシャのウエストに手をまわすと、彼女も心なしか身を寄せてきた。その体をゆっくりと地面に横たえるとき、彼女の瞳に期待の色が見てとれた。ひとつになりたいという衝動が押しよせる。こめかみに血が上り、心臓が激しく鳴った。キスを繰り返しているうちに、もはや唇を離すことに耐えられなくなった。死ぬほど強い情欲というものがあるとすれば、わたしの気持ちはそれに近かった。ゾーシャの胸が小刻みに上下に揺れる。わたしが体を突き上げるたびに、ゾーシャは

「ああ、ブロネク」とささやいた。ゾーシャの体を感じて興奮が高まり、わたしは天国にいる気分になった。それまで経験したことのない感覚だった。恍惚感《こうこつかん》に涙があふれ、やがて心地よい疲労感が訪れた。晴れ渡った空を見上げる。先の見えないわたしの人生を、ゾーシャがどれほど価値のあるものにしてくれたことか。「愛してるよ、ゾーシャ」初めてその言葉を口にした。ゾーシャはわたしの目を覗きこみ、やさしくキスしてくれた。彼女もわたしを愛しているのがわかった。けれども、もうそれぞれの仕事に戻らなければならない。ゾーシャは果樹園へ、わたしは事務所へ。

帰り道、わたしはこの関係がどれほど危うく、どんな危険をはらんでいるかを考えた。ナチスの理論によれば、ユダヤ人とそれ以外の人種とのセックスは究極の罪とされる。もし捕まれば、ふたりとも命を奪われかねない。それでも、今日からはもはやただの友だち同士でいられないのもわかっていた。ふたりとも、それ以上のものを求めているからには、どちらの人生にとってもこの恋愛はひどく危険なものになる。このことは、なんとしても秘密にしなければならない。

ゾーシャは手紙の仲介役となり、母から小包を受けとると、すぐさまそれをわたしに届けてくれた。送られてくるものがなんであれ、母と姉にとってなけなしの品物であることはわたしにも父にもわかっていた。わずかな配給品を送らなくてもいいし、心配はいらないから、と返事をした。パン屋で手に入れるパンの分け前、ゾーシャからの贈り物、そしてときおりスターシャがくれる残り物のおかげで、わたしも父も空腹に苦しんではいない。父は厨房で働くようになって体力が回復し、わたしのほうも父から目を離さずにいられるようになった。

作業場への行き帰り、わたしたちはドイツ軍の装甲車や戦車が大挙して東へ向かうのを見た。ナチスがソ連に侵攻したと知ったのは、それからまもなくのことだ。そのニュースを聞いて、しばらくのあいだわたしたちは気持ちが高揚していた。もしかしたら、ドイツ軍の世界征服のたくらみに、ソ連軍が終止符を打ってくれるのではないかと考えたのだ。ドイツ軍の兵器を輸送するため、そしてかつての同盟国ソビエトへ猛烈な電撃戦を仕掛けるため、ナチスは東へ向かう鉄路の完成を急ぐべく、以前にも増してわたしたちに重労働を要求するようになった。その間にも、ドイツ軍は次から次へと勝利を収めていった。おおかたがソ連軍の勝利を予想していたにもかかわらず、ナチスは最初の攻撃で相当な領土を手中に収めた。

日々の行き帰りで通りすぎるライ麦や小麦の畑に、重みを増した穂が弧を描いて揺れていた。ジャガイモ畑では、苗が緑に色づいている。小川のほとりや湿地にはアヤメやマリーゴールドが群生し、緑藻《りょくそう》のなかからカエルの鳴き声がした。シュタイネックに来てから六度目の日曜日、正午前にひとりの少年が息を弾ませてわたしのところへ駆けてきた。周囲を見まわし、だれにも聞かれていないことを確認してから、彼は声をひそめて言った。「面会の人がフェンスのところに来てるよ」。わたしの先を歩いてフェンスのそばまでくると、彼はとたんに用心を忘れて「あそこだよ」と指さした。「女の子と男の人がきみに会いたいと言ってるんだ」

近づいていくと、ゾーシャが年配の男性のそばに立っていた。レースのブラウスを通して肌の輝きが見てとれる。スカートはピンク色だ。収容所の仲間たちは、いったいだれだろうと好奇の目を向けている。シュタイネックでは収容者との面会が禁止《フェアボーテン》であることを、ゾーシャは知らないのだ。「父があなたに会いたがって」ゾーシャがそう言うと、かたわらの男性は頷いた。

「きみのことは娘からたっぷり聞かされているよ」父親が金網の向こうからわたしに目を向けて言った。親しみを感じさせる声だ。この状況に心を動かされているのが見てとれる。

「いいかい、ゾーシャ」わたしは申し訳ない気持ちが高じるあまり、非礼とも取られかねない口調になってしまった。「伝えるのを忘れていたけど、ここでは面会は許されていないんだ。もし看守に見つかったら、ふたりとも面倒なことになる」

父親がわたしたちのことをどこまで知っているのかはわからないが、一緒にここへ来るからには、わたしへの援助を認めているということだろう。感謝知らずと思われるのを承知で、わたしはそれ以上なにも喋らなかった。ふたりに見られていると、動物園に行ったときのことを思い出した。今、檻《おり》の内側にいるのは動物ではなくわたしのほうだが。

「手紙を持ってきたのよ」。ゾーシャは手紙と小包を抱えていた。

今のところ、看守には気づかれていない。ふたりでふたことみこと交わしたあと、父親が周囲を案じるように言った。「そろそろ行かなくては」

フェンスの下には少し隙間があり、ゾーシャがそこから手紙と小包を差しだした。そして、父娘は抑えた声でさよならを告げ、去っていった。そのうしろ姿を見ながら、ユダヤ教徒でない女性《シクサ》と仲良くすることを、信心深い男たちがどう思うか不安になった。わたしは手紙と小包を服の下に隠し、部屋にいる父のもとに戻った。

母からの手紙を、父は何度も読み返した。それはよい知らせではなかった。どんなときにも楽観的だった父が、今はゲットーで横行するいやがらせや残虐行為に心を痛めている。それでも、故郷からの手紙を受けとると、たとえ離ればなれになろうと、わたしたちはまだ家族なのだと感じることができた。

一日ごとに日の出の時間が早くなり、やがて一年でもっとも日の長い一日がやってきた。起床後、一〇〇〇人を超える収容者が床をバタバタいわせて洗面所へ向かい、ひげを剃って顔を洗い、仕事に行く準備をする。そして延々と列に並んで配給を受けとったあと、なにより大事な点呼《ツァールアペル》を受ける。これはぜったいにさぼることができない。

作業場へ向かう途中、昨夜降った大雨のせいで、水を含んだヤナギの若枝がたわみ、かすかな風で酔っ払いのように揺れた。アカシアの巨木は、風船ほどもある花を咲かせている。雨に洗われた空気と暖かな陽射しのなか、花々がいっせいに香りを放っていた。牧場の犬たちは、もう何週間もわたしたちの姿を見ているのに、今でも通るたびに吠《ほ》える。

パンを買うのが少しずつ難しくなってきた。パン屋はどんどん値を上げてきたので、それに見合う金額を徴収するのがほぼ不可能になったのだ。そのうえ、看守たちも賄賂《わいろ》を要求してくる。しかし、なにがあってもわたしたちは助け合わなければならない。

次にゾーシャと会ったとき、わたしはこの前の日曜日にぎこちない態度を取ってしまった理由を説明した。そのとき、なにかがわたしの袖口を這いあがってくるのに気づいた。コロモジラミだ。ゾーシャに見られていないことを願いつつ、その場を離れて服を調べた。すると、ほかにもまだいた。そういえば以前、祖父から、第一次世界大戦のとき、塹壕《ざんごう》で同じような目に遭った話を聞いたことがある。祖父が言うには、服を土に埋めて端っこだけを土から出しておくと、酸素を奪われたシラミが這いだしてきて服の端に集まるので、簡単に振り落とせるらしい。そのやりかたをあとで試してみたが、うまくいかなかった。おぞましい害虫のことばかり気にしていたら、体じゅうにシラミが這っているような感覚に陥った。もしヴィツァクかバシアックかクミエックに気づかれたら、事務所で働けなくなるかもしれない。気分が悪くなり、その夜は食べ物が喉を通らなかった。カブのスープは腐敗臭がひどく、もし生きのびられたらカブは二度と食べないと誓ったほどだ。ここは以前、学校の教室だったので、ひと部屋に八〇人も収容するようにはできていない。暖かい夜には、男たちの体臭が部屋じゅうに充満した。なんとか眠ろうとしても、シラミが気になって眠れない。もしかしたらこれは、「ユダヤ人は社会の害虫だ」と主張するための、ナチスによる新手の仕打ちではないだろうか。ときおり、なにもかも悪い夢ではないかと思うこともあった。そのうち目が覚めれば、すべてはもとに戻っているかもしれない、と。

　翌日の夜、ふと見ると父が毛布のシラミをつまんで捨てていた。退治にいちばん効くのはナフサだと聞いて、わたしは医務室で分けてもらうことにした。

　医務室に行ったのはそのときが初めてだ。部屋は広くて、ガラス製キャビネット、椅子二脚、テーブル、長椅子、スツールが置いてあった。キャビネットに入っているのは、アスピリンと包帯と、ヨードチンキなどの瓶が二、三本。医務室担当のゴルトシュタインは、どんな症状にも同じ薬を処方する。アスピリンと、苦い味のするバレリアン［セイヨウカノコソウというハーブで、鎮静剤として用いられる］の滴薬だ。シラミやノミの駆除に使うナフサがあるかどうか尋ねてみると、相手は笑ってこう答えた。「ナフサはない。もしあったとしても駆除なんかできっこないさ。どの部屋にもウヨウヨしてるんだから」

ゴルトシュタインは、戦前わたしが歯科医学校の学生だったのを知っていた。数日たった土曜日の午後、彼がわたしを探しにきた。歯痛で苦しんでいる者がいるので、なんとかしてくれないかというのだ。わたしは彼について医務室に行った。そこにいたのは三五歳くらいの男で、腫《は》れた右頬をハンカチで縛っていた。医務室のキャビネットには、歯の治療に使えそうな道具はひとつもない。そのとき、枕の下に隠しておいた道具箱のことが頭に浮かんだ。道具箱を持って戻り、口のなかを診てみると、上顎《じょうがく》の第二大臼歯《きゅうし》の脇に瘻孔《ろうこう》［歯肉（歯茎）にできた膿《うみ》の出てくる穴］ができているのがわかった。メスを炎にかざして消毒してから、瘻孔を切開して膿を出す。初めての手術は成功した。それ以来、ゴルトシュタインはことあるごとにわたしを呼びだした。仕事を終えたあと、わたしは医務室で何時間も仲間の治療にあたった。収容所内ではビタミン、とくにビタミンCが欠乏していたせいで、ほとんどの収容者に歯肉からの出血が見られた。しかし、わたしにできるのは患部にヨードチンキを塗ることくらいで、それでは一時的な気休めにしかならない。やがて、わたしはみんなから〝歯医者〟と呼ばれるようになった。

そしてついに、初めて抜歯をしなければならないときが来た。患者を前にすると思わずひるんだが、やるのは自分しかいないのだ。局所麻酔薬のノボカインはここにはない。選択の余地はなかった。体がわなないて両手が小刻みに震え、額から汗が流れて目がかすむ。そのため、頻繁に汗をぬぐわなければならなかった。わたしは鉗子《かんし》で歯をはさみ、ゴルトシュタインは患者の頭が動かないように押さえた。しかし、抜こうとした臼歯は崩れてぼろぼろになり、歯根《しこん》が三本とも歯肉のなかに残ってしまった。わたしは震えながら口のなかを覗きこみ、梃子《ヘーベル》を使って歯根を一本ずつ抜こうとした。気の毒な患者は、身をすくませて悲鳴を上げたが、それでもされるがままになっていた。三〇分におよぶ苦闘の末、歯根三本のうち二本を抜くことができた。すでに、わたしも患者もぐったりしていた。さいわい患者の歯肉は治癒《ちゆ》し、残った歯根のせいで痛みが生じることはなかった。ノボカインを使わずむし歯を抜けたことは、今後の自信になった。たとえ初歩的な技術しかなくても、そして麻酔薬なしでもなんとかやれるとわかったのだ。

シラミはいくら殺しても追いつかないほど繁殖していた、わたしにとってなにより重要なのは、シラミを事務所の人たちに見られないようにすることだ。シラミに刺されると服の上からそっと掻《か》いたが、そうするとよけいにかゆみと痛みがひどくなった。ときおり我慢できずに事務所の外に出てしまったほどだ。ある日、ふと見ると袖にシラミが這っていた。隣にはクミエックがいる。気づかれたのではないかと、恐怖で息が詰まった。建物を出て人目につかない場所へ行き、祖父から聞いた方法をもう一度試すことにした。服を脱いで土に埋め、しばらく待ってみる。体には刺された跡が点々と残っていた。脇の下にも股にも、おびただしい数のシラミがいた。しばらく待ったが、やはりこのやりかたはうまくいかなかった。おそらく、第一次世界大戦のときのシラミとは種類が違うのだろう。結局この方法はほとんど効果がなく、殺すには爪で強くつぶすしかなかった。わたしは時間の許すかぎりつぶしてから、仕事に戻った。しかし、いくら殺しても無駄だ。いったん収容所に帰れば、またシラミにたかられるのだから。

きまりの悪い思いをするのがいやで、ゾーシャにはなるべく会わないようにした。ある日、彼女がその理由をどうしても知りたいというので、事情を話し、もう会わないほうがいいと付け加えた。「ブロネク」ゾーシャが話をさえぎった。「こんなことでわたしたちの関係は変わらないわ」。その後も、ゾーシャは同じように会いにきてくれた。

シラミは強敵だった。殺せば殺すほど、増える速度が増すように思えた。敵は色を変えることまでしてみせた。毛布にいるときは灰色で、人間の体にいるときは宿主の肌の色を装う。服から振り落としても、また新しい群れにたかられるだけだ。ある日、ついにわたしたちはやけになって、寝台に敷きつめられた藁も枕もすべて燃やしてしまい、厚い板の上にじかに寝た。ハイネやカントやゲーテを生んだ国の人たちが、シラミの巣窟で暮らさざるをえないところまでわれわれを貶《おとし》めたのだ。何十年もたった今でさえ、このときのことを思い出すと背筋がぞっとする。

耐えがたいほど暑い満月の夜、わたしは父が寝台にいないことに気づいた。しばらく待ってみたが戻ってこないので、父を探しにいった。しかし、便所にも運動場にもいない。もしかしたらそのあいだに戻っているかもしれないと思い、部屋に引き返したが、驚いたことにまだ姿はなかった。父らしくないことだ。便所のある建物に戻ってみると、建物の裏手で父がフェンスのほうを向いて座っていた。夜間そんな場所にいるのはきわめて危険だ。わたしは看守の目に入らないよう建物の陰を歩いていき、ささやき声で呼びかけた。「父さん、父さんなんでしょ?」。その声を聞いて、父は立ちあがった。「父さん、こんなところでなにをしてるの？　この時間、こんなところにいるのはすごく危険だよ。具合でも悪いの?」

バラックに戻る途中で、父が答えた。「眠れなかっただけだ」。部屋に戻ると、父の目が赤いのに気づいた。どうやらずっと泣いていたらしいとそのときようやくわかった。突然すべてがむなしく思えた。間違っていることが多すぎる。わたしたちがこんなところにいるのは間違っている。ユダヤ人を奴隷にした者たちも間違っている。ほかにも間違っていることがたくさんある！　結局、父がなぜ月明かりの下で泣いていたのかはわからずじまいだった。父の世代のユダヤ人は、運命には逆らえないと信じ、自分たちにはそれを変える権利も能力もないと考えていた。かつては誇り高かったあの父が、床を掃除し、ジャガイモを剝き、皿を洗っている姿を見ると、わたしは悲しくなった。

ナチスを憎んでいるのはわれわれユダヤ人だけではなかった。ある日、事務所に入っていくと、バシアックが窓辺に立っていた。「あの畜生ども」と彼はうめくように言葉を吐きだした。「おれの妹を、ドイツで奴隷として働かせるために連れていきやがった」

パンの購入は続けていたものの、タデクにはすでにわたしのカレッジリングを渡していたし、ほかの看守たちにも賄賂を渡さざるをえなくなった。仲間たちのほとんどは、なんらかの方法を見つけて家族と連絡を取っていた。とはいえ、ゲットーから届くニュースは、だれにとっても元気の出るものではなかった。どの手紙にも、新たな犠牲者たちの名前が記されていた。ゾーシャの支えとスターシャからもらう残り物のおかげで、わたしたち親子はシュタイネックでの生活になんとか耐えられていた。しかし、あるとき突如として起きた裏切りが、わたしたちの人生を変えてしまった。

第8章　クルシェ

八月の終わりには、暑さもすでにやわらいでいた。ある日、作業場から戻ると、警官のハイムがきまり悪げにわたしを見た。「クルシェが医務室に来いと言ってる」

「どうして？　いったいなんのために？」

「とにかく来いと言ってる」と相手は繰り返した。その顔には不安の色が浮かび、なにかを隠しているのはあきらかだった。なんの理由もなくクルシェに呼ばれる者はいない。どうやらハイムは事情を知っていそうだ。

「なんの用で？」恐ろしくなって、もう一度訊いてみた。ハイムは周囲に目をやってささやき声になり、パンの件をクルシェが知っていると答えた。わたしは窮地に立たされたことを悟り、たちまち恐怖心に打ちのめされた。「だれが教えたんだ？　なぜわかったんだ？」。そのふたつが、なにより大きな疑問だった。

「おまえの班のだれかが告げ口をしたんだと思う」。そんなことは信じられない。わたしたちの班のだれかが？　いったいなぜ？　「たぶんバランだ」とハイムがつぶやいた。わたしは愕然とした。あのファイヴェル・バランが？　ドブラでも一、二を争う名家の出で、みなに尊敬されていたバラン。評判の高い神学校〈ゲル派ラビ学院〉の学生だったバラン。あの男が収容者仲間を裏切るなんて信じられない。クルシェが待っているからとハイムに促され、わたしはあとについていった。

医務室に入ると、あの野卑なドイツ人が仁王立ちしていた。手には鞭が握られ、かたわらにはチーターという名の獰猛なシェパードがいる。クルシェの顔はふだんから唇がひきつり、感じがいいとは言えなかったが、今は見るからに狂暴そうだ。「所長殿《ヘア・ラーガーフューラー》、ご命令に従ってブロネク・ヤクボヴィッチが参りました」。わたしは、最悪の事態を覚悟してそう告げた。その男の冷酷な視線に射抜かれると、裁《さば》きの場に連れてこられたような気がした。こちらには怯えるべき理由があるのだ。

わたしに目を据えたまま、クルシェはチーターを椅子につないだ。そして、数センチのところまで顔を近づけてきた。臭い息と激しい怒りが伝わってくる。喉を鳴らすドイツ語で、クルシェはわめいた。「このブタ野郎《ドゥー・シュヴァイン・フント》、どの看守に許可されてパンを買いにいった？　どの看守だ？」

わたしは思わずひるみ、嘘をつくには勇気を奮い起こさなければならなかった。タデクの名前を出すわけにはいかない。「所長殿。われわれはパンを買ったことはありません。通り道に置いておいてくれる人がいるのです」と小さな声で答えた。

相手はわたしが嘘をついていると確信し、ものすごい剣幕で威嚇《いかく》した。どうやら、クルシュのいちばんの関心は、班を離れることを許可した看守にあるらしい。「愚かなユダヤ人め。おまえらが知っているのは嘘をつくことだけだな。パンを買ったのはわかっている。だれの許可を得てパン屋に行った?」。今度は、手袋でわたしの顔を叩いた。「だれが行かせたのか言え!」。相手は激怒している。今さらパンを買ったと白状するわけにはいかなかった。

胸の鼓動が早くなり、冷や汗が背骨を伝う。名前を漏らさないとタデクに約束した以上、なんとしても口を割ることはできない。それに、こうなったらわたしがなにを喋ろうと変わるまい。どっちみちクルシェはわたしを罰するのだ。わたしは唇を噛み、痛みを感じるまで手のひらにぐっと爪を食いこませて、嘘を繰り返した。「所長殿、外で入手したパンは、道に置いてあったものだけです」

けれども、クルシェはいっさい聞く耳を持たず、憤怒の形相《ぎょうそう》をふたたびこちらに向けた。今度こそ殺されるに違いない。彼はいきりたち、手袋でわたしの両頬を打った。まるで卓球のボールのように、わたしの頭がすばやく左右に振れた。チーターが吠え、口から泡を吹きながら襲いかかろうとしている。さいわい、ハイムが犬の背中を押さえてくれていたが、さもなければ噛みちぎられていただろう。萎えそうになる気持ちに抗って、わたしは何度も自分にこう言い聞かせた。「屈服するな」。どうやら、嘘をつきつづける強情さが相手をいらだたせているらしく、彼は事実を知るより、むしろわたしを罰することに執着していた。口と鼻から血が飛び散って、わたしの服と床を染めた。胃が痙攣《けいれん》している。いったいいつになったら終わるのだろう。

クルシェは針金の入った革の鞭を手に取り、ハイムに渡した。ほんとうの拷問《ごうもん》はこれからだ。椅子に腹ばいになってズボンを下ろせとクルシェがわたしに命じ、ハイムには、むきだしの尻を二五回鞭で打つよう命令した。ハイムが心底いやがっているのはわかった。ハイムの鞭は強く当たったものの、クルシェが満足するほどではなかった。クルシェは鞭を取りあげ、ゆっくり念入りにわたしの臀部《でんぶ》めがけて三度振りおろした。「こういうふうにやれ」。そして、ハイムに最初からやり直させた。今回はわたしが数を数えさせられた。

一、二、三……鞭が上がるのを感じると、体に当たるまで歯を食いしばった。「一回ずつ間を置け。ゆっくりと。苦しむように」。次の一撃を待っているあいだ、痛みが倍になった。噛んだ唇から血がにじんでくる。永遠とも思えるあいだ、それが続いた。数を憶えていたのは一五回目までだ。クルシェの低い声が響く。「もっとゆっくり。もっと強く」。その時点でわたしはもうだめだと思い、そこから先はなにも憶えていない。

自分がまだ生きていると気づいたとき、わたしは意識が朦朧《もうろう》としたまま廊下の床に横たわり、両手をお腹に当て、痛みで体をくの字に折り曲げていた。目を開けると、父と数人の仲間がこちらを覗きこんでいる。まだ頭がぼうっとしていた。意識が少しずつ戻ってきて、先ほどのことを思い出した。父と仲間たちの手を借りてよろめきながら立ちあがると、口と鼻から血が滴り落ちた。血が止まるまで頭をそらせているよう父が言った。父はわたしの痛みをよくわかってくれた。支えられて洗面所に行くと、顔にクルシェの指紋がついていた。お尻を激しく打たれたため、皮の剝けた肉を服がかすらないよう、両脚を大きく広げて歩いた。ただ、痛みがいちばん強く長く続いたのは胃だった。

わたしは部屋へ戻り、寝台に潜りこんだ。神は存在するとこれまで教えられてきたが、はたしてそれはほんとうなのだろうか。寝台の上で何度も体の向きを変えながら、ファイヴェルのことを考えた。おそらく、あの男は気がおかしくなったに違いない。みずからも収容者のひとりでありながら、なぜ兄弟ともいえる仲間たちを裏切れるのか。もしかしたら、クルシェに気に入られたかったのだろうか？　さまざまな疑問が次から次へと頭に浮かんでは消えていった。

　クルシェが収容者をこれほどひどく罰したのは初めてだった。夜が更《ふ》けても、うずくような胃の痛みは治まらなかった。これから先ずっと、この痛みを抱えて生きていかなければならないのだろうか。結局、そのときの痛みは治らないまま、あとあとまで続くことになった。

　夜が明け、汚れた窓から幾筋もの陽光が差しこんで、きらめく色に床を染めた。ベルが鳴ったとき、わたしはすでに洗面所にいて、顔を洗い、お尻に冷たい水を当てていた。わたしの班が集合し、クルシェがハイムに話しかけているのが見えた。ハイムはクルシェがもっとも信頼する警官で、収容者に関するクルシェの命令は、ほぼすべてハイムを通して伝えられる。ハイムは門のところへ行き、看守のチーフであるタデクを呼んだ。ふたりは戻ってきて、クルシェの前で足を止めた。タデクが「ハイル・ヒトラー」と敬礼する。

「こいつはユダヤ人のブタ野郎だ！」クルシェはわたしを指さしてタデクに怒鳴った。「こいつが班を離れてパン屋に行っているのを知ってたか？」

　タデクがどう答えるか、わたしには予測がつかなかった。「自分はなにも存じません、上級曹長殿《ヘア・ハウプトシャーフューラー》」

　クルシェはそれ以上追及しなかった。今となっては、わたしの反抗的な態度のほうがはるかに大きな問題なのだ。彼はふたたびわたしを指さして言った。「ただちに、班長をだれかと交替させろ」

「承知しました《ヤヴォール》」とタデクが従順に答えた。

「そのうち、こいつを吊るしてやる」。クルシェの言葉に、その場がしんと静まりかえった。「この班にドイツ語を話せるやつはいるか?」。最初はだれも答えなかったが、ハイムが質問を繰り返すと、彼の甥のチャスケルが手を挙げ、一歩前に出た。わたしはチャスケルをよく知っている。ポーランド語はほとんど話せず、ドイツ語といってもイディッシュ語［おもに中欧・東欧のユダヤ人が使用してきたドイツ語派生の言語。文章はヘブライ文字で表記する］混じりのいい加減なものだ。チャスケルがわたしの位置につき、わたしは父の横の列に並んだ。クルシェは、わたしにいちばんの重労働をさせるよう職長に言っておけとタデクに指示した。死んでもかまわないから、と。「かしこまりました」とタデクが応じた。

わたしが事務所で働いていることを、クルシェは当然知っていた。ようやくわたしたちが歩きだしたとき、クルシェはいらだたしげに歯噛みしていた。四〇〇人ぶんの足が地面を踏みしめて門を通りぬけ、一団は帯のように動いていく。両足を離してしか歩けないわたしは、ついていくのに苦労した。パンを買うことなど、もはや考えもおよばない。

わたしはクルシェの脅しに怖気《おじけ》づいていた。あの男が望めば、いつでもわたしを絞首刑にできる。見せしめとして絞首刑を利用するのはナチスがよくやる手で、親友のシモンはドブラで処刑された。わたしは意気消沈し、面目をなくして、恐れおののきながら作業場へ向かった。あとでチャスケルがわたしのところに来て、「すまない」と謝った。いずれにせよ、だれかがわたしと替わることになるのだ。悪く思わないでくれ、と彼は言った。わたしにとって比較的恵まれていたシュタイネックでの生活も、これで終わりだ。今後はどうなるのだろう。ブロジツァでどんな仕事をさせられるのだろう。

作業場に着くと、タデクがヴィツァクにいきさつを話した。そのやりとりにふだんとは違う雰囲気を感じて、スターシャが厨房のドアを開けて聞いていた。タデクは命令されたとおり、わたしに作業場でいちばんの重労働をさせるようヴィツァクに伝えた。わたしは震えあがったが、ヴィツァクは職長たちのほうを向き、肩をすくめてこう言った。「さあ、作業員たちを連れて仕事に行ってくれ」。わたしはどこへ行けばいいのかわからなかった。この状況で事務所に戻る資格があるとは思えない。けれども、道具小屋に向かおうとすると、ヴィツァクがわたしを呼び戻し、事務所で今までどおりの仕事をするよう命じた。タデクが司令官からの命令を繰り返すと、「ああ、そうだな」とヴィツァクは軽くいなし、「わかっている」と答えて、相手が言い返す間もなくその場を去っていった。

ヴィツァクが人から指示されるのを好まないことは知っていたが、SS隊員の命令を無視するのはさすがにまずいのではないかと、わたしは内心で案じた。クルシェの命令にそむけば、相手をますます激昂《げきこう》させることになる。だれかとだれかが喧嘩をすると、往々にして傍観者がとばっちりを食うものだ。事務所のポーランド人三人は、ドイツ軍を憎みながらも、ドイツ軍のためのこのプロジェクトを、まるで自分たちのプロジェクトのように運営している。仕事に精を出せば出すほどナチスのお先棒《さきぼう》を担ぐことになるのは、彼らもわかっていたはずだし、おそらくわたしたちもみなわかっていた。

スターシャに経緯を話すと、彼女は「そんな危険を冒すなんてばかね」と言った。「ドイツ人がなにをするか知ってるでしょ」。そして、保護者のような表情でこう付け加えた。「ヴィツァクさんが言ってたわ。司令官がこの会社を運営しているわけじゃない。だれをどこで働かせるか決めるのは自分たちだって」。スターシャは昂然《こうぜん》と顔を上げて部屋を出ていった。わたしは感謝の気持ちでいっぱいになった。この仕事をわたしと同じようにやれる人間なら、間違いなくほかにもいるはずなのに……。

ファイヴェルに会ったとき、どうして密告したのか尋ねてみると、相手はそっぽを向き、なにやらつぶやいてから、追いつめられたキツネのようにさっとその場を離れた。彼がなぜあんなことをしたのかは、いまもってわからない。もしかしたら魔が差したのだろうか。あるいは、空腹と重労働と孤独と恐怖心がないまぜになって、心がゆがんでしまったのかもしれない。かつては品格のあった男がこうも変わってしまうとは、信じがたい思いだった。クルシェからどんな見返りを期待していたにせよ、ファイヴェルがそれを手にすることはなかった。事情を知ったクミェックとバシアックも、わたしを事務所に置いておくことに決めてくれた。このとき、わたしの運命は彼らの手のなかにあった。

昼になると、わたしはゾーシャに会いにいった。途中、小麦畑で足を止め、傷口にヨードチンキを塗った。陽光のもとで、虫に食われた跡がよく見えた。服を着て森のはずれへと向かう。腫れあがった顔を見ると、ゾーシャはなにがあったのか知りたがった。わたしは事情を説明した。

恥ずかしさと痛みで、その日は早めに別れた。今は恋愛どころではなかった。

その日、タデクはほとんどわたしに近づいてこなかったが、夕方、収容所への帰り道で話しかけてきた。タデクは、パン屋の件でわたしが約束を守り、彼の関与をクルシェに漏らさなかったのを知っていた。だからまだ友人でいてくれたし、それはのちに証明されることになる。夜にはハイムが、わたしにあんな仕打ちをしたせいで自分もつらいが、ああするしかなかったと打ちあけてきた。だれもが受け容れざるをえないこの新しい法律のもとでは、もしクルシェに逆らえば、ハイムのほうが鞭打たれていただろう。そのことは、わたしにもわかっていた。

その夜、眠りに落ちると奇妙な感覚を味わった。絞首台にいる自分の姿が見えたのだ。はっと目覚めると汗をびっしょりかいていた。クルシェの脅し文句を現実になどさせたくない。こんなところで、こんなみじめな場所で、大事な人生を奪われるわけにはいかない。次の日、ここから逃げるべきだとゾーシャに言われた。問題はどこへ行くかだ。ゲットーに戻るのは問題外だし、父を置いていくこともできない。

傷を負ったわたしの顔が変色してきた。片目は紫色になり半分ふさがっている。胃はドライバーをねじこまれているみたいに、キリキリと痛んだ。なにか食べるとしばらくは痛みが治まるものの、そのあとはさらにひどい痛みがぶり返す。以前、学校で習った二学期ぶんの生物の知識だけでは、これがなんの病気なのかわからなかった。毎日、収容所に戻ってくるたびに、また悪い夢を見るのではないかと気が沈んだ。

医務室に行くとクルシェに捕まりそうで恐ろしかった。けれども、ゴルトシュタインに呼ばれればゆかざるをえない。医務室が拷問部屋のように思えて、歯の診療を終えるとできるだけ早く退散した。点呼のときは父の背後に隠れ、クルシェの視界に入らないようにした。毎朝、出入り禁止となったパン屋の前を通るとき、看守たちはことさら警戒を強めた。パン屋の店員はわたしたちが来なくなった理由を知っていたのだろうか。

タデクの話によると、クルシェは自分の命令がないがしろにされたのを知り、わたしに関する命令は必ず実行させるよう、看守たちに念を押したという。ブロジツァに着くと、ヴィツァクはその命令を聞いていらだちをあらわにし、「われわれは、そちらの所長からの命令は受けない」ときっぱり答えた。わたしは、これから先自分がどうなるのか不安を覚えながら事務所に向かった。権力争いに巻きこまれるのはごめんだ。こんな言い伝えが心に浮かんだ。「ふたりの人間が権力争いをすると、関係のないだれかが傷つく」

正午の少し前、わたしはバラックの裏手の丘に登って服を脱いだ。下着には血がにじみ、シラミが這っていた。もう一度、例の方法を試してみた。服の上から土をかぶせ、シラミが這い出てくるのを待つ。しかし、今回も効果はなかった。しかたなくもとのやりかたに戻り、できるだけたくさんつまんで、一匹ずつ殺していった。

翌日、姉からの手紙を受けとった。

あなたが、ゾーシャのように親切な人と知り合えて、わたしたちは喜んでいます。こちらの状況はさらに悪くなりました。手に入るのは、わずかなパンとスープだけ。ヨゼクは毎日、労働局へ出向かなくてもよくなり、軍の兵舎の掃除を続けています。友人や以前の隣人に助けられてこちらはなんとかやっていますが、ゲットーではつらい思いをしている人がほとんどです。若者も年寄りも、飢えで毎日死んでいきます。もう少しましな報告ができるといいのだけど。

あなたは元気ですか？　父さんは？　手紙をください。

もう何日も雨が降りつづいていた。あちこちが擦《す》り切《き》れたわたしたちの服はびしょ濡れになり、いやな臭いがした。わたしは相変わらず、収容所でクルシェに会うのを恐れていた。今どこで働いているか訊かれたらどうすればいいのか。自分の命令が無視されているとクルシェが知ったらどうなるのか。一介のポーランド人がナチスの下士官を愚弄《ぐろう》するなど前代未聞だ。今回はヴィツァクもやりすぎではないかとわたしには思えた。

毎日、早朝にベルが鳴ると、わたしは目を開ける。そして、また惨めな一日が始まろうとしているこの現実から逃避したくて、ふたたび目を閉じる。父に毛布をぐいと引っ張られると、起きなければと思う。

点呼の場にクルシェがあらわれると、緊張が高まった。わたしたちは自分の名前を何度も何度も大声で叫ばなければならない。叫ばない者は鞭打ちを一回か二回受けるはめになる。ある朝クルシェは、わたしがどこで働いているかをタデクに尋ねた。ヴィツァクに再三伝えたがまだ事務所で働いている、とタデクは答えた。それを聞くとクルシェは逆上し、歯嚙みしながらタデクに人差し指を突きだしてわめいた。「おれが行ってやる。今日そっちへ出向くとやつらに伝えておけ。わかったか」

「かしこまりました、所長殿」タデクが素直に答えた。いよいよ、わたしは火花散るクルシェとヴィツァクとのはざまに置かれてしまった。最後にひどい目に遭うのはわたしなのだ。事務所でクルシェの意図を伝えてみたが、ヴィツァクは案じていないようすだった。対立を避けるために、わたしはどこかほかで働いたほうがいいのではないかとバシアックにも訊いてみたが、やはり必要ないという答えが返ってきた。クミエックもいらだっている。「あの野郎。おれたちはあいつの仕事に口出ししていない。向こうにも金輪際《こんりんざい》こっちに口出しさせないようにしてやる」

このやりとりを聞いていたスターシャが、あとでやさしい言葉をかけてくれた。「ブロネク、あのね、みんなあなたが好きなの。あなたはほかの労働者たちとは違うのよ」

「あなたがそんなふうに感じてくれるのは、ぼくのことを知ってるからですよ。ぼくだってほかの仲間となにも変わりません」。それでも、ヴィツァクがわたしを、一介のユダヤ人をかばってナチスに立ちむかってくれることには感謝していた。

午前が半分ほど過ぎたころ、一台の車が事務所のほうへ近づいてきて止まった。クルシェがSS伍長ふたりを引きつれて車から降りてきた。クミエックが部屋を出て挨拶し、ヴィツァクもすぐに加わった。彼らは最初に雑談をしてから、作業場の視察に出かけていき、三〇分後に戻ってきた。そして、クルシェは伍長ふたりとともにメルセデスに乗りこみ、去っていった。ヴィツァクとクミエックは仕事に戻り、わたしにはなにも言わなかった。そのあと、わたしはヴィツァクがスターシャと一緒にいるところを見かけた。なにがあったかスターシャは知ったに違いない。事務所にあらわれたとき、彼女の顔がぱっと輝いた。いい知らせがあると言いたげな表情だ。「ねえ、聞いた？」とささやく。「ヴィツァクがおたくの司令官になんて言ったか」

「いいえ。なんて言ったんですか？」

「あなたに聞かせたかったわ、ブロネク」。その言葉には、ヴィツァクへの称賛があらわれていた。「おたくの司令官はあなたを憎んでるわ」と彼女はつぶやいた。もちろん、それはわたしがいちばんよく知っている。「でも、ヴィツァクはあの男を恐れていないのよ！」スターシャの表情に誇らしさがにじむ。

「いったいなにがあったんですか？」

「クルシェはあなたに重労働をさせるよう言い張ったんだけど、わたしたち、つまりヴィツァクさんは意に介さず、こう言い返したの。なにがいちばん会社の利益になるかをわれわれはわきまえているし、今後もあなたをこの事務所で働かせるつもりだって」。それがどんな結果につながるかはわからないものの、わたしはヴィツァクの対応に敬意を抱いた。わたしはその後も自分の仕事を続け、それに伴う恩恵を得られることになった。言うまでもなく、なにより重要なのはこれからもゾーシャに会えることだ。

わたしはふたつの世界を生きていた。恐怖心にさいなまれる収容所と、安心して過ごせるブロジツァ。その間、クルシェに殴られてところどころ黒ずんでいた顔は、緑と黄色に変わった。口のなかのヒリヒリする痛みは治まっていたが、胃のうずきは日増しにひどくなっていった。

説明しがたい不思議な愛情が、わたしとゾーシャを結びつけていた。ゾーシャの愛情のおかげで、わたしはこの数週間で急速に奪われたものの多くを取り戻すことができた。わたしたちは、できるかぎり頻繁に会うようになっていた。次にふたりが会ったのは涼しい日だった。彼女は薄手のワンピースを着ていたので、腰をおろすと震えはじめた。やがて陽が射しはじめ、ふたりの小さな隠れ家を暖めてくれた。わたしは彼女を見つめた。ゾーシャは、わたしがいつか出会いたいと夢見ていたまさにそんな女性だった。もはや自分を人間として見られなくなっていたそのころ、ゾーシャはわたしの人生を生きるに値するものにしてくれたのだ。わたしたちはその場に座ったまま、ツバメが急降下してきて、空中でいとも簡単に虫を捕まえるようすを眺めていた。ふたりでなら何時間でも一緒にいられた。

それまでわたしと親しくしすぎないように気をつけていたヴィツァクの態度が変わった。椅子に腰かけ、わたしの出身地や収容所にいる理由などを質問してきたのだ。それでも、わたしのことでクルシェとどんな言葉を交わしたかは明かさなかったし、こちらからも訊かなかった。会話の終わりにヴィツァクから命じられたのは、各作業場の職長のところへ行って、名簿に掲載されている収容者が全員仕事に就いているかどうか点検してくることだった。

仲間たちがくるぶしまで泥に埋もれながら、シャベル一杯で一四キロにもなる土をすくっては手押し車に入れているようすを目にすると、胸がつぶれそうになった。手のひらにはタコができ、ひび割れている。なかには傷口が開いたままの者もいた。その状況をバシアックに伝えると、彼は同情を示したものの、収容所が労働者を送ってくるからには働かせないわけにはいかない、と答えた。収容所に戻る途中、雲が厚みを増していき、突如として大雨が降りはじめた。

ブロジッァで食事の列に並ぶとき、収容者たちは厨房の窓に向かって煙草をかかげ、なにかしらの食料と交換しようとする。その煙草は、拾ってきた吸いさしの紙巻煙草だ。たいがいは、警官や料理人がいいお客さんになってくれる。あるとき、落ちていた吸いさしの煙草を収容者が拾いあげようとした。すると、それを見た職長が煙草を足で踏み、ぺしゃんこにしてしまった。列の前のほうには、友人のダヴィッド・コットが並んでいた。「頼むから、鍋の底まですくってくれよ」。しかし、わたしの横を通るとき、彼は落胆の言葉をぼそぼそつぶやいていた。ダヴィッドのスープには、ジャガイモがひとかけらも入っていなかったのだ。だれもが惨めなありさまで、あたかも反ユダヤのプロパガンダに描かれた「社会を毒する生き物」のようだ。わたしは自分の体を見るたびに気持ちが悪くなった。シラミのせいでこんなふうになってしまった体にぞっとし、内臓にまで虫が這っている気がすることさえあった。

一九四一年一〇月。電撃戦二周年を迎えたヒトラーが、第三帝国は一〇〇〇年栄えると豪語したひと月後のこと。わたしたちは、「この戦争は長引くだろう」というチャーチルの予言を受け容れるしかなかった。こんな悲惨な状況が早く終わってほしいという願いは、どうやらかないそうもなかった。そのころ新たな噂を耳にして、わたしたちは悄然《しょうぜん》とした。ナチスの特別行動隊が、ユダヤ人コミュニティを絶滅させているというのだ。父はその話を信じようとしなかった。あまりにも常軌を逸しているため、恐れを抱いた者はだれもがその噂を信じまいとした。ある日、ふと見ると父が静かに祈りの言葉を口にしていた。その日は一年でもっとも神聖な贖罪《ヨム・キプール》の日だった。

一年間の罪を償うべきこの日に断食も祈禱もしないなんて、本来ならありえないことだ。けれども収容所では、なにより厳粛なこの日でさえ、ほかの日と同じように過ぎていってしまう。

贖罪の日に作業場へ向かう道すがら、脳裡《のうり》に蘇ってきたのは、子どものころのあるできごとだった。断食すべきその日、兄が友だちふたりとレストランにいるところを見られてしまったのだ。会堂で次に礼拝があったとき、きわめて信心深いラビはこう断じた。神さまがご覧になったからには、この罪によりコミュニティ全体の名誉が汚されてしまいました。われわれみなで全能の神に祈りを捧げ、赦《ゆる》しを請わなければなりません。

もしほんとうに神がわたしたちのためにいてくださるのなら、なぜこんなことが起きるのだろう。もしかしたら、われわれは助けるに値しないと判断なさったのだろうか。かつて教えられた多くのことが、わたしには信じられなくなっていた。神にも、そして自分自身の信仰心にも疑問を抱かざるをえない。神はほんとうに存在するのか？　そんな思いに父が決して与《くみ》しないのはわかっていた。父の信念が揺らぐことはぜったいにないからだ。

日がたつにつれ、胃の痛みは強くなっていった。ゾーシャはそれを見逃さず、収容所の医者に診てもらうよう促してくれた。「収容所に医者はいないんだ」。すると、彼女はしばらく黙って思案したあと、いい考えがあると口にした。自分が病院に行って、わたしの症状を自身のこととして説明する。そうして、医者が処方してくれた薬を持ってくるというのだ。

ある朝、マレクが泉まで一緒に来てほしいと声をかけてきた。なにか話したいことがあるようだった。半分も行かないところで、マレクは足を止めた。「だれにも言わないでくれよ」と釘を刺す。「ここから逃げようと思っているんだ」。わたしにはその言葉がある程度予想できていた。マレクのひどい落ちこみぶりを知っていたからだ。もともと暮らしに余裕のなかった者は、マレクのような人より収容所の生活に適応しやすい。しかし、恵まれた状況にあった人間が、ここまで身を落とすのは耐えがたい苦しみだった。脱走が危険なことはわたしにもわかっていたが、彼の決心を変えさせるのは無理だし、変えさせようとも思わなかった。

「マレク、気をつけて。捕まらないでくれ」

わたしを見たその目には、堅い意志が見てとれた。今日必要なぶんの水をスターシャに渡し終えたら、すぐに逃げるつもりだという。二時ごろ、彼は事務所の窓からちらりとこちらを覗き、さよならと手を振った。わたしは外に出てマレクと最後の握手を交わし、幸運を祈った。やがて、滑るように丘を登っていく彼の姿が見えた。マレクはシュタイネックから脱走した最初の人間になったわけだが、その行為がほかの仲間にどんな結果をもたらすのかは想像もつかなかった。

マレクが姿を消したことに、陽の高いうちはだれも気づかず、ブロジツァを出発するときにもまだ気づかず、看守たちが脱走を報告したのは収容所に戻ってからだった。翌朝クルシェは、マレクの脱走を事前に知っていた者はいるかと尋ねた。沈黙が返ってくる。すると、クルシェはみなを威嚇した。「今度、脱走するやつがいたら、全員に責任を取らせるからな。ひとり脱走するたびに一〇人を縛り首にしてやる」。数日後クルシェは、マレクが捕まって処刑されたと断言したが、事実かどうかは確かめようがなかった。わたしは、どうかマレクが奇跡的に逃げのびて家族のもとに帰っていますようにと、クルシェの言葉が嘘でありますようにと願った。

どんよりとした天気が続き、少しずつ夕暮れが早くなっていく。あんなに成長していた小麦やライ麦の畑も、残っているのは刈りとられたあとの短く枯れた茎だけだ。季節がひとめぐりすると、植物もしおれて命を終える。子どものころ、収穫したジャガイモを地下貯蔵庫にしまったあと、わたしたちきょうだいは畑の茂みから、なおもいくつか掘りだしてきたものだ。そして、枯れ枝を集めて火を熾《おこ》し、そのジャガイモを焼いて食べた。母が料理してくれるものより、外で食べるジャガイモのほうがはるかにおいしかったのを憶えている。

霧雨の降る寒い季節になった。収容者の多くは、ただのぼろ布になりはてた服をまとい、形をとどめていない靴をはいていた。作業場までたどりつくだけでもやっとだ。なかには、その日一日を意志の力だけで乗りきっている者もいた。ある日、仕事中に仲間のひとりが力尽きて倒れた。聞いたところによると、職長は作業を中断させまいとして、倒れた男をそのままにしておいたという。仕事が終わり、やっとのことで収容所まで連れて帰ったが、どんな奇跡も彼を救うのは難しそうだった。体には無数のシラミがたかっていた。皮肉なことに、この虫どももじきに宿主を失うのだ。彼は夜が明ける前に死んだ。こういう場面が、これからは日常になっていくに違いない。その後、多くの仲間が死んでいったが、いちばん初めの彼の死がもっとも衝撃的だった。

ゾーシャは〝自分の〟不快な症状を医者に説明したところ、十二指腸潰瘍《じゅうにしちょうかいよう》と診断されたと言い、処方された薬を持ってきてくれた。ベラドンナという胃酸を抑える粉末薬と、パパベリンという胃腸の痙攣を抑える錠剤と、胃酸を中和する液体の薬一本だ。医者によると、どれも病気を治すものではないが、つらい症状の緩和にはなるという。ベラドンナをのむと胸やけがましになったが、パパベリンは口が渇くように感じた。

季節の移ろいとともに景色が変わっていった。木々は葉を落とし、風が激しく渦を巻いた。栄養不足と重労働とで、すでに多くの収容者が衰弱していたが、冬の寒さはさらに大きな打撃になりそうだ。一一月一一日、ポーランドの独立記念日に仲間のふたりが作業場で倒れた。だれもふたりを助けられなかったし、助けようとしたときにはもう遅かった。ふたりの命は、ただすとんと終わったのだ。こんなことが何度も起きたため、わたしたちは常時、担架を抱えて作業場へ向かうようになった。〝死にかけている者〟を指す〝ムスリム〟という隠語ができたのは、おそらく彼らの顔が土気色をしていたからだろう。深く落ちくぼんだ目は、砂漠の民を思わせた。生き残るのがだれかは推測できなかったが、次に死ぬのがだれかは往々にして言い当てることができた。そんな状態でも、毎日ひとり残らず作業場に向かわされた。病人は足をもつれさせ、よろめきながら現場にたどりつき、何人かは死体となって戻ってきた。

どうせみな死ぬのだという沈痛な思いが高じるにつれ、感覚が鈍り、周囲への無関心が広まっていった。生きようとする意志が、そこはかとない無力感に打ち砕かれる。仲間が死んでいくのを目にしても、だれもたいして痛みを感じなくなっていた。次に死んだのはメイヤー・ジュースキントで、まだ二七歳だった。少し前までわたしはこう考えていた。ナチスは働き手を確保するためにわれわれを生かしておくはずだと。しかし、彼らにそんな気はさらさらない。この六か月で、わたしたちの村から来た一六七人のうち、二〇人以上が死んだ。まもなく、ナチスは収容所で死んだ者の数だけ、新たな奴隷を補充する必要に迫られた。コニンという近くの街から、一〇〇人のユダヤ人が移送されてきた。コニンはシュタイネックから八〇キロほどしか離れていないのに、新入りたちはこの収容所のことを知らなかったという。やってきた当初は、肌のつやと身なりのよさで周囲とは一線を画していた彼らも、数週間のうちにほかの収容者と区別がつかなくなった。

冬になり初めての雪が積もっても、司令官のクルシェはなんの躊躇《ちゅうちょ》もなく全員を作業場へ向かわせた。年が明けると、今度はウッチからさらに多くのユダヤ人が到着した。彼らは、ヘウムノという街で起きている身の毛もよだつできごとを話してくれた。ナチスがユダヤ人をもっと効率的に殺害する方法を考えだしたというのだ。それは、トラックの排気ガスを車体内部に送りこむやりかただった。新たな居住地に〝再定住〟するという名目のもと、人々はトラックに乗せられて、走行中に殺される。死体はヘウムノに運ばれ、その地域最大を誇る焼却炉で焼かれる。そこでは一日に五〇〇体を焼却できるらしい。あまりの残虐非道さに、ウッチのユダヤ人評議会議長ルムコフスキは、それが軍の高官による所業か、あるいは地元の狂信的なナチ党員によるものかを問い合わせたという。するとベルリンから返ってきた答えは、それが公式な政策であり、今後似たような施設がたくさんできる、というものだった。ヘウムノがドブラから六五キロほどしか離れていないことを考えると、ドブラのゲットーも恐ろしい事態に陥るのではないか、母とヨゼクとポーラは無事でいられるだろうかと、わたしたちはまたも不安に襲われた。

どんより曇ったある寒い日のこと、作業場から帰ると、大きなフックのぶらさがった逆U字型の木枠が、点呼の場所に建っていた。どう見ても絞首台だ。わたしは青ざめた。おそらく、過酷な労働でわたしを死なせそこなったクルシェが、なんとしても脅し文句を実行に移そうとしているに違いない。わたしを縛り首にするつもりなのだ。点呼が終わって解散になったとき、なぜ絞首台があるのかハイムに尋ねてみた。あれを見たときは自分も驚いた、とハイムは答えた。その夜はずっと、自分はもうすぐ死ぬのだという思いが頭から離れなかった。やっとのことで眠りに落ちると、両手を前で縛られ、絞首台へ連れていかれる夢を見た。逃げようとしたが、どっちを向いてもSS隊員たちが行く手をふさいでいる。息ができずにあえいで目覚め、ようやく悪夢が終わった。父もその声で目が覚めたらしく、ぎょっとしたようにこちらを見ていた。それからは、あのおぞましい装置を見るたびに背筋が凍った。

あるとき、ドブラで知り合いだったモニエクとばったり出会った。彼はわたしと同じ歳なのに、まるで老人のようだった。肌は虫食いの跡だらけで、血管には水しか流れていないかのように見える。シャツのボタンをとめようとしても、指がほとんど動かない。例の〝ムスリム〟だ。医務室に連れていくと、ゴルトシュタインは病気なのかと本人に訊いた。最悪の事態を恐れるがゆえに、だれも自分を病気とは認めたがらない。生きていたければ働くのが得策なのだ。モニエクは怪我もしていないし、これといった症状もないので、ゴルトシュタインとしては医務室にいさせてやることもできない。それが規則なんでね、と彼は言った。病気と認めてもらえなかったモニエクは作業場に出かけ、夕方には担架に載せられて帰ってきた。そして次の日に死んだ。その死を嘆き悲しむ者はひとりもいなかったし、魂の平安を祈る者もいなかった。その後、飢えに苦しむ仲間たちが続出し、それが最大の死因になっていった。

仲間の身ぶりや歩きかたを観察し、肌や唇の色を見れば、だれが〝ムスリム〟になりそうかはわかった。あとで知ったことだが、ここより過酷な強制収容所でさえ、もっと衛生的な環境が整っていた。なかには収容者の服や靴を定期的に交換してくれるところもあった。ほとんどの収容所には医者がいたし、小さな診療所も備わっていた。

一九四二年の冬は凍《い》てつく寒さだった。トウヒとマツのほかは、どの木もすっかり葉を落としてしまった。道路は雪で覆われ、小川や湖には厚い氷が張っている。作業場では、まず凍土《とうど》を砕いて小さな塊《かたまり》にしてから、手押し車に載せなければならない。そのころ、わたしたちは初めてアウシュヴィッツという収容所のことを耳にした。聞いたところによると、アウシュヴィッツでは、老人と女性と子どもは到着後すぐSSの手で死に追いやられるという。そんな話はまともな頭ではとても受け容れられず、ほとんどの仲間が耳を傾けるのさえいやがった。事実であるはずはない、とだれもが思っていた。

三月半ばにさしかかったころ、ある噂が収容所に広がった。収容者のうち一〇〇人がシュタイネックからほかへ移送されるというのだが、行き先がどこかはだれも知らなかった。ここから出られるいいチャンスだ、とわたしは思った。父も同じ考えだった。ただ、ふだんはそうした事情に詳しいハイムも、噂以上のことはなにも知らなかった。もし噂がほんとうだったら、父とわたしを移送者リストに入れてもらえないか、とハイムに頼んでみた。クルシェがなんと言うかわからない、と答えながらも、クルシェの脅し文句をよく憶えている彼は、やってみると約束してくれた。数日後、公式の発表があった。土曜日に一〇〇人がシュタイネックから移送されるという。

わたしはとにかくここを出たかった。行き先がどこであろうとも。

けれどもスターシャは反対した。「ブロネク、ここにいさえすれば、あなたを助けてあげられるわ」

おそらく、今まではヴィツァクとバシアックとクミエックの存在があったからこそ、クルシェもわたしを絞首台に吊るさなかったのだろう。そのうえ、ゾーシャとの別れもわたしの決心を鈍らせた。シュタイネックを去れば彼女を失うことになる。次にゾーシャと会ったとき、彼女は花柄のスカーフをふんわりと首に巻いていた。早春のかすかな風を受けてスカーフがそよぐ。ゾーシャの瞳は冬の空を思わせるくすんだ色だ。苔むした岩にふたりで腰をおろし、わたしは彼女を見つめた。別れを考えると、胸が張りさけそうになる。ゾーシャはわたしにとって、たとえようもなく大きな存在だった。そのすべてがまもなく終わり、二度と会えなくなってしまうのだ。

事情を説明すると、彼女は悲しそうな顔をした。「どこへ行くの？ どうすればあなたを探しだせる？」。わたしたちは長い時間話をし、この戦争が終わったら一緒になろう、と気持ちを確かめ合った。抱き合い、何度もキスをしているうちに別れの時間が来た。ゾーシャがわたしの手を握り、最後にふたりで歩いた。

「いいかいゾーシャ、もし月曜日にぼくがあらわれなかったら、シュタイネックを出られたと思ってくれ。きみのことはぜったいに忘れない。これからもずっと愛しているよ」

「到着したら、居場所を知らせる手紙を送ってね」。わたしはそうすると約束した。そしてその場を離れ、沈痛な思いで丘を登って事務所へと向かった。たとえ離れ離れになっても、わたしの一部はいつもゾーシャとともにある。

その日の終業時、わたしはスターシャやヴィツァクや、親切だった事務所の人たちに感謝の言葉を伝え、「もしかしたら、月曜日にまた戻ってくるかもしれませんけど」と軽い口調で言い添えた。「いずれにせよ、みなさんには心から感謝しています」

持っていく荷物はほとんどなかった。わたしは医務室に行き、歯科治療具を道具箱にしまい、ゴルトシュタインに別れを告げてから父のそばに戻った。その夜はまんじりともしなかった。わたしが出ていくのを見つけたらクルシェはどうするだろう。そう思うと恐ろしくてしかたがなかった。それでも、このチャンスを逃すべきでないのはわかっていた。クルシェはヴィツァクに折れたわけではないだろう。このままシュタイネックにいたら、どうなるかわかったものではない。

土曜日、わたしたちはふだんより三〇分早く起こされた。ハイムによれば、リストには父とわたしの名前もあるという。外はまだ暗かったので、うまくすればクルシェに見つからずにすむかもしれない。運動場に集まると、クルシェが犬を連れ、鞭を手に部下たちを従えて立っていた。わたしは父とともに列のうしろのほうに並んだ。クルシェの視線がこちらに向けられるたびに体が凍りついた。もし見つかったら、ここに残らされるに違いない。そうしたら父はどうなるだろう。わたしがいなくても生きていけるだろうか。列に並んでいる仲間たちを見ると、ほぼ全員が〝ムスリム〟だ。これはどう考えても、労働力にならない人間を収容所から排除せよというクルシェの命令に違いない。これから行く場所はほんとうに収容所なのだろうか、とだれもがいぶかった。それでも、わたしは行進の命令がかかるのをじりじりしながら待っていた。やっとのことだった。

でハイムが声を上げ、ふたたび点呼を始めるよう命じた。点呼を何度も繰り返させるのは、司令官クルシェへのアピールになると知っているからだ。

そしてついに、「行進始め！」の声がした。これでやっとクルシェの支配から逃れられる。

第9章　グーテンブルン

門のかたわらに立つクルシェの横を通るとき、心臓の鼓動が激しくなった。この司令官には二度と会いたくないし、その願いはまもなくかなおうとしている。それでも、ドブラから一緒に来た人たち、ずっと生活をともにしてきた人たちと別れるのは、同じくらい寂しくもあった。わが人生の大切な一章が、永遠に終わってしまったのだ。

あたりが徐々に明るくなってくると、以前からの知り合いであるダヴィッド・コット、ラビのモイシュ、ハーシェル・シュタイン、ヨゼフ・グリセンシュタインのほか数人が、列のなかにいるのが見えた。ＳＳ隊員ふたりと、顔見知りの看守数人がわたしたちに付き添っており、そのなかにタデクもいた。タデクによると行き先はグーテンブルンで、そこはシュタイネックと同じような収容所だが、規模がもっと大きいという。わたしはほっとした。「ぼくも一緒に行くんだ」とタデクが言い添えた。彼は誠実な看守だったし、わたしが口を割らなかったことで信頼してくれている。「グーテンブルンはここから二五キロの距離で、同じように鉄道の敷設工事を請け負っている」。そのよき知らせは、たちまちみなに伝わった。

ようやく陽が昇りはじめた。雄鶏の鳴き声と犬の咆哮しか聞こえてこない寂しげな農場を通りすぎる。わたしの前を歩くのは、料理係のラチミールと、ドブラでよくわたしたち家族を手伝って穀物を運んでくれた陽気なレイベルだ。そういえば、レイベルの家の近くに牧草地があった。わたしが五歳のとき、レイベルは面白半分にわたしを捕まえ、逃げられないよう服を取りあげてしまったことがある。冗談だとわかってはいても、からかわれるのはいい気分ではない。服を返してくれるよう頼み、やっとのことで解放してもらったのを憶えている。

舗装された道路にさしかかると、歩くのが楽になった。道沿いに黒い聖母像が何度もあらわれた。太陽が姿を見せると、自分たちが北へ向かっているのがわかった。砂混じりの湿地と葉の落ちた木立を通りすぎたとき、建ち並ぶレンガの建物が見えてきた。そのひとつは小さな食料品屋だった。農家の主人が、冬のあいだに積もった雪をかくあいだ、腹をすかせた鶏たちが二、三羽うしろをついてまわる。半裸の子どもを抱えた女性たちは、黙ってこちらを見つめていた。この地方の村はどれも似たり寄ったりで、これといった特徴もなく、名もない染みのごとく道路沿いに点在している。そのとき、ひとりの農民がわたしたちに向かって敬礼し、「ハイル・ヒトラー！」と叫んだ。

「ハイル・ヒトラー！」SS隊員たちと看守数人が敬礼を返した。「ハイル・ヒトラー！」と自転車で通りかかった人も加わる。彼らの声が、わたしたちの耳にいやな余韻を残した。

村を出たところに風車が並んでいた。さらに進むとダムがあらわれ、その向こうにはバラックが四、五棟あり、ポーランド人女性たちが住んでいるようだ。建物の周囲にフェンスはない。どうやら、彼女たちは社会の除け者《のけもの》としてここにいるわけではないらしい。

さらに二、三キロ進んだところで、SS隊員の指示により道をそれて休憩を取った。その後、次の岐路を右に折れた。前方に、堅牢なコンクリートの建物がいくつかあらわれ、その中心には要塞を思わせる高い塔が立っていた。近づくと、正方形に並んだ建物四棟の正面に門と塔が据えられたその場所は、いかにもドイツ人土地貴族《ユンカー》やポーランド人伯爵のものらしい農場だった。ポーランドではこうした人たちが農業を牛耳っており、農民は敬意をもって彼らを支えていた。

武装した歩哨《ほしょう》ふたりが立つ門の前で、わたしたちは足を止めた。シュタイネックのちゃちな金網の門とは違って、ここの門は重厚なオーク材でできており、すぐ向こうに幅二〇メートルほどのコンクリートの建物二棟が見えていた。どちらの建物にも鉄格子のはまった小窓が四つか五つある。門の上部のさびついた看板には、〈グーテンブルン〉と書いてあった。

SS隊員たちに誘導されてなかに入った。四つの巨大な建物に囲まれて、中庭はうす暗い。ここはかつて農場だったのだ。どの建物も、昔は厩舎《きゅうしゃ》として使われていた。中庭の向こう端に絞首台が見える。さいわいわたしが立たされることのなかったあの絞首台にそっくりだ。この場所は世界から隔絶しているように思えた。中庭のまんなかにはSS隊員ふたりを囲んで収容所の警官たちが立っていた。わたしたちの到着を待ち受けていたらしい。

そのなかに、全員を見下ろしている男がいた。とびぬけて背が高く、猫のように冷ややかな目をしている。男は嫌悪感を込めてわたしたちを見た。「こいつらはなんだ？　全員〝ムスリム〟か？」。着ているのは民間人の服で、収容者であることを示すワッペンもついていないため、この男が何者でどういう職種なのか判断できない。ただ、ドイツ人らしいことは見てとれた。二メートルを超える背丈、角ばった顎、紅潮した頬、ぶ厚くて出っ張った唇。黒い乗馬ズボンを、将校の履くピカピカのブーツにたくしこみ、上半身は茶色のシャツとベージュのセーターを着て、首には毛織のマフラーを巻いていた。見慣れない形の帽子は、おそらくフランスの外人部隊のものだったに違いない。男は軽蔑の目をわたしたちに向けながら大股で歩きまわり、手にした棍棒《こんぼう》で自分のブーツをポンポンと叩いた。その大きな音が周囲のコンクリートにこだまする。警官を呼びながら、男はわれわれのことをだらしない集団だと罵りつづけた。わたしたちは粗暴な巨人に恐れをなして男をじっと見つめ、それから仲間同士で顔を見合わせた。この人物がどういう肩書なのかまったくの謎だ。「ここはグーテンブルンだ。わかったか、能無しの東方ユダヤ人《オストユーデン》ども」。これが、ドイツより東「ロシアや東欧を指す」出身のユダヤ人に対するこの男の呼びかたなのだ。「いいかクソ野郎ども、自分たちの食いぶちくらいは働いてもらうからな」

かたわらで、SS隊員たちはただ突っ立っていた。自分たちの代わりにこの巨人が収容者を威嚇しているので、出る幕がないのだ。やがて、われわれの新たなボスとなったこの男が、収容者を三つのグループに分け、部下の警官たちに命じて三棟の建物にそれぞれ連れていかせた。歩きだしたわたしたちを、男はあちらで叩いたりこちらで罵ったりしている。そして、わたしが持っていた道具箱に目をとめると、棍棒でそれを叩き、なにが入っているのかと訊いた。

わたしは、相手のしかめ面を見ながら答えた。「歯の治療道具です」

「なんだと！」わたしの言葉が理解できなかったかのように、男が声を上げた。「歯の治療道具だと？　そんなものを持ちこんでいいとだれが許可した？」

「シュタイネックで役に立ったので、ここにも持ってきました」と答えると、向こうはわたしを鋭くにらみつけたが、それ以上はなにも言わなかった。メナシェという若い警官がわたしたちのグループを担当することになった。安全な距離まで来たとき、あの男は何者なのかとメナシェに尋ねてみた。

「ハンブルク出身の収容者で、ここの収容者頭《ラーガーエルテステ》だ」と答えてから、いちばんの要点を言い忘れたのに気づいて付け足した。「おれたちと同じユダヤ人だよ」

さっぱりわけがわからない。収容者頭などという言葉はこれまで聞いたことがなかったし、収容所にこれほどの権力を持つユダヤ人がいることも知らなかった。こんな権威をいったいどうやって手に入れたのか理解に苦しむ。さらに問題なのは、自分の仲間であるユダヤ人に対して、なぜこうまで冷酷無情な態度を取れるのかということだ。「あの人の名前は?」と尋ねた。

「クルト・ゴルトベルクだ」

収容所の建物はどれも幅が三〇メートル、奥行きが一二メートルほどだ。各建物の内部には、上下に四段重なった寝台が八列並んでおり、八〇〇人を収容できる。分厚いコンクリートの壁には、かつて搾乳の際、牛を固定するのに使った輪が付いていた。わたしたちの新しい住処《すみか》は家畜小屋であり、ここにいるのは動物さながらこき使われる人間たちだ。床は室内の冷気を保つ硬質粘土でできている、「暖かい日でも、ここの気温は一三度以上にはならない」と全員が説明を受けた。

室内の明かりは、鉄格子入りの窓を通して差しこむ陽光と、高い天井からものうげにぶらさがっている白熱電球の光だけ。寝台がやっと見えるくらいの明るさしかない。今回は父もわたしも、上のほうの寝台を確保しようと決めており、人の助けを借りて、最上段にふたりぶんの寝台を見つけることができた。収容者たちはすでに作業から戻ってきていた。占領後、ドイツ人がリッツマンシュタットと呼ぶようになった街ウッチの出身者がほとんどだが、ドイツやオランダやオーストリアから来たユダヤ人もいる。シュタイネックから移ってきたわたしたちは、小さい村の職人や商人がほとんどなのに対して、ここの収容者たちはもっと世知にたけていた。なかには作家や弁護士などの知識人もいる。それでも、外の世界と同じように極悪人も混じっていた。ここでは何か国語もが飛び交い、だれかがイディッシュ語で話しかけると、ドイツ語の方言で答えが返ってくることもあった。

クルト・ゴルトベルクは二四歳で、両親のどちらかがユダヤ人なのだが、本人はユダヤ人よりドイツ人に近いと思っていた。一九三三年からヒトラー・ユーゲント［ナチ党の青少年組織から生まれた青少年教化団体］に所属していたものの、〝ニュルンベルク人種法〟［一九三五年にニュルンベルクで開かれた国会で可決された「ドイツ国公民法」と「ドイツ人の血と名誉を守るための法」のこと］によってユダヤ人に分類しなおされたため、その〝アーリア人〟団体から追放されてしまった。それでも、自分は本来もっといい扱いを受けるべきだと信じていたので、不運によって生じた怒りや欲求不満を、仲間のユダヤ人への威嚇によって晴らしていた。そのふてぶてしさと堪能なドイツ語のおかげで、彼は悪辣《あくらつ》なナチス組織からすれば申し分のない道具になった。あとで本人からこんな言葉を聞いたことがある。この子の父親はアーリア人だと母親が言い張ってさえくれていれば、ユダヤ人の汚名から逃れられたのに、と。彼がことさら軽蔑していたのは、ポーランドのユダヤ人だった。〝東方ユダヤ人〟こそ、自分をこんな目に遭わせた元凶だと考えていたのだ。当時、とんでもない人間はおおぜいいたが、わたしにとってずっと不可解なままだったのがこの男だ。彼はその後、ナチスの寵愛を失って死ぬことになる。

グーテンブルンが収容所として開設したのは、わたしたちが到着する四か月前のことだ。そのあとすぐ、ポズナン周辺には次々と収容所ができていった。アイヒェンヴァルデ、レンツィンゲン、アントニネク、フォルト・ラツィヴィル。わたしたちがグーテンブルンに来たときには、すでにユダヤ人ばかり一八〇〇人が収容されていた。シュタイネックのときと同じで、看守はポーランド人だ。食料の配給は、ここでも〝槍の先〟のようなパンが朝と夜に、そしてスープが一日二回出た。とはいえ、シュタイネックとの違いはたくさんある。設備はこちらのほうが整っていて、シャワーや診療施設もあった。医者はサイデルという名のオーストリア人で、一二床の診療所を取りしきっている。収容者の寝台はシュタイネックよりゆったりしており、それぞれに新鮮な敷き藁と枕と藁ふとんが備えられていた。それでも虫からは逃れられなかったが、定期的にシャワーを浴び、服のシラミ駆除を行なっていたおかげで、いくらかは安心だった。ただ、表面的には生活が楽になったように見えるが、実際はそうでもなかった。

わたしたちの収容所棟に、一二歳になるかならないかの少年がいた。彼はわたしがそれまで収容所で会ったなかでいちばん若かった。名前はメンデルだが、メンデーレという愛称で呼ばれていた。ウッチにいたとき、ゲットーに食料を持ちこんだため逮捕されたという。本人は一六歳だと言い張り、それが通ったためグーテンブルンへ移送されてきたのだ。その丸い顔とにこやかな目を見ていると、こちらまで明るい気持ちになった。彼はウッチ訛りのイディッシュ語で、四六時中《しろくじちゅう》お喋りをしていた。収容所で生きていくすべを心得、生きのびるために必要なことはなんでもした。そして、働きすぎもせず怠けもせず、うまく立ちまわる。仮病を使ったり仕事をさぼったりもしたが、おおかたの職長にはかわいがられていた。作業に精を出しているように見せかけるのがうまく、職長が見ているときは額の汗をぬぐい、いなくなるとたちまち手を止める。人を丸めこむことにかけては天才的で、年齢が倍の収容者たちを操ったり出しぬいたりするのにもたけていた。ほかの人が規則違反をすると罰せられるのに、メンデーレが同じ違反をしても注意だけですんでしまう。自分の役に立つと踏んだ相手とは、すぐに仲よくなった。生き残るための強い直観力を、彼はゲットーでの経験から身に着けていた。いわば新しい秩序の申し子なのだ。それでも、だれもがこの少年を好きにならずにはいられなかった。

グーテンブルンは、四棟の高い建物とそれを取り囲む壁によって世界から遮断されているため、収容所の敷地から外のようすをうかがうことができない。宇宙にぽっかりとこの場所だけが残されたように思えることもあった。

建物に入って一時間もしないうちに、わたしたちはふたたび点呼広場《アペルプラッツ》に召集された。SS隊員たちの姿はすでになく、ゴルトベルクと部下の警官だけがいた。ゴルトベルクはいきり立ったように声を張りあげて命令し、汚い言葉でわたしたちを侮辱しつづけた。警官たちもそれぞれに罵《ば》詈雑言《りぞうごん》を口にすることで、ゴルトベルクを援護する。伝えられたのは、月曜日からヘルデッケ部隊という新しい作業班での仕事に全員が就く、ということだ。その仕事が線路の敷設工事だということは知っていたが、ヘルデッケ部隊がなにを意味するのかはまったくわからない。いずれにせよ、敷設工事の経験がグーテンブルンでも役に立つはずだとわたしたちは考えていた。もとからここにいる収容者と違って、シュタイネックから来た一〇〇人は、すでに一年近くも敷設作業を経験している。だからこそ、ここへ連れてこられたに違いない。

食事の単調さはここでも変わらなかった。ひとかけらのマーガリンとスプーン一杯のマーマレード、そして昼と夜にはひしゃく一杯ぶんのカブのスープ。カブはこの地域の主要作物なのだ。ここでは、食べ物を受けとるのにシュタイネックの二倍の時間がかかった。厨房の人手が圧倒的に不足しているせいだ。シュタイネックでもそうだったが、ここでも警官たちはなに不自由なく食べ物やドイツ製の煙草や酒を手に入れていた。やがて全員が寝台に戻ったとき、わたしはゴルトベルクが歯医者の居場所を尋ねていることを耳にした。ほどなく、建物の向こう端から叫ぶ彼の声が聞こえてきた。わたしを見ると近づいてきて、おまえの寝台はどこかと訊いた。なんと答えてよいかとまどったが、このときは相手の態度もまともで、声もぐんと穏やかだった。その理由はすぐにわかった。わたしの横の寝台で寝るつもりなのだ。これほどの権力を持っている人間が、もっとましな場所を与えられていないとは驚きだった。それにしても、なぜ隣に来たいのかわからず、わたしは困惑した。もしかしたら、いたずらするつもりなのだろうか。わたしの知るかぎり、シュタイネックに同性愛者はいなかったが、ここはグーテンブルンという別の収容所だ。つまるところ、この男も囚人のひとりなのだとわかり、わたしは相手の権威に気おくれせず、みなと同じようにすることにした。とはいえ、こんな状況では慎重にならざるをえない。私物を持ってきて隣の寝台に置いていくゴルトベルクに、異議を唱えることはできなかった。その夜、消灯時間をだいぶ過ぎてから、彼は寝台に戻ってきた。父もわたしもまだ眠っていなかった。わたしたちの不安を察して、彼はこちらにふたことみこと声をかけたあと、背中を向けて眠ってしまった。横で寝られると気持ちが落ち着かなかったが、彼に対する恐怖心はもうなかった。二、三週間後、ゴルトベルクは別の寝台へ移ることに決めたようだ。しかし、その間にわたしたちはよい関係を築き、彼がわざわざわたしを手助けしてくれるまでになった。

　月曜日の朝六時、警官たちが入ってきて、棍棒で寝台を叩いてまわりながら叫んだ。「起きろ！《アウフシュテン》」。やがて、おなじみの喧騒が始まった。食事の列に並びながら、わたしの頭のなかでせめぎ合いが始まる。なけなしの食料をいっぺんに食べてしまうか、それともあとに少し残しておくべきか……。初日の朝の混乱で、ひとりの若い収容者のスープが床にこぼれた。昼まで空腹に耐えなければならないと悟った青年の頬を、涙が伝った。

「出発だ！《アイントリーテン》　列になって行進を始めろ！」。警官たちは叫びながら、わたしたちを五列に並ばせた。ヘルデッケ部隊という名前のいわれは、すぐにわかった。ヘルデッケというのは、この区域の敷設工事を担当するエンジニアだ。ここの職長たちは全員がそうだが、彼もドイツ人だった。父とわたしが割り当てられたのは、手押し車に載せられた割石を、道床の場所まで運びあげる作業だ。砂混じりの道で手押し車を押すだけでも重労働なのに、丘の上まで押していかなければならないのは、あきらかに父の体力では無理がある。けれども、本人はそれを認めたがらなかった。認めると役立たずの烙印《らくいん》を押されかねず、そういう印象を持たれるのは危険だからだ。二、三日もすると、腕や肩がひどく痛んで、わたしたちは腕を上げるのもつらくなった。さいわい、見回りの際にヘルデッケが父のようすに気づいて、少しは息のつける土ならしの仕事に替えてくれた。昼になると、わたしたちは収容所に戻ってスープを飲んだ。もはやゾーシャからの差し入れもスターシャからの残り物もなくなった今、収容所で出される食べ物にすがるしかない。

ゾーシャとは連絡を取ることもできずにいたが、ある日彼女が訪ねてきた。厨房の裏門のところでわたしに面会を求めているという。この門は、食料を配送しにくるトラックのために一日じゅう開けられていた。いったいどうやってわたしを探しだしたのだろう。「ブロジッァの人たちにあなたの居場所を訊いたの。わけなくこの収容所を見つけられたわよ」。わたしがユダヤ人でない女性と付き合っていることは、すでに仲間のほぼ全員が知っている。みなの注目を浴びて、ふたりともばつの悪い思いをした。門に立つ歩哨がいなくなると、わたしたちは気軽に外を散歩することができた。どうやら、この収容所ではある程度のプライバシーが保たれているようだ。わたしはゾーシャを抱きしめ、キスをした。また彼女に会うことができて嬉しかった。

ゾーシャはなによりもまず、薬がどれくらい残っているかを案じた。そのあとしばらく、グーテンブルンのことや仕事のことをふたりで話した。今回もゾーシャは食べ物を持ってきてくれていた。さよならを告げたあと、わたしは彼女の姿が遠ざかっていくのを見守った。はたして、シュタイネックのときのような自由をふたたび味わうことはできるのだろうか。ゾーシャからの差し入れを持って戻り、父とふたりで、グーテンブルンに来て初めてほんもののパンを口にした。

父はゾーシャのことを知っていたはずだが、会ったことはないし、わたしから彼女の話をしたこともなかった。

グーテンブルンでは、歯の治療はいっさい行なわれていなかった。ゴルトベルクにはわたしの治療道具のことも、シュタイネックでの歯科診療のことも知られていたので、ここでも役に立てないだろうかと申し出てみた。彼はわたしの言葉に耳を傾けたあと、サイデル医師と話してみるよう促した。その医師にはまだ会ったことがない。仕事のあと診療所に行ってみると、そこにはさまざまな病気の収容者たちがおおぜいいた。その多くがむくんだ脚をしており、足首が大きく膨《ふく》らんでいる。サイデル医師に尋ねると、それは浮腫《ふしゅ》だという。空腹をごまかそうとして水を大量に飲むと、内臓が処理しきれず余剰分が足にたまるらしい。「ちょっとした引っかき傷や擦り傷でも治らない。傷口から感染すると、取り返しのつかない状態になってしまうんだ。治療法は休息と栄養をとることなんだが」。そんな贅沢はわたしたちには許されない。なかには、回復のために一日か二日仕事を休ませてくれと医師に頼む者もいるが、その願いをかなえることはできないのだ。

サイデル医師は四〇代初めで、小柄で肩幅が狭く、胸がかすかに陥没していた。もの静かで礼儀正しい人物だ。声には金属的な音が混じる。目を向けられたとき、わたしはその視線に射抜かれたように感じた。話しかたは単刀直入で、自分の言葉に自信を持っているのがうかがえる。彼はつねになにかを思案しているように見えた。患者によく伝えるアドバイスは、「傷口を乾燥させれば、ひとりでに治るよ」。最初は、薬が極端に不足しているからそう言うのだろうと思っていた。しかしあとになると、彼が実際にそれをよい治療法だと信じていて、しかもほとんどの場合正しいことがわたしにもわかった。

多くの患者が待っているので出直してきたいと伝えたが、ゴルトベルクに言われて来たことを知ると、医師はわたしを隣の部屋に招じ入れた。自分が何者でなぜここへ来たかを説明しているあいだ、相手はじっくりと耳を傾けていた。もし歯科医が必要なら、仕事のあとここへ来て診療したいのだが、と申し出ると、彼は即座に賛成した。「治療道具は、あのふたつの棚のどちらかに入れておくといい」そう言って医師は棚を指さした。

わたしが持っていた治療道具や薬剤はごくわずかしかない。抜歯用の鉗子三種類、メス二本、探針《たんしん》とエキスカベーター〔むし歯を掻きだすための鋭利なさじ状の器具〕が何本か、歯科用鑿《チゼル》一本、スケーラー〔歯石除去用の器具〕二本、根管治療用リーマー〔らせん状の溝がついた針のような器具〕一〇本ほど。ドリルの何本かは、エンジン本体が壊れていて使いものにならなかった。治療道具はすべて診療所に置いておいた。収容者たちがもっとも頻繁に訴えるのは、歯肉の痛みと出血だった。殺菌用のまともな設備がないため、器具はアルコールランプの炎で消毒するしかない。

次の点呼のとき、週日の作業後と週末に診療所で歯の治療が受けられるようになったことを、ゴルトベルクがみなに告げた。これまでも抜歯の経験はあったが、グーテンブルンにはシュタイネックの二倍近い収容者がいたため、日によっては五、六本抜くこともあった。あるとき、司令官を連れて診療所に入ってきたゴルトベルクは、さも自分が見つけてきたかのように、誇らしげにわたしを指さして言った。「所長殿、この診療所には歯科医がおります。シュタイネックから移ってきた者で、治療道具も持っているのです。工事現場《バウシュテル》での作業をきちんと終えたあと、診療にあたっています」。その言葉に、ナチの所長は感心していた。

日曜日の午後、静かな厩舎のなかで、ラビのモイシュが胸を叩きながら祈りの言葉を唱えていた。「主は完全であり、その御心はどこまでも美しい。主のみわざが全《まった》きことはだれもが信じている」。人生の奈落に置かれてなお、彼は神を深く信じているのだ。窓の外から教会の鐘の音が聞こえてくる。鳥たちが編隊を組んでこの〝要塞〟の上をゆったりと飛んでいった。あの鳥のように自由になれたらどんなにいいだろう。

さながら時計じかけのように、厨房の窓が開くと同時に収容者たちは列を作り、それが何百メートルにもなって中庭まで達する。料理係のラチミールがコック帽をかぶり、出っ張ったおなかの上にエプロンをかけて、食事にありつこうとするわたしたちを眺めていた。腐った匂いのするスープなど、まともな状況なら犬でさえ見向きもしないだろう。けれども、わたしたちにとっては、たったひと口のパンやスプーン一杯のスープでさえ、はかりしれない価値がある。飢えが人の心に与える影響を知るには、かなり長い時間が必要だ。飢えは寄生虫のように少しずつ人間の内側を蝕《むしば》んでいく。なんでもいいから食べたいという思いが極限まで強まると、人はどんなことでもしてしまう。グーテンブルンの収容者たちが、生きるために草を食べていたという噂はほんとうだ。これほどの飢餓状態にあってなお、わずかなりともプライドを持ちつづけるのは難しい。友人のダヴィッド・コットの場合、実家ではクッキーや牛乳をたらふく食べていたので、以前は体格もよかったのだが、その体が力を失い、日一日と痩せていくように見えた。

最近、故郷から届いた知らせは、これまでになく不穏なものだった。こうなればもはや自分たちを騙《だま》すことはできず、最悪の事態を覚悟せざるをえない。「老人何人かと、ユダヤ人評議会に守られている人たちを除いて、ほとんどがゲットーから移送されていきました。まだ当分は生きていけるだろうという見通しは崩れさったのです。わたしたちの命もまもなく終わるでしょう」とポーラは書いていた。その手紙は、つい先日ここにやってきた収容者たちのこんな言葉を裏づけるものだった。「ヴァルテガウのゲットーはじきに、ひとつ残らずからっぽになる。新たな居住地へ向かうと教えられた人たちは、ひどく残虐な最新の方法で殺されるんだ。乗せられたトラックのまさにその排気ガスによって……」

ある朝、わたしたちが仕事に向かおうとしていると、ヘルデッケが収容所にやってきて、労働者を追加してくれるようゴルトベルクに依頼した。同時に、事務の仕事ができる人間もひとりほしいという。ゴルトベルクは、わたしがシュタイネックで事務仕事をしていたと話したのを憶えていたらしく、ヘルデッケのもとで働くようわたしに命じた。どうやら幸運はここでも続くようだ。

収容所のドイツ人といえども、全員が非情で悪意に満ちた反ユダヤ主義者だったわけではない。ヘルデッケはナチ党員だったが、党の人種差別政策を鵜呑《うの》みにはしていなかった。彼のそばで働いていたあいだ、ヒトラーの無意味な戦争に対する嫌悪の言葉を一度ならず耳にしたものだ。彼は労働者を虐待することはなかったし、部下のドイツ人たちにも同じ態度を要求した。収容所のナチのなかに、そういう人格を持った人間はめったにいなかった。

わたしが働くことになったヘルデッケの仮設事務所はこぢんまりとした部屋で、製図台と机と椅子と書類用キャビネットを置くのがせいいっぱいだった。ヘルデッケがあらわれると事務所がなお狭くなるが、そこへ来るのは彼がドイツ語でタウフシーダーと呼ぶ投げこみ電熱器［電気コイルを直接水に入れて湯を沸かす装置］を使って、コーヒーを淹《い》れるときだけだ。わたしのおもな仕事は、設計図の青写真を手書きで複写することと、作業記録を職長たちから回収してくることだった。

　ある日、収容所でスープをかきまぜてジャガイモのかけらをむなしく探っていたところ、突然騒ぎが起こった。見ると、収容者がひとり看守に引きずられていく。その男は大声で叫び、許しを請うていた。どうやら、トラックの荷おろしを手伝っていたとき、ジャガイモをポケットに入れたのが見つかってしまったらしい。以前、同じ〝罪〟を犯した者は、収容所の警官に激しく殴られていたが、今回は歩哨が彼を留置場に引っ張っていき閉じこめた。夜になっても男は戻らなかった。もう名前は思い出せないが、わたしは彼のことを知っていた。もしチャンスがあれば、多くの者があの男と同じことをしていたに違いない。だから、彼がどうなるのか、みな心配でしかたなかった。

　二日後、仕事から戻ると、わたしたちは絞首台まで行進させられた。胸が重苦しくなる。こんなことは間違っているとだれもが思った。はたして、ジャガイモをたったひとつかふたつ盗んだだけで絞首刑になるものだろうか。そして、まもなくその不安は的中した。黒い制服姿のゲシュタポ三人に囲まれ、あの男が両手をうしろで縛られて歩いていく。絞首台に上ると、罪名の書かれた紙が胸に貼りつけられた。上着がだぶついて、まるでこの二日間で体が縮んでしまったみたいだ。顔は青白く、目は腫れあがっている。「いったいなにをされたんだ?」とみながささやきあった。やがて、ゲシュタポのひとりが、ぶらさがっている輪《わ》縄《なわ》の下の椅子に立つよう命じた。続いて、彼らは男の両脚を縛り、輪縄を首にかけた。そして、宣告文を読みあげる。「妨害行為により、親衛隊全国指導者《ライヒスフューラー》ヒムラーが絞首刑を宣告する」。緑の制服を着た武装親衛隊の隊員が男の足の下から椅子をぐいと引きぬく。男の体が垂れさがり、両足が前後に揺れた。やがて、がくりと首が折れて前に倒れた。わたしたちは息をのみ、互いに顔を見合わせた。これがわれわれの新しい法律なのか。喉に怒りがこみあげてくる。今後はだれもがあの輪縄に吊るされるかもしれないのだ。「人殺し!」と大声で叫びたかった。足の下で地面がぐらぐら揺れているように感じる。中世の残酷な処刑を目撃した気分だった。なんとも言いがたい沈黙があたりを覆う。しばらくすると、サイデル医師が検死を行ない、男の死を告げた。診療所の助手ふたりが死体を運び、建物のかたわらに置いた。

　吊るされた男を間近で見ると、首に深く食いこんだ輪縄の跡がやけどのように残り、青く膨れた舌が口から垂れさがっていた。漏れだした尿と便で死体は汚れている。命を賭けてジャガイモを盗まざるをえないほど、彼はほんとうに空腹だったのでしょうかとわたしは神に問うた。そのあと、夕食の列に並びながらふと思った。なぜだれもが、なにもなかったかのようにふるまえるのだろう。

　それ以降は、ささいな罪でも確実に罰せられるようになった。はっきり許可されていること以外は、ほぼどんなことでも罪になる。ときには、脱走の企てを疑われただけで処刑されることもあった。そしてその多くが、脱走して捕まったことにされてしまった。いまやどんな理由であれ処刑されかねなかったが、それでも収容者はリスクを冒さざるをえない。そうしないと飢え死にしてしまうからだ。ときをへるにつれ、処刑はさらに頻繁に行なわれるようになり、グーテンブルンでは毎週木曜日が処刑の日になった。一日に八人以上の処刑が予定されている場合は、午前と午後に分けて行なわれた。多いときには、グーテンブルン以外の者も含めて、一日に一一人が処刑されたこともある。医師が死亡を確認すると、わたしたちは死体を運ばされた。あるとき、処刑された男が奇跡さながらふっと息を吹き返した。こうなったからにはこのまま生かしておくのだろうとわたしは一瞬考えた。ところが、男の胸が上下しているのに気づいたゲシュタポのひとりが、つかつかと歩いてきて至近距離から頭を撃った。この場面はいつまでもわたしの頭から離れなかった。だれかが抗議の気持ちを込めてこうつぶやいた。「二重処罰はジュネーブ条約［戦地での捕虜や疾病者の待遇改善を目的として定められた国際条約］で禁止されているのに」。とはいえ、いったいだれがゲシュタポを止められただろう。

もうひとつ、今にいたるまで解せないおぞましい出来事があった。ある日曜日の午後、中庭を歩いていると、ふたりのゲシュタポが厨房のドアから収容所に入ってきて、ドアにカギを取りつけておくよう警官に命じた。そのあと、車で連れてきた若くかわいらしい女性を、まったくの秘《ひ》密《みつ》裡《り》に処刑してしまった。ことが終わると、ふたりは女性の死体を車のトランクに入れて走り去った。日曜日には司令官も看守の多くも収容所には来ないため、この出来事を知っている人間はごくわずかしかいなかった。

グーテンブルンで人間の命を奪ったのは絞首台だけではない。シュタイネックと同じように、ここでも人が死ぬいちばんの理由は栄養失調と過労だった。診療所に横たわる患者たちが会話を交わしている。もはや自分たちの窮状に我慢ができないのだ。「おれたちは奴隷になっちまったから、いつかこんな状態が終わると思いながら連中のために働いてるけど、これ以上続いたらみんな死んじまうぞ」とひとりが言った。「なんだって、みすみすこんなところへ来ちまったんだろう」

「ほかにどうしようもなかっただろ。言われたとおりにしないと腕づくで連れてこられるだけで、結局は同じことになるんだからな」もうひとりが応じた。

「ほかの国はなんでこんなに無関心なんだろう。なにが起きてるか知らないのかな」最初の男が言った。

「たぶん知らないんだろう」

「いや、知ってるはずだ」と最初の男が言い張る。「どうでもいいと思ってるだけだろ」

「赤十字の人間は事情を知ってるさ」。そのあとわたしは診察に呼ばれたため、会話の続きはところどころしか聞きとれなかったが、どうやら彼らはこう思っているらしい。ドイツ人がわれわれを無能な寄生虫と決めつけているから、ほかの国も同じように見ているのではないか、と。ふたりとも、自分たちは世界じゅうから見放されたと感じ、自暴自棄に陥っているように思えた。

新たに到着したユダヤ人グループのなかに、ライプツィヒ出身のリヒャルト・グリムというジャーナリストがいた。わたしは作業現場でその男に会った。彼は、収容者を迎え入れる際のゴルトベルクのやりかたに違和感を抱いたという。グリムは頭がよく勇敢で、肩幅が広くて体格も立派だ。ゴルトベルクと同じようにドイツ語も堪能だった。収容所の内実に不慣れなあいだ、彼は慎重に行動していた。よく働き、周囲に探りを入れたり質問したりすることもあった。やがて収容所の規則を飲みこんでしまうと、少しずつゴルトベルクに攻勢を仕掛けるようになった。少し前に司令官が交代したため、今がゴルトベルクの権威をくつがえすチャンスと踏んだのだ。その事態に、ゴルトベルクのほうは戦々恐々としていた。

ライプツィヒから来た聡明で肝の据わったそのジャーナリストは、たちまち司令官の目にとまった。そして、ゴルトベルクより大人で知的だったため、新たに設けられた収容所責任者という役目を与えられた。それがどんな任務なのかだれもはっきりとは知らなかったが、その地位によって、彼は内部の事情通になっていった。立場上、SS司令官と頻繁にやりとりするため力をつけていき、しばしばゴルトベルクの権威に楯つくようになった。どちらが司令官の気に入られるかをめぐって、ふたりのあいだで口論があり、にらみ合いがあった。ゴルトベルクは陰でグリムの悪口を言い、グリムは正面切って相手を批判した。この収容所でユダヤ人のトップになれるのは、どちらかひとりだけだ。結局、司令官はゴルトベルクのがさつさや激しやすさよりも、グリムの如才なさと決断力を好んだため、グリムが収容者頭となった。こうしてリヒャルト・グリムは収容所の主役となり、クルト・ゴルトベルクのほうは、いまだ警官たちのボスの座にしがみついてはいたものの、ついにその支配力を失ったのだ。

一九四二年の一〇月、天気が荒れてきた。わたしたちの服は長いあいだ着ているうちにぼろきれのようになり、靴はとっくに崩壊していた。ばらばらになった靴を紐で足に縛りつけている収容者もいた。少しでも冬の訪れが先に延びてくれるよう、どれほど願ったことか。作業場では、ちょっとでも体温を上げようとだれもがあらゆる工夫をした。たとえば、両腕を振りまわしたり足踏みをしたりして、凍《こご》えた体を暖める。なかには、スープと交換してまで新聞や空のセメント袋を手に入れ、それを体に巻きつける者もいた。ヘルデッケは事務所で暖を取ったりコーヒーを飲んだりすることが多くなってきた。あちこちに木くずが無造作に積みあげてあるのに目をつけたわたしは、ある計画を立てた。ヘルデッケの賛同を得るには、労働の生産性を上げる提案でなければならないのはわかっている。しかし、その話をもちかけようとするたびに、彼が事務所を出ることが続いた。

ある日、事務所を出ようとするヘルデッケを呼びとめた。「ヘルデッケさん、労働者たちは、凍えまいとする努力だけでずいぶん体力を奪われています。もし休憩時間に暖を取ることができれば、もっと生産性が上がるはずです。午前中に一度、休憩を取らせてもらえないでしょうか。火を熾すだけの木くずはじゅうぶんにありますし、シュタイネックでしていたように、コーヒーを淹れることもできます」

ヘルデッケは青写真から目を上げ、遠くを見るまなざしをこちらに向けた。何秒かが過ぎ、断られるのだと思ったとたん、彼は同意した。どうやらヘルデッケの人間性に訴えることができたようだ。「わかった。だが、どこで火を熾すつもりだ?」。わたしがスターシャの野外料理場のことを話すと、彼はその案に賛成し、だったら代用コーヒー［コーヒー豆の不足により大豆などで代用したもの］を持ってこようと言ってくれた。二、三日後、わたしは父に、木くずを集めて火を熾し、コーヒーを淹れられるようにしてほしいと頼んだ。これが父にとっては絶好のタイミングだった。というのも、このところ父は少しずつ〝ムスリム〟の様相を帯びはじめていたからだ。父はレンガで窯をこしらえ、数日後には三〇分のコーヒー休憩が現実のものとなった。このちょっとした休憩のおかげで、冬を乗りきれた者が多かったのではないだろうか。その後、父は〝コーヒー係〟と呼ばれるようになった。

　ヘルデッケのような品格のあるナチに出会うのは、なんとも爽快な気分だった。

　善意は伝染する力が強い。ヘルデッケを手本として、職長たちの態度も穏便になった。このころ、ヘルデッケはわたしの前で総統［ヒトラーのこと］を非難することが多くなっていた。彼がナチ党に入党したのは、エンジニアの仕事を続けるためだった。しかし、もはや総統は自国民を破滅に追いやっているとしか思えない、というのだ。ただ、ヘルデッケがなにを考えているにせよ、わたしはその話題に口を出す立場ではなかった。

　だれかがうまい具合にジャガイモをくすねてくると、父はそれも焼いてやるようになった。その見返りとして少し分け前をもらう。重労働から解放される時間ができ、わずかばかり余計に栄養を摂《と》れたことで、父の頬にはゆっくりと赤みが戻ってきた。収容所では、グリムが司令官に口添えしてくれたおかげで診療所が拡張され、より多くのベッドを置けるようになった。父とわたしは新たにやってくる収容者用の新築バラックに移った。わたしはヘルデッケのもとで働くのをやめ、フルタイムで診療所に詰めていられるようになった。

ゾーシャは長い道のりを歩いて、食べ物と薬を、あるいはポーラや母からの手紙を、月に一度は届けにきてくれた。ある土曜日、わたしは家族からの手紙を二通受けとった。消印が二日しか離れていないところを見ると、これは尋常でないように思えた。バラックに戻り、父が一通を、わたしがもう一通を開けた。最初の手紙には、強制移送が行なわれていると記されていた。しかし、二通目の手紙はもっと深刻な内容だった。兄のヨゼクが捕まって移送され、その行方を母もポーラも知らないというのだ。兄は一家の長として移送が免除される証明書をドイツ軍大尉からもらっていたが、それもなんの役にも立たなかった。兄の移送に、母は強く打ちのめされた。ポーラはこう書いている。「たとえなにがあっても、わたしは母さんのそばを離れません」。父はわたしを見て深いため息をつき、抑揚をつけてこう言った。「神はみずからのご意志を問うてはならないとおっしゃっている」。途方もない苦しみに、その声が途中から震えはじめた。いよいよポーラと母にほんものの危険が迫っていることは、わたしたちにもわかった。自分が姉や母とともにわが家にいる姿を想像してみる。胸を締めつけられる思いで、わたしは診療所に向かった。

それからまもなく、ゴルトベルクはいっさいの権威を失い、グリムの支配を受け容れた。やりたい放題だったかつての高飛車な態度は、孤立状態に置かれたとたん影をひそめた。グリムはひるむことなく公正なやりかたを通した。彼が要求した規則のひとつで、みなに感謝されたのは、日曜日の午後二時から四時まで強制的に寝台で休息するというものだ。この場所ではめったになかったやすらぎのひととき、仲間たちはユダヤ人に伝わる情熱的な曲を元にし、「グーテンブルンの歌」を作った。当時アメリカの下層社会を揶揄するイディッシュ語の替え歌が流行していたので、それを真似たのだ。ゆるやかで暗い旋律のリフレインが繰り返される。

グーテンブルンじゃ朝から晩まで働かされる
そのご褒美は干からびたパンとカブのスープ
ユダヤ人のおれたちにゃ文句も言えない
言ったところで、だれが聞いてくれる？

リフレインのあと、みなはてんでにこんな歌詞を付け加えて歌っていた。

働け、働け、働け、自由を手にするまで
そうすりゃ人生またよくなるさ
でも、今は文句も言えない
言ったところで、だれが聞いてくれる？

そこへ別のだれかが割りこんで歌った。

どんなにひどいことをされても

おれたちは耐えるしかない
嘆くな、腐るな
嘆いたところで、だれが聞いてくれる？

こんな歌が、日曜日の午後になるたびに聞こえてきた。

しばらくのあいだ戦争は足踏み状態にあり、ナチスが奪った領土はすべて永遠にそのままかと思われた。ところがある日、歓迎すべきニュースが舞いこんできた。一二月にアメリカが枢軸国［イタリア、ドイツ、日本］に宣戦を布告したというのだ。一九四三年一月、タデクの話によると、この近くに新たなユダヤ人強制収容所がいくつかできたらしい。

冬のさなかとはいえ、比較的穏やかな天気に恵まれたある土曜日、ゾーシャが会いにきてくれた。もう何週間も会っていなかったので、このときの面会はほんとうに嬉しかった。彼女はコートの下にシンプルだが魅力的な水玉模様のワンピースを着ていた。小さな門には歩哨が不在で、わたしは外に出て彼女と通りを歩いていった。看守たちはわたしが歯科医だと知っているので、最悪の場合でも、戻ってくるよう呼びとめられるだけですむはずだ。歩いていくと小さな森があらわれ、わたしたちはそこへ入っていった。

森のなかをしばらく散策したあと、わたしたちは足を止めた。わたしはゾーシャのきらめく瞳を見つめ、腕のなかに抱きよせてキスをした。彼女はわたしの体に両腕をまわして誘いに応じた。キスをしながら、ゾーシャがわたしの肩に頭をもたせかけてくると、ふたりの熱い思いが高まって、もはや欲望を抑えることができなくなった。彼女を雪の上に横たえ、グーテンブルンに来て初めて、わたしたちは愛を交わした。そのとき突然、だれかの声がこちらに近づいてきた。まずいことになったと感じ、あたりを見回したが、どこに隠れればよいのかわからない。四人の男たちがまっすぐこちらへ近づいてくるのを見て、わたしたちはなにげないふうを装った。男たちが目の前で足を止める。四人のなかでいちばん若く、わたしとほぼ同年齢の男が、敵意のこもったまなざしを向けてきた。その表情から察すると、どうやらかなり面倒なことになりそうだった。

「ここでなにをしている?」相手が気色ばんだ。

ゾーシャが割って入った。「この人はお友だちで、わたしが面会に来たんです」

その言葉に耳を貸そうともせず、彼はわたしに向きなおってわめいた。「おまえが収容所のユダ公だってことはわかってるぞ。ふたりで森へ入っていくのを見たんだ。そして、おまえ」とゾーシャに指を向ける。「恥ずかしくないのか、ユダヤ人なんかと付き合って。ユダヤ人といちゃつくなんて、ポーランド女の面汚《つらよご》しだ」

わたしたちに逆らうすべはなかった。男はわたしのシャツをつかみ、顔を四、五回殴った。それから、仲間のひとりのほうにわたしをぐいと押しやると、今度はその男がわたしを平手で叩き、最初の男に押し戻した。わたしはどさりと地面に倒れ、起きあがろうとすると蹴られた。ゾーシャは泣きながら助けを請うた。「なぜこんなことをするの? なぜこの人を痛めつけるの? あなたたちになにもしていないでしょ」。その言葉がむなしく響くなか、ほかの暴漢ふたりがゾーシャをつかんでわたしから引き離した。

起きあがろうとするたびに、わたしはサッカーボールのようにふたりから交互に蹴られた。おそらく、彼らはいつまでもやめないだろう。「なぜ殴るんだ?」。暴力を受けているあいだずっと考えていたのは、留置場に連れていかれるのではないかということだ。そうなったら終わりだ。

やがて、男たちの発作的な怒りが収まった。殴るだけ殴って気がすんだのか、四人は立ち去り、悪夢が終わった。留置場に連行されなかったのはさいわいだった。あそこへ連れていかれたら、どういう扱いを受けてもおかしくないからだ。頭がくらくらし、顔が焼けるように熱かった。服は血まみれで、頬の内側が切れ、歯はところどころぐらついている。顎を動かしてみるとひどく痛んだものの、骨は折れていなかった。ゾーシャが驚愕の色を浮かべてわたしの顔の傷を見た。暴行されたせいで体はもちろん痛んだが、いちばんの痛みは内部からうずくような胃の痙攣で、わたしは思わず体をふたつ折りにした。シュタイネックでクルシェに殴られたあとの、あの苦痛にふたたび襲われたのだ。わたしがどれほどの屈辱を感じているか、ゾーシャはわかってくれた。「あの人たち、ただのごろつきよ。自分がなにをしてるかわかっていないんだわ」。わたしはゾーシャの手を借りて服の汚れを落とした。今はできるだけ早く収容所へ戻りたい。ゾーシャからいつもの薬と差し入れの包みを受けとり、恥辱と怒りを引きずりながら、彼女に別れのキスをした。

森の入口までたどりつくと、わたしは収容所の方向を慎重にうかがった。安全を確認し、厨房の門まで戻る。いったん中庭に入ってしまえば、あとは難なく仲間たちにまぎれこむことができた。時刻は二時半。スープの配給はとっくに終了していたが、どんなときにも楽観的な者たちが、おかわりをもらえないかと厨房の窓からなかを覗いている。わたしは、パンと薬の包みを父の毛布の下に隠してから、洗面所に行って顔を洗い、口のなかをすすいだ。ぐらぐらしている歯が、そのうちしっかりしてくれればいいのだが……。

その冬は、前の年ほどきびしい寒さにはならなかったが、それでも、もはやぼろ布のようになった服では、とてもしのげるものではない。凍りついた線路を敷く労働者たちは、かなりの割合で人数が欠けていった。わたし自身はヘルデッケのもとで働かなくなっていたものの、われわれの作業部隊は相変わらず三〇分の休憩を取れていたし、父も相変わらずコーヒー係を務めていた。

四月初めのある日、中庭を歩いていると、メンデーレが追いかけてきた。「ワルシャワでなにが起きてるか聞いた?」。メンデーレの話は怪しげなものが多く、なかには事実が半分も混じっていない場合さえあった。それでも、このときの話はあまりに凄惨《せいさん》だったので、耳を傾けざるをえなかった。「ドイツ軍は、ゲットーから男も女も子どもも追いだして、トレブリンカという収容所へ移送してるらしいよ。そこで、みんな殺されるんだって」

「メンデーレ、また作り話をしているんだろう」

わたしの言葉に少年はひどく怒って、同じ話を繰り返した。「神に誓ってほんとうだよ」。どうやら深刻な話らしいとわかり、そもそもだれから聞いたのかと尋ねてみた。「地下組織にいたポーランド人さ」。こうした大量虐殺のことをわたしたちが耳にしたのは、このときが初めてだった。トレブリンカ収容所で三〇万人近くが殺されたと知ったのは、ずっとあとになってからのことだ[一九四二年七月の開所から一九四三年一〇月の放棄までに、七〇万人以上のユダヤ人が殺害されたという説もある」。恐怖心を植えつけ、畏敬の念を抱かせることで、ナチスはわれわれをよく訓練された奴隷に仕立てあげた。生きのびるためだけに喜んで働く奴隷に。けれども、強制労働だけではさほど多くの人間を殺せないとわかり、ヘウムノやトレブリンカのような施設を考えだしたのだ。

労働者たちが線路の一区間を完成させると、そのぶん収容所から遠くまで移動することになる。骨の折れる作業に加えて、歩く距離が一日に三キロから五キロも長くなるのだ。犠牲者が日ごとに増えていくのを見て、サイデル医師は毎日少なくとも一時間はだれかが工事現場を回って、病人や怪我人の手当てをするよう忠告した。その提案を受けてわたしは最初に手を挙げ、毎朝、包帯と綿布とヨードチンキのビンを持って現場に向かった。

四月下旬の日曜日、面会に来てくれたゾーシャは、ゲットーからの手紙を携えていた。わたしの予感は正しかった。これはただならぬ知らせだ。最初の一文を読んだだけで、わたしは凍りついた。母と姉が殺されてしまったのだ。

第10章　母と姉の死

手紙を読み終えると、わたしは目を閉じてその場に立ちつくした。ゾーシャも、ゲットーでなにか恐ろしいことが起きたらしいと感じ、なにがあったのかと尋ねた。けれども、わたしは答えられなかった。母と姉のことなのか、と訊かれて頷く。ゾーシャはわたしをじっと見て、話ができる状態ではないと察すると、そっと立ち去った。

腹部にさしこむような痛みを感じる。収容所に戻る途中、もしかしたら読み間違いではないかと思いながら、手紙をもう一度読んだ。しかし何度読んでも、そこに書かれた言葉は、わたしたちが想像していたよりも悪い事態を語っていた。

あなたがこの手紙を受けとったときには、母さんもわたしもすでに生きてはいないでしょう。再定住のためと言われているけれど、どこへ連れていかれるかはわかっているし――ヘウムノです――あそこから戻ってきた人はひとりもいないのです。ゲットーに残っているのはわたしたちが最後で、二〇〇人ほどしかいません。もはやどうにでもなれという気分です。こんな屈辱的な暮らしはもうたくさんだから。もしヨゼクに会えたら、わたしと母さんのことを伝えてください。まもなくここを離れるので、もう手紙は書かないでね。どうか、あなたと父さんとヨゼクが生きのびられますように。父さんとあなたに愛を贈ります。ポーラ

そのあと、母から父とわたしにあてて、別れの言葉が二行書き添えてあった。「たぶん、どこか別の世界で家族全員がまた会えるでしょう」

あまりの衝撃に、わたしは息ができなくなった。脚に力が入らず、歩くこともままならない。心に蘇ってきたのは、父とわたしが移送されたときの母とポーラのようすだ。母は悲痛な面持ちをし、ポーラは気丈に涙をこらえていた。ふたたび手紙に目をやると、途方もない罪悪が厳然としてそこにあった。母と姉の長い苦しみは終わったのだ。ふたりはゲットーで二年以上も耐えてきたというのに、それも無駄だった。わたしは顔を上げ、刺し貫かれたように天を仰いだ。なぜなのですかと神に問うても、目の前には銀色の輪が渦巻いているだけだ。これまでずっと、神を崇敬するよう教えられてきた。それなのに今、こうして神に見捨てられたのだ。

この知らせを聞いたら、父はどれほど打ちのめされるだろう。あまりにつらいこの事実を変えられるような、棘《とげ》の少ない言葉はあるだろうか。もしあったとしても、わたしには思いつかなかった。手紙をポケットに押しこんで、わたしはバラックに戻った。いずれにせよ、父には知らせなければならない。父は寝台のへりに座っていた。わたしは近づいていき、ひとことも告げずにただ手紙を渡した。読みはじめると父の顔が青ざめ、肩がすとんと落ちこんだ。苦痛に満ちた表情で目を閉じ、父は両手で顔を覆った。ふと見ると、手を組み合わせてカディッシュ［親族の喪

に服する者が唱えるユダヤ教の祈り」を唱えていた。祈りが終わると、父は苦しげな声で言った。「女や子どもまで殺すとは、たぶんこの世界全部が狂ってしまったんだ」。わたしも父も心のなかは涙であふれていたのに、もはや泣きかたさえ忘れていた。

「なにが起きているのかは、神だけがご存じだ、せがれよ」。父がわたしを〝せがれ〟と呼んだのは何年かぶりだ。わたしたちはうなだれ、黙りこんだまま長いあいだ座っていた。意味をなす言葉は、ほとんどなにも浮かんでこない。やがて、これ以上は耐えられないというように、父は部屋から出ていった。

日曜日は休息の日だったが、それは間違いなく看守やSS隊員たちの身をおもんぱかってのことだ。そんなある日曜の午後、わたしは寝台に横たわったまま、高い天井を飽かずに見つめていた。すると、汚れの染みついた窓から差しこんできた光線のなかで、埃の粒子が渦を巻いていつまでもいつまでも舞っているではないか。ありえないことだ。もしかしたら、母と姉は死んでいないかもしれない。わたしはふたたび手紙を読んだ。ほんとうにもう取り返しがつかず、これで終わりなのだろうか。枕の下に隠しておいた家族の古い写真を取りだしてみた。今では黄ばんで擦り切れている。写真の母に目をやると、わたしと父が家を離れるとき、最後に母が言った言葉を思い出した。「この悪夢が終わったら、家族全員またここに戻ってくるんだからね」。ふいに寂しさが襲ってきた。この悲しみをだれかと分かち合いたかったが、そういう打ち解けた関係はもはやこの場所にはなかった。だれもがきわめてつらい人生を生きているため、この種の苦悩はひとりで抱えるしかない。みんな、自分自身が生きのびるのでせいいっぱいなのだ。それに、自分の痛みを他人に背負わせる権利はわたしにはない。ここにいる全員がそれぞれの苦しみを抱えているのだから。

うしろのほうで黙って祈りを捧げていただれかが、最後の「アーメン」だけを声に出して言った。すると、その隣の男が信仰への疑問を口にした。「この期《ご》におよんでよく祈ってられるな。なんの助けにもなりゃしないのに」

「おまえは神を信じなくていいさ。でも、おれはまだ信じてる。こんな場所にいるからって、信じるのをやめる必要はないだろ」と最初の男が言った。「こうなったのは神様のせいじゃない。悪いのは人間だ。いつかはあいつらが、こんな冷酷非道な仕打ちの報いを受けるに決まってる」

「冷酷非道な仕打ち。そんな言葉にはなんの意味もない。ドイツ人は神も道徳も信じちゃいないんだ。ヒトラーが絶対なんだからな」

「神には神のやりかたがおありになる。神は正しき審判者だと信じなきゃいけない。選ばれた民に背を向けることはなさらないはずだから」と最初の男。

「選ばれた?」相手が口をはさんだ。「おれたちが選ばれたっていうのか? いったいなんのために?」

「選ばれたといっても、なにもほかの人と違うとかすぐれているとかいう意味じゃない。神とその御言葉を疑いなく受け容れられるよう選ばれたということだ。神は、正しき審判者は、いつもおれたちと一緒にいてくださる」最初の男はなおも言い張った。

「おまえはそれで納得してるかもしれんが、おれは納得しない。こんな状態がこれ以上続いたら、もうだれも神なんか信じないさ。選ばれた者に慰めがあるというなら、おれにはそんな慰めは感じられない」

わたしは神の存在を否定はしないが、父から信じよと教えられたあの神はいったいどこにいるのかと自問せざるをえなかった。シュタイネックの医務室の外で血まみれになって倒れていたあのときから、わたしは神に頼るのをやめた。あの場所から、神のいない自分自身の人生を歩みはじめたのだ。これほど非人間的な暮らしをしながら、ユダヤ人らしくありつづけるのはきわめて難しい。これ以上ふたりの会話を聞くまいとして、わたしは枕に頭を押しつけ、眠りに落ちた。

汗をかいて悪夢から目覚めたとき、もはや悪夢も自分の人生も実際にはほとんど変わらないではないかと感じた。胃がひどく痛んだので、ベラドンナをスプーン一杯服用し、寝台から降りてバラックを出た。すると、父の姿があった。わたしたちは足を止め、ひとことも話さずに互いの顔を見ていた。ふたりの心の痛みは言葉では説明できない。この日は、父にもわたしにも長く苦しい一日となり、夜にはバラック全体がひっそりとした霊安室のように思えた。

次の日、自分が家にいる夢を見た。安息日が始まる金曜日の夜だった。父と兄とわたしはシナゴーグから帰ってきたばかり。母が目を閉じ、ろうそくの火に両手をかざして祈りを唱える。父は聖なる杯に入れたワインをかかげ、キドゥーシュ［安息日や祭日の夕食前の祝禱］を捧げた。祖父はねじりパン《ハーラ》に祈りを捧げる。ポーラが野原から摘んできた花はテーブルに飾られている。わたしが家を離れたことなど嘘だったかのように、なにもかもがありありと感じられた。そして翌朝ふたたび苦い現実に戻ると、目に入るドイツ人全員が、母とポーラの殺害に加担しているように思えた。

ナチスドイツは、ユダヤ人大量虐殺《ホロコースト》の計画を実行に移すにあたって、ポーランドをその中心的舞台に選んだ。おそらく、これは単なる偶然ではなかったに違いない。この地域に新しく収容所がいくつかできたとタデクから聞いたとき、わたしはその言葉が気になった。「それはどこなんです？　ここから遠いんですか？」

「いや、ひとつはここから二〇キロほどしか離れていない。女性用の収容所だ」とタデクが答えた。女性も労働収容所に入れられるとは知らなかった。労働の過酷さや収容所の環境を考えると、さほど長くは生きられないだろう。いずれにせよ、女性収容所があるなら、もしかしたら母と姉もそこにいるのではないか。そう思うと、いてもたってもいられなかった。わたしはグリムにかけあい、新しい収容所には歯科医がいないだろうから、もし許可されればわたしが出向いて力になりたいと伝えた。すると、グリムはそのアイデアに賛成し、司令官に話してみようと言ってくれた。

とはいえ、看守の見張りなしに外出することは許されないはずだ。シュタイネックでパンの件が暴露されたとき、その名を明かさなかったことで、わたしはタデクと良好な関係を築いていた。タデクは一緒に行ってもいいという。彼が自転車を持っているのは知っていた。毎日乗っていたからだ。もう一台見つけてもらえないかと頼むと、たぶん可能だという答えが返ってきた。

雪が何日か降りつづき、二〇センチ以上も積もった。雪の降らない日でも、空には黒い雲が立ちこめていた。診療所は今にも死にそうな病人でいっぱいだった。収容者のほとんどが、わずかな意志の力だけでかろうじて生きている。わたしは、ほんの一、二時間でもここから抜けだしたいと願っていた。

その後グリムとは何度か会ったが、彼は司令官への伝言の件には触れなかった。忘れてしまったのだろうと思ったが、ある日、グリムが司令官とともに診療所に入ってきて、その話題を取りあげてくれた。「気をつけ！《アハトゥング》」ふたりを見て、サイデル医師が声を上げた。「所長殿、現在ベッドにいる患者が六五人、看護人が七人。すべて順調です」。診療所の患者数はたえず変化するので、伝えられるのはおよその人数だけだ。報告相手であるケーラー軍曹《シャーフューラー》にとってなにが重要か、サイデルはわきまえていた。

司令官は農民のような風貌《ふうぼう》で、平均的なSS隊員より少し年上らしく、頭には白髪が混じっていた。とはいえ決して粗暴ではなかったし、前任者と違って収容者に関心を持っていた。グリムが司令官のほうを向いて言った。「所長殿、近くの女性収容所は、おそらく歯科治療室を備えていないと思われます。そこで、うちの歯科医が力になりたいと申し出ました。もちろん、看守がつねに行動をともにします」

司令官はグリムに目をやり、わたしをじっと見て、しばし思案してから答えた。「むろん《フライリッヒ》、かまわんよ」。わたしは嬉しさをおもてに出さないよう唇を噛んだ。

「ありがとうございます、所長殿」。ふたりが部屋を出ていくときに、わたしは礼を述べた。あとからグリムが戻ってきて、所長の注意を伝えてくれた。収容所に入れてもらえるかどうかは向こうの所長次第だ、と。わたしは用心しつつも、ここまできたからにはなんとかなるだろうと考えていた。

一九四三年四月の下旬。太陽が姿をあらわすと、それだけで春の気分を味わえた。陽が射すと冬が消え去ったかに思えるのは、高い建物に囲まれた要塞のような場所で暮らしているからだ。司令官のことを〝おやじさん〟と呼ぶタデクに、そのおやじさんから女性収容所に出向く許可が得られたことを伝えると、彼は「それはよかった」と答えてこう付け加えた。「義理の兄に話したら、自転車を貸してくれるそうだ」

そうと決まれば、早く行きたくてしかたがない。「いつなら行けますか？」と訊いてみた。すると、自分は水曜日が休みなので、水曜なら行けそうだという。わたしの人生に、タデクは重要な役割を果たした。看守という役目も、もともとの気立てのよさを損なうことはなかった。意地悪な看守が多いなか、彼は状況が許すかぎり助けになってくれた。姉と母を探しだせる可能性が低いのはわかっていたが、探す努力をするだけでも、わたしにとってはおおいに意味がある。心のなかでは、まだ希望を捨てていなかったのだ。

水曜日、タデクがわたしを迎えにきた。幼いころ、兄と姉が自転車に乗る姿を見ていたので、わたしも自然に乗るようになった。あのころはまだ小さすぎて足がペダルに届かず、自転車を斜めにして漕ぎ、片足をチェーンステイにひっかけていたものだ。タデクが持ってきてくれた二台の自転車を見て、当時のことを思い出した。収容所から出るとき、黄色い星のワッペンをはずすようタデクに忠告された。「用心したほうがいいからな」

その日は、天気はよかったがまだとても寒かった。わたしは胸を高鳴らせ、わくわくしていた。

あふれるような喜びが体じゅうを駆けぬける。だれにもとがめられずに収容所を出られるなんて、まるで自由の身になった気分だ。めざす収容所の場所がわたしにはわからず、タデクも知らなかった。少し走ると、村があらわれた。小作人たちが農作業をし、畑に肥やしを撒いている。そのひとりに、タデクはわたしが聞いたことのない村への道順を尋ねた。「この道をまっすぐだ」と相手が答える。まもなくタデクは道しるべを見つけ、正しい方向に進んでいることを確認した。そして数分後、カーブを曲がると、道の両側で人々が作業をしているのが見えた。近づいてみると、看守が何人かいて、一〇〇人ほどの労働者が土手をならしていた。さらに近寄ると、彼らが黄色い〈ダビデの星〉をつけているのがわかった。こんな場面に行き合うとは、わたしもタデクも予想外だった。

「なにげない態度でいろよ」とタデクが声をかけてきた。彼は自転車を走らせながら「ハイル、ヒトラー！」と看守たちに挨拶をした。

「ハイル、ヒトラー！」看守たちが応じる。労働者のほとんどが好奇心に駆られて顔を上げた。だれか知り合いがいないか確かめたいが、こちらの正体を見破られると困る。そばを通りすぎるときは表情を殺し、まったくの無関心を装った。ところがそのとき、労働者のひとりが叫んだ。

「見ろよ、ブロネクだ。ヨゼクの弟だよ！」。看守たちに気づかれるのを恐れ、黙ってくれと伝えたくて、わたしは口に指をあてた。すでに全員がこちらに目を向けているが、わたしは彼の言葉に無関心を装いつづけた。労働者たちの長い列を横目にして走りながら、口に指を当てておく。と、そのとき幽霊を見た気がした。ひとりの男の体つきとセーターの色が、兄の姿を彷彿とさせたのだ。相手がこちらに視線を返してくると、まさしく兄のヨゼクだとわかった。兄は土を掘るのをやめ、両手を鋤《すき》にあてたまま、わたし以上に驚いた表情を浮かべている。こんなにも思いがけず兄が見つかるなんて奇跡だ。動揺をタデクに気づかれたため、わたしは小声で伝えた。「向こうにベージュのセーターを着た男がいるでしょう。ぼくの兄なんです」。わたしたちは道路をはずれ、労働者たちから一〇〇メートルほどの距離まで近づいた。看守たちは気づいていたかもしれないが、なにも言わなかった。

「タデク、兄と話すのを看守は許してくれるでしょうか。ほんのちょっとのあいだでいいんです」

「待ってろ。行って確かめてみるから」

労働者全員がわたしを見て、なぜユダヤ人の印もつけずに自転車を乗りまわしていられるのかと怪訝《けげん》な顔をしている。いちばん近くの看守に近寄っていくタデクをわたしは目で追い、ハラハラしながら答えを待った。彼はすぐに戻ってきた。「ここの労働者たちは、レンツィンゲンから来ているらしい。ちょうどこれから行く収容所だ［男性の収容区もある収容所と思われる］。この道をあと数キロ行ったところにあるらしい。兄さんとは一、二分話してもいいと言っていたよ。看守が恐れているのは、収容所から見回りにくるSSだ。見つかったら解雇されるかもしれないからな」

わたしと兄は互いに歩み寄り、抱き合った。ふたりとも、また会えるとは夢にも思っていなかった。わたしたちは、雪の積もっていない草の上に腰を下ろした。少し痩せたことを除けば、ヨゼクは変わっていなかった。訊きたいことがたくさんありすぎて、なにから訊いていいかわからない。母とポーラのことを知らせるべきだと思ったが、まずは兄がここへ来た経緯と、逮捕される前のドブラのようすを尋ねた。

「どうしようもなかったんだ」と兄が答えた。「ひどい状況だったよ」。最悪の事態も覚悟しているのを見てとり、わたしは母とポーラのことを伝えた。「ポーラには逃げるチャンスがあったけど、母さんのほうはもうだめだとわかってたよ。ポーラはある人からアーリア人の証明書をもらったのに、母さんのそばを離れるのをいやがったんだ」

看守がしびれを切らしている。今から兄の収容所に向かうことを伝えると、兄はこう言った。「あそこへ行っちゃだめだ。もしクルシェに見つかったら殺されるぞ」

わたしはびっくりした。なぜ兄がクルシェのことを、そしてわたしが折檻《せっかん》されたことを知っているのか。家族への手紙にクルシェの話を書いたことは一度もない。兄によると、クルシェは今いる収容所の所長で、兄の苗字がヤクボヴィッチだと知ると、ブロネクの兄かと尋ねたらしい。そうだとわかるとクルシェは怒りをあらわにし、こう言ったというのだ。「いつかおまえの弟を見つけて殺してやる」。兄の収容所の環境は、われわれのところと非常によく似ていた。収容者の仕事も、ほとんどが同じような線路の敷設工事だ。

別れる間際、またここに来られるかと兄が訊いた。「一二時から一時までは休憩時間なんだ」。なるべく早くまた来るようにすると約束して、わたしはタデクのところに戻った。タデクは相変わらず道路の左右に目を向け、危険な兆候がないか確かめている。わたしは収容所へ行けないことその理由を話した。すると、タデクも同意してくれた。彼もクルシェに会いたいとは思っていないのだ。

すでに二時をまわっていた。これからほかの収容所へ行く時間はないので、わたしたちはグーテンブルンへ引き返した。向こうの収容所に入れるかどうかは司令官次第だという〝おやじさん〟の注意をタデクに伝えると、彼は驚くようすもなかった。ほかの収容所の司令官がなんと言うかは、ケーラー所長の関知するところではないからだ。「道路を走っているときにも、危険がないわけじゃないぞ」とタデクが注意した。わたしたちを陥れようとする者がいるかもしれないのだ。

収容所に帰りつくと、ちょうど父が作業から戻ってきたところだった。ヨゼクとばったり会ったことを話しても父はなかなか信じようとしなかったが、ほんとうだとわかると、兄との場面を逐一わたしに再現させた。サイデル医師は感情をおもてにあらわさないので、兄を見つけたことを伝えたときも、「それはよかった」とつぶやいただけだった。

いっぽう、グリムはわたしの幸運を一緒に喜んでから、「慎重にやってくれよ」と警告した。「向こうでなにかあれば、きみが責めを負うことになる」。危険は承知していたが、それでもわたしは翌週の外出がわくわくするほど楽しみだった。わたしはグリムと良好な関係を築いていたので、彼からはいろいろな話を打ちあけられた。ナチ党員から途方もない命令を頻繁に受けていて、それをうまくかわすのがどれほど難しいか、自尊心を保つのがどれほど困難か……。診療所で働いているおかげで、わたしには生きる目的があったし、人の役に立っているという自負もあった。収容者のなかには、これほど悲惨な状況にあってもきわめて思慮深く、気高さを保ちつづけている者もいた。そうすることで、彼らは絶望に陥らずにすんでいるのだ。

翌週の水曜日、小雪がちらつくなか、わたしは正門からそっと外へ出た。見張りに立っていた若い看守はわたしのことを知っている。今では、ほとんどの看守がわたしを知っていた。

タデクとともに自転車を漕ぎだす。「お兄さんのところへ行くには時間が早すぎるな。最初に女性収容所のほうへ行ってみよう。一時間で行ける距離だから」とタデクが提案した。奇跡のように兄と会えたことでわたしはすっかり前向きになり、母とポーラも見つかるのではないかという気になっていた。どんなにかすかな希望にも、理性では説明しがたい力がある。わたしの古い自転車は、せいいっぱいペダルを漕いでもタデクのスピードに追いつくことができなかった。使い古されたおんぼろ自転車で、もう用済みにしたほうがいいような代物だ。

舗装されていない道路に入ると、たくさんの女性たちが畑で作業しているのが見えてきた。その一キロほど先に、バラックの集まりがある。タデクが指さした。「あれが、この女性たちの収容所だ」。バラックはよくある平屋の建物で、すべて列になって並んでいる。てっぺんに有刺鉄線の付いたフェンスが、収容所の敷地を囲っていた。わたしたちは自転車を止めた。「ワッペンをつけろ」とタデク。「収容者がワッペンをつけていないと、ここの司令官からよく思われないかもしれないからな」。正門から一五〇メートルほど手前で自転車をわたしに預けると、タデクはひとりで詰所に入っていった。マツ材を使ったバラックは塗装もされておらず、どうやら突貫工事で建てられたらしい。タデクと歩哨との会話は聞こえてこないが、ふたりの身ぶりは見てとれた。そこへ三人目がやってきて、タデクが頷いた。なんらかの合意に達したらしい。「所長は不在のようだが、入ってもいいそうだ。ただし、今ここには二、三人の女性しかいないぞ」とタデクが教えてくれた。

わたしたちは自転車を詰所に立てかけ、収容所に入っていった。ポーランド人の歩哨ふたりは、詮索するような目をこちらに向け、わたしが手にしている小さな道具箱をとりわけ興味深げに見た。中身は歯の治療道具だと説明すると、ふたりは妙にへつらうような表情でわたしを見て、なかに入れてくれた。タデクのうしろをついていく。無気味な静けさが収容所全体を覆っていた。ここまではまだ、女性の姿は見当たらない。心臓の鼓動が早くなってきた。この先、なにが待ちうけているのだろう。すると、厨房と思われる部屋が目に入った。間違いなく、ここにはだれかいるはずだ。ドアを開けてみると、二〇代初めの女性がふたり、ジャガイモの皮を剝いていた。若い女の子の顔を想像していたが、目に入ってきたのは、思いがけず異様な風貌だった。髪の毛を剃られていて、少年のように見えるのだ。わたしたちの素性とここへ来た目的を説明するまで、ふたりは呆然としていた。やがて、いろいろなことがわかってきた。ひとりは背が高く細身で、もうひとりは背が低くふっくらして、声はハスキーでイディッシュ語の強い訛りがあった。背の低い娘のほうが受け答えがすばやく、口も達者だった。ふたりとも私服を着て、黄色い星のワッペンをつけていた。背の高いほうは清楚な顔立ちで、目が大きくスタイルがよかった。黒っぽいスカートと、明るい色の花柄のブラウスを着ている。かつては華やかだったその服も、今ではぼろ布のようだ。こんなふうに丸坊主でなければ、さぞかし魅力的な女性だったろう。わたしは、ふたりがどれくらい前からここにいるのか、そしてどこから来たのか尋ねてみた。すると、ここに来てまだ三週間しかたっていないという。今までのところ、亡くなった収容者はまだひとりもいないらしい。当然ながら、〝ムスリム〟という隠語も、ふたりには通じなかった。この収容所には医師も歯科医もいないし、医務室さえないという。

「わたしはマルカ・ローゼンよ」。お喋りなほうが、抑揚のない声で言った。「カリシュから来たの」

「もしかして、ルツカはきみの姉さん?」急《せ》きたてるように訊いた。

「そうよ。ルツカを知ってるの?」

「きみのお父さんはソーダ水の会社を経営していた?」

「ええ」

ルツカのことは鮮明に憶えていた。「姉さんはどこにいるの?」

「ここにいるわ。今は作業に行ってる」。なんと! 美しかったルツカが、この強制労働収容所にいるとは。昔、彼女とわたしは同じ学校に通っていた。ユダヤ人向けのギムナジウムだ。長いあいだ忘れていた習慣が胸に蘇ってくる。わたしたちは夕方、よくカリシュの大通りを何時間も散歩したものだ。わたしにとって、ルツカは仲間うちでいちばん話しやすい相手だった。なんとか驚きを抑えて、ドブラから来た女性がここにいるかどうか尋ねた。

「わたしはチャナ・ツィマーマンよ。出身はコウォ。ドブラからはそれほど遠くないわ。ドブラから来た女の子を何人か知ってるわよ」と背の高いほうが言った。

「ポーラ・ヤクボヴィッチを知ってる?」

ふたりは顔を見合わせ、お喋りなほうが答えた。「ウニエユフから来たバルチャ・ヤクボヴィッチならいるわ」。バルチャはわたしのいとこで、ハイム伯父の末娘だ。彼女なら、ドブラでの最後の日々になにがあったのか、もっと詳しく知っているに違いない。なんとしてもバルチャに会わなければ。わたしは来週の水曜日にまた来るとマルカに告げた。すると、タデクがこう付け加えた。「一〇時から一二時のあいだに来られるようにするから」

「いとこに伝えておいて」とわたしも言い添えた。

「土曜か日曜に来てくれればいちばんいいんだけど」とマルカが応じた。「そうすれば、全員揃ってるわよ」。タデクに目をやると、彼はだめだと頭を振った。

そのときドアが開き、警官の腕章をつけた肩幅の広い女性が入ってきて、驚愕の表情を浮かべた。しかしマルカの説明を聞き、自分には関係がないと知ると、去っていった。そろそろ行かないとヨゼクに会えなくなるぞ、とタデクが忠告してくれた。

一二時半に兄と会えた。兄はほかの労働者たちと道路の脇に座り、一五メートルほどもある木にもたれていた。タデクは自転車を降り、先週兄に会わせてくれた看守のほうに歩いていった。兄がひたとこちらを見つめているところから察すると、どうやらずっと待っていたらしい。すでに看守から許可を得ていた兄は、わたしに近づいてきた。看守がこちらをじっと見ている。グループから離れてもかまわないが、目の届くところにいるよう言われているらしい。わたしたちは小道を少し歩き、木立のところで足を止めた。お互い、訊きたいことが山ほどあった。兄はまず、父が元気かどうか知りたがった。父がどこで働いていて、どんな作業をしているのかも。それから、ゾーシャとはどこでどうやって知り合ったのかと訊かれたので、わたしは奇跡のようなふたりの出会いを詳しく話して聞かせた。兄は、自転車をどこで手に入れたのかも知りたがった。その後、わたしは母とポーラからの最後の手紙を見せ、ナチスがユダヤ人女性用に開設した収容所が近くにあって、そこへ行ってきたところだと教え、ドブラ周辺から来た女性が何人かいたが、母にもポーラにも会えなかったと付け加えた。手紙を読み終えた兄は頭を横に振り、遠からずゲットーが空になるのはわかっていた、とつぶやいた。わたしは、いとこのバルチャに会えれば、母と姉の事情がもっとよくわかるかもしれない、と伝えた。

ドブラの友人たちのその後について尋ねてみると、兄はこう答えた。「残念ながら、ほとんどが収容所にいるか死んだかだよ」

以前、兄がポーランド陸軍騎兵隊に入隊したとき、わたしはその凛々《りり》しい軍服姿を目にして、兄になりたいと思ったものだ。ピカピカしたロングブーツのかかとの拍車をかちりと鳴らした兄が、わたしには村いちばんの勇者に見えた。なかでもいちばん気に入ったのは、てっぺんが丸く盛りあがった軍帽だ。わたしには三サイズほど大きすぎたものの、かぶってみると英雄になった気分だった。けれども、今ではわたしたち兄弟の六年の年齢差は消えてしまった。それぞれの仕事に戻る前に、兄は今度父を一緒に連れてこられないかと口にした。兄や仲間の労働者のもとを離れるとき、わたしはうしろめたい思いを味わった。みなが同じ運命を分かち合っているにもかかわらず、こちらは自由に動きまわって兄と会い、彼らのほうは現場に縛られ、過酷な労働を強いられているのだから。

グーテンブルンの仲間たちに女性収容所のことを伝えると、わたしは質問攻めにされ、その後はふたつの収容所間で短い手紙の受け渡し役を担うようになった。

ある木曜日の午前、いまやなじみとなった場所に六人の収容者が連れてこられた。SS隊員もゲシュタポの部下たちも、絞首刑はすでに何度も執行しているため、もはや半分遊びのようなものだ。午前の作業から帰ってきた収容者たちが絞首台の周囲に並ばされる。死刑を宣告された六人が手首を体の前で縛られて姿をあらわした。体は腫れあがり、皮膚はぞっとするほど青い。まぶしい陽光を浴びて、彼らは目をしばたたいた。そして椅子の上に立たされ、両足を縛られた。ゲシュタポが宣告文を読み終えたとき、六人のうちのひとりが大声で叫んだ。「今に見てろよ！いつかきっと、世界がこんな犯罪行為に報復するからな、卑劣な殺人者ども！」

思いもかけない脅し文句をユダヤ人から聞かされて、執行人たちはあっけにとられていた。おそらく、これまでそんな経験がなかったのだろう。「黙れ！」ゲシュタポのひとりが叫んだ。しかし、失うものなどなにもないその死刑囚は、なおも声を上げつづけた。「人殺し！　人殺し！」。わたしたちは度肝を抜かれて顔を見合わせた。執行人たちは見るからに当惑し、男を黙らせようとさらに何度か無駄な試みをしたあと、顔に傷痕のあるゲシュタポのひとりが、椅子を蹴飛ばす係に合図を送り、輪縄が絞まった。無気味な静寂があたりを覆う。もはやなんの声も聞こえず、この執行を教訓とせよといった警告もない。六人は死に、執行人はそそくさと立ち去った。このできごとは、死刑囚本人にはなんの役にも立たなかったが、抵抗を示す果敢なふるまいは、わたしの心に深く焼きつけられた。

サイデル医師が男たちの死亡を確認したあと、診療所で働くわたしたちが死体を片づけるおぞましい任務にあたった。死体を運んでいくとき、「ちくしょう、卑劣な殺人者ども！」と叫ぶ声がなおもあたりに響いているような気がした。同胞の死体を運ぶのはたやすいことではない。わたしたちは殉教など信じないし、殺された者はみな、ユダヤ人であることを罰せられたのだと思っていた。その夜は、カブのスープがなかなか喉を通らなかった。

翌週の水曜日、タデクとともに収容所を出る際、どこかほかの収容所を知っているかと尋ねてみた。「ああ」とタデクは答えた。「でも、出かけていくにはどれも遠すぎる」。女性収容所に到着したとき、所長は留守だった。午後からしかいないらしい。いとこのバルチャもいなかった。ただ、歯を診てもらいたくて待っていた若い女性が、わたしの到着を喜んでくれた。彼女は歯痛に苦しんでいるという。わたしは、むし歯になった臼歯を一本抜いた。そして、歯肉の出血がひどいのでヨードチンキを塗ったあと、ビタミンCを二cc注射した。その後、ふたたび兄の作業班のところに立ち寄った。今回はグーテンブルンから、兄の収容所仲間へ渡す手紙を持ってきていた。思い出話をしているうちに、ふたりの時間はあっというまに過ぎた。

いつもなら、執行人があらわれるのは木曜の午後遅くなってからだが、その日は早い時間に、ゲシュタポとＳＳ隊員を乗せた一台の車が姿をあらわした。司令官は、刑の執行が始まる前に、視察に訪れた彼らを案内しているのだ。ＳＳ隊員たちは収容者の列を縫って歩き、われわれに目を向けながら毒づいた。やがて、ゆっくりとわたしのほうへ近づいてきたとき、どうやらブリーフケースを手にしたひとりが、身分の高い人物らしいとわかった。その男はＳＳの中佐《オーバーシュトゥルムバンフューラー》だった。

すぐ前を通りすぎたその顔がユダヤ人ふうだったのを見て、わたしははっとした。思わず右にいる仲間のほうを向き、あの人はユダヤ人みたいだと軽率にも口にしてしまった。中佐のうしろを歩いていた男がその言葉に耳をとめ、手袋でわたしの頬を打ち、怒鳴った。「口をつつしめ！　ブタ野郎め！　このかたがどなたか知らんのか。アドルフ・アイヒマン中佐だ！」

口を滑らせたことを悔やんだが、もう遅すぎた。長身瘦躯《そうく》のアイヒマンが振り向き、わたしに目を据えて、にやりとした。そしてなにかを思いついたように、手にしていたぶ厚い大きなブリーフケースを開けた。「見てみろ。これがなにかわかるか？」

わたしは身震いした。きれいに結ばれた輪縄が四つ収まっている。けれども、〝輪縄〟という言葉がうまく唇から出てこない気がして、答えに詰まった。どうしていいかわからず、「中佐殿、それは縄であります」と言った。

「いや違う。これはツィツィート［ユダヤ人男性が礼拝用肩衣《かたぎぬ》の四隅に付ける房］だ」とアイヒマンが嬉しそうに言うと、取り巻きたちがどっと笑った。

アイヒマンの名前はそれまでも聞いたことがあったが、ナチスの高官ということしか知らなかった。それにしても、彼がツィツィートを知っていたのはなぜなのだろう。ちょっとあとで、アイヒマンがヘブライ語も少し話せるらしいと聞いた。その後、アイヒマンの名前を耳にするたびに、このときの奇妙な出会いが思い出された。結局この日、グーテンブルンでは八人のユダヤ人が命を断たれた。

空腹と重労働によって、仲間がひとりまたひとりと欠けていった。もともと頑強だった者でさえ、わずかに残ったエネルギーを使いはたしつつあった。あたかも、貪欲な怪物にむさぼり食われる餌食《えじき》のように。仲間同士で〝横のつながり〟を作るのはますます危険になっていた。しかし、必要なのはもはや知識ではなく、コネと抜け目ない判断だ。われわれの生活環境がどれほどひどかったか、言葉であらわすのは難しい。収容者の話によると、つらい作業から逃れるためだけに、自傷行為に走る者もいるという。わたしも、偶発的なものとは思えない切り傷や打ち傷を診療所で目にしたことがある。

当時、いちばんの情報源になっていたのはメンデーレだ。ある日、彼が沈んだ面持ちで、だれかから仕入れてきたニュースを伝えてくれた。「ゲットーはどこもかしこも解体されてるらしいよ。ユダヤ人はみんな、ガスや炎や機関銃で殺されてるんだ」。その話はあまりに突拍子もなくて信じられず、聞いているのがいやになった。けれども、メンデーレが神に誓うので信じざるをえない。もしかしたら、次は自分たちの番かもしれないのだ。このころゾーシャはまれにしか来なくなっていたし、会えたときもわたしたちが門から離れることはほとんどなかった。

ある土曜日のこと、ゾーシャが厨房の門のところで待っていると収容者が教えてくれた。近くに歩哨の姿はなく、わたしたちは以前のように、ゆっくりとデートの場所へ歩いていった。その春いちばんのうららかな陽気だった。コマドリやツバメやスズメが甲高い声で鳴きながら飛び交っている。鳥のさえずりのほかにはなんの音も聞こえてこない。冬のあいだに折れた枝や倒れた木が地面に横たわり、日光が届かない場所では、シダの若葉の色がひときわ淡いように見えた。しばらく歩いて開けた場所まで来ると、明るい陽射しに誘われて、わたしたちは腰を下ろした。

最後に抱き合ってからだいぶ時間がたっていたので、ゾーシャのすぐ横に座ると、欲求が高まってくるのがわかった。さらにそばに寄ったとき、彼女も同じように感じているのが見てとれ、わたしたちはたちまち欲望に屈した。

陽光に暖められた苔の上にふたりで横たわっていると、ゾーシャが言った。「ドイツ軍がユダヤ人に恐ろしいことをしていると聞いたわ。わたしの家族は、あなたとお父さんがうちに来て、戦争が終わるまで隠れていたらどうかと考えてるのよ。うちにいれば安心だから」。そして、こんな情報も教えてくれた。連合国はギリシャのクレタ島上陸に成功し、イタリアにはドイツ軍に戦いを仕向ける勢力も多く、ソ連軍は自国の領土からナチスを追いだそうとしている、と。「うちの地下室なら、あなたとお父さんをじゅうぶんかくまえる。あそこなら快適よ」

わたしは唖然《あぜん》として言葉をなくした。おそらく、彼女はしばらく前から家族とこの計画を立てていたに違いない。もちろん、自分たちにどんな危険が降りかかるか、家族も知っているはずだ。「きみの家にいることが明るみに出れば、家族にどんな危険があるかわかっているのか？　知らないかもしれないけど、今じゃユダヤ人をかくまうと死刑になるんだよ」

「うちは狭い通りに面しているから、ドイツ軍はめったに入ってこないわ。わたしたちと一緒にいれば安全よ」とゾーシャは請けあった。

一家が命を賭してわたしたちを助けようとしてくれるだけでも、驚くべきことだ。わたしはゾーシャに感謝を伝え、父と話し合ってみると約束した。胃の制酸剤とパンを手渡してから、ゾーシャは言った。「ブロネク、この戦争はそう長くは続かないわ。お願いだから、ここから逃げることを真剣に考えてね」

そうしてわたしたちは別れ、別々の方向に帰っていった。森から出たところで、農民がふたり畑を歩いているのが見えた。ふたりが視界から消えるまで待って、収容所に戻った。料理係のラチミールはゾーシャのことを知っているので、わたしがそばを通ると、にやりとした。収容者たちは、空腹をなだめるスープに少しでも早くありつこうと、厨房の窓が開くのを待っている。そのようすを見て、わたしはゾーシャの予言を思い出した。「この戦争はそう長くは続かないわ」。とはいえ、多くの収容者にとっては、戦争が終わるのが遅すぎたということになりかねない。わたしはゾーシャとの関係に罪悪感を抱いていた。だがそれは、性的関係を持ったからではない。ふたりは肉欲だけの関係とは違う。わたしはゾーシャを心から愛していた。ただ、この収容所でいつまで生きられるか確信が持てなかったのだ。それでも、仲間たちに比べればわたしは幸運だったといえる。

わたしは自分の棟へと戻った。薪《まき》ストーブのかたわらに、まだ使っていない木切れがひとつ置かれ、明るい陽射しが木の床に差しこんでいた。ゾーシャの提案をじっくりと考えはじめる。気持ちがひどく揺れた。現在、そこそこの生活ができていることを思うと、地下室での暮らしに飛びつくわけにもいかない。父はヘルデッケ部隊でまだコーヒー係をしているし、わたしは歯医者でいるおかげで、毎日なんとかやれている。わたしと父にとっては、生きのびることが最大の関心事というほどでもないのだ。とはいえ、ゾーシャからの過分な申し出を真剣に検討しないのはあまりに惜しい。父はこの話を聞いてひどく驚いていた。ゾーシャの名前をきちんと父に告げたのも、このときが初めてだった。正しい判断を下すのはたやすいことではない。わたしにはわたしの懸念があったし、おそらく父にも父の懸念があっただろう。思いつくかぎりのことがらを慎重に天秤にかけたあと、父はわたしに任せると言った。すでに父と子の立場は逆転していたのだ。「おまえがどう決めたとしても、おれのほうはそれでいい」。しかし、わたしは確信が持てず、引き裂かれる思いだけが残った。

次に兄に会いに行ったとき、兄の作業班は道路沿いから姿を消していた。タデクが行方を探してくれたが、その現場でふたたび兄に会うことはできなかった。そのころ、わたしたちを取り巻く状況はますます混迷してきた。ナチスという怪物はいまや傷を負い、痙攣を起こして勝負を急ぎ、これまでにない勢いで餌食をむさぼりはじめた。ゲットーに残っているユダヤ人をめぐって、不穏な噂が次々と広まっていた。マイダネクやソビボルといった新しい収容所の名前も聞こえてくる。収容所の新入りから聞いた話によると、ワルシャワ・ゲットーで勇気ある者たちが蜂起し、ドイツ軍とのあいだに戦闘が起きたという。自分たちの死が近いと知ったユダヤ人たちが、何千という重装備のドイツ兵に立ちむかった結果、ナチスの側に数多い犠牲者が出たというのだ。最初は信じられなかったが、また新たにユダヤ人が到着すると、ゲットーでの果敢な戦いの模様がさらに詳しく語られた。その話をする彼らの表情はことのほか誇らしげで、わたしたちは何度でも聞きたがった。ユダヤ人にはやり返す能力がないという古くからの偏見が、ようやく破られたように思えた。

「あいつらはおれたちを皆殺しにするつもりなんだ」とメンデーレが憤慨した。「銃さえあれば、やられる前に一〇〇人は殺してやるのにな」。あちこちから賛同の声が上がった。それでも、わたしたちが収容所で反旗を翻さなかったのには、いくつもの理由がある。生きるのが精いっぱいで、戦いに必要な武器などなにもなかったし、ドイツ兵をひとり殺せば、報復として何百人もの仲間が殺されていただろう。

一九四三年五月の終わり、女性収容所にはすでに何度か行っていたが、いとこにはまだ会えていなかった。週末に行けないだろうかとタデクにもう一度尋ねてみたが、今度も答えはノーだった。それなら夜はどうかと提案すると、彼はためらいつつも承知しそうな表情を見せた。「もしだれかに見られたら、ぼくもきみもグーテンブルンで一巻の終わりだぞ」とタデク。しかし、なおも言い張るわたしに彼はついに折れ、月曜の夜一〇時半に訪れる計画をふたりで練った。「今回は歩いていったほうがいいな」とタデクは用心を口にし、この件はだれにも、父さんにも内緒だぞと釘を刺した。とはいえ、まずはわたしが収容所の外に出る方法を考えなければならない。ラチミールなら厨房の勝手口のドアを開けておけるはずだ。彼のために何度も手紙を届けているので、説得するのは難しくなかった。出かけるその夜、父には帰りが遅くなっても心配しないよう伝えておいた。月は雲に覆われていたが、外は暖かかった。体が震えていたのは、恐怖心と期待がないまぜになっていたせいだろう。厨房に入ると奥の鍵は開いており、そばに小さな包みと手紙が置いてあった。「さあ行こう」とタデクが声をかけてきた。「まずは森を通りぬけないとな」

森を抜けると、川のせせらぎが聞こえてきた。流れに沿って歩き、川幅が狭くなったところで飛び越える。そのあと、石垣を乗り越えた。「そろそろ気をつけないと。もうすぐ道路に出るから」とタデク。わたしはラチミールの包みを脇に抱えて、タデクのうしろを歩いた。そのとき、だしぬけに車のヘッドライトがあらわれ、ふたりともびくりとした。ヘッドライトは近づいてくると急に向きを変え、スピードを上げて走り去った。危ない場面をやりすごし、やがてわたしたちは収容所に到着した。

物音を聞きつけたらしい歩哨が、詰所から出て周囲に目をやっていた。タデクが近づいていき、わたしは歩哨から見えない場所で待機した。不安と期待で心臓が早鐘を打っている。考えてみれば、こんな場所にいるなんて危険きわまりないのだが、いずれにせよ、もはや引き返すには遅すぎた。戻ってきたタデクがささやき声で伝えたところによると、歩哨は最初わたしが入ることを許可しなかったが、タデクとフェンスのまわりを歩いているあいだにこっそり忍びこむなら、見なかったことにしてもいい、と言ってくれたらしい。「もしきみが見つかっても、われわれは知らなかったと答えるから」。それが向こうの条件なら、従うしかない。

ふたりが暗闇に消えるとすぐ、わたしはなかに忍びこんだ。ところどころライトで照らされている場所を慎重に避けさえすれば、収容所全体は闇のなかにあった。胸の鼓動とこめかみの脈を感じながら、最初のバラックへと足を速めた。夜中にこの不慣れな場所でどうやっていとこを見つければいいのだろう。来ないほうがよかったのではないか。バラックに入ると、不用意な音をたててだれかを起こさないよう、階段をゆっくりと確かめながら上った。ドアを開け、つま先立ってなかに入る。部屋のなかは暗く、むっとするような汗の匂いがした。女性たちは規則正しい寝息をたてている。やがて暗闇に目が慣れてきて、寝台に横たわる女性ひとりの姿が見分けられた。毛布をそっと引っ張ると、彼女は頭を上げ、びっくりしてこちらを見た。静かに、と伝えてこうささやいた。「怖がらないで。ぼくは毎週ここに来ているユダヤ人の歯科医だ。いとこのバルチャを探している。ここにいると聞いたんだ」

その女性はなおも怯えて毛布を顎まで引きあげ、なにも答えようとしない。ほかの女性たちも目を覚まし、寝台の上でゾンビのようにゆっくりと体を動かしていた。「だれなの？」という声がする。わたしが歯科医で、バルチャ・ヤクボヴィッチを探していることがわかると、なかのひとりが知っていると答え、「五号棟にいるわ」と付け足した。

「五号棟はどこ？」

その女性は寝台からするりと降り、案内すると言ってくれた。彼女が先に立って寝台のあいだをゆっくり歩いていると、あちこちから、親戚や友人の消息を尋ねる声がした。「あなたの収容所にシュミエルはいる？ ヘルシェル・マイヤーは知ってる？」とだれかが訊いてくる。「わたしの弟を知らない？ 父さんは？ 叔父さんは？ いとこは？」。そのひとりを知っていると答えると、女性は興奮して言った。「ああよかった！ 生きてたのね」。わたしは、きみのことを伝えておくと約束した。

廊下の突きあたりまでくると、案内してくれた女性はドアを指さした。「そのドアを出ると、また別のドアがあるの。そこが五号棟よ」。寝台に戻りたがっている相手に礼を言い、ドアノブを回して足を踏みだすと、そこは建物の外だった。

暗闇のなかを進み、次の棟へ入っていった。そこにも同じようにおおぜいの人が、同じように疲れた体を横たえ、同じように汗の匂いを漂わせていた。寝息にときおりいびきが混じる。だれにも気づかれないまま、ひとりの女性の足に触れてみた。彼女は目を開き、ぎくりとした表情を浮かべた。今にも叫びだしそうだ。「シーッ」と唇に指を当てる。こちらの素性を明かし、相手が落ち着いてから、バルチャはどこかと尋ねた。

「バルチャ？　そのへんにいるわ」。ほかの女性たちも起きだし、なにごとかと目を凝らしている。そのとき、だれかがわたしの名前をそっと口にした。その声には聞き覚えがあった。ドブラにいたリフカという女の子だ。

「あなた、ブロネクなの？　どうしてここにいるの？」リフカは声を抑えたまま言った。「バルチャはあそこよ」

子どものころ、バルチャはたいへんなおてんばだった。けれども、最後に会った一九三八年には、愛想のいい一四歳の女の子になっていた。わたしは膝をついてバルチャを覗きこんだ。起きあがる拍子に、彼女は寝台に頭をぶつけた。黄褐色の大きな目がまだ眠そうだ。最初はわたしがわからないようだったが、じっと目を凝らしているうちに、ぱっと顔が輝いた。「ブロネクなのね。あなたがここに来ていることは聞いてたわ」

ネグリジェ姿で立ちあがったバルチャは、もうわたしの知っていた不恰好な少女ではなかった。髪の毛は剃られていたが、風貌は大人の女性だ。バルチャが故郷のことを話しはじめると、わたしはひとことも聞き漏らすまいとした。彼女の姉トーバと母親はヘウムノに移送されたという。わたしの姉と母が送られたのと同じ収容所だ。兄のアリエは出征し、戦争が始まってすぐ戦闘で亡くなったという。もうひとりの兄のマイヤーはわたしと同い歳だったが、ドイツ軍の手で絞首刑にされ、同時にアイセック・リエク、シュロモ・リツゥキ、モイシェ・ノイマン、ハメク・ルコヴィッチも絞首刑になった。残虐な行為など今は珍しくもないとでもいうように、バルチャはすべてを落ち着いた口調で語った。そのあと姉のマーニャになにがあったかを教えてくれた。

「戦争が始まったとき、マーニャは長年の友人でウッチ出身の男性と結婚したの。そして男の子を産んでアーロンと名づけた。ウッチのゲットーに移送されると、ふたりは子どもの命が心配になったの。赤ん坊はゲットーでは生きられないから。義兄は道路の死体を集めてユダヤ人墓地まで運ぶ仕事をしていたから、赤ん坊を助けるために、荷馬車の座席の下に小さな空間を作って、昼間はそこに寝かせておいたの。死体運搬車がアーロンのベビーベッドだったというわけ」。バルチャが逮捕されたとき、赤ん坊はまだ生きていたという。長い沈黙が続いた。やがて、バルチャはわたしの父、つまり彼女の叔父のヴィグドルのことを訊いてきた。父はわたしと一緒にいると答え、ヨゼクを見つけた経緯も説明した。

女性たちにとって、見知らぬ男が自分たちの部屋に、しかも真夜中にいるなど尋常ではない。だれもがわたしを生きた人間ではないような目で見ていた。そのとき、見覚えのある顔に目がとまった。フランネルのネグリジェ姿でわたしたちの話を聞いていたその女性も、こちらの視線に気づいたらしい。「ブロネク、あなたなの?」。やはりルツカ・ローゼンだ。かつて、わたしが強く魅かれた美しいルツカ。額から汗が流れだし、視界が曇った。彼女のほうも心を動かされているのがわかる。ただ、あまりにも多くのことが変わってしまった。彼女もわたしも、もはやカリシュでのなつかしい日々のように互いを想うことはできない。もう夜の一二時を過ぎていた。タデクがしびれを切らしているに違いない。わたしはラチミールの包みを残し、バルチャとルツカに別れを告げて、来た道を戻った。タデクは詰所の前で歩哨と話しこんでいた。お喋りは得意なのだ。「よし、行こう」。戻ってきたわたしを見て、タデクが促した。

このときまで、もしや母と姉は悲惨な死を免れたのではないかというかすかな期待があった。しかし、もはやそれも消え去った。ふたりにはもう二度と会えないだろう。収容所へ戻る途中、道路のそばまで来たとき、ドイツ軍の装甲車と輸送車の列が近づいてきた。まっすぐこちらへ向かってくるような気がして、胸の鼓動が早くなった。わたしたちは地面に伏せ、息を殺して待った。暗闇を味方に、頭を地面につけて車列をやりすごす。そのあと、おそるおそる道路を渡り、来たときと同じ道をたどっていった。

半時間後、グーテンブルンの建物が見えてきた。そのとき、自分がいかに危険なことをしたかを思い知り、二度とこんな真似はすまいと心に誓った。父はまだ起きていて、わたしが戻ったのを見ると安堵の表情を浮かべた。グーテンブルンでは、タデクとラチミールとわたしのほか、その夜のことを知っている者はいない。わたしは一睡もできなかった。胸がうずいて苦しい。母と姉はなぜ死ななければならなかったのか。神よ、ふたりはなぜあんな恐ろしい死にかたをしたのですか。けれども、そんなことはもう考えたくなかった。自分が知っているふたりの姿を、そのまま記憶にとどめておきたかった。

翌日、昨晩どこへ行っていたかを父に教えた。バルチャから聞いた話を伝えたとき、わたしも父も、大切にしていたものすべてが失われたことを悟った。

このところ、ゾーシャは毎週面会に来てくれるようになり、例の申し出を何度も念押しした。わたしもそのことはずっと真剣に考えていたものの、自分のなかのなにかが決心を鈍らせていた。「自分と父を今よりひどい状況に追いこむのは間違っている」という声がする。グーテンブルンから抜けだすのは可能だが、ユダヤ人がポズナンに行くのはきわめてリスクが大きいし、たとえザシナ家までたどりつけたとしても、恐れるべきことはほかにもある。ゾーシャの家族の善意はわかっているが、もし危機的事態に陥れば、わたしたちをドイツ軍に引き渡さざるをえなくなるはずだ。そのことを考えれば、ここでの状況はさほど悪くはない。父はコーヒー係を務めているし、わたしはそれなりの恩恵をこうむっている。どちらもささいなことだが、それがとても重要なのだ。翌週の土曜日、ゾーシャがまた来てくれた。ポーランドのシンプルな民族調ワンピースを着た彼女は美しかった。以前と同じように、収容所から小道を通ってふたりで森へ向かった。ある程度の距離までくると、ゾーシャはふたたび申し出を口にし、決心をしたかと尋ねてきた。「父が、いつ来るのか訊いてこいと言うの」。わたしは、なかなか決心がつかなかったけれどここに残ることにしたと伝えた。すると、ゾーシャは気落ちしたようすを見せ、別れ際には、考え直してほしいと言った。

次に女性収容所を訪ねたとき、わたしとタデクは困難に直面した。歩哨によると、新任の司令官がわれわれの訪問を禁じたというのだ。わたしの診察を待っている女性が何人かいるので、タデクは歩哨たちに頼みこんでいたが、どうしても説得できず、わたしたちは帰らざるをえなかった。タデクは、新任の司令官から許可をもらえるようにしてみると約束してくれたが、結局、タデクとの外出はこのときが最後になった。

土曜日、ラチミールが診療所に来てささやいた。「彼女とだれかもうひとり、厨房の門のところに来てるぞ」。ゾーシャと父親が、収容所からの脱走の件で、なんとかわたしの気持ちを変えさせようとやってきたのだ。

「うちに来れば、心配することはほとんどなにもない」と父親が言った。「だれにも見つからないさ」。身に余る好意にわたしも父も感謝しているが、生きのびるにはグーテンブルンに残るほうがいいと決めたのだ、とわたしは答えた。

最後にもう一度説得しようとして、ゾーシャが言った。「ほんとうに残念だわ、ブロネク。わたしたち、もうなにもかも準備したのに」。彼らのやさしさが胸に迫ってきたものの、地下室で長く生きられるとはどうしても思えなかった。

収容所では、どんなものにでも価値がある。みながいちばんほしがったのはパンだが、ジャガイモの皮は物々交換によく利用された。消灯時間の八時が近づくと、バラックの薪ストーブにおおぜいが殺到する。ふつうのジャガイモの皮ならいやな匂いはしないが、一度凍った皮は、バラックじゅうに牛舎のような匂いが漂った。人気の品物はどれも交換価値が高かった。たとえば、煙草を一本手に入れるには、ジャガイモの皮が両手二杯ぶん必要になる。

歯の処置でもっとも数多く行なったのは、ぐらついたりむし歯になったりした歯を抜くことで、ほとんどの場合、麻酔薬はなしか、使ってもごく少量だった。さまざまな栄養素、とくにビタミンCの欠乏による歯肉炎や歯周炎もよくお目にかかった。そうした症状に悩む患者にわたしができるのは、一時的な気休めとして殺菌剤のメルブロミンやヨードチンキを塗ることくらいだ。数週間もすると患者の歯肉の状態はさらに悪化し、抜歯せざるをえなくなる場合が多い。経験を重ねるうち、わたしは自分なりに工夫して、象牙質《ぞうげしつ》の病変部分をエキスカベーターと探針で掻きだし、亜ヒ酸糊剤で神経を壊死させることができるようになった。その間にも、収容者たちは次々と〝ムスリム〟の状態——浮腫や眼球突出があらわれるので容易に見分けがつく——になって死んでいった。そんな事態も、ナチスにとっては取るに足りない。電話一本あるいはメモ一枚で、代わりのユダヤ人をいくらでも補充できるからだ。

　新入りたちは、最初こそ多少なりとも人間らしい扱いを期待しているが、ほどなく、ここへ連れてこられたのは労働のためで、それは組織的な絶滅計画の過程なのだと悟る。そして、数週間のうちに体力を失ってしまう。わたしの腹痛はますますひどくなっていた。制酸剤を服用しても、うずくような痛みが治まっているのはせいぜい三〇分だ。こんな状態がこれから先ずっと続くのだろうか。はたして、まともな体に戻れるのだろうか。そう考えずにはいられなかった。

　わたしたちが来てから、所長はすでに四人目か五人目だった。もしかしたら、グーテンブルンは所長としての訓練所だったのかもしれない。このときの所長の名前は思い出せないが、いずれにせよナチの典型ともいえる若者だった。融通がきかず頑固で、秩序《オルドヌング》にこだわる。収容所は彼ひとりで運営していた。朝、グリムが門まで出向いて挨拶をしないと、きびしく叱責した。そして、怒りは鞭に語らせる。すべてが彼のやりかた、つまりはドイツ軍のやりかたにかなっていなければならない。当然ながら、わたしが別の収容所に出かけていくことなど、ぜったいに許さなかっただろう。彼の命令には、ＳＳがよく使う〝怠け者《ファウレンツァー》〟や〝無精者《ドルッケベルガー》〟といったいやみな枕詞《まくらことば》が必ず付いた。

ある日、所長はグリムを従えて診療所に入ってくるなり、怒りをあらわにした。「くそっ《シャイセ》。医者はどこだ？　なぜこのぐうたら者をここに寝かせておくんだ？　ほかのやつらと一緒に仕事に行かせろ」

サイデル医師はびくりとし、収容者たちの病状を説明しようとした。しかし、所長の怒りが鎮まりそうにないのを見てとると、自分は収容所の利益をいちばんに考えているのだ、と伝えた。「患者の傷が治れば、また働けるようになるのですから」。ふつうならそれで納得するだろうが、この相手には通じなかった。働けそうな収容者が怠けているのを見ると我慢ができない、と所長は言いはなった。その結果、サイデル医師はこれまでなら休ませていたような病人も、作業に追いやらざるをえなくなった。

〝最終的解決〟［ナチスによるユダヤ人絶滅計画を指す］という言葉をわたしたちは耳にしていたし、その意味も知ってはいたが、全員の命を脅かすこの新たな強硬策を、にわかに信じることはできなかった。当時、この件は収容所でのいちばんの関心事だった。グーテンブルンでの生活はますます苛酷さを増し、いよいよ終わりだという空気が漂っていた。収容所で暮らして二年以上になるが、これほど重苦しい雰囲気は初めてだった。やがて、重要な変化がいくつか起きた。話によると、ソ連軍がポーランドを席巻しているという。看守たちはタカのような目でわたしたちを見張っていた。そういう状態が一九四三年の八月初めまで続いたあと、わたしたちは移送を告げられた。

ある日ラチミールが、厨房の窓の外でゾーシャが待っていると教えてくれた。そのころ、わたしはすでに収容所の敷地から出られなくなっていたので、厨房の奥の窓まで行き、鉄格子のはまった窓ごしにゾーシャと会った。まもなくほかへ移送されることを伝えると、ゾーシャは家族からの申し出をふたたび口にした。そして、まだグーテンブルンから逃げだせるか、と訊いた。「お願いだからそうして」。わたしもそのことはずっと考えていた。移送の件がもっと早くわかっていれば、おそらくわたしは父とともにここから脱走していただろう。わたしはゾーシャとしばし見つめ合い、最後のさよならを告げた。別れぎわ、ゾーシャはこう言った。「わたし、あなたがどこへ行っても、必ず探しだして会いにくるから」

彼女に会ったのはその日が最後になった。ゾーシャという人は、実にやさしく愛情深い女性だった。どんな苦労もいとわず、どんな危険もかえりみず、いつもわたしたちに手を差しのべてくれた。この世界がどれほど恐ろしく憎しみに満ちた場所になろうと、なおもわたしたちを人間として見てくれた。戦後、わたしはあらゆる手を尽くしてゾーシャを探したが、見つけだすことはできなかった。伝え聞いたところによると、ドイツのどこかで、強制労働中に連合軍の爆撃を受けて亡くなったらしい。

ゾーシャと最後に会った数日後、作業に出向くのが中止になり、グリムからは、わたしたちが

二、三日のうちに移送されると告げられた。最後に診療所へ行ったとき、数人の患者がじっとこちらを見つめていた。彼らはここに残されるのだ。みな、自分たちの運命が決まったのを知っている。わたしは、治療道具を箱に納め終えても、さよならを言うことができなかった。あまりにも痛ましい気がしたからだ。

わたしは父の寝台に潜りこんだ。長く静かな夜だった。ときおり、だれかのため息だけが聞こえてきた。この先なにが待っているのかわからず、みな苦しんでいる。わたしは不安のあまり、お腹の痛みさえ忘れてしまった。父の心臓の音を聞いているうちに、幼かったころを思い出した。父の膝の上に座ると、温かく守られている気持ちになったものだ。ここではお互いのためにできることはほとんどないが、だれかがそばにいてくれるだけで、本来ならひとりで耐えざるをえない心の傷を分かち合うことができた。

第11章　家畜用貨車でアウシュヴィッツへ

早朝、ほとんど一睡もできないまま、警官の叫び声を耳にした。「起きろ！　出発するぞ」。わたしたちの自由は、さらに手の届かないところへ行ってしまった。たちまち全員が動きはじめる。三〇分後、二六〇〇人の〝働き手〟が五列に並んでいた。父はわたしの右側に立ち、わたしは治療道具箱を左手に持って、どこにでも持ち歩くスープ用の水筒《メナシュカ》を体の前にぶらさげた。

正門が開いたとき、タデクに会えるかと思ったが、看守たちはすでに出発していた。代わりに立っていたのは、武装親衛隊の制服を着た、背が高くきびしい顔つきのクロアチア人たちだ。緑色の制服のボタンを顎のところまできっちりとめ、肩には重そうなカービン銃をかついでいる。黒い制服に身を包んだドイツ人のＳＳ隊員たちは、シェパードを引きつれていた。やがて行進の命令が下った。

角を曲がるとき、わたしは一年以上を暮らしたグーテンブルンに最後の視線を向けた。ここにいたあいだ、父とともにもう少し耐えていればきっとソ連軍が解放しにきてくれると信じていた。敷設されたばかりの線路に沿って、曲がりくねった道を歩いていく。一時期は貨車が頻繁に行き交っていた線路も、今はあまり使われていないように見える。おおぜいの靴が地面を踏むたびに、土埃が舞いあがり渦を巻いた。ヘルデッケの事務所の前を通るとき、彼が入口に立ってこちらを見ていた。わたしが帽子を振ると、彼は頷いて目でさよならを告げた。

グーテンブルンでわたしが待遇に恵まれていたのは、ヘルデッケのおかげだ。これまでここで、そしてシュタイネックでわたしを助けてくれた人たちに思いを馳せた。ゾーシャ、スターシャ、ヴィツァク、タデク。悪人よりも善人のほうが、はるかに長く頭にも心にも残るものだ。以前だれかがこんなことを言っていた。「ひどいことをされた記憶はなにも残っていない」

「急げ！　急げ！」監視兵たちがせかす。一時間後、通りに出た。道にそって線路が三本走っている。その一本に家畜用貨車が五〇両ほど待機し、一〇人ほどの整備員が動きまわっていた。向こう側には駅があり、蒸気機関車が何台か停車している。線路はどれも、わたしたちの同胞が血と汗を流して敷設したものだ。

SS隊員たちが貨車の扉を開いていくと、ほんとうのドラマがここから始まった。貨車の床は一メートル以上の高さがあるため、なかなかよじのぼれない。監視兵たちがまたも「早くしろ！」と声を上げ、銃の台尻で殴ったり突いたりして、わたしたちを貨車のなかに押しやった。そして貨車がほぼ満員になってもまだ乗せつづけ、限界まで詰めこんでようやく扉を閉めた。殴られまいとする人たちは、貨車が本来運ぶべき家畜さながら、みずから車両に飛びのった。ようやくわたしたちの番が来た。仲間が手を差しだしてくれたおかげで、父もわたしも貨車に上ることができた。次から次へと人が押しこまれてくる。やがて、うしろで扉が閉まると、もはや人ひとりが立つ余地すらなかった。

古い家畜用貨車の内部は高さ三メートルほどで、傷んだ木の床から二メートル半くらいのところに、空気を取りいれる二〇センチ×二八センチほどの窓が四つあった。それぞれに鉄の棒が二本はめこまれ、有刺鉄線が張られている。かなり背の高い仲間がつま先立ちになってようやく手が届く高さだ。SS隊員たちの気楽なお喋りが聞こえてくるということは、まだ出発はしないのだろう。彼らの話し声に、わたしたちは恐怖を感じた。ほどなく、車内は耐えがたい暑さになった。みなのいらだちが募ってくる。「全員ここで死んでしまうぞ。この貨車がおれたちの棺になっちまう」とだれかが悲鳴を上げた。「ちょっとどいてくれよ。息ができないんだ」ほかのだれかが言った。父もわたしもぎゅうぎゅう押された。ほんの少しのスペースをだれもが求めていたが、どうすることもできない。

陽が沈んでもまだ貨車は動かずにいたが、しばらくすると、発車を知らせる汽笛が聞こえてきた。駅を出たときには、おそらく九時を過ぎていたはずだ。わたしたちはひとかたまりになって揺れた。貨車がスピードを緩めたりカーブを曲がったりするたびに、右に左にといっせいにぶつかり合う。父は床に座ろうとしたものの、とても無理だった。目的地に着くのに二日かかることは知らされていたが、それがどこなのかはだれにもわからなかった。

あたりは暗く、ときおり車内の小窓から月の光が差しこむ。父とわたしは交代で何度か姿勢を変え、ひとりが座っているときはもうひとりが立つようにした。道具箱はつねにふたりのあいだに置いていた。わたしは、抱えた膝に頭をのせてなんとか眠ろうとした。車輪の回転音を聞きながらようやく眠りに落ちたものの、そのときから苦しみが始まった。車両が線路の継ぎ目を通過するたびに、その音が〝破滅〟と〝死〟という言葉に聞こえ、目的地に着くまで、絶えず気味悪く耳に響くことになったのだ。いなかの曲がりくねった線路を、貨車は大きく揺れながら進んでいった。シュタイネックやグーテンブルンでの惨めな生活も、この苦境に比べればたいしたものではなかったと感じる。地獄が果てしなく続くように思えた。

なんとか窓に近づいて空気を吸おうとしたが、うまくいかなかった。夜が明けたとき、今度は必死に人をかきわけて進み、ようやく窓に近づけた。わたしの身長は一七〇センチしかないが、仲間のひとりが体を持ちあげてくれたおかげで、外を見ることができた。何度か深呼吸をすると、苦痛が少しやわらいだ。ちょうど貨車がけたたましい音をたてて停車したところだった。外を見ると、近くにいた監視兵がわたしに目を向けてきた。まるで常習犯でも見るような、ひややかで無関心な視線だ。昇りはじめた太陽の光が、窓の鉄格子から差しこんでくる。所長の姿を目にした仲間のひとりが、嬉しそうに伝えた。「おれたちがどれほど働き者か、向こうに着いたら報告してくれるんじゃないかな」。なんともおめでたい考えだ。収容者を助けるために所長が同行するなどありえない。所長がわたしたちの味方であるはずがない。あの男は自分の奴隷を送り届けるために来ているだけだ。

貨車での最大の問題は、生理的欲求をどう処理するかだ。以前は人目を避けて行なっていたことすべてを、今は人前でしなければならない。スープ用のお椀は尿瓶《しびん》になった。有刺鉄線の付いた窓から排泄物《はいせつぶつ》を捨てようとしたがうまくいかず、車内には屋外便所のような臭いが漂いはじめた。正午前に気温が上がると、悪臭がますますひどくなった。

パンを今食べるべきか、あとに残しておくべきか、わたしはずっと悩んでいたが、このころには全員が喉の渇きを覚えていた。水を求める声はやむことがなく、だれかが勇気を出して「水をくれ！　水！」と、通りすぎる監視兵に訴えた。

「うるさい」と相手が怒鳴った。すでに正午を過ぎている。貨車は数メートル前に進んだと思うと、同じだけうしろに下がった。汽笛が鳴るたびに、ここで降りるに違いないとだれもが思った。仲間のほとんどが、すでに上半身裸になっている。

貨車はまた走りはじめ、車両が傾くたびに、わたしたちは互いの体に倒れかかった。やっとのことで貨車が止まると、わたしは父とともに人をかきわけ、窓に近づいた。息を吸わせようと父を持ちあげたとき、その体には重みがほとんど感じられなかった。仲間のひとりが、別の窓から車列の最後尾に目を向けている。「さっき停車したときに、車両を追加したようだ。全部で一〇〇両はあるな。カーブの先までずっと続いてるよ」

ふいに車両の扉が開き、SS隊員がバケツ一杯の水を置いた。ひとりにつきひしゃく一杯つまり両手二杯ぶんほど飲めることになり、飲んだらひしゃくを次の人にまわす。一滴の水でも貴重だ。これで喉の渇きがだいぶ楽になった。このときわたしは、もし生きのびられたら水にどっぷり身を浸そうと誓った。SS隊員が扉を開けっ放しにしておいたので、悪臭はまだこもっていたものの、はるかにましになった。

貨車がふたたび走りだすと、父はポズナンの南東の街ノヴェ・ミアスト・ナド・ヴァルトンを過ぎたのではないかと言った。「このまま走りつづければ、カトヴィツェに着くはずだ」。カトヴィツェはポーランドの炭鉱地として有名な街だ。

夜間は車内もいくぶん涼しく、少し息をつけるようになった。けれども、眠りに落ちるとたちまち、〝破滅〟と〝死〟というふたつの言葉がまた聞こえてきた。目が覚めても耳について離れず、なにも考えられない。橋を渡るときにはその言葉が頭のなかで鳴り響き、気が変になりそうだった。

貨車が止まった。プレシェフという街だ。車両は何度か前へ後ろへと動いたあと停止した。駅から二〇〇メートルほど離れた待避線の上だ。急ぎの貨物ではないため、そのままいつまでも放っておかれた。「プレシェフにだれが住んでたか知ってるか?」と父。「おれの妹のマルカと夫のモルデカイだ。娘のヤジャを憶えてるだろ、ポーラと同い歳の」。ヤジャのことはよく憶えていた。細身で背が高く、クリーム色の小さな顔をしていた。幼いころ、一度遊びにいったことがある。父がため息をついた。「あの一家は今どこにいるのやら」。プレシェフは比較的大きな街だ。「カトヴィツェはまだだいぶ先だな」父はもの悲しげにつぶやいた。

わたしたちは朝まで放っておかれた。夜のあいだ、ドイツ人の兵士や市民を乗せた列車が何台も通りすぎた。目の前を、照明のついた乗り心地のよさそうな客車が通っていく。旅行者がこちらにちらりと目を向け、わたしたちは鉄格子の窓から彼らを見つめ返した。

午前九時ごろ、民間人が何人か貨車のほうに近寄ってきた。グーテンブルンから行動をともにし、今は同じ車両にいる陽気なユダヤ人警官のメナシェが、水を持ってきてくれるよう頼んでいる。「聞いてくれた!」とメナシェが叫んだ。「水を持ってきてくれるぞ」

少しでも有利な位置を狙ってみながドアの近くへにじり寄っていたとき、外で「止まれ」と命じる大きな声がした。そのあと、同じ声が叫んだ。「戻れ《ツルッゲーン》」。バケツの水を運ぶ市民を、監視兵が見つけて制したのだ。

車内のひとりがうめくように言った。「SSが水を地面に流させてる」。結局、その駅で水が配られることはなかった。

出発して二日目。今日こそは目的地に着くはずだ。食料の配給もなく、空腹と喉の渇きは極限に達していた。仲間のひとりが、自分たちはどこへ連れていかれるのかとクロアチア人の監視兵に尋ねた。「知らない」と訛りのあるドイツ語が返ってきた。わたしは、パンのかけらでも残っていないかとポケットを探ってみたが、あったのはわずかな糸くずだけだった。

しばらくすると、貨車はふたたび走りだした。汽笛が鳴るたびに、きっとここが目的地だろうとだれもが思った。父はいまだにカトヴィツェが目的地だと考えている。そしてようやくカトヴィツェの街に入った。

通りには灯りがともり、工場の煙突からは黒煙が上がっている。どうやら、この街は戦争の被害をあまり受けていないらしい。鉄道の駅でさえ照明が明るい。貨車が駅で停車せず、街を通りすぎて走りつづけると、父はひどく落胆したようすだった。父がカトヴィツェを目的地だと考えたのは、多くの製鉄所や製鋼所があるからだ。「ここなら働けるのにな」

どうなっているのかわけがわからない。まもなくこの地獄が終わることをだれもが願っていた。機関車は大きな音をたててあえぎながら、長い車両を引っ張って山を登っていく。夜になると速度が落ち、ふたたび停車した。いつものように、うしろに強く引っ張られる感じがあり、ブレーキをかける鋭い音がしたあと、貨車は待避線の上で止まった。監視兵たちが扉を大きく開けたので、あふれんばかりの排泄物を捨てることができた。ここはチェンストホヴァの近くだ。チェンストホヴァはカトリックの聖地として有名で、この街のヤスナ・グラ修道院には〝黒い聖母〟が祀《まつ》られている。今でも憶えているが、巡礼者たちは、裸足で歩く人を含め、この修道院をめざしてわたしたちの故郷を頻繁に通っていったものだ。

　夜のあいだ、雨が降りつづいた。車両と人間の熱をさましてくれる恵みの雨だ。朝の四時になっても貨車は動かない。陽が昇ると山々が見えてきた。ふいにざわめきが起こり、だれかが「神よ、感謝します《ボローク・ハシェム》！」と叫んだ。食べ物を載せた皿や籠《かご》が貨車のほうに近づいてくるというのだ。それを聞いて起きあがろうとしたが、自分の体がおおぜいの体と一体化し、足が痺《しび》れてなかなか起きあがれない。一時間ほどたってから、ようやくSS隊員たちが扉を開けた。無理からぬことだが、扉が開いたとたん大混乱が起きた。ふだんの配給量の倍近いパンとひしゃく一杯分のコーヒーを手に入れたというのに、全員がそれを一気にたいらげてしまった。われながら、なぜ少し残しておかないのかと思うが、残せば残したでまた心の葛藤が生じる。

　食事のあと、仲間たちの気分は驚くほどよくなり、「やっぱりおれたちを生かしておきたいんだな」とだれもが思った。その日は暑さもいくぶんましで、扉がしばらく半開きになっていたうえ、喉の渇きも空腹も満たされ、今回の移動では最良の一日になった。やがて、監視兵によって扉はあっけなく閉められ、かんぬきが下ろされた。さらに遠いところへ連れていくつもりらしい。

次の駅は名前がはっきりとはわからなかった。そこから数キロ進むと、貨車は南へ進路を取り、ヴィエリチカという街を通っていった。しばらくして貨車はまた止まった。そのあと、ほかの列車を先に通すため、別の線路に移った。夕方になり、移動の旅も四日目に入った。いったいいつまで、そしてどこまでこの旅が続くのか、だれにもわからなかった。

時間はきわめてゆっくりと過ぎていく。車輪の音がしないおかげで、眠ることができた。おそらく夜の一二時を過ぎたころだったろう、貨車の動きだす音が聞こえた。あたりは漆黒の闇だ。ときおり聞こえる汽笛だけが、車輪の大きな音をかき消してくれる。そのほかに聞こえてくるのは、仲間たちのうめき声や嘆き声だけ。父の青白い顔に目をやると、わたしと同じ絶望的な思いが見てとれた。

もし父が死ぬことになったら、それはわたしの責任だ。ゾーシャの申し出を退けてグーテンブルンに残ることを選んだのはわたしだから。その後悔は、言葉ではとてもあらわせそうにない。

車輪は回りつづける。〝破滅〟と〝死〟。わたしはすっかり打ちひしがれ、今後のことを考えるのが怖かった。死が差し迫っているのを知らない仲間が哀れになる。同胞たちよ、わからないのか？　もうすぐ自分たちも破滅するというのに。貨車が突然、先を急ぐかのようにスピードを上げた。わたしはもう目を開けていられなくなった。開けようと思えば思うほど、まぶたは重くなる。眠りに落ちてもなお、車体が弾むたびに〝破滅〟と〝死〟という言葉が聞こえてきた。ああ、神よ！　なぜあの連中にこんな行ないをさせておくのですか？　なぜこんなにもやすやすとあいつらに勝利を与えるのですか？　おそらく、神はここにはいらっしゃらないか、あるいはわたしたちの声を聞いてくださっていないのだろう。夢のなかでわたしはそう思った。

目が覚めると、体が痺れていた。恐怖で感覚が鈍っている。夜だということはわかったが、何時かはだれにもわからない。たぶん二時半か三時くらいだろう、わたしは父に体を押しつけて横になっていた。おそらく、こんな状況もあと数時間で終わるはずだ。貨車のスピードが緩み、汽笛が鳴った。車体の裂け目や窓から、煙が流れこんでくる。機関車の煙の匂いだろうとだれもが思った。貨車はほんのわずかずつ進んでいく。しかし、そばに収容所の建物はない。この場所がどこなのかだれにもわからなかった。どうも変だ。どこかの駅のそばでもないようなのだ。なぜこんなにゆっくり進むのだろう。窓の近くにいる仲間たちが言った。あたりに見えるのは野原だけだ、と。

第12章　アウシュヴィッツ

身も心もぼろぼろになり、飢えて、排泄物にまみれたわたしたち。獣じみた廃人のようなその姿は、まさしくナチスが口にするユダヤ人そのものだった。貨車が止まったとき、あたりは暗かった。数分後に夜が明け、窓から光が差しこんできた。ここは駅ではない。なぜここで停車したのか、だれもがいぶかった。二、三分後、車輪がまたゆっくり動きはじめたと思うと、止まっては動き、ふたたび鋭く軋《きし》む音を立てて止まった。

周囲が明るくなったおかげで、遠くにフェンスが見えてきた。収容所に着いたのなら、少なくともこの地獄は終わるはずだ。もしかしたら、〝破滅〟と〝死〟という予言は間違いだったのかもしれない。流れこんでくる煙に肉の焼ける匂いが混じっていても、わたしたちはそれを車輪の摩擦の匂いだと思いこんでいた。貨車がじわじわと前へ進んでいくと、一段高い土手にいる奇妙な人たちが目に入ってきた。縞模様の服とベレー帽を身に着け、ゾンビのように歩きながら、われわれの到着を待っていたらしく、こちらをじっと見ている。わたしたちは大きな声で、ここはどこなのかと訊いてみた。けれども言葉は返ってこず、そのなかのひとりが、指で喉をかき切るジェスチャーで応じた。ほかの何人かは、指でらせんを描いて空に向けてみせる。わたしたちは信じられない思いで恐怖におののいた。そのしぐさが火葬を意味するとわかったからだ。車内がしんとするなか、一六歳くらいの少年が、あのジェスチャーはどういう意味なのかと訊いた。しかし、だれも答えない。忌まわしい想像を分かち合いたくなかったからだ。その場に漂っていたぞっとする雰囲気を説明するのは難しい。いまや煙の正体はあきらかだった。あの煙は機関車のものではない。父が祈っている。わたしはもはや神の助けを期待してはいない。神への信頼はとっくになくしていた。神のいない人生がずっと前から、シュタイネックにいたときから始まっていたのだ。

　貨車はゆっくりと進み、縞模様の服を着たさらに多くの収容者の前を通りすぎていった。SS隊員たちは懐中電灯を手にし、収容者はこちらを見ながら同じように妙なジェスチャーをしてみせる。ヘラクレスを真似て両手を上げている者もいた。煙突からは絶えず煙が上がっている。まもなく貨車は速度を落とし、止まった。

　扉が大きな音をたてて開き、わたしたちはびくりとした。「出ろ《ラウス》！　全員出ろ《アレ・ラウス》！　荷物は全部置いていけ《アレス・リーゲン・ラッスン》！」とSS隊員が叫ぶ。コンクリートのプラットホームにはSS隊員が何人もいて、叫んだり手招きしたりしながら、いらだたしげにわたしたちを車両から追い出している。「早く出ろ《ラウス》！」と彼らが叫ぶと、犬たちも威嚇するように歯をむいてうなった。だれかが口にした「アウシュヴィッツ」という言葉が、不吉な前兆のごとくあたりに漂う。わたしたちは衝撃に打ちのめされた。背筋の凍るその響きをふたたび口に出す者はいない。それが〝選別〟と〝死〟をあらわすことはみな知っていたからだ。アウシュヴィッツに送られたユダヤ人が灰になることも。いまや全員が死の網に捉えられようとしていた。

　みなが祈りを唱えはじめる。「聞け、イスラエルよ。主はわたしたちの神。主はひとりである《シェマ・イスラエル・アドナイ・エロヘーヌ・アドナイ・エハード》」

「出ろ《ラウス》！　出ろ《ラウス》！　全員出ろ《アレ・ラウス》！」SS隊員たちが銃を手に怒鳴っている。わたしたちはあわてふためきながらも、車内に何日も閉じこめられていたせいで、体が思うように動かない。まるで全員の手足がひとかたまりになってしまったようで、まっすぐ立つのも難しいのだ。「持ち物は全部、プラットホームに置いていけ！」SS隊員が声を上げる。わたしは身にまとったボロ服のほかに唯一持っていたコートをそこに置いたが、命綱である歯の治療道具箱だけは手放さなかった。だれもが悪い予感を抱いていた。そして、SS隊員がなんの理由もなく鞭をふるいはじめると、大混乱が起きた。鞭がわたしの体に当たる。「それもだ《ダス・アウフ》！」と、ばかにしたようなわめき声。

「これは歯の治療道具なんです」と説明し、SS隊員が見逃してくれるのを願った。しかし、その男はいきなり道具箱をつかむと、わたしの肩からはずして投げすてた。今回の移送でも肌身離さず持っていた宝物が、わたしと父の運命を握る箱が、プラットホームのコンクリートに落ちてばらばらになった。

　フェンスの向こうでは、白黒の縞の上着とズボンを着た収容者たちがさらに集まってきて、こちらをじっと見ている。わたしたちは服を脱いでプラットホームに置いておくよう命じられた。大工も弁護士も、靴職人も商人も学生も教授も、全員が服を脱いだ。どんな身分であろうと、支配者にとってはただのユダヤ人にすぎない。わたしたちはいつものように五列に並ばされた。

「右を向いて前に進め《レヒツ・シュヴェンク・フォーベルツ・マルシュ》」

空は灰色で、終末を思わせる無気味な雰囲気だ。この日の朝は寒く、むきだしの肌に強風が当たって凍えそうになった。みなが体を寄せ合い、わたしは父の腕をしっかりとつかんでいた。いったん離れれば、二度と互いを見つけだせないとわかっていたからだ。しばらくすると、ポーランド語で「選別」を意味する「セレクツィア！」というおぞましい声が稲妻のようにわたしたちの列を貫き、全員を恐怖のどん底に陥れた。命の終わりが近いことをだれもが悟った。

わたしたちは、アウシュヴィッツの恐ろしさをすべて知っているつもりでいたが、実際にはほとんどなにも知らないことがすぐにわかった。生きのびるチャンスが自分にあるかどうか、ひとりひとりが心のなかで見積もっていた。ここから脱け出すには、フーディーニ［ハンガリー出身の米国の魔術師で脱出術の名人］にでもなるしかない。一〇歩も歩かないうちに列が滞った。のろのろとしか進まないので、前の人の足を踏んでしまう。ある者はすすり泣き、別の者は胸を張って健康体に見せようとしていた。父とわたしの四、五列先で、SS隊員の一団が懐中電灯を手に、全裸の男たちを品定めしている。一歩進むごとに、線路が予告した〝破滅〟と〝死〟が近づいてくる。おそらく、あと数分ですべてが終わってしまうのだろう。

さらに進んでいくと、懐中電灯を持ったSS隊員たちの前まで来た。そのなかでもっとも身分の高い将校らしい男は、ぱりっとした黒い制服に身を包み、軍医のバッジ――杖にヘビがからみついた図柄――をつけていた。背が高く痩せていて、肌は浅黒く、ふさふさした黒髪を短く刈っている。男はみずからの任務を揺るぎなく遂行していった。どうやら、この手順は何度となく繰り返されてきたようだ。助手たちが男の前でわれわれを一列に歩かせる。すると、彼が謎めいた合図を送る。それを判別できるのは助手だけで、彼らは合図をただちに実行に移した。まばたきひとつ、手の揺れ具合、ちょっとした指の動き。それぞれに意味があった。右に行くよう命じられる者もいれば、左を指示される者もいる。ほどなく、片方の列のほうが、もう片方よりも労働に適しているらしいことがわかってきた。

　わたしたちの前の列五人のうちふたりが、虚弱者の列に入るよう指示された。そのひとりが、もう片方に入れてくれるよう声を上げた。「見てくれ！　おれは丈夫だ。働ける。敷設の仕事を二年以上してきたし、一日も休んだことはない」。しかし、ＳＳ隊員はその男をもとの列に押し戻した。一日に送られてくる人数、労働者の需要、バラックの収容スペース。そのどれもが等しく大事な要因となって、生きる者と死ぬ者を決めていく。

　わたしたちの番が来る少し前に、仲間のひとりがささやいた。「頭を上げて、強そうに見せるんだ」。ＳＳ隊員たちがわたしに質問を始めた。「歳は？」

「二三歳です」

「職業は？」

「歯医者です」

　右の健康そうなグループに入るよう指示されたわたしは、父を連れて脇へよけようとした。「待て《ハルト》！　おまえだけだ《ヌア・ドゥ》」という叫び声。父の運命は彼らの手のなかにある。父は年齢と職業を訊かれた。

「四二歳、農民です」

実際、父はそのとき四九歳だったが、年齢を偽ったのはいいことだ。
ところが、「左だ！《リンクス》」という声がして、父は左側に押しやられた。
「ぼくの父なんです」とわたしは必死に訴えた。
「だめだ、おまえだけが右。父親は左へ行け《ナイン、ヌア・ドゥ・ゲー・ナッハ・レヒツ。ダイン・ファーター・ムス・ナッハ・リンクス・ゲーン》」。父に死の宣告が下された。わたしはもう一度、彼らに慈悲を請おうとした。けれども、呆然と見つめているあいだに、次の列の選別が始まってしまった。収容所に入れられて以来、このときほど泣きそうになったことはない。わたしは孤児になってしまったのだ。

と、そのとき突然、ひとりの男がプラットホームから逃走しようとして騒ぎが起きた。男はたちまち銃で撃たれた。その混乱に乗じてわたしは父の腕をつかみ、自分のほうへ連れてこようとした。父は恐怖に凍りついて動かない。父の腕をぐいと強く引き、鋭くささやいた。「父さん！こっちに来て」。すると、父はついてきた。もしこの場面を見られたら、ふたりとも殺されていたに違いない。

わたしたちに気づいて制止する人間がなぜひとりもいなかったのか、いまだによくわからない。うまくいったのはまったくの偶然だ。この出来事を思うと、ほかのことはともかく、生きのびられるかどうかはおおむね運だといわざるをえない。もちろん、運以上のものが必要な場合もあるが、ときには、謎めいた手に導かれて運命が決まったとしかいいようのない、不思議なことが起きる場合もあるのだ。

一分を一時間のように感じながら、わたしたちはその場に立っていた。熱い石炭の上に立っているような気持ちだった。だれかの祈りが聞こえてくる。「主よ、なんじの子らを憐れんでください。われらは真になんじのものであり、心の清い者たちです」。しかし、祈りは聞き届けられなかった。ここでは、全能者は神ではなく、選別にあたる医師なのだ。わたしは今しがたの出来事に驚きながら、父をしっかりつかんでいた。一緒に来た仲間のうち、七五人の幸運な者たちがその場を離れた。明るんできた空へ、煙突の煙が渦を巻いて昇っていく。もう片方のグループもその場を離れていったが、ほどなく彼らは静かになってしまうはずだ。

一〇〇メートルほど歩いたところでトラックに乗せられ、二重のフェンスに沿って走ると、三階建てのレンガの建物がいくつもあらわれた。アウシュヴィッツの収容者たちが班ごとに行進している。服は汚れ、頭には縞模様の入った鉱夫用の前照灯をつけていた。作業に向かうところなのだ。なんとも皮肉なことではないか。彼らの採掘してきた石炭が、わたしたちをここまで運ぶ貨車に使われたかもしれないのだから。グループのなかには、生気がなく、かろうじて足をひきずっている者もいた。各班の先頭を歩くのは、同じ縞模様の服に黒い腕章を巻いた〝カポ〟「収容者のなかから選ばれた監督係」だ。

この収容所は、これまで見てきたものとは全然違う。敷地の周囲は、てっぺんに有刺鉄線の付いた頑丈な鉄条網のフェンスで覆われている。内側のフェンスには電流が流れているようだ。監視塔の見張り役は緑の制服を着た武装親衛隊員で、手のなかの銃は収容所に向けられていた。さらに進むと、オーケストラの演奏と合唱が聞こえてきた。「今日はポーランド、明日は世界」とドイツ語で歌っている。リフレインのたびに歌詞が替わり、別の国名が入る。トラックが止まったとき、こんな歌詞が聞こえてきた。「今日はイギリスがわれらのものなれば、明日は世界がわれらのものとなる！」

門には「高電圧に注意！」の標識があり、てっぺんの看板には〈アウシュヴィッツ〉という文字が、その下には「働けば自由になる《アルバイト・マハト・フライ》」という言葉が見えた。それがなにかの約束でも保証でもないことはみな知っている。わたしたちは死ぬまで働かされるためにここに来たのだ。小屋の前で指揮者が三〇人ほどの音楽家を指揮している。その情景は異様だった。まるで交響楽団のように、全員が指揮棒に合わせて演奏していた。

門を入るとトラックは左に曲がり、レンガでできた大きな三階建ての建物の前で止まった。こぎれいな制服に身を包んだＳＳの軍曹が、わたしたちを待っていた。「降りろ」と軍曹が叫ぶと、ほかのＳＳ隊員たちがその命令を力づくで実行に移した。父のほうを見ると、身を震わせ青ざめている。ふたりとも希望は持っていたものの、自分たちがこれからどうなるのか、まだわからずにいた。

そのとき突然、だれかがわたしに身振りで呼びかけた。見ると、フェンスの向こうからひとりの収容者が手招きしている。その男は、わたしのブーツに目を向け、「どうせそれは置いていかなきゃいけないんだ。こっちに放れ」と叫んだ。「収容所に入ったら、ちょっと食べ物をおまけしてやる。おれはブロック長《カポ》だ」。アウシュヴィッツに来て、収容者の声を聞いたのはこれが初めてだった。カポが自己紹介したのだ。

彼は清潔な縞模様の服を身に着け、黒い帽子をかぶり、カポの腕章をしていた。最初はその男の言葉が信じられず、ただブーツを手に入れたいだけだろうと思った。ところが、所持品があればすべて置いていくようにと軍曹から指示が出たため、従わざるをえなくなった。わたしは片方のブーツに隠していた数枚の写真を取りだしてから、ブーツをフェンスごしに投げた。あとで、このカポを探しだす手立てがないのに気づいたが、結局のところどちらでも同じだった。いずれにせよ、収容所内では収容者同士のやりとりは許されていないからだ。

家族の写真に目をやる。母、姉、兄、叔母のラケル、叔父のシュロモ、叔母のサラ。わたしにそっくりだとみなが言うイツァク叔父。そして、叔父のモルデカイ、伯父のハイム、いとこのトーバ、バルチャ、ナヘム、ヨゼク、マイヤー、メンデルの姿もあった。最後に、祖父の写真を見つめた。ずいぶんあとになって、一九四三年八月のその日のことを思い出したとき、写真をそこに置いてきたことで、写っていた親戚たちもまたアウシュヴィッツで死んでしまったように感じた。収容者たちがうつむいて班ごとに歩いていく。この光景をいつかだれかが世界に知らしめるべきだ。とはいえ、どれほどよくできたドラマでも、目の前のこの状況を再現することはできないだろう。こんなにも痩せこけた肉体を撮影用に探してくるのは不可能だからだ。

朝靄が残るなか、さらに多くのトラックが到着した。わたしたちと同じ貨車のグループに、兄の収容されていたレンツィンゲンから来た人たちがいた。彼らはプラットホームでの選別の前に兄を見たという。父もわたしも、兄のことが心配になった。

目の前の収容所棟に入るよう軍曹が命令した。長い廊下を歩いていくと、そこにもＳＳ隊員たちがいて、またもやわたしたちを検査したが、今度は両足を広げて前屈《まえかが》みの姿勢を取らせた。さらに廊下を進むと、灯油かナフサらしい匂いがする黒っぽい液体のなかを歩かされ、次に同じ液体を頭と体に浴びせられた。「早く《シュネル》！、早く《シュネル》！」と急かされ、わたしたちはシェパードに追い立てられる羊のように走った。そのあと、ふたたび中庭に誘導された。

太陽が昇り、霧はすでに晴れていた。裸の体が濡れて凍えそうだ。多くの者が体に擦り傷を負っているため、液体を浴びると傷が赤くなり、ひりひり傷んだ。次に連れていかれた建物には、〈シャワー室《ブラウゼ》〉と書かれていた。目の前のその不吉な文字に、だれもがぎくりとした。選別を通ったわたしたちでさえ、命の保証はない。ここは秘密のガス室なのだ。「入れ《ロス・マッヒェン》！」という声がして、全員があらゆる方向から扉のなかに押しこまれた。背後で、金属製の大きな扉がガシャンと閉まった。なかは広いホールで、シャワーヘッドがいくつもぶらさがっている。先に入った仲間たちが、おそらく全員のためにであろう祈りを唱えていた。ふたたびガシャンという音がしたあと、張りつめた沈黙があたりを覆った。父がじっとわたしを見つめている。わたしと同じように、父もこれが一緒にいられる最後の瞬間かもしれないと思っていたのだ。心臓の鼓動が早くなった。目の前で光の輪がぐるぐる回っている。何キロも、そして何日ものあいだ、貨車の車輪が〝破滅〟と〝死〟をわたしに警告していた。その警告がまさしく現実になろうとしている。今にも死のガスが降ってくるのではないかと怯えながら、わたしは目を閉じ、息を止めた。ただ待つだけの沈黙が続く。

そのとき突然、水がぽたぽた落ちてくるのを感じた。怖くて顔を上げられない。上げればこの奇跡が終わる気がした。周囲を見まわすと、全員まだ自分の足で立っている。生きているのだ。

ほどなく水が勢いよく出はじめ、変な匂いも味もしなかった。その水を口いっぱいに受けて飲みこんだ。水がこれほどまでにおいしく、意味深いものだったことはない。安堵感がどっと押しよせ、新たな命を与えられたとだれもが感じた。アウシュヴィッツに来て唯一、幸せな瞬間だった。父とわたしにとっては、この日二度目の奇跡が起きたのだ。

水が止まると、そばにいた仲間が、このシャワー室で兄を見たと教えてくれた。その男に手を取られ、ふたりでおおぜいの濡れた体をかきわけていくと、そこにヨゼクの姿があった。わたしたちは信じがたい思いで見つめ合った。三度目の奇跡だ！　ふたりで父のところへ行くと、息子たちとまた一緒にいられることを、父は喜んだ。ヨゼクは最後に会ったときよりもかなり痩せたように見えた。目はくぼみ、姿勢は前屈みだ。健康状態も心もとない。こうした外見は、どんな収容所でも不利になる。ともあれ、再会を果たしたわたしたちは、なにがあっても一緒にいようと誓った。

扉が開いて次の部屋へ誘導されると、そこは大きなホールで、間に合わせの床屋になっていた。たくさんの収容者がベンチに腰かけている。散髪係も収容者だが、身に着けている縞模様の囚人服は清潔で、髪は角刈りだ。「座って。立って。あっちを向いて」。八人の散髪係がそれぞれ収容者に指示をする。収容者のひとりが、鉄道の駅で目撃した出来事を話していた。ウィーンから来たというその収容者によると、四五歳くらいの男が、自分は間違って逮捕されたとSS将校に訴えていたという。「おれは第一次世界大戦でオーストリアのために戦って両脚を失った。だから、移送は免除のはずなんだ」そう抗議して、鉄十字勲章と身分証を見せた。しかし将校はそれをもぎ取り、破いてしまった。そして、列車が近づいてくる線路に、その障害者をぐいと押しやったのだ。目撃者がもうひとり、この話が嘘ではないことを請けあった。話し手が続ける。「全員が息をのんだよ。その男は列車に轢《ひ》かれてしまったんだ」

わたしの番が来て、散髪係は丸刈りにしはじめた。そして頭を横に振り、なぜこんなにもおおぜい生き残れたのかとつぶやいた。「アウシュヴィッツはもう満員なんだ。きみらは煙突を免れてよかったな」。彼らは〝煙突〟という言葉を、ガス殺と焼却の隠語として使う。強制収容所を意味する〝コンツェントラツィオンス・ラーガー〟という言葉は発音が難しいため、〝KZ《カーツェット》〟と省略する。「メンゲレ医師がユダヤ人を収容所に入れるのは、労働者を補充したい場合だけだ」と散髪係は言い、こう付け足した。「ガスが足りない場合もあるけどな」

わたしは散髪係に話しかけてみた。今日来た者のほとんどが、ポズナンに近い収容所で二年ほど鉄道の敷設作業をしていた。その経験のおかげで、死を免れたのではないだろうか、と。

「どうかな」と彼は答え、今わたしたちがいるのはアウシュヴィッツの基幹収容所《シュタムラーガー》（第一強制収容所）だと教えてくれた。アウシュヴィッツの周辺には多くの付属収容所があるという。「ブーナ、トシェビニャ、ヤヴィショヴィッツ、ヤニナグルーベ、グンターグルーベ。ちょっと挙げただけでもこれだけだ。連中の組織力には驚くぞ」

その話はそこで終わったが、わたしはもっと知りたかった。質問をしてみると、相手は喜んで答えてくれた。「腕に書かれた番号はなんですか？」

「ここじゃ、みんな番号で呼ばれるんだ。きみにも番号が与えられて、その番号でしか呼ばれなくなる。だから、呼ばれたらわかるように、憶えておかないといけないんだ」

散髪係の腕に彫りこまれた番号に目をやる。「その番号はどこで彫られるんですか?」

「じきにわかるさ。散髪が終わったらすぐだ」。そして、自分はアウシュヴィッツに来て一年半になる、と言った。

「ここでどのくらいの期間生きられるんでしょう」と訊くと、彼は首をかしげた。

「アウシュヴィッツは、おれが来たころとはずいぶん変わってしまったからな。以前は、看板にこう書いてあった。『ここでは三か月から六か月しか生きられない。それがいやなら、フェンスに触れて今すぐ死ね』」。やはりわたしが思っていたとおり、内側の鉄条網には高圧の電流が流れているのだ。彼は説明を続け、ここでは服従が収容者の絶対的義務だと教えてくれた。「いいか、アウシュヴィッツでは歩いちゃいけない。走れ」。そして、SSの階級名を憶えて、使うときは間違えないように、とも。「SS隊員のそばを通るときは、帽子を取って、軍隊式の歩きかたをするんだ。どんなにばかばかしくても、連中のやりかたに従わないとな」。彼は、わたしたちがどれほど幸運かを何度となく口にした。「ここじゃ、運の強さがものをいう場合が多い。もうひとつ、きみらの多くが選別を通ったのは、女と子どもと老人がいなかったからだ」。その散髪係がすでに一八か月ここで生きていることを思うと、少しは希望が湧いてくる。彼は最後にこう忠告してくれた。「どんなに具合が悪くても医務室に行っちゃいけない。死なないためには、働いているのがいちばんなんだ」

アウシュヴィッツでの決まりや隠語に関しても、多くのことを教えてもらった。〝KZ〟は強制収容所の、〞ＫＢ《クランケンバウ》〟は医務室の略語。〞カナダ〟はプラットホームで没収された品物を集める役の収容者グループを指す。〞カポ〟は収容者の監督係、〞ブンカー〟は懲罰房、〞ゾンダーコマンド〟は特殊任務を割り当てられた収容者。ただし、ほかにも散髪係が口にした〞馬〟や〞台〟といった妙な隠語は、意味がよくわからなかった。

裸のまま体じゅうの毛を剃られたわたしたちは、ぞろぞろと次のバラックへ進んだ。そこでは、サイズなどおかまいなしに、木靴と上着とズボンを投げ与えられた。「サイズが合わなければ、だれかと交換しろ」と、カウンターのうしろから係の収容者が言った。服は先ほど浴びせられた消毒薬と同じきつい匂いがする。ひとりひとりが、グレーの縞模様の下着とベレー帽を受けとった。上着はどれも大きすぎるか小さすぎ、ズボンは引きあげると顎までくるものがほとんどだ。父はここに来るまで手放さなかった針と糸がなくなって困っていた。というのも、ズボンを腰で調整するボタンが取れていたからだ。ヨゼクのズボンも腰からずり落ちた。最後に、名前を取りあげられることで、わたしたちは人間性を完全に剝奪《はくだつ》された。ひとりひとりの名前が番号に置き換えられたのだ。その理由はあとから少しずつわかってきた。番号には顔がない。だから名前よりはるかに扱いやすいのだ。

入れ墨の作業が始まり、わたし、父、ヨゼクの順番で続き番号が与えられた。これなら三人が離ればなれになる恐れも減るだろう。係の収容者が、万年筆に似た道具で黒い染料をわたしの前腕に彫りこんでいく。最初は痛くなかったが、作業が進むにつれて痛みを感じてきた。腕を離すと、彫られたばかりの番号の上に血が数滴にじんでいた。係がわたしを見た。作業が終わったのだ。そのあと、同じ番号の布きれを受けとり、上着とズボンに縫いつけるよう指示された。わたしは141129という番号になり、父は141130、ヨゼクは141131だ。番号とともに上着に縫いつける三角形のワッペンにはそれぞれ意味があり、慣れるにつれて、その形と色で収容者の種類を見分けられるようになった。赤は政治犯をあらわし、共産主義者や、スペイン内戦で共和国政府の側についてフランコ将軍に刃向った者は下向きの赤い三角形、そのほかの政治犯は上向きの赤い三角形だ。緑は一般犯罪者、ピンクは同性愛者、紫はセブンスデー・アドベンチスト［キリストの再臨を主張する教派］やエホバの証人、茶色はロマ。ユダヤ人は、それぞれの収容理由をあらわす色の三角形に黄色い三角形が重なった星形。脱走を企てたとみなされた者は、背中に大きな黒い丸印を付けられる。ユダヤ人の場合、脱走して捕まるとすぐさま射殺か絞首刑になるので、丸印の付いた者にユダヤ人はいない。三角形の中央には、各自の出身国名がドイツ語の頭文字で記されていた。たとえばフランスは〝F〟、ポーランドは〝P〟というように。

わたしたちがまず恐れるべき存在はカポだ。収容所の各ブロックを監督するカポもいれば、収容者と一緒に作業に出かけ、そこで監督にあたるカポもいる。ほぼ全員が非ユダヤ人で、ほとんどはドイツ人だ。彼らの前歴も、詐欺師、ならず者、殺人犯、軽犯罪者など多岐にわたっていた。なかには外人部隊の元兵士もいた。以前はヒトラーに反感を抱いていた者も、監獄から解放され、強制収容所でカポの地位を与えられたとたん、忠誠を誓うようになる。彼らは新入りの収容者をあからさまに軽蔑し、ユダヤ人全員が敵であるかのようにふるまった。わたしたちと同じ生活をしているにもかかわらず、横柄でひどく冷淡な態度を取るのだ。

ナチスは、ユダヤ人とそのほかの収容者とを露骨に区別していた。ほかの収容所なら、ユダヤ人とそれ以外の人種とのあいだでいざこざが起きることもあるだろうが、アウシュヴィッツではそうはならない。惨めな境遇は同じなのに、ほかの収容者たちはわたしたちと関わりを持ちたがらないのだ。彼らは選別を恐れる必要がない。ガス室に送られるのはほとんどユダヤ人とロマだからだ。

ここからは番号の順番に並ばされた。「進め《ロス》!、進め《ロス》!」。看守たちに、アウシュヴィッツのなかを追い立てられていく。ふと見ると、収容者のグループが石を抱えて、それぞれ正反対の方向へ運んでいた。彼らはこちらに視線を向けたが、見えていたかどうかはわからない。こうして、ようやく〝隔離棟〟に到着した。この二日間なにも食べていないわたしたちは、アウシュヴィッツの洗礼を受けた今、仲間の収容者から同情を持って迎えられるのではないかと思っていた。けれども、カポは助手三人を従えてわれわれを建物の脇に並ばせ、冷酷な歓迎のしかたでみなを震えあがらせた。

「いったいどこへ行ってたんだ」とカポがわめいた。なぜもっと早くアウシュヴィッツに来なかったのかと責めているように聞こえる。続いて、全員揃っているかどうか助手が確認した。その助手は背丈が二メートルほどもあり、痩せていてがに股だった。大文字のPが記された赤い三角形をつけているので、ポーランド出身の政治犯ということだ。入れ墨の番号は一〇万番をちょっと超えた数字だった。片方の耳が上にねじれ、もう片方はうしろにめくれているように見える。あとになって、このブロックのカポに従う助手三人のうち、彼がいちばん親切でまともであることがわかった。

しわがれた震え声で、彼はわたしたちを励ました。「おそらく、きみたちはどこかの付属収容所《アウセンラーガー》に送られることになるだろう。このあたりには、半径四〇キロ以内に三九の付属収容所があるんだ」。二週間後、問題がなければ作業に出向くことになる、と彼は付け加えた。

ところが、カポのほうはようすが違った。この男が話しはじめるとすぐ、アウシュヴィッツでは人間が動物より攻撃的なのだとわかった。見るからに栄養状態はよさそうだ。カポが規則を説明していく。「このブロックから出た者は鞭打ち一〇回。食べ物を持ちこんだ者は鞭打ち一〇回。寝台を整えないと一〇回、点呼にあらわれなければ一〇回、盗みは二〇回だ」。延々と続く規則の説明が終わるころには、みな規則などなんとも思わなくなっていた。

昼が近づき、食料配給の時間になると、やっと部屋に入ることができた。わたしたちのズボンは緩いままだ。腰でとめるものを探さないと、カポに叱られるのは目に見えている。ヨゼクは運よく手ごろな紐を見つけた。バラックに入ると、わたしたちはすぐさま隣り合った寝台を三つ確保した。シラミがいないのは、収容所生活を経験して以来初めてだ。

シュタイネックでもグーテンブルンでも、食料の配給は定期的に行なわれていた。しかしここでは、スープこそ朝晩出るものの、パンはたまにしかもらえない。危険を冒してまでブロックを出ようとする者はおらず、食べ物を盗んでくることなど問題外だ。これまで、メンデーレはほぼどんな状況でも規則を出しぬく方法を見つけてきたが、今回はさすがに無理らしい。収容者たちが整然と並んでスープの大桶まで到達すると、もらえるのはひしゃく二杯ぶんのお湯で、そこにわずかなジャガイモと、煮すぎてどろどろになったカブが入っている。スプーンがないので、お椀から直接飲むしかない。

点呼は何時間も続くことがあった。ある日曜日の正午ちょっと前、だれかがわたしの名前を呼んでいた。だれが呼んでいるのかはわからない。どうしてわたしの名前を知っているのだろう。ドアのところまで行くと、カポのひとりがいた。なぜわたしを探していたのか見当がつかなかった。相手はわたしがブロネク・ヤクボヴィッチで、グーテンブルンから来たことを確かめてから、こう言った。外に若い女性が来ていて、ブロネク・ヤクボヴィッチという人を知っているかどうか訊かれた、と。カポがざっと話したその女性の容貌から、ゾーシャに間違いないとわかった。

本人を探してきみが来たことは伝えておくから帰りなさい、とカポは彼女に答えたという。それにしても、いったいどうやってそのカポはわたしを見つけたのだろう。「いつどこから来た人間かを彼女から聞いて、もし生きているならこの隔離棟にいるはずだと思ったんだ」。自分の任務は終わったとみなし、彼は立ち去った。わたしとカポとでは身分がまったく違うため、ただの新入りと無駄話をするなど、彼にとっては無意味なのだ。いずれにせよ、ゾーシャがわたしたちの移送先をどうやって探しだしたのか、いまだにわからない。アウシュヴィッツの警備が途方もなく厳重で、ゾーシャが面会をあきらめたことを考えると、ここに来てももうわたしには会えないと悟ったに違いない。シュタイネックとグーテンブルンでのふたりの思い出が、胸に蘇ってきた。

アウシュヴィッツの古参たちは、われわれを新米として扱った。なにか質問すると、必ず質問で返してくる。カポの助手のひとりに、服をどこで洗濯すればいいか尋ねてみると、相手はこう答えた。「ここをどこだと思ってるんだ。保養所か？」

次から次へと人が移送されてくる。入れ墨の番号は一五万番を超えていた。つまり、わたしたちが来たときからすでに一万人近く増えたということだ。通常、選別を受けて実際に収容所に入るのは移送者のわずか二五パーセントにすぎない。ということは、われわれの到着以来、二週間で四万人以上がアウシュヴィッツに移送されてきた計算になる。例の女性収容所は、そしてバルチャたちはいったいどうなったのだろう。

あるとき、ドイツの民間人がＳＳ隊員に付き添われて視察にやってきた。けれども、わたしたちが立派な働き手であることは伝えられなかったとみえ、隔離状態はその後も続いた。聞いたところによると、連合軍がヨーロッパのどこかに上陸したらしい。ある日の午後遅く、収容者が一二人バラックの前を通っていった。ふだんなら所内の収容者はカポに先導されるのだが、彼らはＳＳに先導されていた。どの顔にも恐怖心がにじみ出ている。部屋の掃除係によると、彼らは〝懲罰房《シュトラフブンカー》〟に連れていかれるのだという。「あそこで長く生きられるやつはほとんどいないよ」と彼は言った。「たとえ生きられたとしても、体も心もボロボロになる」。懲罰房には明かりもトイレもなく、人ひとりがやっと立てるほどのスペースしかないらしい。「あいつら、フェンスで感電死したほうがましだったな」

別の日に聞いた噂によると、労働者はもう必要ないので、わたしたちはどこへも移送されないという。これまで聞いたなかで最悪のニュースだ。必要とされないのなら、いなくていいということだ。メンゲレ医師の選別を通ったとはいえ、それはいっときの執行猶予にすぎない。だれもが知っているように、生きのびるには働きつづけなければならないのだ。一定期間を超えてなにもしないでいると、命を危険にさらすことになる。生きてアウシュヴィッツを出られると思うのは、もはや楽観的すぎるかもしれない。この何年か、命の限界ぎりぎりで生きてきたわたしたちは、この先どんな運命が待っていようとそれを受け容れるほかなく、今では人生を長い目で見ることもやめていた。

ある日、カポの命令により、わたしたちは冷たい雨のなかで一時間以上立たされた。やっとのことでブロックに戻ったとき、みなびしょ濡れだったので、部屋に服を掛けて乾かした。それを見たカポは、いったいだれのアイデアかと訊いた。全員が同時にしたことなので、だれも名乗り出ない。するとカポは、裸のまま外に出て建物の周囲を歩けと命令した。戸口に立つカポの前を通る際、鞭がうなりを上げた。メンデーレは鞭をしたたかに受けたが、背中から血が流れても涙ひとつ見せなかった。まだ一〇代のこの少年は、もしかしたら心臓が石でできているのかもしれない。仲間たちの体から滴り落ちる雨を見ながら、わたしは牧場の牛を思い浮かべていた。群れになって追い立てられ、焼印まで押されたその姿は牛そっくりだ。部屋に戻ったあと、収容者のモイシュ・チェルニッキが熱を出して倒れた。医務室に運ばれたが、その後、彼の姿を見た者も声を聞いた者もいなかった。

わたしたちは二週間以上こうした隔離状態に置かれ、きわめて粗末な食事でかろうじて命をつないでいた。天気の悪い日は、煙突の黒い煙が収容所全体を覆う。これまで、どんなときでも勇気を失わなかったわたしたちでさえ、もはやどん底だった。現実がよじれ、形を失ってしまったように思える。だれもが、ときおりぼうっと虚空《こくう》を見つめていた。なかには、バラックのなかをとぼとぼと歩きまわる者もいた。わたしたちはメンゲレ医師の選別に合格したものの、どっちみち人生には落第する運命だったのだ。それでも、ここで自殺する者はめったにいない。自殺したのはごく少数のユダヤ人だけだ。もしかしたら、この時代のユダヤ人は、さまざまな経験から格別の忍耐強さを身に着けていたのかもしれない。揺るぎない信仰心を持つ者たちは、ここまで来てもなお、毎日祈りつづけていた。彼らが、シャハリート、ミンハー、マアリーブ——それぞれ朝、昼、夕の礼拝——のさまざまな祈りの言葉を一字一句憶えているのには驚くばかりだった。

その後、民間人が何人かこのブロックを見学に訪れた。彼らは、アウシュヴィッツの司令官ルドルフ・ヘス中佐［ナチ党副総統のルドルフ・ヘスとは別人］に先導されていた。部屋頭たちによると、見学者はドイツの大手化学企業〈I《イー》・G《ゲー》・ファルベン〉から来たのではないかという。この会社は、これまでも近くのブーナ収容所から収容者を雇い、合成ゴムを製造している。話によれば、そこでは労働者の死亡率がきわめて高いため、絶えず補充する必要があるらしい。それでも、わたしたちにとってはこの状況よりましだ。今はとにかくここから出たかった。

そして、ようやく収容所を出る命令が下された。翌朝の五時ちょっと過ぎ、木靴に替えて、ひとりひとりに木底の皮靴が与えられた。点呼のあと、全員が多めのパンをもらい、整列した。移送されるのは、労働力となる八〇〇人と、われわれの監督にあたるリヒャルト・グリムを含む二五人の収容者グループだ。行く先がどこかはわからない。二五人のうち、グリムを除けばみな収容者番号が若い。わたしが見たなかでいちばん番号が若かったのは、料理係のクラウス・コッホだ。偶然だが彼の上司になるSS隊員も同姓同名だとあとでわかった。労働者はほとんどが一般犯罪者を示す緑の三角ワッペンをつけていたが、なかには政治犯もいたし、ピンクの三角ワッペンをつけたゲイもひとりいた。

ヨゼクとわたしは、父を両側からはさむ形で歩きだした。門の上には、「働けば自由になる」という逆説的な看板。アウシュヴィッツを出たとき、これでとりあえず命だけは助かったと感じた。向こうからおおぜいの人が収容所に連れられてくる。ロマだ。精神の自由をなにより愛する彼らまでもがアウシュヴィッツに囚われるとは、なんという矛盾だろう。子どものころ、わたしはロマの音楽が大好きだった。彼らはバイオリンを泣かせもするし笑わせもする。まだユダヤ人学級に通っていたころ、わたしはマンドリンを習っていたことで、あるロマの少女と仲よくなった。彼女はわたしと同年代の一二歳くらいで、とても美しかった。わたしが家の裏庭でマンドリンを弾いていると、通りかかった彼女は足を止めてしばらくじっと聴いていた。そして、自分たちのキャンプに来ないかと誘ってくれた。そこは、わが家からさほど遠くない場所だった。ロマは黒髪の子どもを誘拐すると聞かされていたので、最初はこわごわだったが、ともかく彼女についていった。その後も何度か遊びにいき、わたしたちは少しずつ互いの違いを尊重するようになった。グループで放浪しながら暮らすロマの生活スタイルが、わたしは好きだった。やがて彼らがその地を立ち去るときには、少女とわたしは恋に落ちていた。三週間ほどたったころ、少女は戻ってきて、わが家で一緒に暮らすと言ってきかなかった。うちの両親は困りはてた。結局、父が彼女の仲間たちの居場所を探しあてて汽車の切符を買ってやり、帰らせた。

わたしたちは行進を続けた。監視役はクロアチア人七〇人とドイツ人の武装親衛隊員二〇人で、そのほとんどが兵長《ロッテンフューラー》か伍長《ウンターシャーフューラー》だ。先頭を行くのは、威厳に満ち恐れ知らずの雰囲気を漂わせたSSだった。この男が、わたしたちの司令官になる上級曹長のオットー・モルだ。噂によると、モルはアウシュヴィッツで重要な役割を果たし、わずか半年足らずで軍曹から上級曹長兼司令官に階級を上げたという。これほどすばやく昇進したのは、大量殺人の技術にたけていたからだ。毒ガスのチクロンBをシャワーとみせかけて散布する際、モルはこう言うのがお気に入りだったらしい。「やつらに食わせてやれ《ラス・ズィー・フレッセン》」

一九四三年の夏の終わり、アウシュヴィッツの隔離棟から生きて出られたことは、自由の象徴だった。わたしたちの運命が変わったように思えた。崖から突き落とされる寸前で命拾いしたのだ。こんな状況でもほぼふだんどおりに暮らしている人たちの姿が目に入ると怒りがこみあげ、ユダヤ人に生まれなければよかったと感じた。木の靴底に難儀しながら歩きつづける。昼になり、太陽が頭上に来たころ、レンジニという小さな街を通りすぎた。そのあと、道路からそれて地面に坐るよう指示された。座ると、気味の悪い感触がした。草はすっかり枯れて、まるで飢饉のあとのようだ。パンを残しておいた者はそれを食べ終え、ふたたび北へ向けて歩きはじめると、やがてグンターグルーベという収容所の前を通った。さらに数キロ進み、ピャストという村まで来た。そこから少し行くと、見えてきたのはヤニナという変わった名前の収容所だった。ポーランドの女の子によくある名前だ。その一キロ先には、道路を隔ててさらに二つの収容所があった。

ひとつは、ポーランド人とロシア人の女性を収容するオストラント、もうひとつはロシア人捕虜を収容するラーガー・ノルトだ。続いて、ポーランド語で〝幸せ〟を意味するベソワという収容所を通りすぎた。どうやら、このあたりには収容所が集まっているらしい。さらに五キロ先に、もうひとつ収容所があった。ここの収容者はほとんどがI・G・ファルベンで働いている。そしてようやく、フュルステングルーベつまり〝高貴な炭鉱〟に到着した。ここがわたしたちの新しい住処になる。ついさっきまでいたアウシュヴィッツ第一強制収容所から、一六キロほどしか離れていなかった。

第13章　フュルステングルーベ

門の上部に〈フュルステングルーベ〉と書かれた看板が掛けられ、その下にはドイツ人坑夫の挨拶である「ご無事で《グリュックアウフ》」という言葉があった。フュルステングルーベは、アウシュヴィッツ第三強制収容所ブーナ［別名モノヴィッツ］に付属する収容所のひとつだ。敷地の向こう側には、こぶだらけの木々が点在する土地が広がり、低木の茂みやところどころ枯れた雑草が見られた。長方形の敷地には平屋のバラックが並び、アウシュヴィッツ基幹収容所とは違って、こちらは建てられたばかりだ。窓とドアは中庭に面している。そして、バラックの奥にはコンクリートの建物。収容所全体を囲んでいるのは、レンガの壁と、てっぺんに有刺鉄線の付いた金網のフェンスだ。中庭の四隅にはレンガの監視塔が立っている。フュルステングルーベに入るときは、これまでの三つの収容所のときほど騒然とした雰囲気はなかった。

敷地に入ると、中庭にはいまだ工事中の資材が山積みになっていた。わたしたちは中庭のまんなかまで行進して正方形に整列させられ、中央に立っている上級曹長やその取り巻きと対面することになった。監視兵たちはすでに監視塔や門などの持ち場についている。点呼が始まり、アウシュヴィッツを出た人数とここに到着した人数が合っているか確認が行なわれた。

ブロック指導者《ブロックフューラー》に従ってそれぞれのバラックに入るようグリムが指示する。そして、ブロックと寝台の割り当てが決まったらすぐに戻ってくるよう最後に念を押した。

　各バラックの内部はひと部屋しかなく、そこに上下三段の寝台が五列並んでいて、通路は狭い。寝台には藁を詰めたふとんと枕と麻の毛布が置いてあった。ここがわれわれ一五〇人ほどの住まいだ。中庭に戻ると、ちょうど夕陽が沈むところだった。整列したわたしたちにモルが訓示を与える。「わたしがここの所長だ。いいか、みずから熱心に働く者は命を保証される」。そして、背後のSS隊員たちを指さし、「連絡指導者《ラポルトフューラー》のアントン・ルコシェックはわたしの助手だ」と紹介した。説明によると、さらにその部下が労働指導者《アルバイツディーンストフューラー》のシュヴィントニーと、ブロック指導者のファイファーだ。そして、SS伍長のアドルフ・フォークトはKB（医務室）の担当。最後に紹介したのがクラウス・コッホで、彼は厨房を担当する。

　モルは四五歳くらいで［実際にはこのとき二八歳だった］、体重が一二〇キロほどもあり、背丈はさほど高くない。SS隊員には珍しい体格だが、態度は堂々としていた。肩幅が広く筋肉質なので若く見える。短く刈りこんだブロンドの直毛、彫刻を思わせる顔、冷たいブルーの瞳。片方の目はフランスでの戦闘で失ったため義眼だ。話すときにはほんものの目だけが動いた。盛りあがった胸の下で鼓動する心臓には、なんの感覚もないように思える。ぴっちりとした軍服と膝丈のブーツに身を包んだその姿は、プロイセンの戦士か、ナチスの宣伝ポスターのようだ。最後に、リヒャルト・グリムがここでも収容者頭を務めることを告げて、モルは立ち去った。

　通常、カポは収容者グループの監督役を務めるのだが、かといって安定的地位を保証されてい

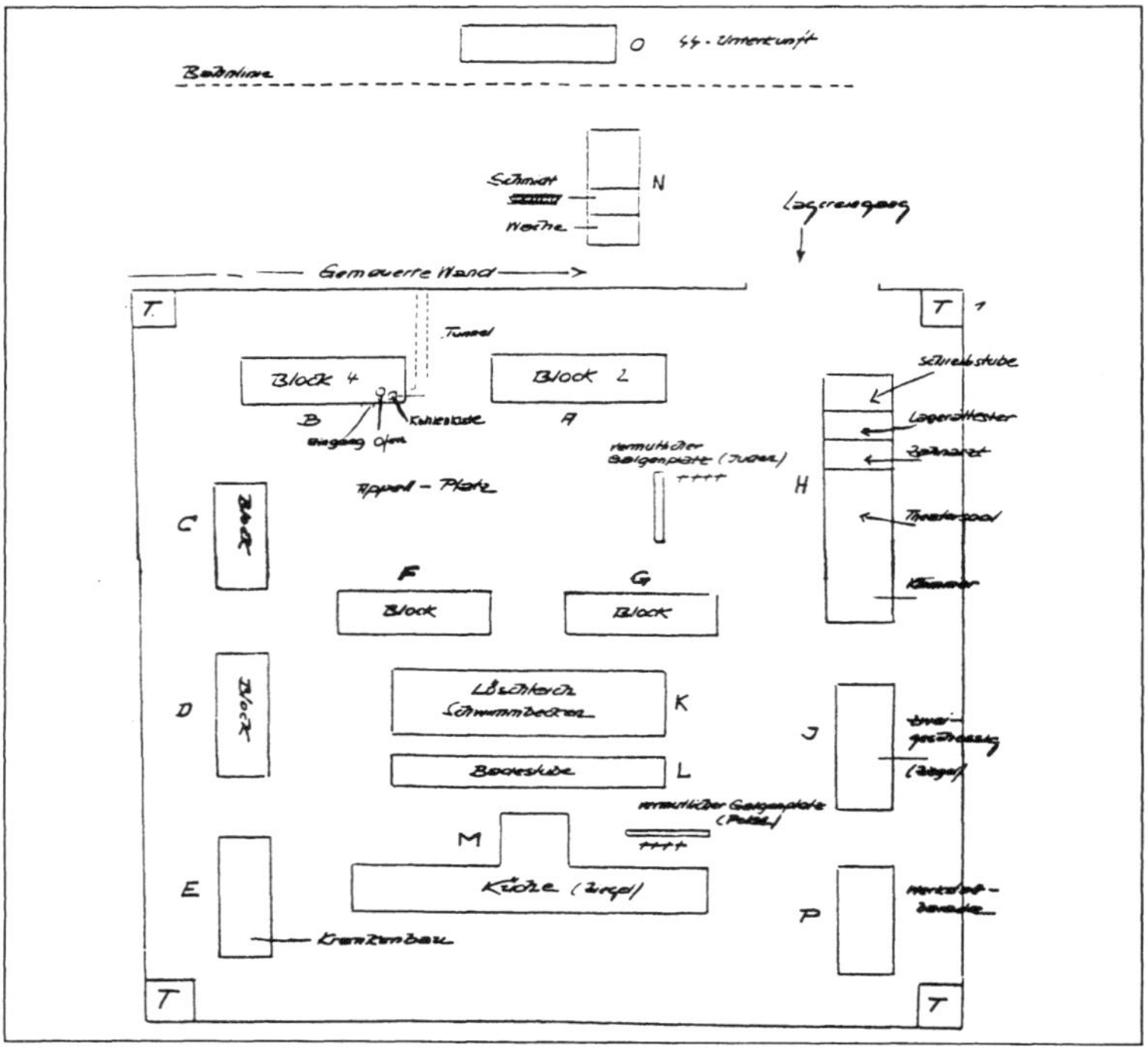

【図1】アウシュヴィッツⅢフュルステングルーベ収容所の見取り図

A-D, F, G　収容者用バラック

E　病棟

H　事務所、収容者頭の部屋、歯科診療室、映画館、懲罰室

J　銃殺場

K　火災用貯水場

L　シャワー室および洗面所

M　SSと収容者用の厨房。右側はポーランド人用絞首台

N　司令官および部下の居住棟

O　SS居住室と鉄道線路

P　収容者用作業場：大工、雑役夫、仕立屋、
靴職人、理容師のための作業場

T　SS看守の監視塔

ブロックAとBのあいだの破線は、カポたちが掘り、失敗に終わった脱走用トンネル。その右側はユダヤ人用絞首台

出典：元収容者頭ヘルマン・ヨゼフにより、1965年5月11日に描かれた見取り図

るわけではない。グーテンブルンでクルト・ゴルトベルクがそうだったように、収容者頭でさえ権力の座を追われることはある。ここにいるカポは、ミハエル、オーガスト、カール、ヘルマン、ヴィルヘルム、オルシェヴスキ、ヤコヴィッツなどだ。彼らは新参者のグリムが上に立つのをいやがっていたものの、最初はおとなしくしていた。グリムは彼らと静かに打ち合わせをしてから、わたしたちのほうに向きなおった。

「おれたちは、フュルステングルーベという炭鉱で働くことになる」と言って、グリムは背後のカポたちを指さした。「彼らが炭鉱への行き帰りを先導する。それから、各ブロックにはブロックカポもいる」。そのあと、グリムはシュタイネックで医務係をしていたゴルトシュタインを散髪係に任命した。そして靴修理係ふたりと仕立屋ふたり、大工六人を選んだ。大工はカポのヨゼフ・ヘルマンの監督下で、収容所の未完成部分を建設する。わたしたちの仲間には、グーテンブルンから一緒だったサイデルをはじめ医師が多くいたが、カポとともに姿をあらわしたルビチという新しい医師が、医務室を担当することになった。残りの者たちは三つのグループに分けられ、それぞれが八時間ずつ炭坑での労働にあたる。わたしたちのシフトは一番目の午前六時から午後二時までで、二番目は午後二時から一〇時まで。三番目が午後一〇時から朝の六時までだ。ここで生きのびたければ、第三帝国の兵器製造に貢献するしかないのだろう。

カポのヘルマンのワッペンは黄色い三角が重ならない赤の三角形で、これはユダヤ人以外の政治犯という意味だ。父とヨゼクとわたしが属するブロック4を担当するカポはナタン・グリーン。アウシュヴィッツでわたしが出会った唯一のユダヤ人犯罪者で、出身はカトヴィツェの近くだ。

どんな罪を犯したのかはわからない。背が高くほっそりしてハンサムだった。ほかのカポと同じようにきれいな囚人服を着ているので、ふつうの収容者とは見た目が違う。道徳とは無縁のこの世界では、犯罪者であることは不名誉ではない。彼らはナチスに命じられればなんでもするので、アウシュヴィッツでは重宝されていた。グリーンの収容者番号は七万番あたりで、つまりアウシュヴィッツに少なくとも一年半はいるということだ。彼のような社会のはみだし者に服従しなければならないのは、屈辱的だった。

グリーンの狡猾《こうかつ》そうな灰色の目は、なにごとも見逃さない。彼は日常的にわれわれの配給をかすめ取り、自分のものにしたり友人に与えたりしていた。最初、父とヨゼクとわたしは早番だったので、朝の五時に収容所を出た。早番がもっとも有利なのだが、残念なことにシフトは毎週替わる。遅番になると夜はほとんど眠れなかった。昼間は昼間でバラックでの生活があるからだ。

初めて仕事に出かける朝、まだ暗い時間にグリムと司令官モルが姿をあらわした。「出ろ《ラウス》、出ろ《ラウス》、全員出ろ《アレ・ラウス》。出発だ《アイントリーテン》。さあ早く《シュネル》！」とグリムが声を上げる。ナタン・グリーンも叫んだ。「全員起きろ《アレ・アウフシュテン》！」わたしたちは通常の食料と採掘作業用オーバーオールと前照灯を与えられた。五時半に伍長のファイファーがカポのミハエル・プカを従え、わたしたちを先導して収容所を出た。あとでわかったのだが、ドイツ人犯罪者のプカは冷酷なサディストだ。彼は最初にこの収容所へ来た一万五〇〇〇人のひとりで、すでに古株となり、特別待遇を謳歌《おうか》していた。身長は一メートル七〇ほどしかないが、カポのなかでもっとも恐ろしい存在だ。わたしたちに対しては罵倒語しか使わない。毒づくときはつねに歯をむきだしにする。「クソユダヤ人ども《シャイス・ユーデン》」というのが、ユダヤ人に対するこの男のもっとも控え目な言葉だ。つねに人を冷笑し、なにかにつけ相手を嘲《あざけ》った。

二〇〇人ほどがプカの監督下に置かれた。収容所を出て歩きはじめると、かたわらに墓地があった。墓石はしなびた雑草に覆われ、なかには倒れて土に埋もれているものもある。そこから二キロ半ほど歩くと、屋根の傾斜した小屋が見えてきた。最初は鉱山には見えなかったが、前照灯を付け、弁当箱を手にしたオーバーオール姿の男たちが何人か出てきたので、ここが作業場だとわかった。

戦前のポーランドでハルチェスカ鉱山として知られていたこの炭鉱は、その後二〇年以上、操業を停止していた。しかし、ゴム製造を主力とするドイツの企業I・G・ファルベンにとって、合成ゴムの製造には石炭が欠かせない。そこで、一九三九年にこの地域を占領したドイツは炭鉱を再開させ、フュルステングルーベと改名した。ここからほど近いグンターグルーベにも似たような歴史がある。その鉱山名は、I・G・ファルベンの現地支社長グンター・ファルケンハーンにちなんでつけられた。

ヨゼクと父とわたしを含む最初の三〇人が、手動の昇降機で炭坑へ降りていった。石炭の匂いがしてくる。採掘は重労働で、つねに危険と隣り合わせだ。ただ、危険と知ってはいても、どんな心がまえをすればいいのかわからない。仲間たちのだれひとり、炭坑を見たことも、なかに入ったこともないのだ。昇降機が止まってドアが開くと、石炭の強い匂いが鼻をついた。空気は薄く、炭塵《たんじん》がもうもうと舞って前がよく見えない。ほどなく目が慣れてくると、長い坑道と、その中央に敷かれた線路と荷車が見えた。ひとりの職長が父とわたしを、もうひとりがほかの者たちを先導して坑道を進んでいく。わたしと父は職長のあとから穴のなかに入った。そこには、数グラムから、大きいものでは一四キロほどもありそうな石炭の塊が置いてあった。なかには、まだ穴の壁に突き刺さったままのものもある。「この穴は昨日発破《はっぱ》をかけたばかりだ」職長はそう言って、シャベルとバケツを差しだした。わたしたちの仕事は、バケツに石炭を満載し、荷車に積みこむことだ。

穴は、父とわたしがぎりぎり入れるほどの大きさしかない。明かりは頭につけた前照灯だけだ。両膝をつき、頭を下げて作業を始める。石炭の匂いでめまいがした。正午になると、労働者ふたりが桶に入ったスープを運んできた。いつものカブと、運がよければジャガイモが入っている。その場でヨゼクと顔を合わせた。兄はあとふたりと一緒に満載された荷車を坑道の出口まで運んでいく係で、石炭はそこから貨車でさらに運ばれていくという。わたしたちは早くも疲れてぐったりし、煙突掃除人のように煤《すす》で真っ黒だった。炭塵が口のなかや鼻腔《びこう》に入りこみ、肌にもまとわりつく。二時に坑道を出ると、カポのプカとファイファー伍長が待っていた。帰り道、プカは「一、二、三」と声を上げて行進させ、収容所の近くまで来ると、これ見よがしに「着　帽《ミュッツェン・アウフ》！脱　帽《ミュッツェン・アップ》！」と叫んだ。その日、プカはファイファーに気に入られようとして、なんの理由もなく収容者のひとりを殴った。

一日にスープが一回、パンひとと切れとコーヒーが二回だけではとても栄養が足りず、わたしたちの健康状態はさらに悪化していった。ゾーシャやスターシャや、以前の収容所でよくしてくれた人たちは彼方に去り、つらい日々が続いた。一、二週間が過ぎたころ、重いシャベルの上げ下げで腕が痛むようになった。手で石炭を荷車まで持っていくのはさらに骨が折れ、わたしたちの手はタコができ、ひび割れてきた。炭塵は少しずつ皮膚に染みつき、無脂肪の石鹸では洗い落とせない。わたしの睫毛はマスカラを塗ったみたいだ。父もヨゼクも同じような状態だった。全員が黒い〝ムスリム〟になってしまう日もそう遠くはないように思えた。

ここの職長《シャハトマイスター》はほとんどがポーランド人だ。しかし、なかにはドイツ人やドイツ系住民もいた。任務についた当初はまともで礼儀正しかった彼らも、ときがたつにつれ、カポのやりかたを真似て罵倒したり殴ったりするようになった。どうやら上級曹長のモルは、収容者に身体的懲罰を与えるのは自分の特権だと思っているらしかった。だから、ほかの人間にその役を取られるのをいやがる。ある日、収容者のひとりが職長に殴られて働けなくなったことを知ったモルは、収容者を殴る代わりに違反行為を報告するよう職長たちに命じた。あるとき、収容者が手紙の投函を職長に頼んだ。これまで何度も投函してやっていたのだが、今回その職長はカポのプカに報告した。プカはそれをファイファーに報告し、ファイファーが帰り道にその収容者を罰した。それ以降、手紙を出そうとする者はいなくなった。

一九四三年の一二月上旬、その年初めての雪が降った。冬が近づいていた。寒さがきびしくなるにつれ、生きるつらさが増していく。一日に少なくともひとりは、作業場から自力で戻ってこられない者が出た。ある日、父はパンをひと切れ余計にもらうことができたので、息子たちにも分けようと夜まで取っておいた。グーテンブルンを出てから初めて食べ物を多めに口にしたその日は、わたしたち親子にとってひとときの慰めになった。

一日の作業が終わると、わたしは手をまっすぐ伸ばすこともできなくなった。指の関節は傷だらけで血がにじんでいる。その間にも、収容所の人数は増えていった。医務室の医師がふたり増員され、ついにサイデル医師も以前の仕事に戻ることになった。

ヨゼフ・ヘルマン率いる建設作業班はバラックを二棟増築し、医務室を拡張したほか、第七ブロックの一部を区分けして収容者の懲罰室に改装した。建築家であるヘルマンは、ユダヤ人収容者とはつねに距離を置いていた。とはいえ、ふつうのカポのようにはふるまわず、腕章もつけないことが多かった。やがてもうひとりの人物、事務係《ラーガーシュライバー》のヴィリー・エンゲルが収容所内で徐々に存在感を増してきた。ヴィリーは収容所の記録をつけ、SS隊員たちの郵便物を扱っていた。ヘルマンはニュルンベルク出身で、ヴィリーはプラハ出身だ。ヴィリーが一卵性双生児のきょうだいとここへ来たのは、ひと月前だ。ふたりは見分けがつかないほどよく似ていた。ヴィリーはプラハ大学で会計学の学位を取得し、弟のヴィキーは化学を専攻していたらしい。ヴィリーは頭脳明晰でものわかりがよく、ヴィキーのほうはいくぶんシニカルだった。わたしは両方と知り合いになり、好感を持った。郵便物はすべてヴィリーの仕事場である事務室に届くため、彼は収容者に関する情報に目を通すことができる。収容所の役職につく者はほとんどそうだが、彼も〝カポ用配給〟を受けとっていたので、炭鉱でわたしと同じシフトで働く弟に分け与えていた。

言うまでもないが、たとえカポがなにをしても、収容者は不満を漏らせない。だから、不真面目なカポは仕事をさぼりつづけてもおとがめなしだった。彼らは煙草やウォッカや本革の靴を手

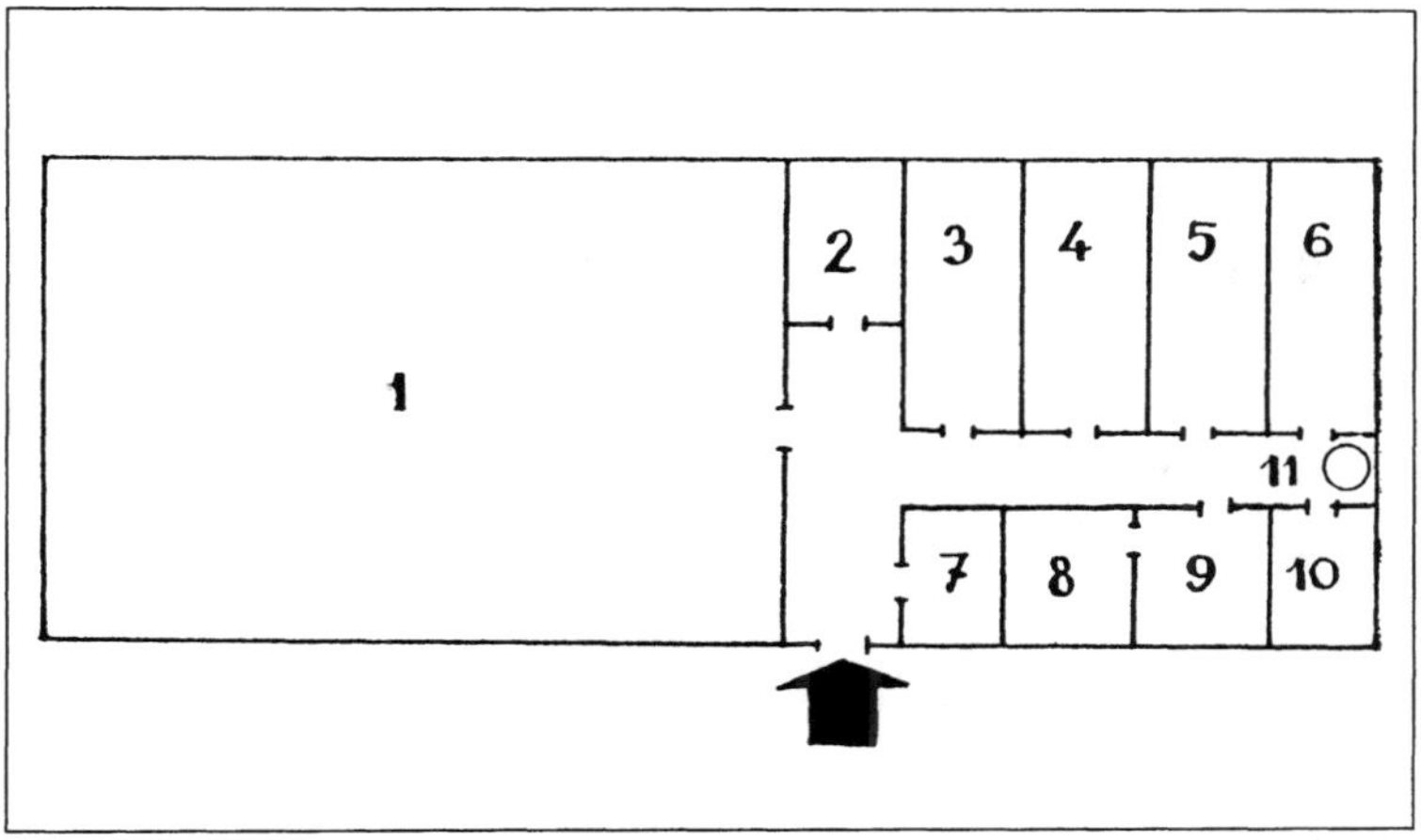

【図2】フェルステングルーベの病棟の見取り図

1　三段ベッドの置かれた大部屋
2　ルビチ医師と助手の居室
3　事務所
4　感染症患者用の病室
5　重症患者用の病室
6　食料貯蔵庫
7　ブロックカポおよび看護人用の居室
8-9　手術室
10　洗面所とトイレ
11　湯沸し用コンロ

ブロックカポはヨゼフ・ヨルコヴスキーというポーランド人。看護人は、ポーランド系ユダヤ人でヴロツワフ出身のヤブロンスキーと、ウッチ出身のタインタッシュ。歯科診療室を運営していたのは収容者番号141129のブロネク・ヤクボヴィッチ。
出典：1975年タデウシュ・イワシュコ画。『アウシュヴィッツの記録(*Hefte von Auschwitz 16*)』(Auschwitz:Verlag Staatliches Auschwitz-Museum,1978):41

に入れ、なかには家具やほんもののベッドまで備えた個室で暮らす者もいた。ブロックカポのミハエル・エッシュマンの部屋がいい例だ。四方の壁はすべて色が違い、青、赤紫、カナリア色、黄緑に塗られている。天井は紫で、床は光沢のあるピンク。その部屋はあまりに悪趣味で、忘れることができない。

シュレク・リプシッツというユダヤ人収容者は、電子機器の知識があったので、ときおりSSに頼まれてラジオを修理し、その際BBCのニュースを聞くことができた。怪しげな噂とは違って、断片的にもたらされるそのニュースは貴重だった。シュレクの話によると、このところ連合軍が攻撃を仕掛けているという。そうしたニュースを聞くたびに、連合軍の部隊が今にもここへやってきそうに思えた。ただし、ユダヤ人に対するナチスの憎悪が強いあまり、連合軍の攻撃はかえってわれわれの死を早めるのではないかという危惧もあった。ナチスが収容者を解放することなど、ありそうに思えないのだ。ある日、シュレクはSS隊員ふたりの会話を耳にとめてきた。ひとりのユダヤ人女性が、ガス室に入れられる前に看守を撃ったというのだ。その話は、あとでほかの収容者たちからも聞いた。

だれもがつねに飢えていた。わたしはときおり目を閉じ、食べ物を思い浮かべた。体力がなくなり、筋肉はごっそり落ちてしまった。毎日、次の日が来るのが怖かった。父もヨゼクも同じように弱っている。以前、父は九一キロもあったのに、今ではその半分しかない。わたしたちはいつまで持ちこたえられるのだろう。希望がどんどん遠のいていくように思えた。

第14章　アウシュヴィッツの歯科医

体を洗いにいくのはいつも消灯時間の間際にしていた。そうすれば、蛇口の取り合いをしなくてすむからだ。ある夜、服を脱いでいると、まったく偶然にリヒャルト・グリムがやってきた。グーテンブルンにいたとき、わたしたちは親しい間柄だった。歯の診療をしていたわたしのところに、彼は毎日立ち寄ってくれた。けれども、ここでは事情が違う。わたしのほうはみなと同じただの坑夫で、向こうは収容者頭だ。

グリムのほうに顔を向けると、相手は神妙な面持ちでこちらを見た。「実はきみを探していたんだ。上級曹長がこの収容所に歯科診療室を作りたがっている」。そして、グリムは案じるようにこう付け加えた。「それにしても、きみは〝ムスリム〟みたいじゃないか。歯医者をやれる体調ではなさそうだな」

グリムの言うとおりだ。それに、ここにはわたしより腕のいい歯科医が何人もいる。「リヒャルト」。値踏みするようにこちらを見ているグリムに、頼んでみた。「もし所長にチャンスをもらえるなら、必ず役に立ってみせるよ」。相手は確約こそしなかったものの、考え深げな視線でこちらをじっと見てから、頼んでみようと言ってくれた。

一二月の寒さがもっとも顕著に感じられるのは、朝の点呼のときだ。ある日、わたしたちのグループの人数確認が終了し、病人の数がモルに報告された直後、グリムが声を上げた。「グーテンブルンの歯医者！　今すぐ上級曹長のところへ！」

心臓が激しく鳴りはじめた。もしかしたらあの件かもしれないと思いながら、わたしは元気よくふたりのもとへ駆けだした。そんな力が残っていたとは自分でも意外だった。教えられたとおり、二メートル手前で止まると、あやうくつんのめりそうになった。「所長殿《ヘア・ハウプトシャーフューラー》、収容者《ヘフトリング》番号141129がご用命を承ります《141129メルデット・ジッヒ・ゲホーザムスト・ツゥ・イエレム・ベフィール》」

わたしはびくびくしていた。モルをこんなに間近で見たのは初めてだ。彼はこちらを品定めするように冷たく一瞥《いちべつ》した。モルが収容者に直接話しかけることはまずない。「立っていろ《ブライブン・ジー・シュティーン》」。わたしは収容者全員に見られて気まずい思いをしながら一歩進み、モルのかたわらに立った。作業仲間たちが全員その場を立ち去るまで二〇分かかった。グリムが進言する。「先日申し上げたとおり、この者はグーテンブルンで歯科医をしておりました、上級曹長殿」。その言葉をすぐそばで聞きながら、わたしはモルの反応をうかがった。すべての希望がモルの返事にかかっている。

「手を見せてみろ」とモルが命じた。わたしは手のひらを上にして両腕を伸ばした。「ひどいな！　こんな傷だらけの手でどうやって歯を治療するんだ。いいか、グリム！　手の傷が治るまでこいつを収容所で休ませろ」。信じられない思いでモルを見つめると、相手は片眼で見つめ返してきた。人間的でやさしささえ感じられるその言葉を、わたしは忘れることがないだろう。生きるのをあきらめかけていたまさにそのとき、わたしはこのナチに助けられたのだ。

グリムは門のところまでモルに同行し、戻ってくると、モルの言葉をわたしに伝えた。収容所の入口近く、事務所が集まる第七ブロックに歯科診療室を開設するよう命じたので、わたしの体調が整ったら知らせるようにということだった。さらに、わたしには食料を多めに与えてくれるという。その結果、父にも兄にも恩恵がおよぶことになった。その日から、多めにもらったぶんをふたりに分けることができたのだ。おかげでわたしの体調はたちまち回復に向かい、手の傷も癒《い》えていった。

働かずにいる収容者はカポの注意を引き、怒りを買う。司令官がなんと命じようと、働かない者に対してカポは容赦しない。わたしは収容所の掟を思い出した。「死なないためには働いているのがいちばん」。せっかくのチャンスを失いたくなくて、わたしはグーテンブルンにいたときのように、みずから申し出て医務室で働くことにした。そこには寝台が六〇床備えられていた。

カポ頭のヨゼフ・ヘルマンに初めて会ったのは、彼が歯科診療室を建設しはじめたときだ。ヘルマンはわたしの診療用作業台と待合室の長椅子も作ってくれた。医務室と歯科診療室を監督するのは、最低限の応急処置法を習得した衛生担当下士官《サニテーツディーンスト・ゲフライター》（略してＳＤＧ）のアドルフ・フォークトだ。彼は位の低い武装親衛隊員で、親衛隊の階級は伍長。立場上、みずからの仕事に自己矛盾を感じていたフォークトは、医務室に顔を出すと、部屋のなかを見まわすだけで去っていった。

どれほどつらく卑しい作業であっても、収容者は所内の仕事に就けるかどうかで生死が左右される。だから、たとえナチスを助けることになろうと、だれもが所内の仕事にありつこうとするのだ。さいわい、歯科医にはそうしたジレンマは生じない。

ヨゼフ・ヘルマンはわずか数日で歯科診療室を完成させた。わたしはセーターと本革の靴など、上質な衣類を与えられ、作業班の仲間とは見た目でも一線を画すようになった。厨房で食料を余計にもらえる特権も続いている。もはやもの言わぬ収容者ではなく、カポや職長を恐れる必要もない。ブカでさえわたしを見る目が変わった。ただ、診療室の準備はできたものの、治療道具はまだなにもなかった。モルはわたしが直接声をかけて依頼できる相手ではない。そこで、グリムに口添えを頼むと、治療道具は翌日届くと返事をくれた。翌日の午後二時半ごろ、輸送トラックを従えて、モルがオートバイで収容所に入ってきた。運転手のSS隊員に、わたしを手伝ってトラックから荷物を下ろすよう命じている。そこにあらわれたものを見て、わたしは自分の目を疑った。最新の歯科用機器や治療道具や備品だけでなく、歯科技工設備がまるまる運ばれてきたのだ。

炭鉱から戻ってきた兄の手を借りて、治療用電動椅子を組み立て、そこに切削《せっさく》用ドリルと照明器具を取りつけて完成させた。治療道具のなかには新品らしきものも見られた。備品には、局所麻酔薬ノボカインのアンプル数本のほか、テキストや治療マニュアルや、〈ヴウォジミエシュ・カミンスキ博士〉の名が入った患者予約帳まであった。わたしはすぐさまマニュアルを読みはじめた。あとでグリムから聞いたところによると、モルはソスノヴィエツという近くの街まで行き、ポーランド人の歯科医から機器を押収してきたのだという。

次の日、点呼の際にグリムが歯科診療室の開設をみなに伝えた。「ただし、仕事をさぼって治療に行くことはできない」

わたしの役目はおもに歯を抜くことだ。ノボカインの量に余裕がないため、二ccのアンプルを節約して、二本以上の抜歯に分けて使う。むし歯の穴への詰め物には、リン酸セメントなどを使用した。収容者たちをもっとも悩ませるのは歯肉からの出血で、これはビタミン不足や歯ブラシと歯磨剤がないことが原因だった。歯肉にヨードチンキを塗っても、一時しのぎにしかならない。

歯科診療室の隣はヴィリー・エンゲルの事務室だ。反対隣は懲罰室になっていて、診療室とのあいだには薄いベニヤ板一枚しかないため、収容者が残忍な仕打ちを受けているときは悲鳴が聞こえてくる。数日後、ヴィリーから聞いたところによると、フュルステングルーベでも絞首刑が行なわれる予定らしい。もうこれ以上、絞首刑は見たくなかった。すでに何回も目にしてきたが、何度見せられても、体じゅうが麻痺するような感覚は変わらない。SSがアウシュヴィッツでわれわれを殺す方法はほかにもたくさんあるはずだ。

一九四三年一二月の終わり、ナチスの敗色が濃いことはすでに明確だった。敗戦となれば、収容者に対する扱いも変わるのではないかとだれもが期待した。ある日、昼間のシフトの作業員たちが戻ってくると、バラックへは向かわず、絞首台のある場所へ行進させられた。そのあと、拡声器からの命令で、収容者全員が外へ出された。しばらくすると、四、五人の収容者が中庭に連れてこられた。彼らは魂を抜かれたようにぼんやりしている。「収容者番号〇〇番を、第三帝国に対する妨害行為の罪により絞首刑に処す」とゲシュタポが宣告した。具体的にどんな妨害行為をしたのかは明らかにされない。というのも、この宣告文はあらゆる絞首刑の前に慣例として読みあげられるだけだからだ。罪状も曖昧なまま人を殺すのは、彼らの極悪な行為のなかでも、とりわけ人をばかにしたやりかたに思えた。

足の下から椅子が引かれると、刑を言い渡された者たちは息を吸おうとあえぎながら、窒息していった。舌が口の脇にだらりと垂れさがり、目は見開かれているものの焦点が合っていない。フェルステングルーベでの絞首刑はこれが最初だったが、今後さらに行なわれるのではないかとだれもが怯えた。命令に従って、収容者たちは絞首台のまわりを取り囲んだ。医師のルビチとサイデル、そして看護人のフェリックスとわたしが指示を受け、死体を死体置き場《ライヒェンツィマー》へと運んだ。顔は腫れあがっているが、体はまだ温かい。わたしたちは嫌悪感と格闘しながら、葬列のように死体を運んでいった。その夜、処刑された者たちの声が耳をかすめたような気がした。もしかしたら、この世に戻ってきたのだろうか。

歯科診療室は収容所の入口に近かったので、衛生担当下士官のフォークトは門を入ってくるといちばんにここを視察した。「伍長殿、収容者番号１４１１２９がご用命を承ります」と挨拶すると、いつも「しっかりやってくれ《ヴァイター・マッヘン》」と返ってくる。一〇〇〇年続くという第三帝国をフォークトがいまだに信じていたとしても、彼はそれをおもてにはあらわさない。ここへやって来て自分の役割を演じてみせるのは、おそらく戦闘行為よりはましだからだろう。彼は形式的なことを好まないようだった。それでも、こちらはこちらで自分の役割を演じる義務がある。フォークトの許可を得て、わたしは診療室に寝台を設置し、夜はそこで寝ることにした。もはや毎日の点呼に並ぶ必要もなくなった。

ところが、フォークトの不熱心ぶりが徐々にモルにも伝わったらしく、その役割はグンター・

ハインツが取って代わることになった。フォークトがみずからの任務を適当にこなしていたのに対して、ハインツのほうは異常な熱意に駆られていた。怒りを抑えられない性質らしく、ユダヤ人への憎悪もすさまじい。年齢は二三くらいで、髪は赤みがかった直毛、目はかなりの内斜視《ないしゃし》だ。髪の生え際から左のこめかみにかけて、大きな傷痕が見えた。ハインツが傲慢な男であることは、わたしにもすぐわかった。

歯科診療室に初めて入ってきたとき、ハインツはこちらにひややかな視線を向け、そのせいで顔がますますゆがんで見えた。わたしが技工作業を続けていると、彼は頭を傾けてこちらの一挙手一投足に文句をつけはじめた。わたしがなにか言うと、言葉尻をつかまえてあげつらう。ハインツがようやく立ち去ったとき、わたしは不安になった。ヴィリー・エンゲルによると、ハインツは東部戦線で頭に重傷を負い、手術で回復したあと、この収容所の衛生担当下士官に任命されたという。翌日も、ハインツは歯科診療室を視察しにきた。少しでも整頓ができていないと叱られるのはわかっていたので、すべてをあるべき場所に収めておいた。ハインツはドアを開け、頭をかしげてこちらに目を向けた。そして、白い手袋をはめた手でドアフレームのてっぺんをなぞり、「汚れているな」と言った。なんでもいいからわたしを罰する理由を探していたのだ。彼は罰と称してわたしを椅子の上に立たせ、膝を深く曲げ伸ばしさせて数を数えた。ときおり、いちばんつらい態勢で止まらせ、そのあいだにユダヤ人に対するありとあらゆる誹謗中傷を口にした。「なぜユダヤ人が罰せられるかわかるか？　この戦争を引き起こしたからだ」。わたしはなにも答えなかった。言い返してもなんの得にもならない。いつかは終わると思って、ともかく喋りたいだけ喋らせるしかない。三〇分後、ぐったりしたわたしを見て彼は出ていった。ハインツは悪夢のようにわたしに取り憑《と》《つ》いた。朝目覚めるたびに、今日もまた同じことが起きるのだと考えてしまう。ときには、早くハインツがあらわれて早く終わってくれと思うことさえあった。来る日も来る日も懲罰が続くので、なんとかして身を隠したいと願ったほどだ。ある日、午前中にこの試練を終えていたのに、ハインツは午後にふたたび姿をあらわし、同じ罰をふたたび強要した。彼がそばに坐り、リズミカルに手を叩く。しばらくするとわたしは疲労困憊し、相手の声しか聞こえなくなった。「アップ、ダウン……」。わたしの動作が少しずつ緩慢になっていき、これ以上は無理だと訴えると、彼はこう言った。「おまえはここで恵まれすぎている。おれはユダヤ人の匂いには耐えられないんだ」。そして部屋を出ていった。わたしは力を使いはたし、椅子にくずおれた。

ある日の午後遅く、輸送車が到着し、SSの下士官が診療室にやってきた。それがだれなのかはわからなかった。「おまえが歯医者か?」

「そうです。上級曹長殿」

その男はなにも言わずに、まず部屋のなかを見まわした。設備に満足しているようすだ。「わたしは歯科医のケーニッヒだ。今後、ここのSS仲間《マンシャフト》を診察しにくる」彼ははきはきとした口調でそう言い、週間報告を作成しておくよう指示した。そして、ここのSS隊員たちには、自分が毎週火曜日の四時から六時のあいだに診察を行なうことを伝えておいた、と言い添えた。最後に、診療室でなにか必要なものはあるかと訊かれ、わたしはこう答えた。「どんな形状でもいいので、ビタミンCとノボカインをお願いします、上級曹長殿」

週日はほとんどの収容者が作業に出向き、歯科診療は受けにこられないため、わたしは病棟のほうで働いていた。そんなある日、お抱え運転手つきの黒いメルセデスが到着し、SSの高官四人が病棟に入ってきた。そのひとりは見覚えがあった。記章を見れば、四人とも医師だとわかる。ルビチ医師がいつものように患者の人数を告げ、「すべて問題ありません」と伝えた。四人はなにやら話しあったあと、気をつけの姿勢で立っているサイデル医師、フェリックス、ボリス、わたしの前を通った。そして病室に入っていき、入院患者たちに目を向けて、彼らはなんの病気なのかとルビチに尋ねた。会話のなかでルビチが医師のひとりをメンゲレと呼んだ。そのとたん、わたしは思い出した。彼を見たのは、忘れもしないあの選別の朝だ。冷ややかで無関心なそのようすは見まがいようがない。ルビチは基幹収容所で働いていたときからメンゲレを知っているらしいが、メンゲレのほうはルビチなど知りもしないふうを装っていた。ルビチはあとの医師三人のうちふたり、フィッシャーとシュバルツも知っているようだ。寝たきりの患者たちのそばを通りながら、メンゲレはそれぞれの病名をルビチに確認した。ルビチはひとりひとりの症状を簡単に説明してから、あとどれくらいで仕事に戻れるか、見立てを伝えた。けれども、メンゲレはみずからの判断で患者を選びだし、その収容者番号を控えるよう命じた。結局、そのとき入院していた六〇人のうち二二人がリストアップされた。彼らはここを出てアウシュヴィッツ第二強制収容所ビルケナウに移送されることになる。ルビチは何人かを助けようとしたが、その願いは聞き入れられなかった。リストに載ることは死の宣告を意味する。選ばれた者たちはみずからの行く末を知っていた。そのひとりは、「どこへ行くかはわかってるさ」とつぶやき、指を天に向けて回してみせた。次の日、彼らは確実なる死へと送り出されていった。このときから、収容所での選別が始まり、医師たちは毎週来るようになった。メンゲレはよくほかの医師たちを連れてきた。同行回数がもっとも多かったのはフィッシャーで、そのうち彼はひとりで来るようになり、最後にはメンゲレの役目を引きついだ。彼らは人の命を葬るだけのためにここへ来る。「患者の害になることはしない」という〝ヒポクラテスの誓い〟など、ドイツ人医師にとってはしょせん偽善にすぎない。

　その間にも、連合軍は徐々に勝利を収めつつあった。ドイツ軍はソ連領から駆逐されたあと、イギリス軍とアメリカ軍によって北アフリカからも撤退を余儀なくされた。わたしたちは、希望をもたらしてくれそうなあらゆるニュースに飛びついた。ここまで生きのびたからには、今は夜が明ける直前の暗がりなのだと思いたい。ニュースによれば、戦争はまもなく終結するという。しかし、それだけではなんの意味もない。ドイツ兵たちはいまもって無敵を自任し、ユダヤ人に対する残虐行為を続けていた。ある日、収容者のひとりが銃で撃たれ、担架で収容所に戻ってきた。すると、伍長のマックス・シュミットが担架を覗きこみ、「こいつはもう死んでる《エス・イス・フォーバイ》」と言って銃弾を頭に二発撃ちこんだ。そして、死体置き場に運ばせた。あとでほかの収容者から聞いたところによると、担架の男は列を離れたため、看守に胸を撃たれたのだという。助ける手立てがほとんどなかったのは事実かもしれないが、少なくともシュミットは医務室に運ばせて医師の判断を仰ぐべきだったろう。ふだんは温厚なシュミットが人を殺すところを見たのは、そのときが初めてだった。要するに、どのドイツ兵にとっても、ユダヤ人の命など毛ほどの重みもないということだ。マックス・シュミットはほかのＳＳ隊員とは違い、典型的なナチではなかった。おそらく、ヒトラーの繰り言など真剣に受けとめてはいなかったに違いない。とはいえ、悪魔には多くの顔があるものだ。

別の日、ケーニッヒが診療室に来て、あるＳＳ隊員のブリッジを交換するため、歯型を取っていた。ここには、新しいブリッジを作るだけの金《きん》があるか、と尋ねられ、わたしはびっくりした。いったいどうやって金を手に入れるというのか。ありません、と答えた。

「死んだ者から取ってきたらどうかね。そうしないと、大量の金が無駄になってしまう」

わたしはぎょっとして相手を見た。「そんな！　上級曹長殿」

「なぜそうしないんだ？」。わけがわからないといった表情だ。

「そんなやりかたは知りませんでした。だれにも命じられたことがありませんので」と弁明した。

「それなら、今後は死体を基幹収容所へ運ぶ前に、金をすべて取っておくように」

背筋がぞっとした。どんな人間であれ、そこまで卑しい行為ができるとは思えない。人を殺すだけでもじゅうぶん恐ろしいのに、死体から歯を抜いてくるとは、胸が悪くなりそうだ。そんなことが自分にできるとは考えられなかった。それでもやるしかない。ほかに選択肢はないのだ。

「承知しました《ヤヴォール》。上級曹長殿」。嫌悪感と恐怖心が湧きあがってきた。

どれほど気味が悪くおぞましい行為であろうと、ケーニッヒを除けばわたしがフュルステングルーベで唯一の歯科医である以上、やるしかない。収容所生活を始めて以来、これは格別につらい作業だった。あのとき、もし命令にそむいていたらわが身はどうなっただろう、とのちのち何度も考えたし、その疑問とはずっと格闘しつづけてきた。死体置き場へ初めて金を取りにいったわたしは、死人には痛みはないのだから、と自分に言い聞かせた。しかし、わたし自身には痛みがあった。

何度か死体置き場の前まで出向いたものの、毎回、拒絶感に襲われた。気分の悪さをこらえながらドアを開けてみると、そこは縦二メートル半、横三メートルほどの小さな部屋だった。なかに入ると、まず死臭が鼻をつき、思わず体がぞくりとした。コンクリートの床に、骨と皮ばかりになった死体が積みあがっている。体はグロテスクにゆがみ、その顔には、なぜ自分が死ななければならないのかわからない、と言いたげな驚愕の表情があらわれていた。砕かれた心と圧《お》しつぶされた魂の叫びが聞こえてくる。なかには、服を着たままの死体もあった。死体はもはやただの肉体で人間ではないのだ、と思いこもうとする。しかしどんなに頑張っても、どれほど気にしないふりをしても、体が震えた。さまざまな感情が押しよせて気分が悪くなり、なすべき仕事を始めることができない。しかたなく外に出て、建物のまわりを何周か歩いた。戻ってくると、勇気を振りしぼって中年男性の死体に近寄った。半開きの目がこちらを見上げている。まるで、これからしようとしている非道な行為を責めるかのように。口をこじ開けようとすると、その肌は氷のように冷たかった。力をこめてやっとのことで押し開けたとき、顎の骨が砕ける鋭い音がして、わたしは恐怖におののいた。そして、口をさらに開けると、軋むような音がした。もしかしたら、「やめろ!」と訴えているのかもしれない。今にも死体が起きあがって抵抗しそうに思えた。

その後、死体から金歯を抜くたびに、本人はどれほど衝撃を受けているだろうと考えざるをえなかった。こんな行為はなんでもないことなのだと、ときおり自分に言い聞かせ、そう思いこむ必要があった。わたしは、この不快な作業に用いる器具を、赤い道具箱に入れておいた。なぜ箱を赤く塗ったのかはわからない。それを持って死体置き場に向かうわたしを目にした収容者は、そこでなにが行なわれているかを知っていたが、それを異常とは思っていなかった。わたしからはなにも話していないのに、父も兄もわたしがしていることを知っていた。やがて、ＳＳ隊員たちのブリッジや冠（かぶせもの）に使えるだけの金が採取できた。わたし自身は使わなかったその金を、ケーニッヒは基幹収容所に持ち帰った。

突如として、軍医たちも前線に赴くことになり、ケーニッヒからはフュルステングルーベに来るのはこれが最後だと聞かされた。立ち去るにあたって、彼はＳＳ隊員の歯の治療をわたしに命じた。外の世界では、ユダヤ人歯科医がドイツ人の治療をするのは許されていないことを考えると、いかにも皮肉な命令だ。治療を受けにくる看守たちはみな態度をやわらげ、たいていはパンやソーセージや煙草を持ってきて、だれにも言うなよと釘を刺した。もちろん、こちらからなにかを要求したことはない。彼らにもらった食料のおかげで、父や兄や多くの収容者を助けることができた。

ケーニッヒが去ってから数週間後、別の歯科医が診療室にやってきた。年のころ四〇代半ばのシャッツは温厚で気さくな人柄で、わずかに背中が丸まっていた。収容所で決められた口上をわたしが述べはじめると、そんな挨拶は自分には必要ないと彼は言った。わたしが看守たちを診察していることにも口をはさまなかった。ところが、あるとき彼はひどく憤慨して診療室に入ってきた。制帽をいらだたしげに椅子に投げ、手をうしろで組んで、つかつかと歩いてくる。「連中がわたしになにをさせたかわかるか?」。動揺したようすで、シャッツはわたしをまっすぐに見据えた。

わたしは答える立場にはないが、相手がじっと答えを待っているので、好奇心からというより礼儀を重んじてこう応じた。「なんですか? 上級曹長殿」

シャッツは、乗ってきた輸送車のキーを差しだした。「行って計器盤を見てみるといい。そうすれば意味がわかる」。車はドアから数歩のところに停めてあった。わたしはキーを持って外に出た。運転席側のドアを開け、計器盤に目をやると、チョーク〔エンジンの空気調節装置〕、ライト、ワイパー、ヒーターなど通常のレバーが並んでいる。ふと下のほうを見ると、″ガス″と書かれた白いレバーがあった。その下には〈注意《アハトゥング》、走行中のみ使用のこと《ヌア・イム・ベトリーベ・ゲブラウヘン》〉という注意書き。これで意味がわかった。

体じゅうに衝撃が走った。目を閉じ、後ずさりする。母と姉の魂がここにあるのだ。このような忌まわしい車の存在は知っていたが、一見ごくありきたりのその車体を実際に見てしまうと、改めて耐えがたい痛みに襲われた。これこそ、もっとも非人間的で異常な犯罪の証拠だ。わたしは二重に深い傷を負ったように感じて、落ち着きを取り戻すまでしばらくその場に立ちすくんでいた。もしかしたら、このときのショックこそ本書の核心といってもいいかもしれない。

部屋に戻ったとき、わたしは激しい怒りをおもてにあらわすまいとした。シャッツの意図がわかったことを伝えないほうがいいと思ったのだ。彼が見せた嫌悪感は事実だとしても、あからさまに共感を示すのは、自分の気持ちが許さなかった。「上級曹長殿、おっしゃる意味がわかりません」

「レバーの下に、〈ガス：走行中のみ使用のこと〉という注意書きがあったのを見なかったのか？」

見たが意味はわからなかった、とわたしは言い張った。本人の口から言わせたかったのだ。「そのレバーは見ましたが、手動アクセルだと思いました」

「連中がきみたちになにをしているか知らないのか？」。こちらの答えを待たず、シャッツは詳しく説明しはじめた。「あのレバーを引いて、われわれはユダヤ人を殺しているんだ！　レバーを引くと、排気ガスが荷台のほうに流れるようになっている。そして一酸化炭素で全員が死ぬ。実行に移すのは、命令を受けたわれわれ医師だ」。その顔には苦渋の表情があらわれていた。鬱《うっ》積《せき》した感情を吐きだす言葉に、怒りと不快感がこもる。彼は、これまで多くのユダヤ人が、まさにこの車で犠牲になってきたのだと語った。

しばらくわたしはなにも答えずにいた。しかし、うんざりしたように頭を振る相手をじっと見ているうちに、シャッツの前任者から受けた命令のことを話してみる気になった。死体から金歯を抜く行為を伝えれば、この男ならもしかしたらやめるよう言ってくれるかもしれない。ところが、返ってきたのはこんな答えだった。「ビルケナウで毎日、カナダ［収容者たちの持ち物を押収する係］が集めてくる金や銀の量は相当なものだぞ。あそこじゃ、一〇〇人ほどの収容者が、ガス室から運びだした死体の金歯を抜くんだ」

ＳＳの軍医がこれほどざっくばらんに自分たちの犯罪を口にするとは、驚きだった。総統を非難しつづけるシャッツの言葉を聞きながら、わたしはなんの意見もないふりをしていたが、ほんとうは訊きたいことが山ほどあった。どうしても理解できないのは、彼ほど温厚そうな人間がなぜナチスに服従するのかということだ。ほんとうは、こんなふうに訊いてみたかった。「シャッツ先生、ただ人種が違うというだけで、人間の尊厳を蹂躙《じゅうりん》してよいのでしょうか。おそらく彼らのなかには、ご自身の友人や隣人もいらしたはずです。自国民の利益のためなら、ひとつの民族を絶滅させてもよいのでしょうか。戦争に勝っているあいだは、こうしたことをすべて黙認なさっていたのですか？　先生が信頼なさっていたのは不道徳な人物だとお知りになるべきでした。最初は、ヒトラーの考えを容認なさっていたのですか？　いつかはそのつけを払うことになるとお思いにならなかったのですか？」

シャッツはナチスの所業を率直に語ったり、総統を非難したりはしたものの、いまだにＳＳ隊員という不名誉に甘んじていることに変わりはない。それでも、わたしはシャッツの言葉に好感を持ち、週に一度の来訪が楽しみになった。その日以来、彼はわたしを対等な相手のごとく扱ってくれるようになった。もしかしたら、シャッツのような人たちが集まれば、ナチ政権を倒せたのではないか。そんなふうに思ったことが何度もあるが、現実はそうはならず、ヒトラーが内部の人間に倒されることはなかった。ヒトラーがなにをしようと、ドイツ国民は彼を支持しつづけ、戦況が不利になったあとでもそれは変わらなかったのだ。

衛生担当下士官からいじめられていることをシャッツに伝えようかと思ったが、伝えても、彼にはどうしようもないだろう。ある日、シャッツは自分の診察予約にSS隊員を入れないようわたしに指示し、「あの連中には会いたくないんでね」と言って部屋を出ていった。そのときから、シャッツはごくたまにしかフュルステングルーベに姿をあらわさなくなった。

ある日、上級曹長のモルが診療室にやってきて、シャッツはいつ戻ってくるのかと尋ねた。シャッツ医師はたまに立ち寄るだけなので、看守の歯の治療もわたしが担当していると答えた。相手がどう反応するかひやひやしたが、意外なことに、近いうちにまた来るとモルは答えた。「歯を診てもらったほうがいいようなのでね」。モルも、ユダヤ人収容者に治療されるのをいやがってはいない。その後何日か、モルは診療室の前を四、五回行ったり来たりしていた。たぶん、なかなか決心がつかなかったのだろう。けれども、ある日の午後、背後からモルの靴音が聞こえてきて、見るとそこに彼が立っていた。診察椅子に座っていた収容者が飛びあがり、モルの横をすり抜けて部屋から出ていった。

「上級曹長殿、収容者番号141129がご用命を承ります」

「歯をちょっと診てもらえるだろうか。むし歯ができて穴が開いているようなのだ」

「どうぞ椅子におかけください、上級曹長殿」。わたしは診察椅子を指し示した。

モルはベルトをはずして制帽を脱ぎ、その両方を長椅子に置いた。制帽につけられた〝交差する骨の上に髑髏〟の記章がこちらをにらんでいる。回りこんでモルの義眼の側に立つと、彼は拳銃に手を伸ばしてわたしの胸を狙い、「妙な真似をするんじゃないぞ」と冗談交じりに釘を刺した。

胸の鼓動が激しくなる。モルが癇癪《かんしゃく》持ちだと知っているだけに、気が気ではなかった。

「上級曹長殿」。わたしは拳銃など意に介さないそぶりで言った。「ご心配にはおよびません。ただ、その拳銃は診察の邪魔になります」。モルは苦笑いして拳銃をホルスターに戻した。診察してみると、右上の臼歯の舌側がかなりひどいむし歯になっている。ただ、穴はそれほど深くない。病変部分の象牙質を削ってから、穴を洗浄してリン酸セメントを詰めた。治療が終わるころには、すでにモルの気分は落ち着いていた。その日、わたしはオットー・モルの別の一面を知ったが、残念ながら、彼がその一面を見せることはめったになかった。「聞いた話だが、きみの父親と兄もここにいるそうだな」

「そのとおりです、上級曹長殿」

「なぜそれを言わなかった？　ふたりはどこで働いているのかね」

「父はカポのヘルマンの監督のもと建設現場で、兄は炭鉱で働いております」と答え、こう付け加えた。「上級曹長殿、ここには親子がほかにもたくさんいますので、あえて申しあげることではないと思いました」

父親は何歳なのかとモルが尋ねた。

「四九歳であります、上級曹長殿」

「建設現場は体にこたえるのではないか？　収容所内でもっと楽な仕事をさせたらどうだ？　どこで働くのがいいと思うかね」

「家族が暮らしていたわが家です」という答えがとっさに浮かんだが、もちろんそんなことは口にしなかった。この男はどこまでもわたしを驚かせる。ふだんは冷酷なオットー・モルからこんな言葉を聞くとは。わたしは彼の目をじっと見た。これは単なる提案なのか。いや、おそらく歯の治療をした見返りだろう。父にどんな仕事が向いているか、ちょっと考えてからふと思いついた。そうだ、バラックの部屋係《シュトゥーベンディーンスト》がいい。「父には部屋係がぴったりです、上級曹長殿」と力強く答えた。

「いいだろう。それで決まりだ。部屋係の仕事をさせるよう、グリムに伝えなさい。それから、兄のほうは病棟で働くといい」そう言うと、モルはベルトを締め、制帽をかぶって部屋を出ていった。

この二か月間、父の仕事を楽にさせる方法がないか、ずっと考えていた。ただ、ここでは助けを求めるとたいていは反対の結果になる。仕事をさぼろうとしているとみなされるからだ。モルとのやりとりをグリムに伝えると、父はナタン・グリーンの取り仕切るブロックに割り当てられた。わたしたち三人が最初に寝起きしていたブロックだ。兄のほうは病棟で働くことになった。ルビチ医師はつねに病棟の人手を求めていたため、兄の働きぶりをありがたがった。兄は一九四五年にわたしたち収容者がフュルステングルーベを引き払うときまで、ここで働いた。

一九四三年の終わりまでに、さらに多くの人たちがオランダやベルギーやモロッコやノルウェーから移送されてきた。ドイツ語かイディッシュ語が話せるか少なくとも理解できる者は、ドイツ語でのカポの命令に従うことができる。コペルマンという名の一四歳のオランダ人少年が話してくれたところによると、彼は家族とともにアントワープで逮捕されたらしい。ユダヤ人スパイが通りをうろついて、ユダヤ人を見つけてはナチスに密告していたのだ。家族は、ポーランドに再定住すると教えられた。選別の際、そばかす顔を気に入られたコペルマンは、家族と引き離されてフュルステングルーベに移送されたという。彼と一緒に来た者たちはほとんどがまもなく〝ムスリム〟になってしまったが、コペルマンは元気だった。

フュルステングルーベには、さまざまな国から来たユダヤ人がいた。フランスのユダヤ人はベルギーのユダヤ人を嫌い、ベルギーのユダヤ人はオランダのユダヤ人を嫌い、オランダのユダヤ人はドイツのユダヤ人を嫌い、ポーランドのユダヤ人は全員から嫌われていた。ロシアのユダヤ人は存在すら認めてもらえない。そして、運命をともにするユダヤ人と非ユダヤ人のあいだに、協力が生まれることはいっさいなかった。

フュルステングルーベの管理者たちにとってなににも増して重要なのは、石炭を採掘し、ブーナに届けることだ。届けられた石炭は、ブーナで合成ゴムの製造に使われる。生産量を増大するため、統括収容所であるブーナから専門知識を持った収容者が送りこまれ、SS隊員の数も増えた。SSの看守のひとりが、その任に就いた経緯を教えてくれた。話によると、本人はそれまで陸軍にいたのだが、ある日、自分の身分証明書が武装親衛隊員のものと入れ替えられており、この収容所へ送られたのだという。

ボリスという名のロシア人の元捕虜と親しくなったわたしは、あるとき脱走の計画を聞かされた。やめておくよう忠告したが、本人は確実な逃走経路を見つけるからと言い張った。そしてある日曜日の午後、彼は看守が気を抜く収容者の休息時間を見計らって、塀をよじ登り、反対側に飛び降りた。そのあとすぐサイレンが鳴り、中庭にボリスの死体が見せしめとして横たえられた。

一九四三年のクリスマスの夜、ホイッスルの音でわたしは目覚めた。窓から外を見ると、収容者たちがバラックから急ぎ足で中庭に集まっている。中央には、所長のモルと伍長のシュミット、ファイファー、シュヴィントニー、それに部屋頭とカポ全員が立っていた。最近降った雪が、暗い中庭を照らしだす。初めに、ブロックカポが収容者を点呼した。そして全員をブロックに戻させた直後、ふたたび建物から追い立てた。

その意味がわたしにはわからなかった。すると、なんの前ぶれもなくモルが建物に走りこんで、そこから収容者たちを撃ちはじめた。散弾銃の連続音が三回聞こえてきて、大きな残響があたりに漂った。わたしは自分が撃たれたかのように、腹部に強い痛みを覚えた。外は騒然としている。収容者たちはバラックに逃げ戻ってきた。あとには何体かの死体と血の飛び散った雪。負傷者のひとりが起きあがろうとして、よろめき倒れた。ほかの負傷者たちは助けを求めている。背筋の凍るその場面は、まるで死者たちのダンスのように見えた。

その夜わたしが目撃した光景は、これまで目にしてきたどれほど悲惨な場面をもしのぐものだった。もはやそれ以上見ていることには耐えられず、今にも気が変になりそうだった。おそらく、父か兄があのなかにいたに違いない。わたしは両手で目を覆った。そして、仲間と運命をともにしているにもかかわらず、わたしひとり立場を違《たが》えていることを深く恥じた。あとでグリムから聞いたところによると、あの夜モルは酒を飲んでおり、収容者のひとりが脱走したことを耳にして激怒し、自制心をなくしてしまったらしい。モルは収容者全員を中庭に出させ、機関銃で掃射したのだ。グリムいわく、伍長のシュミットが止めに入らなければ、さらに多くの犠牲者が出ていたはずだという。モルを怒らせた脱走者は、ガブリエル・ラトコフだ。彼のせいで、その夜一九人が死んだ。モルが救助を禁じたため、彼らは苦しみながらたったひとりで死んでいった。わたしの顔見知りだったマックス・グレイザーは、腹を撃たれて死んだ。彼は戦前、プラハ大学でドイツ語を教えていた。この事件のあと、モルはグリムを降格させ、基幹収容所からオットー・ブライテンというカポを連れてきて、フュルステングルーベの新しい収容者頭に任命した。

炭鉱での生産性を向上させるため、I・G・ファルベンは報奨ポイント制を導入し、たまったポイントを会社の引換所で換金できるようにした。ただし、ユダヤ人労働者は最高でも四ポイントしかもらえないので、ほとんどなんの足しにもならない。ところが、カポはその制度を歓迎した。与えられる報奨ポイントが多く、それをナチスの運営するビルケナウの売春施設で使えるからだ。

オーストリアから新たに移送されてきたユダヤ人のなかには、有名なウィーンの劇場の才能ある俳優たちや、ウィーン国立歌劇場の指揮者ハリー・スピッツ、そして人気オペラ歌手リヒャルト・タウバーの甥などが混じっていた。そこで、モルはフュルステングルーベでオーケストラを結成することを思いつき、一九四四年の二月から、収容者たちの作業場への行き帰りに、ドイツの行進曲が演奏されることになった。指揮者スピッツ氏の過去は謎に包まれていた。ウィーンから一緒に来た知人たちによると、彼はかつて、有名なドイツ人ソプラノ歌手エルナ・ザックと結婚していたが、ナチスの人種法のせいで離婚したという。ユダヤ人の配偶者がいると、彼女の歌手生命が絶たれてしまうからだ。ただ、スピッツ本人は一度もその話をしなかった。音楽家たちが到着してまもなく、スピッツは才能を発揮する場のない彼らにライトを当てるべく、ヨハン・シュトラウスやレハールやカールマン作曲のオペレッタを上演することにした。そして、この試みはドイツ人たちのお気に召した。SS用の食堂にステージが設けられ、前列の席にはSSとI・G・ファルベンの社員が陣取った。そのうしろにカポが座り、さらに後方には収容者たちが座った。病人までもが鑑賞にやってきた。美しいテノールでドイツ人をうっとりさせたタウバーの甥は、炭鉱での作業を免除されることになった。

二月のよく晴れた日、連合軍の爆撃機が初めてフュルステングルーベの上空を飛ぶのが見えた。二機の爆撃機があらわれて急降下し、収容所の上を横切った。おそらく、わたしたちが何者か見てとれたに違いない。この悪夢を終わらせるためなら、ある程度の犠牲を払うことも覚悟の上だ。わたしたちは空を見上げ、次に飛行機が戻ってきたら、きっとこの収容所に爆弾を落としてくれると信じていた。しかし、残念ながらそうはならず、わたしたちの苦境は続いた。

オットー・モルが歯科診療室にやってきて、貴金属の加工ができるかと尋ねた。わたしにその技術はないが、収容者のなかには金細工職人がいるはずだと答えた。次の日、腕のいい職人だと噂に聞いていたシムシェ・ラウファーを見つけた。モルの指示により、シムシェはそれまでの仕事から解放され、歯科技工室で働くことになった。金属の加工に使えそうな器具はわずかしかなかったが、シムシェは死体の金歯から取った二二カラットの金に混ぜ物をして、装身具用の一八カラットに変えた。それを打ちつけたり削ったりして、エレガントなピンや指輪やブローチなど、モルから頼まれればなんでもこしらえてみせた。モルのために、息をのむほど美しいカフスボタンを作ったこともある。シムシェは毎日スープ一杯のおかわりをご褒美として与えられた。

戦争に敗れつつあることはナチスもわかっていたはずだが、それでもフュルステングルーベの収容者は増えつづけ、新しいバラックが建設されていった。二月の終わりごろは、太陽があらわれてもまだ暖かさを感じられるほどではない。風が吹くと、屋根に積もった雪が煙のように舞いあがる。夜には風のうなり声がして、壁板の粗い継ぎ目から雪が吹きこんできた。

衛生担当下士官のハインツは、相変わらず毎日のように診療室に顔を出し、いまや偏執的ともいえるほど、屈伸運動の強要を続けていた。そのころ、工事現場でこんなことがあったらしい。看守のひとりが、だれか拾えと言わんばかりに吸いさしの煙草を投げすてた。収容者が半信半疑で手を伸ばしたとたん、その看守に撃たれ、体じゅう穴だらけになったという。

炭坑での作業は安全対策が施されていなかったため、怪我人が多く出た。ある日の午後、ドイツのドルトムント出身のエーリッヒ・ヴィルツィヴィグという収容者が歯科診療室に入ってきた。作業中に石炭の塊が落ちてきたらしい。顔に打撲傷があるのを見て、顎を動かすよう指示すると、下顎の骨が折れているのがわかった。ルビチ医師に伝えたところ、エーリッヒは許される最長期間である二週間、入院治療を受けることになった。実際には、顎が治るまでにその三倍の日数がかかった。その後、仕事に戻った彼は、ある日死体となって収容所に帰ってきた。怠け者とみなされたせいで、彼もまた看守が仕組んだやりかたで銃殺されたのだ。

毎年、冬になると収容者は命の危険にさらされたが、わけても一九四四年の冬は寒さがきびしかった。作業から帰ってくる仲間たちは体がかじかみ、コートは金属板のように凍りついていた。囚われの身となってからこれが三度目の冬となる者がほとんどだ。生きのびるために必要な粘り強さを、もはやだれもがなくしつつあるように思えた。

ある日、ヴィリー・エンゲルに聞いたところによると、日曜日に国際赤十字の職員がこの収容所を査察に訪れるという。すると、次の日曜日にはほんものの食事が出た。茹《ゆ》でたジャガイモ、野菜、豚肉ひと切れ。やがて、軍曹に昇進したばかりのシュミットとモルに先導され、品のよさそうな民間人の一団が入ってきた。そのなかには、親衛隊中佐でアウシュヴィッツ第一強制収容所の司令官ルドルフ・ヘスの姿もあった。一行は最初にヴィリーの事務所に向かい、次にわたしの歯科診療室に来た。モルが説明する。これを見てもらえば、フュルステングルーベが収容者の健康にどれほど気を使っているかおわかりでしょう、と。彼らの会話を聞いて、不思議な気持ちになった。なぜだれも、わたしにはなにひとつ質問しようとしないのだろう。とはいえ、もし訊かれたとしても、ほんとうのことを話せるはずがない。この状況は、ルビチ医師の医務室でも同じだったらしい。

ポーランドのパルチザンがこの近辺で活動しているという話を耳にした。彼らはポーランド人収容者たちに接触してきたというが、ユダヤ人にはいっさい接触してこなかった。

一九四四年五月、また新たに移送者が到着した。なかには、ノルウェー出身のユダヤ人も数人混じっており、そのひとりは、一九三九年にノルウェーのボクシングのヘビー級チャンピオンになったブートという男だった。

ハインツは相変わらず、わたしへの壮絶ないじめを毎日続けており、その態度がやわらぐことはいっさいなかった。いつまでたっても終わる気配がないため、わたしはルビチ医師に相談してみた。しかし、どうやらルビチもハインツを怖がっているようだ。ヨゼフ・ヘルマンならモルに提言できる立場なので、話してみたらどうかと提案された。けれども、ヘルマンは、ユダヤ人収容者への虐待に関してできることはなにもないと答えた。その結果、ハインツの横柄な態度もいじめも続くことになった。

ある日、ブロックカポのモーリスとグリム、そして三人のポーランド人収容者が、モーリスのバラックからフェンスの外に通じるトンネルを掘っている最中に捕まった。彼らは夜間トンネルを掘り、土を毛布にくるんで外に運びだしていた。なぜ看守に見破られたのかはだれも知らない。噂によると、一緒に脱走する予定だった散髪係のゴルトシュタインが裏切ったらしい。ヨゼフ・ヘルマンのせいだと言う者もいた。いずれにせよ、彼らはほかに共犯者がいないか、そして掘削《くっさく》道具をどこから入手したのかを尋問されたあと、脱走とパルチザンへの合流を企てた罪で絞首台に送られた。つねに明るく気立てのよかったフランス人のモーリスは、絞首台からゲシュタポの手下に向かって叫んだ。「おまえら、いまに罰を受けるぞ！」そして、わたしたちのほうに目を向けた。「さよなら、同志たち。元気でな！」。ポーランド人収容者のヤンが、「ポーランドはいまだ滅びず《イエシチェ・ポルスカ・ニエ・ズギネンワ》」とポーランド国歌を歌った。

毎朝、ハインツが儀式を強要しにくることはわかっていた。ハインツがあらわれるまで、わたしは檻のなかの動物さながら診療室のなかを歩きまわった。彼が収容所の門をくぐるのが見えると、いっそどこかに隠れようかと思ったほどだ。ハインツは診療室に来てこう言う。「やるべきことはわかってるな、歯医者。いつものやつだ」。そしてわたしに責苦を与える。これがなんとすでに四か月間も続いていた。どうしようもなくなって、わたしは収容者頭のオットー・ブライテンに話すことにした。

ハインツが診療室にいるときにちょっと覗いてみよう、とブライテンは答えた。そして、次にハインツが来たとき、ブライテンは窓の外からそっと観察し、ハインツがわたしをいじめるのも、歯の治療用具で爪の手入れをしているのも目撃した。後日、ブライテンは解決法を考えてくれた。収容者を虐待するのはＳＳ隊員の特権だが、ドイツ軍の資産を損傷させるのは罪にあたる。モルに話してみよう、と彼は言い、わたしにこう警告した。「当然、きみはハインツの前でモルにすべてを伝えることになるぞ」。そのリスクはわきまえているが、これ以上こんな状態が続くのは耐えられない。ブライテンによれば、上級曹長に話すのは食堂がいいという。料理係のコッホがモルのために毎日こしらえるごちそうを食べているときだ。

ある日の午後一二時半ごろ、ブライテンがわたしのところへ来て、急げと促した。「今、モルが食堂にいる。機嫌もいい。ハインツのことを全部伝えたら、きみに会いたいと言ってる」

わたしたちの計画を知っているヴィリー・エンゲルも心配してついてきてくれた。「なにもかも打ちあけてしまえばいいさ」

食堂に入ると、モルはザウアーブラーテン［酢漬けの牛肉を蒸し煮したドイツ料理］を食べているところだった。まるでだれもいないかのように、わたしたちのほうをほとんど見ようとしない。

少しするとハインツがあらわれた。ふだんと違う雰囲気を感じたらしく、モルへの挨拶がぎこちない。モルのほうは、ハインツにも気づかないようすで食事を続けている。ハインツはわたしとブライテンを交互に見ながら、事態を推しはかっているようだ。ようやく、モルが食べ物をほおばったまま、切れ切れに言葉を発した。「収容者頭の報告によると、衛生担当下士官のハインツがたびたびおまえの仕事を邪魔しているようだが、ほんとうか？」

自分がなにをしようとしているかはわかっていた。SS隊員の悪口を、同じSS隊員である司令官に告げ口するのだ。それでも、今さらあと戻りはできない。胃が痙攣するのを感じながら、かろうじて答えた。「はい、上級曹長殿」

「衛生担当下士官が殺菌済みの治療用具で爪の手入れをしているというのはほんとうか？」

「はい、上級曹長殿」。今度ははっきりと答え、詳しい説明を加えた。

モルはわたしのひとことひとことにじっと耳を傾け、やがて怒りをあらわにした。収容者を処罰するのは自分の特権だからだ。そしてハインツのほうを向き、きびしい口調で言った。「この歯医者の話はほんとうなのか？　なにか言うことはあるかね、伍長」

ハインツは唖然とし、黙って立っていた。おそらく、状況を飲みこめていないか、この事態が信じられないのだろう。ナチスの下士官である自分が、一介のユダヤ人収容者の扱いに関してとがめを受けるとは……。やっとのことでハインツは、答えられないとつぶやいた。その言葉は、独裁的なモルのお気に召さなかったようだ。「おまえは左遷だ《イッヒ・シエ・ツウー、ダス・スィー・ファーゼッツン・ヴェアデン》」そう告げると、モルは全員を下がらせた。

ハインツのいじめが終わったのを、わたしはまだ信じられない思いでいた。「もうあいつを恐れなくていいよ」とブライテンが言ってくれた。さらに驚いたのは、数時間後にハインツがわたしに会いにきたことだ。まるで友人同士だったかのように、彼は静かにさよならを口にした。収容者頭オットー・ブライテンの勇気ある進言と、当然ながらモルの強い自己顕示欲がなければ、ハインツのいじめからわたしはいつまでも逃れられなかっただろう。この日は忘れられない特別な一日になった。

そのころ、収容者への告示があり、ドイツ人の政治犯はドイツ軍に志願してよいことになった。ただし、ドイツ人政治犯全員に資格があるわけではなく、資格があっても入隊しない者もいた。オットー・ブライテンが志願したため、フュルステングルーベの新たな収容者頭にはヨゼフ・ヘルマンが選ばれた。ヘルマンはユダヤ人建築家の息子だった。もともとはヘルマン・ヨゼフという名前で、出身はドイツ・バイエルン州アンスバッハだ。母親はキリスト教に改宗し、ヘルマン自身もキリスト教徒と結婚した。父親はドイツで初めて低所得者向け住宅のプロジェクトを手がけた。ヘルマンがユダヤ人としてアウシュヴィッツに移送されてきたのは一九四二年。発疹チフスにかかって基幹収容所の病棟に入院していたとき、友人の医師が彼の上の名前と下の名前を入れ替え、ユダヤ人と思われないようにしてやった。病気が治ったヘルマンは、わたしたちと一緒にフュルステングルーベへ移送されてきた。こうして、ユダヤ人のヘルマン・ヨゼフはユダヤ人ではないヨゼフ・ヘルマンになった。収容者頭という立場は不安定なものだ。彼がつねに恐れていたのは、一緒に来たカポたちが本名を知っていて、いつか正体を暴露されるのではないかということだった。

ほぼ毎週、新たなユダヤ人たちが、リビアやモロッコやアルジェリアといった遠方から移送されてきた。ドイツ軍は、ヴィシー政権［ナチスドイツがペタンを国家元首として成立させた傀儡《かいらい》政権。フランス中部の街ヴィシーに首都を置いた］のもとで彼らを逮捕したのだ。もとからいた収容者が少しずつ減っていくたびに、労働者が補充される。ドブラからここまでわたしと一緒だったユダヤ人仲間で、まだ生きているのは数人しかいなかった。

ある日、クルト・ゴルトベルクが歯科診療室に入ってきた。顔に炭塵がこびりつき、縞模様の服の下は骨と皮ばかりで、わたしが憶えているゴルトベルクとは似ても似つかない。グーテンブルンでの横暴なふるまいがまだ仲間たちの記憶に残っているせいで、彼はみなから嫌われていた。そのゴルトベルクが、意外なことに繊細な一面を見せた。「ここへは患者として来たんじゃないんだ」と彼は言った。グーテンブルンでのふるまいについてはいまだに苦しんでいるが、かといって憐れみがほしいわけではない。ここへ来たのは、ただ胸の重荷を軽くしたかっただけだという。そして、ユダヤ人の伝統を手放してしまったことを後悔していると話し、部屋を出ていく前に、ほぼ完璧なイディッシュ語を口にした。彼はかつて虐待した仲間たちを避けながらも、目の前の運命を受け容れる心づもりはできているようだった。ある意味、生きのびることを望んではいないのだ。「こうなったのは自業自得だとわかっている。もうあまり長くは生きないよ」。わたしは食べ物を少し差しだしたが、相手は受け取ろうとしなかった。それでも、ようやくわたしの説得に従うと、彼は初めて安らかな表情を見せた。今では潔く死を覚悟しているらしい。二、三日後、ゴルトベルクの班が作業から戻ってきたとき、だれかが担架に乗っているのが見えた。それがゴルトベルクだということはすぐにわかった。一見、本人かどうか判別できないほどだった。かつてだれもが恐れていた男の面影は、もはやそこにはなかった。

ボクシングのヘビー級チャンピオンのブートが、足の傷をひどく化膿《かのう》させ、病棟で治療を受けていた。大柄で筋肉の盛りあがったその体は、どこから見てもボクサーだ。ノルウェーのユダヤ人グループは少人数で、この収容所では五人しかいない。彼らは自分の国に誇りを持ち、強制移送を長期間にわたって阻止してくれた勇気あるノルウェー人たちに敬意を抱いていた。やがて、毎週行なわれる選別のリストにブートの名前が挙がり、彼はビルケナウに送られていった。リング上では勝者だった彼が、より大きな勝負には勝てず、栄養失調と過労で死んでしまったのは皮肉なことだ。

上級曹長のモルがフェルステングルーベを去り、代わりに、将校訓練校で三か月間訓練を受けていたマックス・シュミットが上級曹長となって戻ってきた。今後はシュミットがこの収容所の司令官だ。話によると、モルは東部にある収容所の解体を援助しにいったという。シュミットは歯の手入れをしに診療室をたびたび訪れた。彼は話しやすく、モルと違って気分にむらがない。これまでも、モルが不在の際は何度か所長の役目を果たしていた。

ある朝、いつもの起床時間を過ぎても兄が起きてこなかったので、体を揺さぶって起こすと、無理やり目を開けて、ふたたび眠りに落ちた。翌日はきちんと目を開けて水を飲んだが、またすぐに眠ってしまった。三日目には、おぼつかない足取りながらもなんとか仕事に戻った。薬をもらってのんだということだったが、いったいどんな薬を服用してあれほど具合が悪くなったのか、あるいはなぜその薬をのんだのかはわからずじまいだった。

ハインツがいなくなって二週間が過ぎたころ、新しい衛生担当下士官のカロル・バガがフュルステングルーベにやってきた。バガはドイツ系住民で、ハインツとはなにからなにまで正反対だった。ハインツのように悪辣な言葉も敵意も持ちあわせていない。バガ自身、近くの炭鉱で働いていた経験があるので、衛生兵の務めを果たすよりは、つるはしと斧を手にしているほうがしっくりくるようだ。彼はだれがなにをしていようが関心を示さず、診療室にあらわれても、「問題なしだな」とだけ言うと、すぐさま立ち去ってしまう。

一九四四年六月の初め、ついにアメリカ軍がヨーロッパに上陸したという話が聞こえてきた。BBCが上陸作戦の成功を報じている。これこそ、ヒトラーと悪の帝国を終焉に導く第一歩に違いないとわたしたちは思った。七月になると、形勢を一気に逆転させる風がドイツ軍を圧倒した。連合軍はフランスに進撃し、ソ連軍はナチスの軍隊をポーランドからドイツへと押し戻している。ドイツ軍も敗戦が近いことは知っていたはずだ。わたしたちは希望に身を震わせた。それでも、収容所のSS隊員たちは全員、ドイツは征服されないとなおも信じていた。

七月の下旬、ヒトラー暗殺計画が耳に入ってきた。しかし、信じがたいことにヒトラーは生きていた。ドイツ人のみならず、わたしたちもそのとき、ヒトラーは不死身なのだと思った。こうした状況にいたった理由を、ルビチ医師が解説してくれた。「ヒトラーが内部から倒されないとしたら、まだ当分はこの状態が続くかもしれないな。一九三九年以前、民主主義国の元首たちはヒトラーに何度か会っているのに、偽りの約束に騙されて、領土を少しずつ手放してしまった。そして、当時すでに広範囲におよぶユダヤ人迫害を知っていたにもかかわらず、なんの救済措置も取らなかったんだ」

七月が終わるころ、ギリシャのテッサロニキからユダヤ人が移送されてきた。ドイツ語がわかる者はひとりもいなかったが、自分たちがだれよりも頑健であることを証明してみせていた。

ある日、空が妙に明るくなり、煙の柱がこちらに漂ってきた。胸の悪くなるその匂いの原因をわたしたちは知っていた。「ナチスがハンガリーのユダヤ人を何千人も焼却している」というのだ。「焼却炉だけでは死体を処理しきれないため、森に掘った穴で焼いている」という話も聞いた。赤みを帯びたその煙と悪臭の正体は、たちまち収容所の全員が知るところとなった。まもなくハンガリーも〝ユーデンフライ〟(ユダヤ人がひとりもいない状態)になるはずだ。死体置き場へ行ってみると、手足が異様にゆがんだ死体がいくつも横たわっていた。しばらくここへは来ていなかったので、そのあいだに腐敗の進んだ死体もある。あまりの悪臭に耐えられず部屋を出たわたしは、もう二度と来るまいと決心した。もし金歯のことでなにか訊かれたら、忘れていたと答えよう。しかし、結局だれにも訊かれることはなく、死体置き場に行ったのはこのときが最後になった。

新たなユダヤ人グループがテレージエンシュタット強制収容所から移送されてきた。そのなかに、グロッシュという名の歯科医がいて、フュルステングルーベに歯科診療室があると知り、わたしに会いにきた。本人の話では、数週間前まで妻と娘とともにプラハで自由に暮らしていたらしい。「最初は家族でテレージエンシュタットに移送されたんだ。妻と娘があそこでまだ生きていてくれればいいが」そう言って彼は二本の指でバツを作ってみせた。「わたしだけがここへ移送されてきた」。以前、グロッシュはチェコスロバキアの歯科大学で口腔《こうくう》外科を教えていたという。その分野の教科書も二冊執筆している。見たところ、年齢は五〇歳くらいだ。背が高く細身で、わずかな皺しかないその顔には、知性と悲しみがにじみ出ていた。そして、なにより強い印象を与えるのは、その並々ならぬ知識だった。身に着けている囚人服は三サイズほど小さすぎ、赤い三角形に黄色い三角形を重ねた星形マークも、収容者番号も、ドイツ語でチェコスロバキアをあらわすTの文字も、鎖骨のあたりにきていた。

わたしにとって強制収容所はもはや日常になってしまったが、こうした状況に不慣れなグロッシュから見れば、フュルステングルーベはたいそう恐ろしい場所に映ったようだ。そんな相手にわたしは同情し、歯科診療を手伝いたいという彼の意向を、収容者頭のヘルマンに伝えてみた。その結果、グロッシュはわたしと一緒に働けることになった。いまや、フュルステングルーベはこれまでで最大の人数を収容し、その数は収容者が一五〇〇人以上、SS隊員も一〇〇人を超えていた。

わたしはすでに数えきれないほど多くの患者を治療し、歯科大学の学位を得られるくらいの経験は積んでいた。「痛い!」を意味する一〇か国以上の言葉も知っている。患者のために治療法を編みだすことも学んだ。独自のやりかたにもかかわらず、なかには非常にうまくいったものもある。ここではときおり、ふつうの生活ならまず見られないさまざまな症状に直面する。そんな場合でも、折れた下顎骨《かがくこつ》を固定し、ひどい歯肉炎を治療し、歯周病や感染根管の手当をしてきた。まともな医薬品が不足しているため、新任のグロッシュ医師はとまどうことが多い。とはいえ、その専門知識はわたしにとって見習うべきものだった。グロッシュはプラハで暮らしていたころの話をよくしてくれた。しかし、なにより案じていたのは、妻と娘の身の上だ。彼はわたしを気に入ってくれ、あるときなど目を輝かせてこう言った。「戦争が終わったら、わたしの義理の息子になってもらいたいな」

ヒトラーは、奇跡の兵器をドイツ国民に見せびらかしていた。この期におよんでも国民がヒトラーを信じていたのは驚くばかりだ。「この戦争には負けない」と、今もってヒトラーの取り巻きは口にしていた。当然、看守たちはいつかおのれの行為を糾弾《きゅうだん》されるのではないかと恐れていたはずだ。どんなに落胆させられてもなお、わたしたちは自由への希望を持ちつづけることで生きていられた。これほどまでに我慢強いのは、もしかしたら、何世代にもわたって迫害されてきた民族の血を受け継いでいるからかもしれない。ここまで長いあいだ苦しんできて、今さら死ぬのはだれしもごめんだった。それでも、自由はまだやってこない。

一九四四年九月初めのある雨の日、父が働いているバラックの部屋係が診療室に駆けこんできて、父が洗面所で倒れ、意識がないと伝えてくれた。洗面所へ行くと、父はコンクリートの床に横たわり、顔は冷たく汗ばんでいた。目を閉じ、ほとんど息をしていない。わたしは部屋係のモニエクの助けを借りて父を病棟に運び、兄と力を合わせて寝台に横たえた。取り乱しているわたしたちを見て、モニエクはわたしをそばに呼んだ。「なにがあったか教えるよ。でも、カポのナタンには言うな。今朝、お父さんは体調が悪くて、収容者が作業に出かけたあと、寝台で横になっていたんだ。でもナタンから、起きて床を掃けと命令された。おれはほうきを持って、代わりに床を掃こうとしたよ。それを目にとめたナタンが、お父さんを怠け者と罵って、仕事を続けろと殴りつけ、倒れて意識がなくなるまで殴りつづけた。そのあと、おれたちに洗面所まで運ばせて、水をかけさせたんだ」

わたしは愕然とした。聞いているうちに胃が締めつけられ、思わず歯を食いしばった。「なぜぼくを呼んでくれなかった？」

「あっというまのできごとだったんだ」とモニエク。

サイデル医師は父を診察し、頭を横に振った。サイデルもルビチも見立てをいっさい口にしようとしない。どんな具合なのか教えてくれとヨゼクとわたしが食い下がると、父の熱が下がったら見通しがつくかもしれないとサイデルは言った。ルビチが精神刺激薬を注射しても、父の意識は戻らない。父の容態がきわめて重篤《じゅうとく》であることはだれの目にもあきらかだった。一度は目を開けたように見えたが、瞳孔《どうこう》は反応がなくどんよりしていた。わたしたちの知っている父の目ではない。カポのナタンのことを考えると、怒りに体が震えた。

わたしはヨゼクと交替で昼も夜も父を見守り、「父さん、ぼくがわかる？」と何度も話しかけた。もしかしたら、わたしたちがそばにいるのはわかっていたかもしれないが、父はなんの反応も示さなかった。高熱があり、額は熱く汗ばんでいる。回復の見込みがほとんどないのはわかっていたが、わたしも兄もそれを認めることができず、ただただ奇跡を願っていた。翌日モルがやってきて、父が重症なら付き添っていてよい、と言ってくれた［このときモルはすでに収容所を去っているため、時期に関しては著者の記憶違いと思われる］。次の日の夜、父はわたしたちを抱き寄せるかのように両腕を前に伸ばした。唇が動いたかに見えたが、なんの言葉も出てこない。やがて、両手が体の脇に落ちた。ルビチが診察したものの、明るい兆《きざ》しはなにも見られなかった。

三日目の夜は、ユダヤ暦の新年祭前夜《エレブ・ローシュ・ハッシャーナー》だった。ふいに父の顔が土気色に変わった。そして深い昏睡《こんすい》に落ち、父はまもなく亡くなった。わたしも兄も、父の死が避けられないのは最初からわかっていたものの、それが現実となり、亡骸《なきがら》を目の当たりにすると、どうしようもなくつらい気持ちになった。父はわたしのヒーローであり、それは収容所での苦しい日々をともにしたからなおさらだったのかもしれない。もう父に会えないと思うと、たまらなく寂しかった。ヨゼクもわたしも、息子として最後の感謝を示すべきまともな埋葬の儀式ができないことは覚悟していた。

ところが、父が死んだ翌朝、モルはこう言った。「お父さんを見たときから、長くもたないのはわかっていた。輸送車が遺体を引きとりにくるから、そこで埋葬の祈りを唱えるといい」

「わかりました、上級曹長殿。カディッシュを唱えます」

「いいだろう。ふたりで祈りを唱えるあいだ待っているよう、運転手に伝えなさい」。モルがこんなにも寛大で理解のある人物だったとは。わたしはよく知られたユダヤのことわざを思い出した。「どれほどの反ユダヤ主義者でも、好感を持つユダヤ人がひとりはいるものだ」

翌日、新年祭《ローシュ・ハッシャーナー》の初日、父の遺体はビルケナウへ運ばれていった。その前に、わたしはヨゼクとともに思い出せるかぎりていねいにカディッシュを唱えた。「神よ！　われらの父の父よ。

永遠の眠りについたこの者にどうか慈悲をお与えください。あなたを信じれば救われると父はわたしたちに教えてくれました。そしてあなたのために生き、息子たちをもその道へと導いたのです。父は最後まであなたとその教えを見捨てることはありませんでした」

父が死んだのはナタンに殴られたせいだと確信していたわたしは、ナタンに会いにいった。しばらくのあいだ向こうはわたしを避けていたが、ようやく対面を果たした。「ナタン、なんということをしたんだ。おまえは父を殺したんだぞ！　あの日、父は体調が悪かったから、働きたくても働けなかった。それがわからなかったのか？　モルが父を部屋係に任命したとき、ぼくがおまえのバラックを指名したのは、おまえを知っていたからだ。おまえなら、父の歳を考慮してくれると思ったからだ。でも、間違いだったよ。おまえはユダヤ人なのに、ＳＳに劣らず残忍だな。いつかきっとこの報いを受ける。おまえらのような人間にふさわしい仕打ちを受けるんだ」

ナタンは顔を真っ赤にしてわたしをにらんでいた。しかし、殴る度胸はない。「具合が悪いなんて知らなかった。誓ってほんとうだ」。わたしは相手の目を見据え、それ以上言い足すこともなく、むかむかしながらその場を離れた。数か月後、ナタン・グリーンは脱走を試みて捕まり、絞首刑になった。

一九四四年一〇月、兄の話によると、アウシュヴィッツ第一強制収容所の医師たちは、この三週間、病棟へ来ていないという。「たぶん、もう選別はないんじゃないかな」。実際そのとおりになり、もはや重症患者を含め、収容者がビルケナウへ移送されることはなくなった。そのため病棟は満員で、ひとつの寝台に患者ふたりが寝ていた。一一月になると、凍てつく寒波がやってきた。その月のうちに、ドブラから一緒だった仲間がまたふたり死んだ。数日後、資材運搬トラックに隠れていたポーランド人ふたりが捕まり、少しして絞首刑になった。残りのポーランド人たちはほかの収容所へ移送されていった。

ある日、病棟で大きなうめき声が聞こえた。オーケストラ指揮者のハリー・スピッツの声だ。演奏家のほとんどが炭鉱での過酷な労働で死んでしまったため、オーケストラはすでに演奏をやめている。わたしと顔見知りだったスピッツは、わたしの姿を見ると手を伸ばし、かすかな声で水を求めてきた。わたしは病名をルビチ医師に尋ねた。「わたしにできることはあまりない。腸チフスだ。回復するか死ぬかだな」

もちろん、ルビチは手を尽くしていたし、治せるものなら治していただろう。スピッツは高熱を出していた。「水をほしがっていますが」と医師に伝えた。

「飲ませてもいいが、少しだけだ」

「食べることはできるのですか?」

「いや、無理だ」とルビチは答え、急いでその場を立ち去った。

わたしはコップに水を入れ、スピッツの唇に当てた。医師から注意されてはいたが、一度に少しずつ、三〇分近くかけて水をすすらせ、励ました。「頑張ってください。あなたにはまだまだ使命があるのですから。あと何日かすれば戦争が終わって、ウィーンに帰れますよ」

「頑張るよ。頑張ってみる」とつぶやいて、スピッツは目を閉じ眠りに落ちた。胸が激しく上下していた。おそらく、このときが命の危機にもっとも近かったのだろう。そのあと回復しはじめたからだ。こんなふうに、なんでもないことで収容者の運命ががらりと変わることもある。

ナチスは旗色の悪さを粉飾するため、「部隊の統合」や「防衛線の縮小」などと、敗戦を言いつくろう言葉を考えだした。「ここからいよいよ逆襲が始まる」とも喧伝《けんでん》していた。ドイツ国民は今なおその嘘を鵜呑みにしている。シュレク・リプシッツが聞いてきたニュースによると、連合軍はフランスを奪還し、ベルギーとオランダを通ってドイツへ侵攻中だという。収容者が採掘した石炭は使われないまま積みあげられていた。もはやわたしたちがここにいる理由はないのに、ただ死者だけが増えていく。殺すことに取り憑かれた者たちをとどめるものはもうなにもない。こうなったのは、〝優秀民族〟と〝劣等民族〟を分け、ゲルマン民族を特別視するヒトラーのばかげた考えのせいだろうか。それとも、ヒトラーのプロパガンダによって、ユダヤ人が怪物扱いされたせいだろうか。あるいは、ドイツ国民が盲目的にヒトラーの破壊的思想に従ったからにすぎないのだろうか。連合軍の爆撃機がますます頻繁にフュルステングルーベの上空を飛んでいく。わたしたちは空を見上げ、願いを込めて祈った。

一九四四年一一月、すさまじい冬の嵐が到来した。雪が激しく降り、収容所に積もった。わたしの手元には、だれも使わない加工用の金がまだ一キロほどある。クリスマスが過ぎると、収容所に残っていた最後の非ユダヤ人たちが移送されていった。カポを除けば、いまやフュルステングルーベにいるのは一〇〇パーセントユダヤ人だ。ナチスはこれまで以上にわたしたちにつらく当たった。

一九四五年一月初めの一週間、建設工事を含め、すべての作業が中止になった。なにか重大なことが起きつつあるのをだれもが感じていた。聞いたところによると、連合軍はライン川を越えてドイツ中央部に達し、東側からは、ソ連軍がオーデル川［チェコ北東部からポーランド・ドイツ国境を北流してバルト海に注ぐ］を渡ってベルリンをめざしているという。ドイツ軍が崩壊しつつあるのはあきらかだ。希望が湧きあがってきたとき、ある噂が収容所を駆けぬけた。わたしたちはドイツ国内に移送されるというのだ。

その週が終わるころには、いよいよ終戦が近いらしいと聞かされた。あたりに砲弾が飛び交い、その炎で夜空が明るく輝いた。戦闘が激しくなると、砲弾の違いを見分けることさえできるほどだった。フュルステングルーベを去ることは伝えられたものの、どこへ移送されるのかはまったくわからない。みながいちばん恐れていたのはビルケナウだ。ヨゼフ・ヘルマンによると、移送先は知らないがビルケナウでないことだけはたしかだという。「歩く体力がなさそうな者はここに残ってもかまわないぞ」。しかし、身の安全を考えれば残るのは得策でない。少しでも歩ける者はみな出発を決めた。倉庫が開いていたので、収容者たちはまだ残っていた服や靴を取りにいった。

わたしは最後に歯科診療室を一瞥した。この一年半近くのあいだ、わが避難所であり、受難の場所でもあった部屋だ。ヴィリーとヴィキーのエンゲル兄弟は、建物の外でSSの業務記録を燃やしていた。それを、軍曹に昇進したばかりのファイファーが監視している。グロッシュ医師は診療室を出て自分のバラックに戻っていった。

歯科治療道具を鞄《かばん》に詰める。加工用の金塊《きんかい》が目に入ったので、それもすべて鞄に入れ、病棟にいる兄のところへ行った。「二五〇人が病棟に残るよ」と兄が言う。ここに残るのがどれほど危険かはみな承知していたが、病気が重くて出発できないのだ。歩いても長くもたないことは本人たちにもわかっている。あとは、すぐそこまで来ているらしいソ連軍の救助を期待するしかない。その後ここで起きたことは、ただひとりの生存者タデウシュ・イワシュコが記した『アウシュヴィッツの記録』から知ることができる。

SS隊員はわたしたちを置いて退去し、監視役の職長も二、三人しか残っていなかった。わたしたちの相棒は空腹だけ。次の日、フェンスの向こうで馬が二頭死んでいるのを見つけた。その肉と、残っていたジャガイモでわたしたちは命をつないだ。ソ連軍が近くにいると聞いたが、まるでわざとのように、彼らはこの収容所の前を通りすぎていった。

一月一七日、二〇人ほどのSS隊員がやってきた。彼らも撤退中なのでこちらに手出しはしないだろうと思っていた。ところが、わたしたちの姿を見ると、バラックに向けて発砲しはじめた。なかのひとりが、病棟に手榴弾《しゅりゅうだん》を投げこんできた。そのあと、SSのひとりがバラックのなかを覗き、動くものは手当たり次第に撃った。わたしも脚に銃弾を受けたが、死んだふりをしていた。SSたちはバラックの隅に爆薬を置いて火をつけた。ほどなく屋根が崩れ、その破片がわたしの体に落ちてきた。残っていた収容者は、すでにほとんどが死んでいる。見つかったら殺されるので、体を動かすのが怖かった。しかし、このままじっとしていると焼け死んでしまう。いよいよ炎が迫ってきたとき、わたしは覚悟を決めた。両手と両膝でじりじりと這い進み、柱のかげに身を隠した。やがて、ＳＳ隊員たちは次のバラックへ移っていった。そこにはまだ収容者が何人か隠れている。今回はひとりずつ射殺する手間さえかけず、いきなりバラックが爆破された。

近くの村人たちは事態を把握していたはずだが、ここまで来て蛮行を止めようとする人はひとりもいなかった。ＳＳ隊員たちが立ち去ったあと、ようやく村人が数人やってきて消火作業にあたった。通りかかったドイツ兵はわたしたちに目を向け、村人にこう言った。「放っておけ。ただのうす汚いユダ公だ」。このとき殺された二三九人は、あとで巨大な穴に埋められた。【2】

第15章　死の行進

一九四五年一月一一日の午前八時、ひとり五〇〇グラムのパンと、マーガリンふた切れとたっぷりのマーマレードを与えられた。看守はバラックを一棟ずつ見てまわり、少しでも価値があると思われるものはすべて破壊していった。

乾燥した寒い日だった。雪が風に舞い、道のところどころに積もっている。わたしたちはいつものように五列に並んだものの、どういうわけか一か所に集まって立たされたままだ。「ブーナや近隣の収容所と合流するのを待っているんだ」とヘルマン。真夜中近くになってようやく、わたしたちは一〇〇人ずつのグループに分かれ、フュルステングルーベを出発した。ライフル銃を手にしたSSの看守が、およそ一〇メートルおきに縦列のかたわらを歩いている。兄とわたしは二番目の列にいた。電気技師のシュレク・リプシッツ、ヴィッキーとヴィリーのエンゲル兄弟も同じ列だ。だれもが恐れるカポ頭のヴィルヘルム・ヘンケルをはじめ、カポたちはすぐ前を歩いていた。全員の靴音が夜の静寂にこだまする。軍用車が何台もわたしたちを追いぬいて西へ向かっていった。

突然、爆竹が破裂したような大きな音がした。なにが起きたのかわからなかった。数分後、行進するわたしたちのかたわらに、頭から血を流した収容者の死体が横たわっていた。先ほど聞いたのがなんの音だったのかはっきりした。ほどなく、ヨゼフ・ヘルマンが縦列に沿って歩きながら警告してきた。「ついてこられない者は看守に撃たれるぞ」。数分後、またひとりが歩けなくなって倒れた。その男が撃たれる場面を、わたしたちは慄然《りつぜん》として見ていた。しばらくすると、道路には多くの死体が横たわり、よけて歩くのが大変なほどになった。朝の四時ごろ、わたしたちはブーナから来たグループと合流した。

大きな農場でいったん止まるよう命じられたとき、あたりはまだ暗かった。納屋は開いており、夜が明けるまでそこで休むことになった。わたしは兄とともに藁に潜りこみ、治療道具をかたわらに置いた。目を閉じると、たちまち眠りに落ちた。かすかに陽が射しはじめたころ、カポが鞭をしならせて叫んだ。「出発だ！《アイントリーテン》」。看守たちはひどく急いでいるようすで、昨日と同じように整列させたあと、点呼もなしに出発した。目的地はここから七〇キロほど離れたグリヴィツェだと聞かされた。

夜じゅう降っていた雪がさらに激しくなり、ますます歩きにくくなった。靴に水が染みこみ、足は凍るように冷たい。ひとりまたひとりと射殺されていく。わずかに遅れはじめた者が撃たれ、雪道に倒れるようすが、昼間の明るさではっきり見てとれた。撃つほうにはなんのためらいもない。もはやお決まりの作業だ。昼になると、道路の脇で止まるよう命じられた。陽光が降りそそいでいるものの、凍えて空腹を抱えたわたしたち放浪者を暖めてくれるほどではない。パンのかけらがまだいくつか残っていたので、ちびちびと食べた。その後三時間近く歩いたところで、わたしは疲労感に襲われた。なにもかもがぼんやりと見え、膝ががくんと崩れた。「ヨゼク、もう歩けないよ」。よろめき、ふらつきながら兄に声をかけたのを憶えている。兄はわたしの腕をつかみ、反対側にいたヴィリーにも支えてくれるよう頼んだ。三人はゆっくりとしか歩けず、少しずつ遅れて、とうとう最後列になってしまった。

ほかの収容者たちがわたしに目をとめた。「歯医者のブロネクだ。次はあいつだな」。わたしはかろうじて足を引きずり、そのたびに頭ががくがくと上下した。看守が三人うしろにいる。足を止めればどうなるかよくわかっていたが、懸命に歩こうとしても、もはや先のことを考える気力が出ない。ただただ横になって休みたかった。

「ベレク、歩くんだ」兄が励ましつづける。わたしは、もはや兄とヴィリーに運ばれているも同然だ。「ベレク、もうすぐだ。この丘を越えれば休める」。兄は必死にわたしを歩かせようとした。けれども、丘を越えても休憩はなく、体力はもう限界だった。フュルステングルーベから持ってきた毛布を兄が取りだして広げ、わたしの肩にかけた。

「先に行ってくれ」と兄とヴィリーに頼んだが、きっと次の農場で休むはずだから、とふたりはわたしを支えつづけた。

そのとき、だしぬけにシュミットがわたしたちの横をバイクで通りかかった。

「歯医者は具合が悪いのか《ヴァス・イスト・ロス・ミッツ・デン・ツァーンアルット》?」

「疲れて歩けないのです、所長殿」と兄が答えた。

「しっかりしろ、歯医者。収容者頭を連れてくるから」そう言うと、シュミットはバイクのスピードを上げて遠ざかっていった。そして、ほどなくヨゼフ・ヘルマンを後部座席に乗せて戻ってきた。わたしの口になにかが流しこまれる。ウォッカだ。口のなかも喉も焼けるようだが、それを飲みこみ、もうひと口ふた口すすった。そのとたん足に力が入り、次の農場で止まるまで歩きつづけることができた。到着すると、わたしは雪の上にどさりと倒れこんだ。

「立って、点呼が終わるまであと二、三分待つんだ」と兄が言った。それが救いの言葉だとわかってはいても、ふらつく足で立ちあがるには途方もない努力がいる。兄はわたしを助け起こし、すぐ横にあった荷馬車の荷台と車輪のすきまにもたれさせた。おかげで点呼が終わるまでなんとか耐えられた。そのあと、わたしたちはフュルステングルーベを出てから初めての食事を与えられ、納屋でひと晩休むことになった。

だれかに体を揺さぶられた。目を開くと、兄がこちらをじっと見ていた。「起きないと殺されるぞ」。兄はわたしの腕を引っ張った。最初は自分がどこにいるのかわからなかった。ぼんやりと記憶をたどり、昨日のことを思い出す。まだこうして生きているのが信じられず、また今日も歩かなければならないのかと愕然とした。けれども、ひと晩のうちに新たな命を吹きこまれたかのように、不思議なほど力が湧いてきて、わたしは納屋の外に出た。

収容者が何人か見当たらない。看守たちは銃剣で藁の山を奥深くまで突いてまわった。「出てこい《ラウス》!」と叫んでおびき出すと、藁のなかに隠れていた三人がほどなく姿をあらわし、蹴られながら列についた。さらに脅し文句を続けてもそれ以上出てこないと見るや、ファイファーが警告した。「納屋に火をつける前に、もう一度だけチャンスをやる」。それでも、だれも出てこない。点呼をすると、まだ一二人が行方不明だとわかった。

朝食にパンとバターとコーヒーを与えられ、一二人足りないまま出発した。脅し文句とは裏腹に、ファイファーは納屋に火をつけなかった。一二人というのは、わたしが知るかぎりこれまで最多の脱走者だ。その日も肌を刺すような寒さで、歩きはじめるとまた射殺が始まった。あたかも、死への果てしない巡礼のようだ。次の休憩場所は、スレートぶきの屋根と銅製の尖塔を備えた古い石造りの教会だった。教会の前には、雪の山がいくつもできている。街を歩くきれいな娘たちに、看守がほほ笑みかけた。娘たちは、重い足取りで歩くわれわれに目を向けてきた。おそらく、その目にはわたしたちが人間とは映っていなかっただろう。街を出ると、看板には〈グリヴィツェまで二八キロ〉と書かれていた。死の行進がそこで終わってくれればいいのだが。シュミットがうしろにヨゼフ・ヘルマンを乗せて、バイクで隊列を巡回している。正午に休憩を取った。野原は雪に深く覆われて、いかにものどかだ。この地域には、いまや武装親衛隊の輸送車があちこちに見られた。脱走した一二人は、彼らの目をかいくぐることができるだろうか。まだまだ先が長いと知って、兄はわたしから目を離さないようにしていた。

グリヴィツェが近づいてきたとき、あたりはすでに暗かった。この街では、鋳造所《ちゅうぞうじょ》も製粉所も鉄道も無傷のままだ。工場の煙突からは黒い煙がもうもうと昇っている。街の中心部まで進むと、軍用車が列をなしてわたしたちを追いこしていった。ようやく、おおぜいの収容者がいる休憩場所に到着した。そこは、高さ八メートルほどの金網のフェンスで囲まれたトタン屋根の建物で、ふだんは石炭の貯蔵庫として使われている。鉄道の引きこみ線が敷地の内側まで延びていた。彼らは、〈ドイツ製作所《ドイチェヴェルケ》〉［造船や武器製造を行なっていたドイツの企業］というグリヴィツェ郊外の鋳造工場から来たらしい。ほかには、フェルステングルーベからわたしたちより先に到着していた者もいる。敷地には余った石炭がいたるところに積んであった。わたしたちはパンとコーヒーと小さなソーセージを与えられ、ひと晩をそこで過ごした。

次の日の早朝、家畜輸送用の無蓋《むがい》貨車に乗せられた。前回は八月の暑いさなか、風もあたらない車両に閉じこめられたことを思うと、なんとも皮肉だ。車両は高さが約二メートル半、長さが五メートル半。各車両のうしろに看守がひとり見張りについている。四〇人も入るといっぱいになったが、看守がぐいぐい押して、さらに二〇人を詰めこんだ。もはや立錐《りっすい》の余地もなくなり、わたしは鞄を体にぴったり押しあてた。「全部で何人だ？《ヴィー・フィール・シュトゥッケ・ハスト・ドゥ》」クロアチア人の看守がウクライナ人の看守に確認している。互いにうまくコミュニケーションができないようだ。各車両の看守たちから何度も数えなおされた人数が伝わってくると、ふたりはようやく納得したらしい。エンジンが始動し、甲高い警笛が鳴って機関車は西へ、わたしたちの解放をさらに遠ざけるドイツ深奥部へと走りだした。

最初は揺れながらゆっくりと進んだ。先頭車両が牽引《けんいん》し、最後尾の車両が押して、長く連なる貨車はとぐろを巻くように街のなかを走っていく。ふたたび雪が降りだし、空はまだ冬の雲にどんよりと覆われている。しばらくすると、どこからか空き缶がふたつあらわれ、収容者たちはそれに麻紐をくくりつけて地面に降ろし、雪をすくおうとした。「雪を食べるな。あとでよけいに喉が渇くぞ」とサイデル医師に注意されても、喉の渇きがひどくて、だれもその言葉に耳を貸そうとしない。降ろした空き缶に雪をすくって引っ張りあげると、みながそれをむさぼるように食べた。兄はスペースを見つけて腰を下ろしていたが、突然弾《はじ》かれたように立ちあがった。だれかが兄の上に小便をしたのだ。車両には排泄用のバケツさえなかった。

夜になると、ますます喉が渇いてきた。貨車はスピードを緩め、待避線へと入っていった。すでに収容者がひとり死に、もうひとりは死にかけている。看守はふたりとも投げおろせと命じ、車両をまわってほかに死んだ者はいるかと尋ねていた。「死にかけているやつを乗せておくスペースはない」とその伍長は言った。「そいつらを投げおろせ」。ほどなく何人かが放りだされ、どさりと地面に落ちた。死にかけていた者は死んだ。移動中、貨車のなかで死んだ者たちは積みあげられ、停車のたびに車両から投げすてられた。ときには、走っている最中に放りだされるのが見えたこともある。重要な列車を先に通すため、われわれの貨車はしばしば駅と駅のあいだを行ったり来たりさせられた。進んでは後退し、どこにも通じていない線路の上で停車する。もしかしたら、この旅が終わるころには全員が死んでいるのではないかとだれもが思った。

ふたたびちらちらと舞いはじめた雪は、やがて激しくなって夜通し降りつづけた。収容所から持ってきた毛布の上で雪が溶けて凍り、毛布はかちかちになった。まる一日、食べ物も水も与えられず、わたしたちはサイデルの警告を無視して、代わる代わる雪を口にした。

三日目に貨車がスピードを緩めたとき、わたしたちの車両にいたグロッシュ医師がひどく奇妙なふるまいをしはじめた。仲間たちの肩によじのぼって彼は叫んだ。「妻と娘のところに行かせてくれ。今すぐ助けてやらないと！」。わたしは医師を落ち着かせようとしたが、彼はその手を振りほどいてなおも叫びつづけた。気が狂っていたのだ。騒動に気づいたSS軍曹が近づいてきて、グロッシュを撃った。グロッシュは車両のなかに押し戻されるようにどさりと倒れて死んだ。死体は外に放りだされた。こんな無残な最期を、医師の妻と娘が知らされないことを願うばかりだ。同じように感じたらしい兄が言った。「父さんはあのときに死んで幸せだったな。この移動には耐えられなかっただろうから」。すでに多くの収容者が死に、車両にはだいぶ余裕ができていた。

同じ車両に、ギリシャのテッサロニキから来たユダヤ人がふたりいた。ほかにギリシャ語を話せる人間がひとりもいないため、つねに自分たちだけで身を寄せ合っている。無蓋の車両は魂まで凍えるほどの寒さだが、密閉された車両に比べてよいことがひとつあった。排泄物の臭いが風で薄まるし、糞便《ふんべん》を外に捨てることもできるのだ。

すでに丸二日間、食べ物を与えられていない。喉はカラカラだ。その夜の九時ごろ、ようやくひとり二五〇グラムほどのパンとひしゃく一杯の代用コーヒーが支給された。貨車がふたたび止まる。停車はもはや珍しくもない。二四時間のうちに少なくとも四回は停車する。ついに、サイデル医師が死者の仲間入りをしてしまった。

夜明け前、貨車はブーヘンヴァルト収容所の前で停車した。正門の上部には〈各人に各人のものを《イーデム・ダス・サイナ》〉［もともとは古代ギリシャにおける正義の理念をあらわしたもので、「万人がそれぞれにふさわしいものを与えられるべきである」といった意味］と書かれた看板。そこに込められた皮肉はすぐには理解しがたいが、いずれにせよそんなことはどうでもいい。その言葉が、失われた尊厳への嘲笑だと悟る気力さえ、だれにも残っていなかったからだ。わたしたちは、とにかくこの移動を早く終わらせたかった。たとえ目的地がまた別の収容所であったとしても……。

その夜も貨車のなかで過ごした。そして翌朝の九時ごろ、収容所の扉が開くと、貨車から降りて収容所に入るよう命じられた。何日も車内に閉じこめられていたせいで、足がすぐには動かない。いらだった看守たちは、まるで石炭を採掘するみたいに、よろける者を銃の台尻で突いた。

ブーヘンヴァルト収容所は管理が行き届いていないように見えた。収容者たちのようすはわれわれとどっこいどっこいだ。表情がどんよりとして顔は青白く、黒っぽい縞模様の囚人服がよくなじんでいる。わたしたちは暖房のない巨大なホールへと導かれ、そこで、わずかなジャガイモが入ったおなじみのカブのスープを与えられた。スープと狭苦しい寝台のおかげで、体だけは暖まった。窓から見えるおぞましい建物は、話に聞いていたビルケナウのガス室を彷彿とさせる。あたりには、連合軍の飛行機がさらに激しく行き交っているものの、爆弾はまだ一発も落ちていない。

噂によると、二、三日のうちにわたしたちは設立当初はブーヘンヴァルトの付属収容所だったミッテルバウ＝ドーラに移送されるらしい。ブーヘンヴァルトの収容者の話では、そこは悲惨な場所だという。数日後、わたしたちはブーヘンヴァルトを出発し、四時間歩いた。ブランケンブルクを含むドイツの小さな街をいくつか通って東へ進む。戦争の終結が近いとあって、ドイツ人たちは、目の前を通りすぎるわれわれの惨めな姿にも関心がないようだ。上級曹長マックス・シュミットと収容者頭ヨゼフ・ヘルマン、そしてフュルステングルーベから来た看守とカポたち全員も一緒に移動していた。そこからさらに一〇キロ歩いて、ミッテルバウ゠ドーラに到着した。外観はほかの収容所と同じだったが、ここの建物は木立に囲まれていて、敷地を覆うフェンスが見当たらなかった。

第16章　ミッテルバウ=ドーラ

シュミット司令官がはっきりと言い渡した。「バラックのまわりにフェンスがないからといって、甘く見るなよ。ここは隅から隅まで監視されているんだ」。わたしたちは、ナチスの触手がすべてにおよんでいることを、ここでも思い知らされた。

全員が寝台を確保した。わたしは自分の寝台に治療道具箱を置くと、急いで点呼広場に戻った。お決まりの点呼が始まる。「アイン、ツヴァイ、ドライ……」と数えていくと、その時点で六〇〇人がいた。そのあと、いつもの配給を受けとった。どうやら、ドイツには赤いマーマレードしかないようだが、それは収容者用だったからかもしれない。

バラックは新しく、急ごしらえの建物だ。洗面所の水は直径約二・五センチの水道管から出てくるが、小さな穴から水漏れしていた。便所は、溝の上に木の厚板を置いただけのものだ。「ここではどんな仕事をしているんですか？」と収容者に尋ねてみた。

「ドイツ語はわからないんだ《ジュ・ヌ・パール・パ・アルマン》」と相手はフランス語で答えた。

すると、もうひとりが振り向き、たどたどしいドイツ語を口にした。「こいつはドイツ語が話せない。《エア・ファシュテット・カイン・ドイチェ、》話せるのはフランス語だけだ《エア・スプリッヒト・ヌア・フランツウージッシュ》」。彼もフランス人だが、ドイツ語を少し喋れるらしい。

そのとき、別の男がこちらを向いた。「きみはポーランド出身なのか《パン・イェスト・ス・ポルスキ》？」。その男とは、ポーランド語で会話できることがわかった。

そこで、まずはみながいちばん恐れている質問をした。「ここにガス室はあるんですか？」

「ここにはない。〝ムスリム〟はブーヘンヴァルトに移送されるからな」。さらに、彼らがどんな仕事をしているのかも訊いてみた。

「ドイツ軍のVロケット［第二次世界大戦中にドイツ軍が開発したミサイル兵器］というのを聞いたことがあるかい？　最初に建設されたペーネミュンデ［バルト海に面した北ドイツの都市］の工場が連合軍の爆撃で破壊されたから、今はハルツ山の地下工場でおれたちが組みたてている。初めはV1を製造して、そのあとV2、そして今は」ここからささやき声になった。「V3の製造を始めているんだ。これまでに三万人近い収容者がここで死んだよ。ロケット開発の技術者は、ヴェルナー・フォン・ブラウン、ヘルムート・グレトルップ、クルト・マグヌス、アルトゥール・ルドルフだ」

当時、ミッテルバウ＝ドーラには四、五千人が収容されていたが、どういうわけかマックス・シュミットはわたしたちをほかの収容者から切り離し、自分自身とフュルステングルーベから連れてきた部下による厳重な管理のもとに置いた。そのため、ほかの収容者と顔を合わせる場所は、作業場か洗面所だけだった。

翌朝、点呼係の職長たちが、わたしたちのなかにエンジニアや製図工、電気技師、専門技術者、機械工がいるかどうか探しにきた。そのとき、ふたたび軍用機の轟音が聞こえた。こちらへ近づくにつれて、音が大きくなっていく。職長たちは案じるような視線をシュミットと交わし、選出作業をいったん中止した。「嬉しそうに見上げてるんじゃない」とカポのカールが怒鳴り、新しい職長にへつらってみせる。それでも、わたしたちは軍用機を見たい誘惑に勝てなかった。連合軍の爆撃機が二〇機ほどの編隊をなし、さながら天国から遣わされた銀色のハトのように、陽光を受けてきらめいている。これこそ、狂気の帝国を終焉に導くものの姿だ。やがて爆撃機が地平線の向こうに消えていくと、それぞれの職人たちが選出され、列を離れていった。

残った者たちは、四、五人の職長のあとから線路に沿って歩きはじめた。途中、重い車輪が突然こちらに向かってくる音がした。「伏せろ《ヒンレーゲン》！」とSS隊員の声。やがて、わたしたちのあいだにざわめきが起こった。「Vロケットだ」。頭を少し横に向けてみると、キャンバスの布で覆われた巨大な弾丸型の物体がかたわらを通るのが見えた。その物体が遠ざかり、わたしたちは山腹に掘られたトンネルへと入っていった。なかはほぼ真っ暗で、凍える寒さだ。土に金属の細かな破片が混じっていて、あたりにはツンと鼻を突く硫黄の臭いがする。水槽の上に、〝飲むな《ニヒト・トリンケン》〟というドイツ語の警告があった。トンネルの出口はここからは見えない。

職長のあとから進んでいくと、収容者たちが作業台で仕事をしており、台を囲むように置かれた箱には、奇妙な形の部品が入っている。作業員の多くが、こちらに親指を立ててみせた。トンネルをさらに奥へ進むと、そこで働いている三人と一緒に作業するよう、職長がわたしと兄に命じた。三人ともかなり弱っているらしく、なかのひとりはほとんど骨と皮ばかりだ。なにをすればいいのか彼らに尋ねてみた。すると、職長がいなくなったとたん、三人は作業の手を止めた。

「なにもしなくていい。ドイツ兵が近寄ってきたときだけ、忙しそうなふりをすればいいんだ。アメリカ軍は近くまで来ているから、じきにここへも来るさ」。強いフランス語訛りのドイツ語だ。硫黄のほか、ここにはアンモニアの臭いも充満していて、息をするたびに気分が悪くなった。

職長が近づいてくると、フランス人三人は箱に手を伸ばし、すでにきれいな部品をひとつふたつ取ってまた磨き、二番目の箱に投げいれた。わたしと兄も、彼らを真似てその日の労働時間をやりすごした。いったい彼らはいつからこんなごまかしをしているのだろう。そして、なぜそれが通用するのか不思議だった。もしかしたら、職長たちも今となってはどうでもいいのかもしれない。

ここへ来て最初の土曜日の夕方、バラックの向こう側に太陽がゆっくりと沈んでいくころ、ロシア人収容棟の近くから歌声が聞こえてきた。緋色《ひいろ》の夕陽が木立のあたりをたゆたっている。その歌は、切なさをかきたてる寂しげなメロディだった。彼らが歌っていたのは祖国への愛だ。ときおり、バリトンのリフレインが入る。「母なるロシア《マトシュカ》よ、汝を愛す。その山を、川を、太陽を、大草原を愛す」。わたしは胸がいっぱいになって、その場に立ちつくした。そんなふうに恋い焦がれる祖国を持たない自分が、根無し草のように思えた。

月曜日の朝、仲間のひとりが歯痛を訴えた。わたしの寝台に坐らせて口のなかを診てみると、親知らずがむし歯になっていた。道具箱にはまだノボカインのアンプル数本と注射器一本と鉗子ふたつがあったので、それを使って抜歯した。施術が終わったときには、全員が作業に出発してしまっていた。しかし、驚いたことにだれもわたしたちを探しにこない。わたしは仕事に行かなかった理由がわかるよう、治療道具を寝台に広げたままにしておいた。作業員の不足をだれも確認に来ず、アウシュヴィッツから一緒だった元衛生担当下士官のアドルフ・フォークトさえ姿をあらわさないと知り、わたしはあることを思いついた。そして翌朝、点呼のあとバラックに戻って治療道具を広げた。ここで歯の治療をすることにしたのだ。

ある日ふと気づくと、ドブラでわたしのヘブライ語教師だったニッセンが死んでいた。彼の寝台はわたしの寝台からさほど離れていない。ニッセンは機転のきく人間ではなかったし、物乞いや盗みをしてまで生きのびようとはしなかった。ただ、命じられたことだけはきちんとこなした。この何年間か、文句も言わずにいつも重い荷物を運んでいた。彼がどうしてこんなに長く生きていられたのか不思議なくらいだ。わたしに頼みごとをしてきたことはなく、わたしのほうも収容所でニッセンの姿をあまり見かけた覚えがなかった。

連合軍がこの地域に全面攻撃を仕掛けているようすが見られた。上空を支配している連合軍に対して、ドイツ軍はもはや防戦の兆しすらない。おそらく、わたしたちの解放も間近だろう。連合軍はあと数キロのところまで来ているように思えた。と同時に、まだ何百キロも離れているようにも思えた。

一九四五年四月一〇日の朝。この日は作業に向かわされなかった。シュミット司令官の命令により、ヨゼフ・ヘルマンは収容者をバラックにとめおいた。そして、すばやく点呼をすませると、わたしたちはミッテルバウ゠ドーラをあとにした。歯の治療道具は、やはり持っていくことにした。もしかしたら、これから先も奇跡的な力を発揮してくれるかもしれないからだ。一時間歩くとエルベ川の支流に出た。雪はすでに溶け、春の訪れとともに万物の命が目覚めつつあった。マックス・シュミットとヨゼフ・ヘルマンは、平底の荷船が何隻か停泊する川べりでわたしたちを待っていた。北海へと注ぐエルベ川は、重要な航路として使われている。収容所を出るのがぎりぎり間に合ったというヘルマンの言葉を聞いて、わたしたちは胸のつぶれる思いがした。出発後すぐに、アメリカ軍がミッテルバウ＝ドーラを解放したというのだ。解放はすぐそばまで来ていたのに、まるで影のように、またもわたしたちのそばをすり抜けてしまった。全員が、がっくりと肩を落とした。これから向かう先はマックス・シュミットの家族が所有する地所だという。それがどこなのかも、なぜそこへ行くのかもわからない。彼らにとって、衰弱し魂を抜かれた〝ムスリム〟のわたしたちにいったいどんな価値があるというのだろう。

一隻につき六〇人ほどが、カポに従って乗船していく。船のバランスが崩れないよう、一か所にかたまって座るよう命じられた。エンジンがかかり、黒煙が上がって、船は動きだした。エンジンは大きな音を上げ、煙をしきりに吐きだすものの、川の流れよりわずかに早いほどのスピードしか出ない。明るい陽射しがエメラルドグリーンの水面にきらめく。澄んだ水にわたしたちのボロ服がきらきらと映り、川底へ消えていった。水に浮かぶ強制収容所というのは、おそらくこれが初めてだろう。

土手に沿って小さな家が並び、窓辺には鉢植えの花が飾られている。ところどころに教会があらわれた。このあたりの住民は、安全で穏やかに暮らしているようだ。ときおり、料理の匂いもしてくる。そんな暮らしがいまだに存在していたとは驚きだった。わたしたちが同じような生活をしていたのも、それほど昔のことではない。あのころは、老いも若きも、善人も悪人も、みな似たり寄ったりの暮らしをしていた。どんな人も喜びや悲しみを感じ、愚かさやうぬぼれを抱えて生きていた。だれもが同じように生まれて、生きて、そして死んでいった。けれども、いまやわたしたちは異種の生き物であり、怪物なのだ。だれひとり近寄ってきてわたしたちの正体を確かめようとはしない。川沿いの住人でさえ好奇心を向けてこないのだ。なぜなのだろう。もしかしたら、異常なことがもはや珍しくもなくなったからかもしれない。わたしたちは失望を胸に、あきらめの境地で家々を見上げた。

冬の嵐が、春らしい陽気に変わったばかりだった。川岸の草むらで花のつぼみがほころび、木々は淡い緑の葉で覆われている。シュミットは、BMWの大型バイクの後部座席にヘルマンを乗せ、土手の上に姿を見え隠れさせながら、川沿いの道を併走していた。陽が沈むにつれ、荷船に冷たい風が吹きこんでくる。しばらくして船が停泊すると、市民がパンの入った箱を持ってきてくれた。そのパンとコーヒーのおかげで、わたしたちは三日半におよぶ行程にも耐えられた。夜になると水面は静かで、船のたてるさざ波の音しか聞こえてこない。あたりは静寂に包まれていた。

朝。そよ風がこずえを揺らす。連合軍の航空機が一日じゅう上空を行き交い、わたしたちは今にも解放されるのではないかと希望を持ちつづけた。北へ進むにしたがって気温が下がり、村や街が見えてきた。ドイツはいまや領土をふたつに分断されかけており、エルベ川に沿ってアメリカ軍とソ連軍を隔てる細長い領土しか残っていない。北からはイギリス軍がブレーメンやハンブ

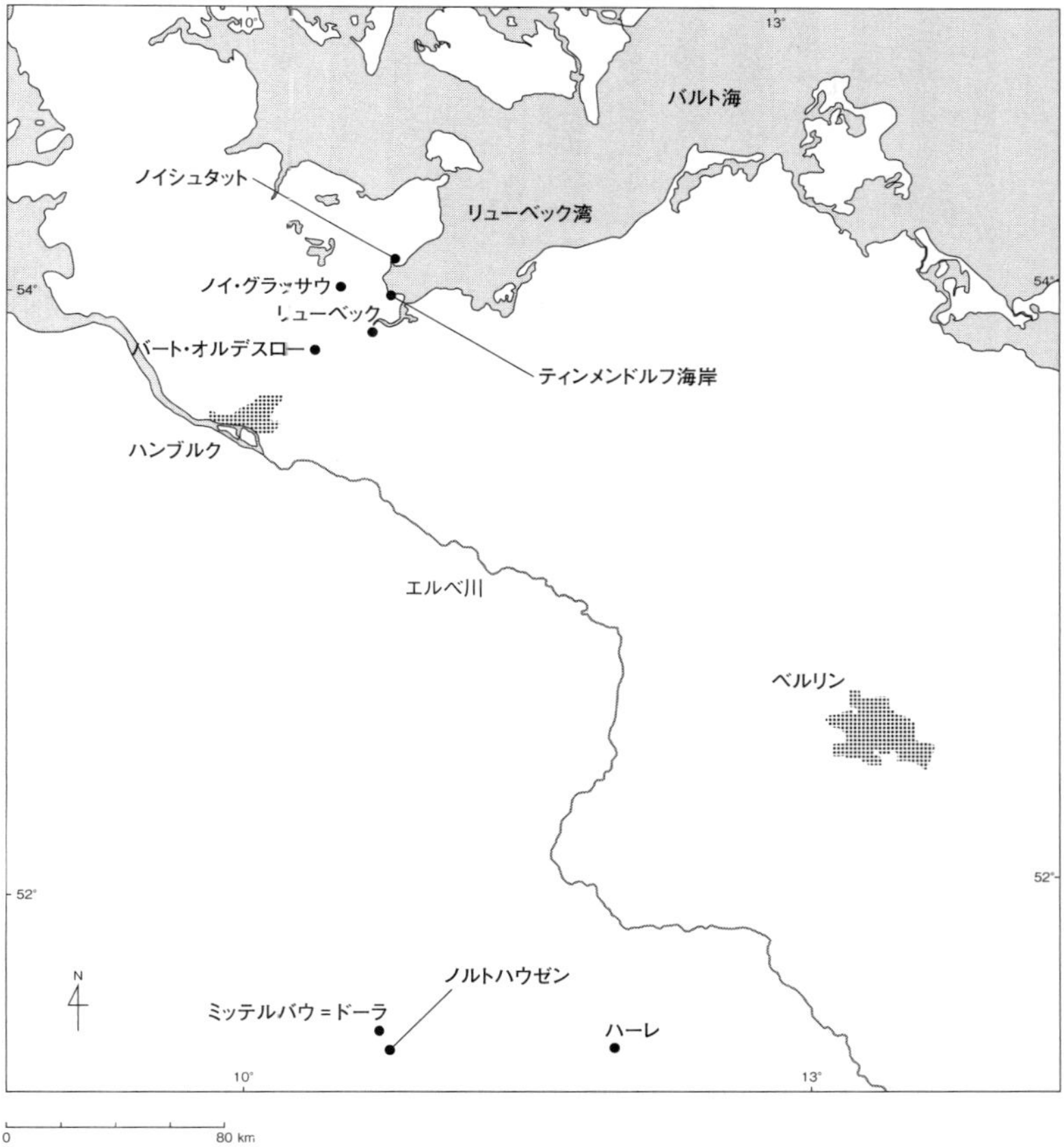

【map2】

リューベック湾周辺

ルクの近くまで迫り、南にはフランス軍がドナウ川上流にいた。道路は西へ向かう人々の波で、いつになく混んでいる。女性や子どもや脱走兵が、前進してくる赤軍から逃げていた。ときおり、わたしたちと同じような灰色の縞模様の上下を着た囚人グループが、武装親衛隊に監視されている姿を見かけた。

雨混じりで寒く、まるで冬のようだった。シュレースヴィヒ＝ホルシュタイン州は、いまだ連合軍の占領を免れている数少ない地域のひとつだ。マックス・シュミットが収容者をミッテルバウ＝ドーラに残してこなかった理由が今ならわかる。両親の地所にわたしたちを監禁しておくことに決めたのは、監視すべき人間がそばにいないと、滅びゆく祖国を守るために戦いつづけなければならないからだ。戦争がすでに終わっていることは、シュミット自身もわかっていたはずだ。アウシュヴィッツの付属収容所で司令官を務めていたからには、ここで逮捕されれば戦争犯罪人として裁かれるのはまず間違いない。それなのに、なぜわれわれを家族の地所に連れてきたのかは、大きな謎だったのだ。

わたしたちは船から降ろされ、ハンブルクからキールに通じる幹線道路の脇に集合した。このとき、収容者の人数はカポを除いて五四〇人。なかには、ほとんど動けない者もいた。わたしと兄は逃走を真剣に考えたが、結局はこう自問するしかなかった。いったいどこへ逃げるというのか。ハンブルクには卑劣なナチスの連中がうようよしているのだ。

歩きだすと、またしても銃殺が始まった。以前と同じように、行進についてこられない者は撃たれ、道路脇に置き去りにされた。ノイ・グラッサウという村にあるシュミットの地所に到着したときには、さらに一五人が死んでいた。ドイツの状況がここまで悪化したからには、もはやカポたちもナチスに加担すまいとわたしたちは考えた。共犯者として責任を追及されるからだ。けれども、ヴィルヘルムをはじめとして、おおかたは冷酷な態度を変えず、依然として仲間のユダヤ人を憎んでいた。

その日の午後遅く、ノイ・グラッサウの村に入った。そこからは舗装されていない道になり、五キロ進むと、風雨にさらされた大きな灰色の納屋が、なだらかな斜面に建っているのが見えた。ヘルマンから、しばらくそこに滞在することになると聞かされていた。看守たちが周囲を警戒しているあいだ、疲れはてたわたしたちは、まだ凍っている地面にどさりと倒れこんだ。しばらくすると、シュミットが道路をやってきて、納屋の扉を開けた。日が暮れたころ、三人の女性がほんもののパンとバターとコーヒーを持ってきてくれた。ひとりは若く長身でとても美しい。わたしには、その女性がだれかすぐにわかった。マックスの婚約者のゲルタだ。フュルステングルーベにマックスを訪ねてきたことが何度もある。彼女は長いブロンドの髪をたっぷりとした三つ編みにしていた。

四月一三日、カポのヴィルヘルムが叫ぶ声で目覚めた。「アメリカの大統領が死んだぞ。おまえらはまだ戦争に勝ったわけじゃない。その前に全員くたばるさ」

「ルーズベルト大統領が死んだ?」。その言葉が納屋に響いた。大統領の死はわれわれの敗北にも等しい。全員が希望をくじかれた。ひとりひとりが友人を亡くしたかのように、ショックを受け落胆した。

ゲルタ嬢は手伝いの女性ふたりを連れて、厚切りのパンとバターとコーヒーを毎日持ってきてくれた。ほんものの食べ物にありつけたわたしたちは、パンやバターの本来の味を思い出した。夜にはジャガイモとカブのスープも出たが、何年もまともなものを食べていなかったため、これだけで空腹を満たせたとは言いがたい。

納屋の裏に、藁で覆われた小さな山がふたつあった。興味を引かれたメンデーレは、何度かそのまわりをうろうろしていたが、あるとき藁のなかになにがあるか確かめようとした。看守たちのようすを横目で捉えながら、探し物でもしているみたいに行ったり来たりして、目立たないように小山に近づいていった。そして、さりげなく藁のなかを探ると、そこにジャガイモがあった。メンデーレはそれを両方のポケットにゆっくり詰めこんで、納屋に戻ってきた。ジャガイモは半分凍っている。火を通さずに食べるとひどい下痢になるとわかっていたので、納屋にあった藁で火を熾した。しかし、残念ながら彼の幸運はそこで終わってしまった。看守がやってきて火を踏み消したのだ。

お腹がすいてくると、わたしは胃の痛みと痙攣がひどくなった。ノイ・グラッサウ村には歯医者がひとりもいないと聞いていたので、なんとか食料を調達したい一心で、村で診療ができないかマックス・シュミットに提案してみた。「上級曹長殿、ノイ・グラッサウ村には歯科医がいないと聞きました。わたしの手元に、フュルステングルーベから持ってきた診療道具があります。もし許可をいただければ、歯痛に苦しんでいる村人のお役に立てるのですが。もちろん逃走するつもりなどありません」

シュミットはわたしの提案をしばらく考えてから、「とくに異論はない」と答え、知り合いの家族の名を挙げた。「わたしが許可したと伝えれば、家を使わせてくれるはずだ」。そして、看守のリーダーであるファイファー軍曹に、わたしが納屋から離れるのを許可するよう命じた。

わたしはシュミットの友人宅を探しあて、ドアをノックした。あらわれた中年女性は、驚いたようにこちらを見た。自分が何者でなぜここへ来たかを説明し、だれに遣わされてきたか伝えると、居間に通された。その女性は四〇代で、苦労の跡が顔に刻まれていた。夫は東部戦線で戦っているが、もう一年以上も連絡がないため、生きているのかどうかわからないという。夫婦に子どもはいない。

女性はとても気さくで、次から次へと質問をしてきた。わたしの身の上を尋ね、シュミットの地所にいる理由も知りたがった。訊かれたことはすべて答えたが、最後の質問にだけは答えなかった。それに答えるのは不用意だし、わたしと所長との関係が損なわれるように思えたのだ。いずれにせよ、彼女には理解できないだろう。シュミット家は立派な家系として知られている、と女性は言った。わたしの目の前にパンとハムが出てきた。空腹を満たすことができたのは、一月にフュルステングルーベを出発してから初めてだ。自分はヒトラーを信じたことはないし、ナチ党の党員でもない、と彼女は話したが、その言葉が事実でないのは、はっきり見てとれた。

それ以降、わたしと兄が食べるのにじゅうぶんな食糧は、かなり簡単に入手できるようになった。女性が隣近所からも調達してくれたおかげで、友人にも分けることができたほどだ。いちばん近い歯医者でも一三キロ離れているというのに、最初の週、ドイツ人はひとりも診察を受けにこなかった。そのため、女性宅での滞在時間を一日二時間から一時間に減らした。ある日、彼女が〝ホレンダー・トルテ〟を出してくれた。ケーキの生地よりもホイップクリームのほうが多いほどで、そんなに贅沢なものを食べたことがなかったわたしは、ほぼ丸ごとたいらげてしまいそうになった。食べすぎて気持ちが悪くなったのは、ドブラから移送されて以来、初めてだった。

その間にも、連合軍はこの地域を激しく砲撃していた。あと数時間もすれば解放されるのではないかと思えたが、またしても自由はわたしたちの手をすり抜けていった。

第17章　バルト海の悲劇

一九四五年四月二七日、マックス・シュミットはわたしを脇へ呼び、納屋の前で驚くような言葉を口にした。「スウェーデン赤十字社の総裁、フォルケ・ベルナドッテ伯爵が明日ここへ来て、きみたちのうち何人かをスウェーデンへ連れていくそうだ。ただし、西側諸国出身者に限るらしい。とはいっても、ひとりひとりの出身地は副総裁にはわからない。だから、もしきみが西側諸国の出身だと申し出るなら、それを邪魔するつもりはわたしにはない」

「ここに残ったらどうなりますか?」

「わからない。なにが起きるかはだれにも予測できない。今は、この近くのノイエンガンメ収容所の司令官が、ここにいる収容者全員を管理しているんだ。わたしはその男と知り合いだが、信用はしていない」。そして、こう付け加えた。「おそらく、ここを出たほうが安全だと思う」

わたしはその言葉に息をのみ、勇気を出してさらに質問してみた「所長殿、実際にまだわたしたちを管理しているのは所長です。だから、看守にわたしたちを解放させることはできるはずですよね?」。相手はなにも答えなかった。

シュミットとの会話のあと、わたしはたちまち仲間に取り囲まれた。もちろん、シュミットから聞いた話をすべて明かすわけにはいかなかったが、明日、赤十字が来て西側諸国の出身者全員をスウェーデンへ連れていくことは伝えた。わたしはシュミットの忠告について兄と相談し、ふたりとも彼の言葉どおりにしようと決めた。兄もわたしも、もはやポーランドを祖国とは思っていない。チャンスを生かして、このはったりが功を奏することを願った。わたしはさっそく、記憶にある片言のフランス語を兄に教えはじめた。「いいかい、『出身はどこですか？《ドゥ・エテ・ヴ》』と訊かれたら、『フランスです《ジュ・ビアン・ドゥ・ラ・フランス》』と答えるんだ。『なんという街ですか？《ケル・ヴィル》』と訊かれるだろうから、『ボルドーです《ドゥ・ボルドー、ムッシュー》』と答えるといい」。ボルドーを選んだのは、ルビチ医師がその街の出身だったのを思い出したからだ。その夜は、明日への期待がふくらんで兄もわたしも眠れなかった。スウェーデンはどんな国だろう。粉々になった人生をそこで建てなおせるだろうか。できることなら、わたしは夢の国アメリカを見てみたかった。これまで何度も失望を味わってきたが、はたして囚われの身は今日が最後になるのだろうか。

　一九四五年四月二八日、ここに来てから一度も脱いだことのない服で横たわっていたわたしたちは、納屋のおもてで音がすると、柔らかい藁から抜けだし、外に出て待った。九時半ごろ、所長の言葉どおり彼らはやってきた。フェンダーに赤十字の旗を立てた黒いリムジンに先導され、白い小型トラック四台が小道を走ってきて、納屋の前で止まった。赤十字の制服をこぎれいに着こなした男性三人が姿をあらわすと、わたしたちは所長の命令に従って、ただちに集合した。

　優雅な指令杖を脇に抱えている男性が、どうやら伯爵のようだ。前もって所長に指示されていたとおり、わたしたちはいつものように五列で待機した。長いあいだ渇望していた解放がすぐ目

の前にあるとだれもが思った。ようやく、〝伯爵〟がドイツ語で言った。「西側諸国の出身者は全員前に出なさい」【3】

　すると、五〇人ほどが列から離れて前に出た。おおかたがフランスとオランダとベルギーの出身者で、そのほぼ全員をわたしはよく知っている。ここにはイギリス人もアメリカ人もいなかったし、フュルステングルーベで一緒だったノルウェー人はみな死んでしまった。わたしは兄の上着をぐいと引っ張り、ふたり同時に列を離れて西欧出身者たちと並んだ。それを見て、東欧や中欧の出身者たちもあとに続いたので、人数が倍になった。すべてが望みどおりに進み、わたしたちはスウェーデンのトラックのほうへ歩きだした。

　荷台を覆う幌《ほろ》のキャンバスには、赤十字のマークがでかでかと描かれている。心臓の鼓動が大きく早くなっていく。怖くもあり嬉しくもあった。わたしは貴重なご褒美をくすねようとしているペテン師だ。正真正銘の西欧出身者に混じって、わたしたちはなんとか正体を見破られまいとした。みな不安だった。こんなことがほんとうに起きているなんて、信じられないのだ。やがて、スウェーデン人の運転手四人がトラックの幌を上げ、尾板を開いてわたしたちを呼んだ。「さあ乗って」

　はったりはうまくいった。このときの気分はなんとも表現しがたい。だれひとり殴られもぶたれもせず、鞭で打たれることもなかった。わたしは兄と顔を見合わせ、これが夢でないことを確かめた。今にも呼び戻されるのではないかとびくびくしながら、だれもがわれ先にトラックによじ登った。メンデーレは早くも、赤毛でそばかすのオランダ人少年コペルマンと一緒にいる。

トラックは、海へと下るゆるやかな砂利道を、ガタガタ揺れながらゆっくり進んでいった。トラックを降りると、沖合わずか一キロほどのところに、スウェーデンの貨物船が穏やかな風に旗をそよがせて停泊しているのが見えた。いかだ舟がいくつも岸に向かってくる。「きみたち全員が西欧出身でないことはわかっている。該当しない者は連れていけない」伯爵はそう言ってわれわれを見まわし、反応を待った。兄がわたしの腕に身を寄せてきた。自分の胸の鼓動が聞こえ、膝から力が抜けそうになる。さあ、どうする？　シュミットの予言を思い出し、恐怖心が高まってきた。一分ほど続いた沈黙が、永遠のように思えた。だれからも返事がないのを見てとると、伯爵はこちらに近づいてひとりずつ顔を間近から見据えた。わたしは顔に嘘の仮面をまとった。胃が痙攣し、喉に塊のようなものがこみあげてくる。伯爵は行ったり来たりしながら、ひとりひとりに刺すような視線を向けてきた。その表情がこう語っていた。「あつかましいのはいったいどいつだ？」。しかし、それがだれかは確信が持てないようだ。今さらだれも収容所に戻りたくはなかった。伯爵は次第にいらだちを募らせ、わたしたちに怒りを向けた。「だれも申し出ないなら、全員を戻させるぞ」。それでもなお、仲間を密告する者も、自分から口を割る者もいない。伯爵にはその理由がわからないのだろうか。この苦しみから逃れるためならなんでもするということが理解できないのだろうか。長いあいだ蔑《さげす》まれ、人間扱いされないまま、ずっと死と隣り合わせだったわたしたちが、こんなにも解放を待ち望んでいるというのに……。

スウェーデン人三人でなにやら相談したあと、伯爵はふたたび口を開いた。「これが最後の警告だ。ほんとうに西欧出身の者だけ前へ出なさい。そうでない者はそのままでいてくれ」。その結果、彼らの望みどおりになった。西欧出身者は前に出て、そうでない者はもはやそれ以上動く勇気がなかった。

その場にいたのは収容者とスウェーデン人だけだ。ドイツ人はひとりもいない。ならば、たとえ当初の目的が西欧出身者の救出だったとしても、少しくらい融通をきかせてもいいではないか。わたしは伯爵に近寄り、懸命に訴えた。「わたしたちも連れていってもらえませんか？　みな囚われの身なのです。なかには、ひどく弱っている者もいます。もし帰されたら、明日死んでしまうかもしれません」

「乗船できる人数が限られているんだ」と伯爵は答えた。しかし、巨大な貨物船を見ると、乗客があと何人か増えたくらいで沈むとはとても思えない。

「船に乗っているのは短い時間です。甲板《かんぱん》に立ったままでかまいませんから、どうか連れていってください」と頼んで、あとふたりのスウェーデン人に目を向け、助けを求めた。しかし、いくら頼んでも彼らはかたくなな態度を変えなかった。たとえ内心では同意していたとしても、それを口には出さず冷徹さを貫いた。手足がむくみ体に力が入らない仲間たちも、必死になって伯爵に訴えた。それでも相手は取りあわず、わたしたちを連れ戻すよう運転手に命令した。これで自由も解放も遠のいてしまった。なにもかもが夢のようだ。美しい夢のなかで、わたしたちはほんの一瞬だけ自由を味わったのだ。スウェーデン人たちは態度こそていねいだが、温情は持ちあわせていなかった。わたしたちは死を宣告されたように感じ、ひどく打ちのめされた。いったいだれが密告したのかはわからない。あとで知ったことだが、ベルナドッテ伯爵は、親衛隊全国指導者ハインリヒ・ヒムラーとの合意で、ドイツ人以外の収容者は全員連れていくことを許可されていたという。それなのに、なぜわれわれを連れていかなかったのか、わたしにはいまだにわからない。

胸のつぶれる思いで、わたしたちはトラックに乗りこみ、送り返された。ノイ・グラッサウに戻ったときには一時になっていた。シュミットもヘルマンもすでにそこにはおらず、ファイファー軍曹と部下の看守たちが収容者の監督に当たっている。村へ診療に行きたいと申し出てみたが、ファイファーの許可が得られず、ゲルタから食べ物の差し入れもない。生きていることがむなしくなり、希望もなくただぐったり横になっていると、悲惨な行く末ばかりが頭に浮かんできた。やがて、空腹に耐えかねたわたしたちは、藁で覆った小山から半分凍ったジャガイモを引っ張りだした。これであと二、三日は生きられるはずだ。

五月一日、ヒトラーが自殺したという話を聞いた。それでも、カポのヴィルヘルムは「まだ戦争には負けていない！」と言い張った。ナチスの気を引こうとしているのだ。絶望感が霧のようにわたしたちを包みこむ。五月二日の早朝、目覚めるとあたりはまだ暗かった。周囲を銃弾が飛び交うなか、またも出発を命じられた。わたしは、藁のなかに隠してあった道具箱に目をやった。これまで自分の命を救ってくれた道具箱だが、「もう役には立つまい」と思い、加工用の金だけを取りだした。「持っていく価値があるのはこれくらいだ」。点呼がすむと、ファイファーは六人足りないと声を上げたが、急いでいるため数えなおす時間がない。出発する間際、納屋に数発の銃弾が撃ちこまれた。

その後何日かで、第三帝国は終焉を迎えた。あきらかにヒトラーは失敗したのだ。それでもなお、ナチスはユダヤ人との闘いを続けていた。わたしたちは最後の力を振りしぼり、体を引きずるように歩いた。一時間ほど歩いてノイシュタットまで来ると、左に折れてバルト海のほうへ進むよう命じられた。岸にはいかだ舟が何隻か用意され、そばにSS隊員が一〇人ほど立っていた。太陽が水平線から少しずつ昇りはじめていたが、深い霧に阻《はば》まれて視界がぼやけ、一〇メートルほど先までしか見えない。いかだ舟にはおよそ三〇人ずつ乗りこんだ。みなとまどっている。どこへ連れていかれるのかも、これから自分たちがどうなるのかもわからないのだ。だれもが最悪の事態を恐れていた。海に漕ぎだして一五分後、霧のなかになにかがあらわれた。いかだ舟がさらに近づくと、船尾が見えてきた。船体に記された名前は〈カップ・アルコナ〉。

ほどなく、拡声器からわめき声が聞こえてきた。「まだ囚人を連れてくるつもりか?」

「そうだ」とSS隊員が答えた。

「無理だ。すでに四〇〇〇人以上が乗船している。これ以上は乗れない」

「もう定員オーバーなんだ」と別のだれかが叫ぶ。「ティールベク号かドイッチュラント号を当たってみたらどうだ?」

「この船に乗せろという命令だ」とSS隊員が叫び返す。

しかし、その言葉は拒絶された。「わたしはこの船の船長だ。これ以上乗せるつもりはない」。相手より階級が高く、策略にたけたSS隊員たちもさすがにあきらめ、いかだ舟を戻らせた。ところが、岸に着くと、ぱりっとした黒い制服姿のSS将校がわたしたちのいかだ舟に乗りこみ、貨物船に戻るよう命じた。ほかの三隻もあとに続く。事態が決着していないのを察したのか、わたしたちが戻ってきたとき、船長はまだ待機していた。将校が脅迫めいた口調で、ただちに全員を乗船させるよう命じた。しかし、船長のほうは定員オーバーを理由に譲ろうとせず、言い合いは熱を帯びてきた。

とうとう船長が折れた。「全部で何人いるんだ?」

「五〇〇人ほどだ」と将校が叫んだ。「この六〇人を引き受けてくれれば、残りはティールベク号に乗船させる」。妥協案が成立した。

すでに霧は晴れていた。縄ばしごが下ろされ、船に上るよう命じられた。縄ばしごを伝って上がるのはバランスが悪く危険だ。みな体力があまりないため、手を滑らせて海に落ちはしないかと恐れた。とはいえ、拒めるはずもない。わたしたちは前の人のかかとを追うように、ぐらぐら揺れる縄ばしごにつかまって、なんとか上りおえた。そのあと、金髪の残忍そうな船員に従って、甲板の下に降りていった。階段には凝った模様のペルシャじゅうたんが敷きつめられ、重厚なマホガニーの手すりは、光沢のある真鍮《しんちゅう》の脚で支えられている。壁には優雅な金襴《きんらん》のタペストリー。もう一階降りると、広々としたヴィクトリア朝様式の優美な食堂があった。カップ・アルコナ号のこの豪華さと贅沢さは、なんとも皮肉だ。怪物として、最下層民として扱われたわたしたちが、こんな豪華客船に乗っているとは。

船員に誘導されてさらに下っていくと、狭くて長い廊下に出た。やがて彼は足を止めて、金属製の重いドアの鍵を開け、なかに入るよう命じた。そして、ドアを閉めた。またもや強制収容所だ。そこは長さ二一メートルほど、幅九メートルほどの部屋で、ふだんは食料貯蔵庫として使われている。室内はぼんやりとした明かりしかなく、ノイエンガンメ収容所から来た人たちがすでに詰めこまれていた。この部屋は海面より低く、舷窓《げんそう》はない。部屋全体に、なげやりな静けさが漂っている。ノイエンガンメから来た収容者たちは、もう一週間以上ここにいるという。どうやら、〝アテネ号〟という船からこの客船に移されたらしい。この三日間、口にしたのはスープと水だけ。彼らは時間の感覚をなくしていた。外界から完全に遮断されているせいで、わたしたちと会ったとき、今が夜か昼かもわからない状態だった。

カップ・アルコナ号はドイツの海運企業〈ハンブルク・南アメリカ汽船会社〉の豪華客船だ。総トン数が二万八〇〇〇近くあり、この定期航路ではもっとも大きく豪華な客船で、「南大西洋の女王」とも呼ばれていた。皮肉なことに、前身の海運会社である〈ハンブルク・アメリカ・ライン〉は、ドイツに渡ったユダヤ人移民が設立したものだ。この客船が今まさに新たな歴史を作ろうとしていた。

わたしは空腹で胃が痛んだが、上着のポケットに残っていたパンの最後のひと切れは食べずに我慢した。左右を兄と見知らぬ人にはさまれて横になると、たちまち眠りに落ちた。ふいに、服を引っ張られる感じがして目覚めると、パンの最後のひと切れをだれかが手にして立っていた。その男の腕をつかむと、相手はぐいと身を引き、「離せよ」とロシア語で言って、わたしの手を振りほどいた。「おまえは来たばかりだろう。おれはもう四日もここにいるんだ」。それでも、わたしは男に同情する気にはなれなかったし、彼が経験してきた苦しみに思いを馳せる余裕もなかった。

だれもが陰鬱な気分に陥っていた。憶えているかぎり、このときほどみなの士気が下がったことはない。何人かがため息をついた「もう終わりだ。おれたちは生きてこの船を出られまい」。いや、そんなはずはない。わたしたちは強い意志の力でここまで生きのびてきたではないか。これが最後の苦難だ。あとはなるようにしかならない。そう思いながら、わたしはふたたび眠りに落ちた。

突然、ドーンという大きな音がして、船が激しく揺れた。そのあと、何度も衝撃音が続いた。ドアの外を、おおぜいの乗客が叫びながら走っている。「敵が魚雷で攻撃してきたぞ！ 思ったとおりだ」。なにかとんでもないことが起こっているらしい。だが、この部屋は鍵がかかっていて、どんなに叩いても叫んでも、開けてくれと頼んでも無駄だった。ほどなく、またドーンという音が響き、足の下で床が傾きはじめた。やがて、部屋のなかに煙が充満してきた。空気が吸えず、みながひっきりなしに咳《せ》きこむ。あちこちから叫び声が上がった。「息ができない！ 窒息しちまう！」

だれもが意識を失いかけていたが、いくら叫んでも助けを求めても事態は変わらなかった。わたしたちの声はドアの向こうまで聞こえていないようだ。そこで、二メートルほどの棚板を取りはずし、ドアに打ちつけてみたが、なんの反応も返ってこなかった。その間にも、サイレンがむせぶように鳴り響き、ドーンという音が繰り返し聞こえてきた。収容者たちは、さながらひとつの身体のように前へうしろへと揺れた。煙がますます濃くなり、みなの咳もひどくなった。ややあって、ふいに電球の明かりが消えた。暗闇に、なおさら恐怖心が募る。

そのとき、まったくの偶然によってだれかの手でドアの鍵が開き、全員がなだれを打ってドアに殺到した。だれもかれも、煙の充満した部屋から外に出たがっていた。混乱のなかでわたしは兄を見失ったが、廊下をやみくもに走っているあいだに、互いを見つけだすことができた。「そっちへ行くな」とだれかが叫びながら、わたしたちのほうへ近づいてきた。「そっちへ行っても出られないぞ。階段は火の海だ」。いっぽう、自分についてこいと誘導する人たちもいた。「この先に、もうひとつ階段がある！」と彼らは声を上げている。わたしたちは必死で走ったが、どこへもたどりつかなかった。廊下にはたちまち煙が充満し、みなが絶えず咳をしていた。「おれたちは、生きてここから出たいんだ」意識の混濁《こんだく》した人がうわごとのように叫ぶ。いったいだれについていけばいいのかわからなかった。

上甲板は三階上だ。わたしたちは、反対側から来る人たちとぶつかりながら、傾いた狭い廊下を無我夢中で走った。食堂まで来たとき、乗船時にその階段を降りたのを思い出した。しかし、階段は炎に覆われ、煙が下へ流れてくる。わたしも兄もなんとか上ろうと二、三歩踏みだしたものの、濃い煙と炎に行く手をふさがれ、押し戻された。わたしがもう一度進もうとすると、ほかの人たちも続いたが、やはり押し戻されて髪の毛が焦げてしまった。いったん引き下がり、ふたたび試みるものの、そのたびに戻らざるをえない。そして、これが最後とやけっぱちで突き進んだ。目を閉じ、腕と手で頭を覆って猛然と階段を駆け上がった。しかし、途中であきらめるしかなかった。だれもが命の危険を感じ、恐怖におののいている。しかたなく食堂へと逃げ戻ったが、すでにそこも黒い煙でいっぱいだった。全員が体をくっつけ合うように走っていたとき、別の方向に通じる廊下が目に入った。そこを進んでいくと、男性用トイレから日の光が見えてきた。トイレの大きさは横六メートル、縦三メートルほどで、天井から約八メートルの換気口が突き出ており、上から人がロープを何本か下ろしてくれている。しかし、だれかがロープを伝って登ろうとすると、その上に別のだれかが登って下の人間を振り落とした。生きのびようとして全員がパニックに陥っていたのだ。そこへ、恐怖に駆られた人たちがさらに押しよせてきた。だれかの肩にひとりがよじ登ると、さらにその上に別の者が登ろうとして、結局、総崩れになってしまう。

ようやく、わたしもロープをつかんだ。兄の肩の上に立ち、ロープをよじ登ろうとしたが、わたしも背後からつかまれ、引きずりおろされた。二度試して失敗し、今度は兄が挑戦した。けれども、同じように振り落とされた。ふたりで何度試したか憶えていないが、何度目かでやっとわたしはロープにしがみついて登っていき、上からだれかに手をつかまれ、引きあげられた。この男性に体を支えておいてもらい、下に向かって手を差しのべ、兄を引っ張りあげた。それから一分もしないうちに、トイレに火の手が迫ってきて、ほかの人たちは登れなくなった。黒い煙が換気口にも入りこんできたため、これ以上助けるのは無理だった。死にもの狂いの叫び声が下から聞こえてくる。

しばらくして、わたしは空を見上げ、なぜ自分たちは助かったのだろうと考えた。太陽は黒っぽい雲に覆われている。「神よ、もしかしたら、あなたは家族の祈りを聞き届けて、慈悲をお与えくださったのですか？　あなたはすべてを受け容れよとおっしゃいますが、理不尽な出来事があまりにも多すぎます」。祈りを唱えたいと思ったが、心に浮かんでくる光景がむごすぎて、動揺を抑えられない。これほど悲惨な状況にあっては、ただ生きているそのことだけが慰めだった。

第18章　灼熱地獄

船は、いちばん近い海岸から三キロ半の距離にあった。甲板には何百人もの収容者があふれている。船尾に女性数人を含む民間のドイツ人約五〇人と、同数ほどのドイツ人乗組員がおり、彼らもまた窮地に追いこまれていた。付近には、小さめのティールベク号とドイッチュラント号の二隻も停泊していたが、ドイッチュラント号のほうは船体が傾き、火の手が上がっている。煙突のひとつに大きな赤十字マークがまだ見てとれた。海の上では、数百人もの収容者がなんとか岸にたどりつこうと必死に泳いでいた。

甲板の下の地獄からここまで上がってこられたのは幸運だったが、それでもまだ助かったとはとうてい言えない。カップ・アルコナ号はどんどん傾いていくのに、岸からはだれひとり救助に来てくれない。しかも、この船には救命ボートや救命胴衣がひとつも用意されていないのだ。

死がすぐそこにあった。あたりは修羅場と化し、入江は泳ぐ人でいっぱいだ。極寒の海へ、次々と人が飛びこんでいく。しかし、船体の近くでもがいている人たちはどこへもたどりつけない。沈んでいく船体が下に引っ張られる力で渦が生じ、飛びこんでも助かる可能性は低いのだ。体力を奪われた彼らは渦に抵抗できず、懸命に手足をばたつかせながら、ひとりまたひとりと波にのまれていった。

そのとき、なんの前触れもなく、広々とした空に複数の軍用機があらわれた。機体のマークがはっきり見てとれる。「イギリス軍だ！」とみなが口ぐちに叫び、手を振りながら大声を上げた。「おーい、おれたちはKZの囚人だ！　強制収容所の囚人なんだ！」。そして、縞模様の帽子を振ったり囚人服を指さしたりしてみたが、彼らはなんの同情も示さなかった。空軍機からナパーム弾が投下され、カップ・アルコナ号はぐらりと揺れて燃え上がった。ふたたび戻ってきた空軍機は、甲板から一五メートルの距離まで降下してきた。こちらからはパイロットの顔が見えたので、もう怯える必要はないとだれもが思った。ところがその瞬間、またも機体下側部のフラップが開いて、さらなる爆弾が何発も落ちてきた。爆弾の投下先を目で追うと、甲板のあちこちにその衝撃が伝わっている。爆弾が命中せず海に落ちると、噴水のようなしぶきがわたしたちにもかかった。機関銃の弾丸が甲板のわれわれにも、岸へと泳ぐ人たちの上にも雨あられと降りそそぐ。ほどなく海面が赤く染まり、死体は海の底へと沈んでいった。

船体がさらに傾いていくと、だれもが恐怖に襲われた。甲板の表面は濡れて滑りやすく、まっすぐに立っていられない。わたしたちは甲板の縁に坐って手すりにしがみついた。船のまわりは、必死に泳ぐ人や力尽きて沈んでいく人たちでいっぱいだった。渦の乱流に巻きこまれずにいるのは不可能に近い。かろうじて渦から脱出できた何人かも、体力を使い果たし波にのまれていった。時刻は午後三時。視界はよく、船から海岸がはっきり見えた。岸からだれかが来てくれるのではないか、おそらくカップ・アルコナ号の乗組員を救助しにきて、わたしたちも助けてくれるだろうとみな期待していた。ドイツ人といえども、同胞を見捨てはしないはずだ。

カップ・アルコナ号は海面に三五度ほど傾いていた。救出への希望はみるみるしぼんでいった。目の前に悲惨な状況が見えているにもかかわらず、それでも奇跡を信じて海に飛びこむ人があとを絶たない。やがて船体のあちこちで爆発が起きた。兄もわたしも甲板から滑り落ちないよう、手すりの柱を両足ではさんでいた。ほどなく、頭上で炎が上がった。ドーンという爆撃音のたびに、甲板のあちこちが砕け飛んだ。灼熱地獄が船を包みこむ。もはや、しがみついていることもできなくなった。

わたしと兄は顔を見合わせ、海岸に視線を向けた。兄はわたしを助けられないし、わたしも兄を助けられない。ヨゼクは泳げないので、岸までたどりつくのは無理だし、それは本人にもわかっている。お互い、自分のことは自分で決断するしかない。透明で冷たく敵意に満ちた海に目をやると、体のすみずみまで震えが走った。船は急激に沈みつつある。それでもまだ何人か甲板に残っていた。乗組員とSS隊員たちだ。もしかしたら、彼らはこの悪夢から逃れる方法を見つけたのだろうか。そうだとしても、わたしたちに教えるつもりはないようだ。わたしは天を仰ぎ、なぜこんなことになったのですかと尋ねた。

四時ごろ、ふと見ると、ダヴィッド・コットが船の手すりにロープをくくりつけ、それを伝って海に下りていった。甲板から見下ろすと、ダヴィッドが叫んだ。「下りてこい！　ロープは頑丈だ。ここにいれば、助け上げてもらえるかもしれない」

それを聞いて、わたしは心を決めた。けれども、その前に兄のことを考えた。これまで、いくつもの試練をふたりで一緒に乗りきってきた。わたしは説得を試みた。一緒に行こう、このままでは爆撃で殺されてしまう、と。けれども、兄は不安そうに肩をすくめた。怯えているのがわかる。「ベレク、おまえは行くんだ。岸に着いたら救助を要請してくれ。おれはここで待ってる」。すでに、ロープには四、五人がしがみつき、ほかの何人かは、このロープこそ奇跡の脱出ルートだと信じてじっと見ている。どうやら、兄を説得するのは無理そうだ。わたしは兄に最後の一瞥を投げると、すばやく踵を返し、ヴィキー・エンゲルのあとからロープを伝って下りた。

ロープの下まで来ると、七人の仲間がロープにしがみついたまま海面に浮かんでいた。海は冷たく、水温は七度くらいしかない。上着も靴も水を吸ってぐっしょりと重く、脱がざるをえなかった。ヴィキーによると、兄のヴィリーはしばらく前に飛びこみ、岸に向かって泳いでいったらしい。ヴィリーは泳ぎが得意なので、たどりつけるはずだ、と彼は言った。なんとか助かろうと殺気立った人たちが、次々とロープを下りてくる。いくら頑丈とはいえ、どんなロープにも限界はある。すでに九人がぶらさがり、さらに人が下りてこようとしていた。一〇人目がぶらさがったとき、ロープが伸びてパチパチと音を立てた。「もう無理だ!」わたしたちは上に向かって叫んだ。「ロープがちぎれるぞ」。しかし、甲板の縁に殺到した人たちは、どんどん下りてくる。ロープは今にも切れそうだ。わたしはシャツと黒い半袖セーターとズボンを着ていたが、ズボンを脱ぎすてた。ズボンのポケットに入っていた金塊も流れていった。身に着けているのはシャツとセーターと下着だけになった。

ロープを伝って、続々と人が降りてくる。一五人ほどがぶらさがったとき、ロープの縄がほどけはじめた。そしてバチンと音がしてちぎれた。全員が落下し、暗く冷たい海深くまで沈んだ。激しい渦にのまれ、まるで巨大な洗濯機のなかに放りこまれたようだ。わたしは息ができず、肺が破裂しそうになってもがいた。ようやく海面に浮きあがると、なんとかそのままふんばることができた。ダヴィッド・コットも必死にもがいていたが、海面にとどまっていられず、いったん沈み、手足をばたつかせながら浮きあがってきたと思うと、ゴボゴボと音を立ててふたたび沈んでいった。今度は二度と浮かんでこなかった。わたしと一緒にロープにしがみついていた人たちは、四人がしばらく浮かんでいたものの、数分後には同じように沈んでいった。このまま岸をめざしても、たいして遠くまでは泳げまい。そう悟ったわたしは、手を大きく振りかぶり、脚で強く水を蹴って船まで戻った。その場所なら、渦に引きずりこまれることもない。船体にしがみつきながら泳いでいくと、うまい具合に船尾までたどりついた。そして、船尾につかまって周囲を眺めた。

何百という人たちが、情け容赦のない冷たい海で死と闘っている。そのとき突然、船から三〇メートルほどのところになにか浮いているのが目に入った。小さな木片だ。それを見たとたん、覚悟が決まった。わたしはセーターもシャツも下着も脱ぎすてた。裸になり、残っている力のすべてを奮い起こし、決然と木片めがけて泳ぎだした。ひとかきごとに、とてつもない努力を要する。いったん渦の外に出ると、泳ぐのがぐんと楽になった。木片の近くまで来たとき、それが爆発で吹き飛んだ船体の一部だとわかった。木片をつかんで胸の下にしっかり抱え、「一緒に岸まで」でたどりつけなければ、もろともに沈むまでだ」とつぶやく。「命を救ってくれるまで離さないからな」

水を足で蹴るのと腕で掻くのを交互に繰り返しながら前へ進んだ。しかし、全力で手足を動かしても、一メートルもの高い波に体を持ちあげられ、下ろされたときにはもとの場所に戻ってしまう。この調子では、岸にたどりつくまで体力が持たない。そのとき、小さなモーターボートが右から左へゆっくり進んでいくのが見えた。わたしは方向を変え、ボートと出会える方角へ泳ごうと、さらなる力を奮い起こした。懸命に手足を伸ばして水を蹴るが、それでもなかなか進まない。全長四メートルほどのそのボートは、裸の男たちでいっぱいだ。このままでは、わたしが近寄る前に通りすぎてしまう。必死に泳いでいるのはわたしだけではなく、何人かは、よりボートに近いところにいた。わたしはここで終わってしまうのだろうか。ボートに乗せてくれと頼む声が聞こえてきた。ひとりが引きあげられると、わたしは手を振って大声を出し、注意を向けてもらおうとした。しかし、向こうからは「これ以上は乗せられない。もう場所がない！　満員なんだ！」と叫び返してきた。それでもわたしの決心は揺るがない。最後の力を振りしぼって両手でぐいと水を掻き、少しでも前に進もうとした。だが、すでにボートはかなり沈みこんで、水面ぎりぎりにかろうじて浮かんでいる。わたしは声が出なくなるまで叫び、乗せてくれと頼みつづけた。「おい、ブロネクだ。歯医者だよ。乗せてやろう」だれかが声を上げた。モーターの速度が落ち、ボートは方向転換してこちらに向かってきた。その一分後、何人かの手で引きあげられたわたしは、意識が朦朧とし、どさりと倒れこんだ。裸の仲間たちと日焼けした漁師とが、わが命の恩人だった。小さなボートが岸に向かってゆっくりと水面を切るように進んでいくあいだ、乗せてくれと叫ぶ人たちはまだたくさんいた。「あとひとりでも乗せたら全員沈んじまうからな」と漁師が釘を刺した。

波で船体を上下に揺さぶられながら、小ぶりのエンジンがずっしりと重いボートを押していく。器用に操縦する漁師のおかげで、船は転覆を免れていた。わたしは体を丸め、頭を両膝にはさんだまま、兄のことを考えた。自分は今回も死をすり抜けることができたが、兄はできなかった。まだしばらくはカップ・アルコナ号が浮かんでいるはずだと思いたかったが、その希望も消えつつあった。

漁師の巧みなハンドルさばきで、ボートは少しずつ浅瀬に近づいてきた。「よし」と言って、漁師はボートを止めた。「ここからは、なんとかなるだろう」。わたしたちは、ふらつきながらボートから降りた。太陽が海に沈もうとしている。カップ・アルコナ号の姿はほとんど見えない。裸のわたしたちは寒さに震え、腹をすかせ、捕まるのを恐れていた。もしかしたらここにも収容所があるかもしれないし、悪くすれば、また別の「カップ・アルコナ号」が待っているかもしれない。

のちに、わたしたちはこのすさまじい悲劇の実態を知ることになった。溺死者の数は正確にはわからないが、最初の見積もりによると、あの日バルト海で死んだのは一万三〇〇〇人。フュルステングルーベ、ノイエンガンメ、グロース・ローゼン、シュトゥットホーフの各強制収容所からの移送者のうち、生還者はわずか一割の一四五〇人だけだった。アメリカ兵の捕虜が何人乗っていたかも、なぜ乗っていたかも定かではないが、生存者はいなかった。目撃情報によると、カップ・アルコナ号の船長はまっさきに船を離れたという。一九七五年、機密解除によりイギリス空軍が公開した文書には、船を沈没させたのはイギリス空軍だと記されていた。その理由はいまだ謎のままである。

一九四七年一月三一日、カップ・アルコナ号の船長は、次のような報告をしている。

ハインリヒ・ベルトラム船長より、〈ハンブルク・南アメリカ汽船会社〉ハンブルク、ホルツブリュッケ本社への報告

一九四五年二月二七日、ハンブルク・南アメリカ汽船会社からの命令および海軍省の許可を受け、わたしは二万八〇〇〇トンの客船カップ・アルコナ号の操縦を引き継いだ。アテネ号の船長から聞いたところによると、収容所の囚人約一万二〇〇〇人がリューベックから輸送されるとのことだった。そのほとんどがカップ・アルコナ号に乗船することになっていた。

わたしとしては、当然ながら収容者の受け容れは拒否すべきと考えていた。というのも、責任ある乗組員であれば、戦時に確たる必要性もなく人間を、しかも大人数を海上輸送するのは危険だと知っているからだ。

四月二六日の木曜日、輸送の責任者であるSS将校ゲーリッッヒ少佐が、顧問役の商船船長と、特殊部隊の幹部と、機関銃で武装した兵士たちを連れてあらわれた。ゲーリッッヒは書面

による指令を携えており、そこには、わたしがなおも収容者の乗船を拒むようなら、ただちに射殺せよと書かれていた。

ここにいたって、わたしの死をもってしても収容者の乗船を拒否できないことがあきらかとなり、こちらとしては、わが客船に対する責任を断じて放棄するとSS将校に伝えた。

ゲーリッヒはアテネ号からカップ・アルコナ号へ収容者を移すよう命じた。さらに、リューベックでは別の収容者も乗船したため、顧問役の商船員がこの船の定員は二五〇〇人だと進言したにもかかわらず、一九四五年四月二八日の時点で、収容者は全部で約六五〇〇人になっていた。

四月二九日の日曜日、わたしは車でハンブルクへ向かい、敵から襲撃を受けた場合は船底に穴を開けて沈没させるという命令を取り消すよう要請した。ハンブルクでは、ベルナドッテ伯爵がドイツ人以外の収容者を全員連れていく旨を明言していると教えられた。スウェーデンの船はすでにこちらへ向かっているため、わたしは急いでノイシュタットへ戻らなければならなかった。

言及しておく必要があるのは、一九四五年四月三〇日の月曜日、アテネ号はスウェーデンに移送されないドイツ人収容者二〇〇〇人を乗船させたため、カップ・アルコナ号が沈没時に乗せていた収容者は四五〇〇人だけだったということだ。

署名：カップ・アルコナ号元船長ハインリヒ・ベルトラム【4】

イギリスの著名な歴史家マーティン・ギルバートは、その著書『ホロコースト』のなかで、輸送船に乗れずに帰された収容者たちになにがあったかを記している。

五月二日、リューベック湾では、シュトゥットホーフ強制収容所から移送されてきた何百人かのユダヤ人が小さなボートに分乗し、湾内に停泊中の大型船二隻、カップ・アルコナ号とティールベク号に乗船すべく近づいていった。しかし、どちらの船長も受け容れを拒んだ。二隻にはすでに合計七五〇〇人のユダヤ人が乗船していたからだ。ボートは岸に戻るよう命じられた。しかし、五月三日の早朝、ボートが岸に近づき、今にも飢え死にしそうなユダヤ人たちが陸に上がろうとすると、彼らをめがけてSS隊員やヒトラー・ユーゲントの青年やドイツの海軍兵たちが機関銃で撃った。五〇〇人以上が射殺され、生き残ったのは三五一人だけだった。

同じく五月三日、カップ・アルコナ号はリューベック湾でイギリス軍の爆撃機から攻撃を受けた。海に飛びこんで生還した収容者はごくわずかしかいなかった。【5】

第19章　どこへ行けばいいのか

どこかに避難できる場所はないだろうか、と漁師に尋ねてみた。相手はしばらく考え、頭を掻いてから「そうだな」とつぶやき、パン屋があるのでそこへ行くよう教えてくれた。「海沿いに行くと、海岸近くの丘に家が一軒ある。それがそのパン屋だ。もしかしたら留守かもしれないが、まだ温かいオーブンと、うまくすればパンもいくらか残ってるだろう」。わたしたちは漁師に感謝の言葉を伝え、まだ海にいる人たちを助けてくれるよう頼んだ。促されるまでもなく、彼はすでにボートを出そうとしていた。カップ・アルコナ号が停泊していたあたりは、すっかり闇に包まれている。ときおり波の音が聞こえてくるほかは、幽霊のような静けさが、この二四時間のうちに繰り広げられた悲劇の舞台を覆っていた。まるでなにごともなかったかのように、海岸に波が打ちよせては引いていく。

ボートから離れながら、わたしは天を見上げた。「ああ神よ、母も父も姉も、みんな死んでしまいました。神様、どうかお願いです！　このうえ兄まで奪わないでください」。わたしたちは、無気味なほど静かな海岸沿いを、だれにも見つからないよう影のようにひっそりと歩いた。途中、フュルステングルーベで一緒だった仲間ふたりの死体を見つけた。なおも進んでいくと、向こうから年配の男性が歩いてきた。もしかしたら、密告されるかもしれない。

相手も同じように驚いていた。こちらが一歩近づくたびに、目が大きく見開かれていく。全裸の男たち一〇人が海岸を歩く姿に、ぎょっとしているのだ。「いったいどうしたんだ?」。わたしたちは今しがたの惨劇を話した。なにも知らなかった、と彼は答えた。どうか、人を呼んできてボートで救助に向かってもらいたい、と頼んだが、この地域は住民のほとんどが、戦争の激化にともなって姿を消したという。「海岸沿いに歩いていけば、パン屋がある」。彼は、Sの音を北部ドイツふうに発音した。そして、なおも頭を横に振りながら立ち去った。わたしたちは寒さに凍えて歯をガタガタ鳴らしながら、深い砂の上をよろめくように歩いた。途中、五人の生還者に出会った。そしてようやく、かすかな明かりが見えてきた。あれがパン屋だ。

なかに入ると、すでに二〇人ほどが麻布やぼろきれにくるまって、ろうそく二本を囲み、いかにも惨めなようすで座りこんでいた。そして、だれが溺れ死んでだれが助かったかを口ぐちに言い合っている。感情抜きのその会話は、まるで紛失物のことでも話しているみたいだ。もしや、死者のなかに兄の名前が出てきはしないかと、わたしはハラハラしながら耳を傾けていた。どんなにかすかであろうと、まだ希望はあるはずだ。

オーブンは冷えきっていた。わたしたちがなにより恐れたのは、見つかってまた別の収容所に連れていかれることだ。ここには水があり、ようやく渇きをいやすことができたが、食べ物はひとかけらもない。生還者たちがさらに数人やってきた。命拾いした奇跡をそれぞれが口にする。

「おまえの友だちのヴィリーは岸までたどりついたはずなのに、そこで死んでしまったよ。海岸に横たわっているのを見たんだ」とひとりが言った。みな空腹に苦しんでいたものの、強制収容所に連行される恐怖心で、眠ることができない。夜が更けてからも、ひとりまたひとりと生還者がやってきた。助かった人たちはほぼ全員がこのパン屋に来ているようだ。遅く到着したなかにメンデーレがいて、その報告によると、彼が海に飛びこんだときには兄がまだ甲板にいたという。わたしたちと同じように、メンデーレも漁師に助けられたのだ。

太陽がゆっくり昇ってきたころ、ひとりの民間人があらわれ、トラック二台に乗るようわたしたちに命じた。彼は最初、自分が何者でなぜここにいるのか説明しなかった。最悪の事態を恐れたわたしたちが、どこへ連れていくつもりなのか尋ねると、びっくりする答えが返ってきた。「病院だ。このあたりはイギリス軍が進駐している」。外には二台の無蓋トラックと、民間のドイツ人がもうひとりいた。あたりには、昨日の大惨事を思い出させるものはなにもなく、ただ海岸に船体のかけらが打ちあげられているだけだ。わたしたちは全裸のままトラックに乗りこんだ。歩けない仲間は抱えて乗せた。解放されたことをいまだに信じようとしない者もいる。今回もドイツ人による策略ではないかと疑っているのだ。しかし、この状況は今までとはまるでようすが違った。

パン屋をあとにしたのは朝の六時ごろだ。カップ・アルコナ号は船体の一部を水面から出したまま、四五度に傾いて横たわっている。トラックが海岸沿いの道路を走ると、ところどころに死体が打ちあげられているのが見えた。やがて、二台のトラックは舗装された幹線道路に入った。何分かすると、白い星の描かれた戦車が横を通っていった。その星はたぶんソ連のマークで、兵士たちはロシア人だろうと思った。しかし、兵士の制服とベレー帽を見ると、イギリス軍だとわかった。わたしたちは、大声を上げて手を振った。おそらく彼らの目には、頭のおかしな全裸の男たちと映ったに違いない。

イギリス軍の戦車がさらに何台も通っていき、兵士が親しげに手を振ってくれた。その温かさにわたしたちはすっかり心を奪われ、英語は片言しか理解できなかったが、勝利のサインはすぐに憶えた。兵士たちのそのVサインが、勝利をなによりも雄弁に語っていた。ノイシュタットの中心街までくると、二階建てや三階建ての家並みがあらわれ、わたしたちは体を曲げて陰部を隠した。

トラックは赤レンガの建物の前で止まった。ドイツ海軍の病院だ。案内された広い病室には清潔な二段ベッドが並び、白いマットレスとほんもののリネンのシーツが敷いてあった。わたしたちは、海軍の記章がついた青い寝間着を受けとった。なんという違いだろう。つい昨日まで役立たずの寄生虫扱いされていた人間が、今はこんなにりっぱな病院にいるとは。とてつもない変わりようだ。

部屋の照明は抑えられている。わたしは横になり、天井をじっと見つめた。この四八時間のうちにあまりにも多くのことが起こりすぎて、思いを巡らせるのも難しい。あとは、兄が生きていてさえくれれば……。次第に頭が重くなっていく。フカフカの枕に頭を預け、わたしは眠りに落ちた。

正午ごろ、人の声が聞こえてきた。目を開くと、ひとりの女性がこの地方特有のドイツ語で話していた。聞きなれたメンデーレの声が下のベッドから答えを返す。その中年女性は、ボランティアでわたしたちの世話をしてくれているのだ。「お医者さまのご指示で特別食が用意されていますからね。もうすぐ運ばれてきますよ」。そのあと看護師が入ってきて、窓のブラインドを上げ、ひとりひとりの熱を測りはじめた。わたしは熱っぽい感じはなかったが、測るように指示された。彼女もドイツ語で話している。全員の体温を調べるのが、この看護師の役目なのだ。窓からまばゆい陽射しが入ってきて、部屋全体が明るくなった。

一二時半に、ふたりの女性が大きな鍋に入ったほんもののスープとパンとバターを運んできた。「じきにお医者さまがいらっしゃいますから。それまでベッドにいてくださいね」やさしい口調でふたりはそう告げた。しかし、わたしはもう自由なのだ。病気でもないのに、こんなにのんびりとした静かな病院にいる必要はない。一刻も早く外の世界を見たくてしかたがない。とにかくここから出たいのだ。とはいえ、着る服もなくどうやって出ていけばいいのか。わたしはメンデーレに視線を向けた。彼は唯一の少年なので、裸でいるところを見られても、わたしよりは怪しまれないはずだ。頼みこむまでもなく、メンデーレは服を探してくる、と口にした。そして、「どこかでふたりぶん失敬してくるから」と言って部屋を出ていった。

もしかしたらもう戻ってこないのではないかとあきらめかけたそのとき、メンデーレは裾の長い黒の燕尾服《えんびふく》姿で戻ってきた。四サイズほども大きくブカブカだ。ふつうの服は手に入らなかったらしい。わたしに持ってきてくれたのは、勲章がびっしりとついたドイツ海軍将校の制服に、編み上げブーツ、制帽、ベルト、ネクタイ。「いったいどこで見つけてきたんだ?」と、あっけにとられて訊いた。

「質問はなし。いいから着てよ。それと、いいものを持ってきたから待ってて」と言ってメンデーレは目を輝かせた。そして部屋を出ていくと、ピカピカの自転車のハンドルを押して戻ってきた。「ナチから盗ってきてやったんだ」。それを聞いてもわたしは驚かなかった。ナチにはなんの同情も感じない。メンデーレはウッチのゲットーや強制収容所を生きのびるために新しい知恵を手に入れ、今ではそのルールに従っている。それこそが、ジャングルを生きぬくためのルールなのだ。

解放された収容者たちの多くが、同じように外へ出たがっていたため、歩ける者はわたしたちと一緒に病院を出ていった。わが人生のひとつの章が終わりに近づいているように感じた。メンデーレは頭を高く上げ、真新しい自転車を自慢げに押している。もしかしたら、こんな自転車がずっとほしかったけれど買ってもらえなかったのかもしれない。その顔は幸福感に満ちあふれていた。しばらくして、はたと思い出したようにメンデーレがいきなり声を上げた。「そういえば、兄さんのヨゼクを見たよ」

顔を殴られたかと思うほどの衝撃だった。兄が生きている？　まさか。シルクの燕尾服の襟をつかんで、わたしはメンデーレを揺さぶった。「ヨゼクを見たって？」相手の目を覗きこみながら、念を押すように尋ねた。すると、彼は真剣な目で見返してきた。兄のことでメンデーレが嘘をつくはずはない。

「神にかけて、見たよ」

なのだろう。

「まだ囚人服を着てたよ。どうやって助かったのかはわからないけど、ほかにも七〇人ぐらいいた。ほんとうだよ。母さんと父さんに誓って、ヨゼクを見たんだ」。そこまで言うならほんとう

「たしかにヨゼクだったのか？」。ぬか喜びはしたくなかった。「どんな服を着てた？」

「さっき。言い忘れてたんだ」

「見たのはいつだ？」

「メンデーレ！　おまえを信じるよ。だから一緒に探してくれ」。街の中心部まで歩いていくと、別の生還者ふたりからも、兄を見たと教えられた。もはや間違いはない。兄が生きているのはたしかだ。わたしは前日に下った丘を登っていき、メンデーレは自転車で蛇行しながらついてくる。やがて、一五人ほどの仲間が目に入ってきた。強制収容所の惨めな囚人服のままだ。わたしが二、三歩進んだとき、メンデーレはすでに仲間たちのなかにいた。彼が兄を見つけると、兄はびっくりしながらも、嬉しそうにこちらへ近づいてきた。腕には、自転車の車輪ほどもあるスイス・チーズ［硬くて穴の多いチーズ］を抱えている。

「ヨゼク！　どうやって助かったんだ？」と訊きながら、わたしは兄と抱き合った。ふたりで泣いたのは何年ぶりだろう。長いあいだ抑えていた涙が一気にあふれだし、わたしたちは子どものように泣いた。

「甲板からおまえを目で追っていたんだ。船尾を離れてもがいているのが見えたときは、思わず目を閉じたよ。そして目を開けると、おまえがボートに引きあげられるところだった。船の上で

はまだ七〇人ほどが手すりにしがみついていたんだ。すっかり暗くなってたから、もうおしまいだ、だれも助けにきてくれないだろうと思ったよ。でも、夜が明けたころ、たぶん今朝の六時くらいだと思うが、イギリス兵たちがボートで救助にきてくれたんだ」ヨゼクはいかにも嬉しそうに言葉を弾ませた。

助かった者は、ほかの生還者にまずこう尋ねる。「どうやって助かったんだ?」。そこに、ふたつとして同じ答えはない。残念ながら、その質問ができたのはごくわずかの仲間たちだけだ。ゲットーや強制収容所での暮らしを何年も奇跡的に生きのび、過酷な仕打ちに鍛えられてきた、辛抱強く強靭な仲間たちのほとんどが、バルト海にのみこまれてしまった。カップ・アルコナ号はいまやほんの一部分だけを残して海面下に沈んでいる。「もうあそこに生きている人間はいないだろう」そう思わざるをえなかった。

この地域を解放した連合軍の兵士たちも、イギリス人とベルギー人の兵隊たちも、わたしたちがどんな経験をしてきたか、まったく理解してくれなかった。収容所のことを説明しても、彼らは荒唐無稽《こうとうむけい》な話としか受けとらず、信じられないというように首を振るばかりだった。どうやら、強制収容所についてはなにも知らないらしい。初めて出会った収容者がわたしたちだったのだ。

最悪のときをともに耐えてきた仲間たちの死をみなで悼《いた》んでいたとき、イギリス軍の若い中尉から声をかけられた。だれか自分と一緒に来て、これまでの経験を上官に話してくれないかというのだ。こちらには英語を話せる人間があまりいない。わたしはうまくはないが少しは喋れたので、同行することにした。兄とあとふたりの仲間も一緒に、ジープという見慣れない車に乗りこんだ。乗り捨てられたおびただしい数の車やトラックや戦車の脇を通って幹線道路を西へ走り、以前は郵便局として使われていた赤レンガの建物に到着した。中尉の話によると、ドイツ兵たちは港へ逃走する途中、捕まるのを恐れ、軍用車を捨てて民間車に乗り換えたのだという。

建物に入り、少佐のところへ連れていかれた。わたしたちはいまだに権力者、とりわけ軍人を見ると身が縮こまってしまう。その恐怖心は戦後も長く続くことになった。少佐は五〇歳くらいで、頭は短髪、口ひげはきれいに整えられている。煙草の包みを開くと、一本ずつわたしたちに差しだした。そして、椅子に背中を預け、英語を話せるのはだれかと英語で質問した。わたしは頷いて、少し話せますと答えた。少佐はメモの用意をしてから、わたしの名前と出身地を尋ねた。

もしかしたらポーランドへ強制送還されるのではないかとわたしたちは案じた。このところ、送還の噂がしきりに流れていたからだ。わたしはマックス・シュミットの忠告を思い出し、「出身はフランスです」と答えた。

次に、カップ・アルコナ号に乗船した経緯と、沈没したときのようすを訊かれた。たどたどしい英語で、イギリス空軍の爆撃機が船を攻撃してきたことを伝えたとき、少佐は口をあんぐりと開け、信じられないというように眉を上げた。そしてさらに質問を続けたが、わたしの英語力では、この事件について詳しく話すのは無理だとわかり、少佐は通訳を呼んだ。二〇歳くらいのかわいらしいドイツ人女性が入ってきて、少佐の質問をドイツ語でわたしに伝え、わたしの答えを英語で少佐に伝えた。彼女がわたしたちの経験に心を動かされているのが見てとれた。

少佐も中尉もていねいに耳を傾けてくれた。面談の最後に少佐は、まだ戦闘が続いているので、早くこの地域を出たほうがいいと忠告してくれた。とはいえ、当然ながらわれわれには移動手段がない。ここへ来る途中、多くの車が乗り捨ててあるのを見ていたわたしたちは、もし許可をもらえれば、道路に散乱している車の一台を使いたいと願い出た。少佐はこちらの意図を理解し、「許可を与えることはできない」と、やさしいながらもきっぱりとした口調で答えてから、こう付け加えた。「ただ、道路には車がたくさんあるから、使えそうなものに乗っていくといい。だれも止めはせんよ」。そして、身分を証明するときは、「入れ墨を見せればじゅうぶんだ」と言った。

わたしたちはわくわくしながら、使えそうな車を一〇人で探しにいった。近くにある乗用車をすべて確かめてみたが、一台に全員が乗るのは無理なので、トラックを探すことにした。街のはずれまで探して、ようやく迷彩模様のバスを見つけた。プジョー製で、まだ状態はいい。昔、父がプジョーのトラックを所有していたことがある。バスのなかを探してみたが、キーはどこにも見当たらない。わたしたちにはこのバスがぴったりなので、どうしたものかと考えた。そして、バスのすぐ横の家で、キーを持っていないかと尋ねた。バスは自分のものではないと農夫は答えたが、いずれにせよキーは持っているに違いない。なにがなんでもバスを手に入れようと決めていたわたしたちは、なおも食い下がり、強い口調で迫った。すると農夫は寝室へ行き、妻がそこに置いたのを忘れていたのだと言い訳して、震えながらキーを差しだした。

わたしはエンジンをかけ、バックで狭い通りへ出た。しかし、大型車を運転した経験がほとんどないため、バスは前にもうしろにも進まなくなり、ほどなくエンジンが止まった。なんとかかけ直そうとしたが、どうしてもうまくいかず、ついにあきらめた。落胆したわたしたちは、バスを置いてほかの車を探すことにした。

五〇台は見てまわったものの、今置いてきたバスのような車は見当たらない。もう午後も遅い時間だ。空腹をいやすため、兄の持っているスイス・チーズを切って食べた。その後も探しつづけ、ようやくイタリア製のフィアット二台に目をつけた。まるで工場の組み立てラインから出荷されたばかりのようだ。両方ともキーは車内にあったので、その二台を拝借することにした。

兄が一台を、わたしがもう一台を運転し、少佐の指示どおり西へ、占領地域の中心部へと向かった。連合軍の車のそばを通るたびに、わたしたちは手を振って兵士に挨拶した。向こうからは、いぶかしげなまなざしが返ってきた。縞模様の囚人服や、ドイツ海軍のくたびれた制服を着こみ、頬のこけたこの男たちは何者だろうと思案しているのだ。街なかを見渡しても、鉤十字のマークはもはやどこにもない。戦争の名残は、焼け焦げて放置された車やトラックや戦車だけだ。向こうから歩いてくる人たちのなかに、背が高く少し猫背の男がいた。棒切れに荷物をぶらさげ、もうずいぶん長く歩いてきたらしく、右へ左へとよろけながら進んでいる。そのとき、だれかが言った。「フュルステングルーベでSSの看守だったオルスラーガーだ」。わたしたちは車を止めた。男は静かにこちらへ歩いてくる。すぐそばまで来たとき、われわれのことを知っているかと訊いてみた。相手は、はぐらかすような身ぶりで、知らないと答えた。

「フュルステングルーベにいた看守のオルスラーガーじゃないのか?」

そこまで指摘されたなら否定してもしかたがないと思ったのか、男は「ああ、そうだ」と、どもりながら答えた。「だが、おれはあの収容所とはなんの関係もない」。こうした否認の言葉を、その後いったい何度聞いただろう。「おれは自分の義務を果たしたまでだ。見張り塔で監視をしていただけさ」。こういう言い訳も、繰り返し聞かされることになる。この看守はもはや傲慢なSS隊員ではない。かつてわたしたちが恐れていたように、今は向こうがわたしたちを恐れているのだ。

わたしたちにしてみれば、この男こそが悪の権化《ごんげ》に思えた。これまで我慢していた怒りや悔しさを抑えることができない。殺してしまえ、とだれかが言った。全員がこの男の死を願ったものの、実際に自分が手を下すのはいやだった。相手は弁明を繰り返し、「おれなんか、自分の義務を果たしていただけの下っ端だ」と何度も口にした。突如として立場が入れかわり、彼はいまや無力な存在なのだ。この男をどうするべきか、みな迷った。ようやく手に入れた自由に浮かれている今、許してやるのはたやすい。しかし、無傷で釈放というわけにはいかなかった。当然の報いとして、二、三発蹴ったり平手打ちを食わせたりしてから、わたしたちは車を出した。おそらく、彼にとってほんとうの罰は、総統の唱えるナチスの理論が崩壊したことに違いない。それだけでもじゅうぶんな屈辱だろう。しかし、あとになってわたしたちは、なぜもっとあいつを痛めつけてやらなかったのかと悔やんだ。

走りつづけているうちにノイ・グラッサウまで来た。すでに陽は沈んでいる。行くあてもないので、シュミットの家の納屋に寄ってみることにした。近道をして家に到着すると、邸宅の正面は植えこみのある円形の車回しになっていた。以前の収容者仲間がまだそこに数人残っており、わたしたちを見て驚いていた。彼らも相変わらず縞模様の囚人服姿だ。どうやら、納屋や周辺に隠れていて助かったらしい。しかし、残念ながら運の悪い仲間もいたらしく、見つかって射殺されたという。納屋にはヨゼフ・ヘルマンの姿もあった。今となっては、本名のヘルマン・ヨゼフと呼んでもらいたいようだ。司令官だったシュミットはもうそこにはいなかった。

　初めて会うシュミット家の主人と妻が家から出てきて挨拶をした。主人は小ざっぱりとして、よく日に焼けた五〇歳くらいの裕福な農場経営者だ。夫人のほうはふくよかな体型で、礼儀正しい。マックスはひとり息子だという。彼らは家畜のブタを一頭、夕食用に捌《さば》き、泊まっていくよう丁重に勧めてくれた。つい数日前まで怪物扱いされ、家畜のように納屋やそのまわりで寝ていたわたしたちが、突如、客人としてもてなされ、司令官の両親の邸宅で夕食をごちそうになるとは……。わたしたちの人生は、これほど一気に変わったということだろうか。これまで、ドイツ人からこんなふうに扱われたことは一度もなかった。食事の前には、ワインやシュナップス［アルコールの強い蒸留酒］まで出てきた。仲間の多くが、酒を飲むのは何年かぶりだ。ブタが焼きあがってテーブルに運ばれてきたときには、すでに半分酔っ払っている者や頭がふらついている者もいた。テーブルには上等の磁器やクリスタルガラスが並び、華やかな祝いの席を思わせた。

　みながにぎやかに飲んだり喋ったりしていたまさにそのとき、驚きの出来事が起きた。マックス・シュミットがにこやかな笑みを浮かべて部屋に入ってきたのだ。髪を短く刈り上げている。シュミットは、テーブルのわたしたちひとりひとりに握手を求めてきた。わたしのところへ来ると、さも仲のいい親友みたいに両手を差しだした。「やあ歯医者さん、生きていてくれてよかった。

ベルナドッテがスウェーデンに連れていってくれなかったのは残念だったね」

スウェーデン行きを勧めてくれたのはシュミットにしては最大の善行だったが、それにしても、わたしがスウェーデンに行かなかったのをなぜ知っているのか不思議だ。「わたしたちが戻ってきたとき、あなたはここにいませんでしたよね」。けれども、彼はその質問をさらりとかわしたので、それ以上こちらからは追及しなかった。

わたしたちはこうしてシュミット家の客としてもてなされた。所長だった人物が同じテーブルに着き、一緒に楽しく食べて飲んでいる。「過去のことを話題にするのはやめようじゃないか。過ぎたことはもう忘れよう。だれもがつらい思いをしたんだからね」とシュミットは言った。そしてシャツの左袖をたくしあげ、収容者のものとそっくりの番号が腕にあるのを見せた。それが入れ墨なのかペン書きなのかはわからないが、どうやらわたしたちの気を鎮めさせるのが目的らしい。みな、笑ってすべてをやりすごしている。もう許そうという気分に支配されていたのだ。

一二時ごろ、全員が眠りについた。朝、目が覚めると、食料貯蔵室の小さな窓から明るい陽射しが差しこんでいた。隣に寝ているのは兄とシュレク・リプシッツだ。頭が重い。わたしは、なにかが間違っていると感じた。昨夜のことを考えると、気持ちがざわついてくる。シュミットのあの態度はどうだろう。この五か月間、われわれの生殺与奪を一手に握る人間として、収容者を解放することもできたはずだ。腕の収容者番号を披露し、仲間づらをしてみせたあのやりかたが、わたしにはことさら不快に感じられた。収容者番号と、短く刈りあげた頭髪を見れば、彼が必死に自分の正体を隠し、収容所の生還者になりすまそうとしているのがわかる。「こんなことは許せない」と感じたわたしは、もはや一分でもその場にいたくなかった。

車で来た一〇人は、ただちに出発することになった。ヘルマン・ヨゼフも一緒に来たがった。「マックスを連合軍に引き渡して、あの男が収容所でどんな役割を果たしていたか報告すべきだ」わたしがそう言うと、ヘルマンも同意し、たしかに無実とは言いがたいと応じた。マックスの姿は見当たらなかったが、両親はいたし、マックスの婚約者ゲルタもふいに姿をあらわした。昨夜とはなにかしらようすが違うことに、シュミット家の人たちも気づいていたらしい。彼らはわたしたちが出発するのを知っていた。この何年か、人生をともにしてきた仲間とここで別れるのはつらかった。車の燃料がかなり減っていたので、どこかで止まって、イギリス人の言う〝ガソリン《ペトロール》〟を兵士に分けてもらうことに決めた。わたしたちは車に乗ってからもまだ、シュミット家の人たちにうまく丸めこまれたことや、マックスの無神経なふるまいに腹が立ったことなどを口ぐちに言い合っていた。

西へ五キロほど走ると、イギリス軍の補給処が見えてきた。乗り入れようとすると、すぐさま柵に阻まれた。ここに立ち寄った理由を、ふたりの兵士につたない英語で説明したが、だれにも会わせることはできないという答えが返ってきた。そうした権限を持つ者はここにはいないので、イギリス軍情報部を訪れてみてはどうかというのだ。それでも、車一台につきガソリンひと缶、計二〇リットルと、軍用食をひと箱分けてくれた。ほかの補給処二か所でも話をしてみたが、答えは同じだった。イギリス兵たちはだれひとりまともに取りあってくれず、関心がないように見える。わたしたちは落胆し、途方に暮れた。車はヴェストファーレンからそう遠くないところを走っていた。リューデンシャイト［ドイツ西部に位置するノルトライン＝ヴェストファーレン州の都市］に友人がまだいるはずだから寄っていきたいとヘルマン・ヨゼフが言うので、わたしたちは車の方向を変えた。

路肩に何度も車を停めては、イギリス兵からもらった食料を口にした。彼らがくれたのはアメリカ軍の配給食セットで、牛肉の缶詰やチョコレートや粉末ミルクが入っていた。夜の八時ごろ、カッセルからそう遠くないミュンデンという街に近づいたとき、わたしたちは初めてアメリカ人と遭遇した。道路はジープや兵士であふれ、何人かは〝MP［憲兵］〟と書かれた黒い腕章をつけている。彼らはわたしたちの車を止め、路肩に寄るよう指示した。「身分証明書はあるか？」とひとりが尋ねてきた。あれこれ説明したあと、入れ墨の番号を見せて、ようやくわれわれが強制収容所の元囚人で、身分証明書などないことをわかってもらえた。「これからどこへ行くつもりだ？」

「故郷に帰るんです」とヘルマン。少なくとも彼にとっては事実だ。

「アイゼンハワー元帥の命令により、民間人は夜間の移動をいっさい禁止されている」とアメリカ兵は説明した。「夜八時から朝七時までは運転できないんだ」。リューデンシャイトはおそらくイギリス軍の占領地域なので、別の道を通って行こうとヘルマンが提案した。そして車をバックさせはじめたとき、「待て！」とMPのひとりが声をかけてきた。「ここでひと晩泊まっていってもかまわないぞ」。わたしたちはその〝将校〟（初めての相手はだれでも将校と呼んだ）に礼を言った。柵の向こうに並ぶ家のなかに、二階建てのモダンな建物が一軒あった。そこに泊まるといい、とMPたちが教えてくれた。食料もまだ残っているかもしれないという。イギリス兵と違って、彼らは気さくな感じだった。ほどなく、わたしたちは必要なものにありついた。じゅうぶんな量のパン、卵、砂糖、ネスカフェのコーヒー。自分たちで料理をしたのは五年ぶりだった。

そろそろ寝ようとしていたとき、軍曹がひとり訪ねてきた。彼はまずわたしたちの経験にたいそう興味を示してから、二時間ほど、車を一台借りてもいいかと訊いてきた。今すぐには必要ないので、わたしたちはなんの躊躇もなく同意した。「でも、ガソリンがあまり残っていませんよ」。当時はどこでもガソリンが不足していたのだ。

「心配ない」と軍曹は答えた。「ガソリンならいくらでも持ってきてやるから」。なんとすばらしい巡り合わせだろう。明日の朝にはもうガソリンの心配をしなくていいのだ。部屋には全員が眠れるだけのソファやベッドがあり、だれもが言葉にできないほどの解放感を味わっていた。ほんもののベッドに横たわり、ふわふわした羽根ぶとんを掛けると、思いがけないほど贅沢な気分になった。

翌朝、ダンボールに〈強制収容所の囚人〉と書いて車二台に貼っておくことにした。しかし、あたりに軍曹の姿がなく、わたしたちは心配になりはじめた。部下のひとりが、軍曹はもうすぐ戻ってくるから、と落ち着いた声で言った。「たぶん、女《フロイライン》のところに行ってるんだ」。ようやく軍曹が戻ってきて、トランクにガソリンを積んできた、と身ぶりで示した。ただ、この場でガソリンを入れると自分が面倒な立場になりかねない、と言うので、わたしたちはトランクを開け、缶が満杯になっているのを確認した。そして、リューデンシャイトへ向かう途中で缶のふたを開け、ガソリンだと思っていたものをタンクに注ぎはじめた。ところが、注ぐときの音も匂いも粘度もガソリンとは違う。なんと、それはただの水だった。いかにも親切そうなアメリカ人がそんなふうにわたしたちを騙すなんて、信じられなかった。

戦争末期の混み合った道路の上で、タンクに水しかないわたしたちは立ち往生することになった。道を行く車を止めようと一時間ほど奮闘した結果、ようやく陸軍将校たちの乗った一台のジープが止まり、ほんもののガソリンが入った容器をくれた。そしてそのとき、ドイツが降伏したことを知らされた。五月八日、ヨーロッパでの戦争が終わった。

フィアットのエンジンは、咳きこむような音を立てて止まりそうになったが、しばらくするとまた回転しはじめた。リューデンシャイトへの途中でふたたびイギリス占領地域に入り、真夜中に近いころ、ヘルマンの知人ハッペの家に到着した。主人のハッペはヘルマンを見て仰天し、道連れが一〇人もいると知ってさらに驚いていた。夜遅い時間にもかかわらず、夫人はたっぷりと食べ物を出してくれた。あらゆるドイツ人に対してまだ不信感を抱いていたわたしたちだが、ハッペ夫妻のもてなしは心からのものだった。たぶん、こういう人たちはほかにもいたはずだ。いったい今までどこにいたのか。なぜずっと傍観していたのだろう。

リューデンシャイトは絵のように美しい小さな街で、空襲の被害も受けていなかった。このあたりはザウアーラントと呼ばれる地方に属し、青々とした草原や見渡すかぎりの田園が広がっている。フォルメ川という小さな河川が、幹線道路に沿って郡の中心地ハーゲンへと流れていく。周辺の家には、戦争の傷痕がまったく見られない。ハッペ氏は、街の長老や市長や警察署長に意気揚々とわたしたちを紹介した。戦前、リューデンシャイトには少数のユダヤ人が暮らしていたが、生き残ったのはたったひとり。元ナチの市長は、いかにもユダヤ人にずっと好感を持っていたかのようにふるまってみせた。そして、ユダヤ人がいなくなって寂しいので、どうぞここで暮らしてくださいと勧め、家も仕事も見つけるから、とまで約束してくれた。だれもかれも、ハッペ氏の新しい友人たちを下にも置かない親切ぶりだった。

強制収容所からの生還者はこの街で初めてとあって、わたしたちはすっかり有名人になった。兄とシュレクはいまだに縞模様の囚人服を着ていたし、わたしはノイシュタットで手に入れた海軍の軍服姿だった。市長が、洋服ひと揃いと家具と共同住宅の部屋を提供してくれた。街の映画館や劇場は、生涯有効の無料パスを発行してくれた。突如として、あらゆる人が友だちに変わった。わたしたちを迫害したことなど一度もないといわんばかりで、ナチ政権への加担をだれもが否定した。ほんの数日のうちにみなが心を入れかえ、ユダヤ人をふたたび人間扱いするようになったことが、わたしには信じられなかった。

仲間のうち七人がポーランドに帰っていった。兄とシュレクはリューデンシャイトにとどまることにした。わたしはまだここに腰を落ち着ける心がまえができていない。ヘルマンは、妻と子どものいるバイエルン州のアールベルクに戻りたがった。一緒に来るかと問われたので、わたしはその誘いを受けることにした。

第20章　戦後のドイツ

ヘルマンと行動をともにしたおかげで、この五年間の苦しみが少し癒え、新たな現実を受け容れていけるようになった。リューデンシャイトの街を離れると、おおかたの道路はまだ混んでいて、とくにドイツの大都市では通行が困難なほどだった。ヘルマンはギーセンという街で車を止め、ドイツ社会民主党《SPD》の仲間と再会した。戦前、彼はそこで活動していたのだ。途中いくつかの街で、これまでの過酷な経験をドイツの役人に話すようアメリカ人から勧められた。まるで沈黙を申し合わせたかのように、ドイツではだれもが強制収容所のことも絶滅収容所のことも知らないふりをしていた。ヘルマンとわたしは自分たちの経験をおおいに語った。わたしにも少しずつドイツという国の特異性と多様性が見えてきた。ヘルマンはこの国をよく知っているので、ドイツ人をつねに信じてよいとは思っていない。

アールベルクのヘルマンの家に到着し、わたしはそこで家族の純粋な幸福を目にした。帰ってきた夫を見ると妻は涙を流して喜び、子どもたちは一日じゅう父親のそばを離れようとしなかった。しばらくして、ドイツ社会民主党の友人たちが、ヘルマンの生還を祝いにやってきた。彼らは、これまで第三帝国に禁じられていた労働組合《ゲバルクシャフテン》を再建しようとしているのだ。わたしもヘルマンと一緒に何度か集会に参加したが、そのうち、そろそろここを立ち去るべきだと感じるようになった。とはいえ、どこへ行けばいいのかわからない。以前からの夢はアメリカに行くことだ。そのチャンスを得るには、まずフランスまで行ったほうがいいように思えた。

わたしたちには車が一台しかなかったが、その問題はうまく解決できた。ニュルンベルクを統治するアメリカ軍の少佐が、押収車を収容している補給処に電話し、どれでも一台選ばせてやるよう指示してくれたのだ。わたしは一九三六年製のアドラー・カブリオレ［いわゆるオープンカーのこと］に目をつけた。ヘルマンは乗ってきたフィアットでいいと言ったので、アドラーはわたしが乗ることにした。まだ車の登録はできないため、〈強制収容所の元囚人〉と書いた紙をアドラーのラジエーターグリルに貼っておいた。次の日、わたしはフランスに向けて出発した。六月半ばの、とても暑い日だった。ヨゼフ夫人は食べ物とドイツの通貨マルクを少し持たせてくれた。ただ、当時のドイツで実際に価値があったのは、ナイロンストッキングやチョコレートやアメリカ製の煙草だ。南へ向かう道路が、バイエルン州のなだらかな起伏の丘を縫って走る。アドラーの屋根を開いておくと、すがすがしい田園の空気が感じられた。道沿いには、広いベランダのある大きな家々がゆったりと立ち並んでいる。戦争の傷痕はどこにもなかった。

道路脇で少年ふたりが手を振っていた。サーカスのピエロを思わせる派手な服装だ。近づいてみると、シャツの胸に〈ダビデの星〉のワッペンが見えた。車を止め、事情を尋ねた。最初、ふたりはわたしが敵か味方かわからず怖がっていたが、ユダヤ人だと告げると、ほっとしたようすを見せた。ひとりはブダペスト出身のアキヴァ、わずかに頬が腫れている連れのほうは、ルーマニアのヤーシ出身でヤコブと名乗った。ふたりとも一六歳で、少し前にダッハウ強制収容所から解放されたという。身寄りはあるのかと訊いたところ、無表情で人差し指を回して天を指してみせた。家族はみな焼却炉で殺されたという意味だ。彼らは故郷へ送還されるのを恐れていたが、ほかに行くあてもない。このひと月はうろうろと歩きまわり、アメリカ兵に食べ物をもらい、森で眠っていたという。一緒にフランスまで行くかと尋ねると、ふたりは即座に頷いた。

それから二、三日のあいだ、わたしたちは流れ者のように漫然と車を走らせ、食事にありつけるかどうかも運任せだった。池や小川を見つけると、水面に浮かぶハスに囲まれて水浴びをした。気温の高い日には、きれいな河で泳いだりもした。そしてアメリカ軍の補給処の前で車を止め、兵士たちが縫い目のある小さな白球を投げ、それを相手が妙な形の大きな茶色い手袋で受けるようすを飽きずに眺めた。夕方になると、アメリカ兵に混じってポータブルラジオから流れてくるビッグバンドのジャズに耳を傾けることもあった。わたしたちにしてみれば、なにもかもが目新しかった。寒い夜には、教会や牧師館や修道院で眠らせてもらった。四、五日後、地元の人がボーデン湖と呼ぶコンスタンツ湖の北端まで来た。南側には穏やかな起伏の緑の丘や、雪をいただいた山々の息をのむほど美しい景色のなかに、色とりどりのシャレー［山小屋ふうのコテージ］が見える。一緒に過ごすうち、アキヴァとヤコブから兄のように慕われ、わたしのほうもふたりを〝かわいい弟たち〟と感じるようになっていた。

ヤコブは頬の腫れが収まらず、痛みを訴えていた。手元にはわずかなお金しかないので、歯医者にかかっても治療費が足りそうにない。シュヴァルツヴァルトのはずれに、トゥットリンゲンという小さな街があった。最初に見つけた歯科診療所で車を止めた。わたしたちが元収容者だと知ると、歯科医は無償でヤコブの小臼歯を抜いてくれた。その歯科医が使っていた〈シモンズ〉というブランドの治療用具を見ると、フュルステングルーベに同じものがあったのを思い出した。

翌日、フランスのアルザス＝ロレーヌ地方へと通じるアルプスの道を走った。山の斜面を登ったり下りたりするジェットコースターのような道だ。途中、フランス軍の軍服を着て荷物を背負った男性ふたりが歩いていた。どこへ行くのか尋ねてみると、ふたりはドイツで捕虜になり、今は故郷に帰るところだという。乗っていかないかと誘うと、すぐに応じた。彼らにしてみれば坂道を苦労して登らずにすむし、こちらはふたりがいてくれれば面倒なく国境越えができそうだ。それから二日間、わたしたちは食料を分け合い、友だちになった。わたしのほうはフランス語も上達した。

国境まで来ると、わたしたちはフランス兵に制止され、豪華な建物の兵舎に案内された。彼らに先導されて車回しを通り、五人でオフィスに入っていった。玄関広間には、明るい色のモザイクが施された大理石、床にはペルシャじゅうたん。らせん階段を上るとマホガニーの大きなドアがあり、なかには女性を含む陸軍将校が何人かいて、全員がわたしたちを囲み、事情を聞きたがった。わたしたちと一緒に来たフランス人ふたりは、わが家に帰ったようにくつろいでいる。

わたしたちは有名人のように歓迎され、夕食に招かれ、当然のごとく泊まっていくよう勧められた。夕食の時間になると、ルイ一五世様式の広々としたダイニングルームに通された。重厚なマホガニーのテーブルには真っ白なダマスク織のテーブルクロスが掛けられ、そのまわりに椅子が二〇脚並んでいる。九メートルほどの高さの天井に、大きなガラスのシャンデリアがきらめく。高級な磁器やクリスタルガラスの食器が、目にまぶしかった。テーブルの中央には赤ワインの入ったカラフ［ガラス製の水差し］が間隔をあけて並んでいる。やがて、正装したフランス人将校たちが入ってきて、そのあと立派な風采《ふうさい》の紳士が姿をあらわした。アルザス＝ロレーヌに駐屯する師団の司令官を務める中将だ。すると、その場の雰囲気がぐんと引きしまった。

中将がテーブルの上席に坐り、ほかの人たちもみな席に着いた。連れのフランス人ふたりが、中将の質問をドイツ語に訳して伝えてくれる。ときおりだれかが祝杯を上げるたび、わたしたちは意味もわからないままグラスをかかげ、みなと一緒にワインを飲んだ。なにかがおかしいと気づいたときには遅すぎた。最初の料理が運ばれてくる前に、アキヴァとヤコブはテーブルに突っ伏してしまった。わたしは必死に目を開けていようとしたが、まるで回転木馬に乗っているみたいに、周囲のものすべてがぐるぐる回りはじめ、やがて意識を失った。目覚めたときは朝だった。隣には連れの少年ふたり。ほかに、フランス兵も何人かその兵舎で寝ていた。そこは大きな建物のなかで、わたしたちは藁の上に寝ており、軍の毛布がかけられていた。

外に出て、あたりを歩く兵士を呼びとめ、友人のフランス人ふたりはどこかと尋ねた。しかし、相手は知らないようすだった。あちこち探してみたが、やはり見つからない。ふたりの元捕虜はどこかへ消えてしまったようだ。車はどこかと訊くと、それもだれひとり知らないらしい。しかたなくオフィスへ行くと、ひとりの兵士が電話を二、三入れてから、信じがたいことを口にした。「あの元捕虜ふたりは、抑留中ドイツ軍に協力した罪で逮捕された」。わたしたちはふたりにさよならを告げることすら許されなかった。

一時間以上探しまわってようやく車を発見したが、ガソリンはほとんどなくなっていた。「アメリカ占領地域に戻って、そこでビザを申請してからでないとフランスへは行けないぞ」と兵士は言う。せめてストラスブールまで行かせてくれれば、そこでビザを申請するから、と頼んでみた。「ドイツにはフランス領事館がないんです」。しかし、それはできない、という答えが返ってきた。頑として譲らない相手に、わたしたちは来た道を戻るしかなかった。

計画は変更せざるをえなくなった。来たときと同じ道をたどり、壮大なアルプスの山道を走った。わたしは少年たちの行く末が心配になってきた。ふたりには家庭と教育が必要だが、そのどちらもわたしには与えてやれない。その懸念を伝えてみても、ふたりは聞く耳を持たなかった。彼らにしてみれば放浪生活のほうが楽しいし、わたしと旅をしていればそれでいいのだろう。ミュンヘンを通ったとき、ユダヤ人を支援するアメリカの組織のことを耳にした。〈ヘブライ移民支援協会（ＨＩＡＳ）〉という名称で、フランクフルトに事務所があるという。フランクフルトに向かう途中で車を止めた際、わたしはふたりを説得しようとした。ところが、話を聞いた彼らは森へ逃げていってしまった。ようやく探しだすと、わたしの気持ちが変わるよう祈っていたとヤコブがおずおずと打ちあけた。

フランクフルトに来ると、生還者たちは〝難民〟という新たな名前で呼ばれ、鉄道の主要駅に近いオリンピアホテルに宿泊していた。このホテルは連合軍の爆撃で壊滅的な被害を受けたため、二階までしか使えない。階段は瓦礫《がれき》の山だ。わたしたちは二階の端に部屋を見つけ、そこに落ち着いた。翌日、イシドア・コーエンというニューヨークのラビ兼アメリカ陸軍の牧師がホテルにやってきた。

コーエンは肉づきがよく、白髪で、温かく思いやりのある人物だ。少年たちに目をやると、彼は空港にある自分の事務所までふたりを連れてくるようわたしに言った。次の日、コーエンの事務所に出向くと、もうひとり大尉で牧師でもある人物が一緒にいた。ふたりの会話は英語訛りの妙なイディッシュ語で、ときおり、わたしには理解できない英語が混じった。そこへ、緑の軍服を着た中年女性が入ってきた。片方の袖に、〝UNRRA〟と記されたワッペンをつけている。少年たちをどうするか三人で協議したあと、女性がわたしのほうを向き、はっきりした口調で告げた。「この子たちを引き渡してください。ふたりはビザの用意ができ次第、アメリカへ行くことになります」

ふたりにとってはそれがいちばんいいとわかっていても、別れを考えるとつらかった。今では一緒にいるのが自然で、家族のようになっていたからだ。アキヴァとヤコブは、自分たちを見捨てるのかといわんばかりの目でわたしを見た。少年たちの気持ちがわたしの心を曇らせたのを、ラビは見てとった。「ご心配にはおよびません。ここできちんと面倒を見ますから」。わたしも一緒にアメリカへ行けないだろうかと尋ねると、無理だという答えが返ってきた。わたしの年齢では保証人が必要なので、〝UNRRA〟つまり〝連合国救済復興機関〟［第二次世界大戦中に侵略を受けた国を救済する目的で設立された機関。物資や宿泊所の提供、難民の救済などを行なった］に登録しておくのがいいらしい。そして、わたしが車を持っており、それがオリンピアホテルで唯一の車だと知ると、毎日、軍の食堂に行って、ホテルの難民に食べ物を届けてくれないかと頼まれた。こうして、わがアドラー・コンバーチブルは大量の食料を毎日ホテルまで運ぶことになり、そのついでにわたしは何度もふたりに会いにいった。けれどもある日、とうとうふたりがアメリカに連れていかれたことを知った。それ以来、アキヴァとヤコブには会っていない。

難民が次から次へやってくるので、いつのまにかそこは〝難民ホテル〟と呼ばれるようになった。実際、フランクフルトに着いた難民は、合流場所としてオリンピアホテルを使うことが多かった。彼らの探す友人や親戚の名前が、壁にいくつも走り書きされている。なかには、うまく会えた人たちもいた。やがて、パルチザンのグループにかくまわれていた人たちが、潜伏場所から少しずつ姿をあらわしはじめた。女の子はしゃれた服を着はじめ、それを見た男の子が口説きはじめる。そしてほほ笑みかたを思い出し、ふざけたり浮かれたりするようになると、結ばれるカップルも出てきた。さまざまな委員会が結成され、リーダーがあらわれた。東からさらに生還者が到着しはじめ、オリンピアホテルは人であふれかえった。わたしたちはあと二階ぶんの床から瓦礫を取りのぞき、部屋を掃除したが、依然として場所が足りない。廊下や階段で眠る人もおおぜいいた。それでも、やってくる人はあとを絶たなかった。

ある日、ラビのコーエンがアメリカ軍の高官とともにやってきて、全員オリンピアホテルを立ち退いてもらうと告げた。ホテルはアメリカ軍の軍人用住居に改装するので、わたしたちはフランクフルトから四〇キロ離れたザルツハイムに移されるという。ザルツハイムという場所についてはだれも聞いたことがなかった。何人かでそこを見にいってみると、同じ形をした小屋が整然と並んでいて、強制収容所のバラックを彷彿とさせた。ホテルに戻ると、わたしはわずかな荷物をまとめて出発した。

すがすがしい夏の午後。あてもなくマインツァーラント通りを走っていると、ふたりの若い女性が車を止めてくれと合図し、ホテルまで送ってほしいと言ってきたので、乗せてやった。ふたりともわたしと同い歳のロシア人で、とてもかわいらしい。ドイツ人家庭で働いていたらしく、ドイツ語は上手だった。わたしの事情を聞き、泊まるところがないと知ると、自分たちの部屋のソファを使ってはどうかという。わたしはその申し出をひと晩だけ受けることにしたが、結局は、ひと晩どころかもっと長く一緒に過ごすことになった。ひとりの寂しさを、ゆきずりのロマンスで埋め合わせていたのだ。ところが、ある日ソ連の秘密警察の捜査官がふたりやってきて、娘たちはソ連に強制送還されてしまった。ロシア人全員がドイツから引き揚げはじめていた。わたしはリューデンシャイトに戻ることにした。

シュレク・リプシッツは電器メーカーの協力を得て、家電製品を扱う店を開いていた。兄も、美容器具や香水や化粧品を販売する商売を始めていた。わたしは、ヴェストファーレン歯科医師会とドイツ医師会から、ドイツで歯科治療を行なうための仮免許を与えられ、ヴェストファーレンのメンデンに設営されていたポーランド人難民キャンプで診療を始めた。キャンプが閉鎖されると、歯科治療用具を扱う〈ヴェストファーレン歯科用品会社《ツァーンヴァーレン・グロースハンドルング》〉を起業した。この会社はわたしがドイツを離れたあとも繁盛していた。

ゾーシャを探すことは、絶えず頭のなかにあった。ポズナンまでは行けなかったものの、あらゆる手段を使って探したが、見つけることはできなかった。最後の消息を知っている人によると、彼女はどうやらドイツのどこかで強制労働者《ツヴァンスアルバイター》として働いていたらしく、ポズナンへは戻っていなかった。

ある日、ハリー・スピッツの名前を〈北西ドイツ放送〉のラジオで耳にした。戦後、初めてハンブルクに開局したドイツの公共ラジオ放送局だ。スピッツに電話してみると、ぜひハンブルクに会いにきてくれという。オーバー通りにある放送局の建物は、その通りのほかの建物に比べればきれいな状態だった。正面にはメノラー［ユダヤ教の典礼に用いる七本枝の燭台］の装飾が施されている。なかに入ると、階段の上に、ドイツのラジオ局にしては珍しく〈ダビデの星〉が貼ってあった。

受付係の女性に名前を名乗り、だれに会いにきたかを告げた。「音楽監督と面会のお約束はありますか？」と訊かれ、約束はしていないが、スピッツ氏にわたしの名前を伝えてほしいと答えた。「スピッツさん、ブロネク・ヤクボヴィッチさんというかたがお見えになっています」

ハリーは大急ぎで階段を降りてくると、わたしの腕のなかに飛びこんだ。そして、何度も同じ言葉を繰り返した。「この青年が、アウシュヴィッツでわたしの命を助けてくれたんだ」。ハリーに放送局のなかを案内してもらった。その建物は一八世紀初めに建てられ、当初は実際にシナゴーグとして使われていたらしい。大きなスタジオが四つか五つあり、そのひとつは円形劇場ほどの広さだ。連合軍の度重なる激しい爆撃にも、この建物は破壊されなかった。わたしたちは二四時間をともに過ごし、思い出話にふけった。

ドイツは不思議な国だ。ある意味、ドイツ人はヨーロッパのほかの国民に比べれば反ユダヤ主義がさほど強くない。ユダヤ人に対してあれほど狂気じみた仕打ちをした人たちを、ヒトラーはいったいどこで見つけてきたのだろう。

ドイツ人の暮らしは、ゆっくりと正常に戻りつつあった。しかし、彼らに混じって穏やかに生きていくには、わたしたちの心の傷は深すぎた。ドイツにいるかぎり、ドイツ人と同じ道を歩き、同じ食べ物を食べ、同じ空気を吸わなければならない。犯罪者が突如として聖人になり、身に覚えのある者たちは知らぬ存ぜぬを決めこむ。理解しがたいことに、よく知られたナチス幹部たちでさえ、ホロコーストへの関与を否定していた。わたしたちは自分の発言に気をつけ、信用すべき相手を見極めなければならない。内心、言いたいことはあった。それでも礼儀をわきまえ、本心を漏らさないよう口をつぐまざるをえない場合も多かった。戦後、ドイツで四年暮らしたわたしは、良くも悪くも人間について多くを学んだ。そして、その四年のあいだにドイツ内外の病院を何軒も回り、いまだに治らない十二指腸潰瘍の痛みを診察してもらった。

ポーランドからは、さらに気分の悪くなるニュースが聞こえてきた。ポーランドの反ユダヤ主義は衰えを見せず、ヒトラーの精神はなおも健在のようだ。ヒトラーがポーランドをユダヤ人の墓場として選んだのは偶然ではない。ポーランドのユダヤ人は、ナチスからいちばんの標的にされたのだ。戦後、あえてポーランドに帰って財産を取り戻そうとしたユダヤ人の多くは、ドイツ人が引き揚げたあとに略奪した者たちの手で殺されてしまった。わたしも兄も、相続すべき資産がポーランドにあることはあったが、取り戻そうという気はまったくなかった。

リューデンシャイトのユダヤ人は、兄とシュレクとわたしだけだった。長年の惨めな暮らしで、ユダヤ人の伝統や精神的な支えを手放していたわたしは、宗教への思いがいまだ揺らいでいたものの、神との関係を断ち切ることは、やはり良心にそむくように感じはじめた。この何年か、宗教抜きの生活をしていたせいで、わたしの内部にはある種の喪失感が巣食っていた。なんとかもう一度、信仰心を深めたいという気持ちがあったのだ。そんなとき、ユダヤ暦の新年祭《ローシュ・ハッシャーナー》の礼拝が、隣町ハーゲンのユダヤ人家庭で行なわれる――ドイツのシナゴーグは、ほぼすべて破壊されていた――と聞き、信仰によって心のやすらぎを得たい気持ちが抑えられなくなった。ついに神と向き合い謝罪すべきときが来たのだ。わたしたち三人でその家に出向いたとき、すでに三〇人ほどが祈っていた。〝オシャマとアガナ〟の祈禱「わたしはあなたの前で過ちを犯し、あなたにそむきました」が朗誦《ろうしょう》されると、全員がリズミカルに胸を叩きながら、声を合わせはじめた。わたしも全能の神に赦しを求めて祈った。すると、たちどころに気持ちが安らいでいった。

礼拝が終わると、祈禱をリードしていたモリス・タイヒマンという名のハンサムな男性がこちらに近づいてきて、ひとりひとりと握手を交わし、「いい年になりますように《ル・シャナ・トーヴァー》」と口にした。彼は中年の実業家で、みんなから尊敬されているようだ。そのあと、わたしたちはタイヒマンの自宅で行なわれる祝禱《キドゥーシュ》に招かれ、そこで彼の家族と会った。家族は幸運にも全員が戦争を生きのびたものの、彼らもわたしと変わらないほどの辛酸をなめてきたらしかった。

タイヒマンは一九二三年にポーランドからドイツに移住し、ヴェストファーレンに居を定めた。

そして、その地でヘルタ・シュタインフォルトというキリスト教徒の女性と結婚し、彼女はユダヤ教に改宗した。一九三八年、タイヒマンは逮捕され、ポーランド系ユダヤ人のひとりとして、集団でポーランドへ強制退去させられた。ヘルタのほうは選択肢を与えられ、子どもたち三人――一三歳のエルゼ、一〇歳のクララ、八歳のゲルハルト――とドイツに残る道もあった。しかし、妻子はタイヒマンと行動をともにした。ドイツがポーランドを占領すると、タイヒマンは強制収容所に入れられた。ヘルタは、離婚しなければ逮捕して別の収容所に入れると脅された。初めのうちは抵抗していたが、最後には圧力に屈することになった。子どもたちを救うにはそれしか方法がなかったからだ。子どもたちの身分証明書にはこう記されていた。「父親はユダヤ人、母親はドイツ人」

エルゼは、「父親はユダヤ人」という言葉をインクで消した。そして、正体を見破られるのを恐れ、街から街へと放浪し、仕事を何度も変えた。そんなふうに身元を偽りつづけ、戦争が終わったときにはプラハにいた。しかし、プラハに侵攻していたソ連軍はエルゼの素性を信じず、監禁した。家族が娘の捜索をあきらめかけたとき、エルゼはやっとのことで難を逃れ、ドイツへ戻ってきたのだ。その後、エルゼはわたしの婚約者になり、タイヒマン夫妻はわたしの義理の両親になった。

当時、わたしたちはなんとしてもアメリカへ行きたいと思っていた。けれども、移民を制限する法律に阻まれて、かなわなかった。その後一九四八年に、より公正な「避難民法」が制定された。エルゼもわたしも結婚を望んでいたが、別々に出していた申請が未決のままだったため、自分たちの順番を放棄し、再申請せざるをえなくなった。一九四九年、わたしは兄とボストンに行き、身元保証人になってくれる大叔父のモルデカイ・ベイリーを訪ねた。アメリカに到着した初日に、わたしたちの苗字はヤクボヴィッチからジェイコブスに替わった。兄はジョゼフ・ジェイコブスに、わたしはベンジャミン・ジェイコブスになった。数週間後、シュレクも身元保証人のいるオレゴン州に行った。

一九四九年八月二二日、わたしたちを乗せた輸送船は、深い霧のなか、タグボートに押されてゆっくりとニューヨーク港へ入っていった。霧のなかから、ふいに自由の女神の腕とたいまつがあらわれた。長い苦しみのときをへて、ついにアメリカの地に足を踏み入れた瞬間の感動は、うまく言葉にすることができない。まるで、一足飛びに未来の世界へやってきたみたいだった。ありがたいことに、アメリカの人たちは心を開いてわたしたちを迎え入れてくれた。

半年後、わたしはヨーロッパに戻り、エルゼと結婚した。日曜日に街の世話役たちが結婚式の準備を整えてくれた。その後わたしたちはボストンに戻り、ふたりで新たな人生へと踏みだした。

ナチスの収容所を生きのびるのは、苦しくつらい闘いだった。しかし、自由を謳歌しているアメリカという国に来てみると、わたしたちが受けた迫害の事実を伝えるのはことさら難しかった。だから、心のなかでは強い痛みを感じていても、それを押し殺さざるをえない。あんなにもむごい仕打ちを受けずにすんだ人たちひとりひとりが、わたしはうらやましかった。アメリカ国民は、一九四九年にはすでにヒトラーについても、その行為についても知っており、それ以上は耳を傾けようとしなかった。ヨーロッパのユダヤ人になにがあったか、知りたがったのはもっとあとの世代だ。そのころには、ナチスによるユダヤ人の大量虐殺と迫害をあらわす新しい言葉ができていた。〝ホロコースト〟だ。【6】

アメリカに着いたばかりのわたしは、言うまでもなく、まずは歯科医として働きはじめる必要があった。英語を勉強し、タフツ大学歯学部に出願した。学部長のジョゼフ・フォルカー教授は、わたしのそれまでの診療経験を耳にすると、残念そうにこう告げた。「復員軍人援護法」によって帰還兵に優先権が与えられるため、あなたの入学が許可されるのは四、五年先になるかもしれません、と。しかし、そんなに長く待っている余裕はわたしにはなかった。まもなく結婚して、ふたりで暮らしはじめる予定だったからだ。

ある日、相変わらず治らない腹痛を診てもらおうと、ボストンの病院の待合室にいたとき、ある電子機器会社の経理部長から、営業の仕事をしないかと誘われた。その仕事を二年続けたあと、兄と義父と妻の助けを借りて会社を起ちあげた。朝鮮戦争時の一九五三年、タフツ大学歯学部から改めて出願するよう促されたが、そのときにはすでに会社が大きくなり軌道に乗っていた。結局、わたしは一九八七年まで仕事を続けた。兄は残念ながら一九六五年に五一歳で亡くなった。

一九七二年、あるナチ党員の裁判で証言を求められたエルゼに付き添って、わたしはハンブルクを訪れた。戦争犯罪との向き合いかたに関して、当時ドイツはすでにさまざまな段階を踏んできていた。数多《あまた》の否認をへて、少しずつ罪を認めるようになったのだ。とくに望ましい兆しがあらわれたのは、一九六〇年代。西ドイツはみずからの義務を理解し、ユダヤ人生還者や新国家イスラエルを援助しはじめた。ただ、状況は変化したものの、すべてがよい方向に変わったわけではない。ドイツ人のなかには、ナチス政権の非民主的な思想を持ちつづけ、「謝罪はもうたくさんだ」という考えを擁護する人たちもいる。そして、人々を不安に陥れるネオナチの存在は言うにおよばない。もちろん、過去を記憶し、真の民主主義を支持する人たちが数多くいることも記しておかなければ公平ではないだろう。

エルゼの証言が終わると、わたしたちは車を借り、ハンブルクからノイシュタットへと向かった。カップ・アルコナ号のあの惨劇が、正確にどこで起きたのか確認したかったのだ。その場所は、当時とはずいぶん変わっていた。手がかりを尋ねたところ、ティンメンドルフの近くの小さな丘へ行ってみるよう教えられ、海岸を歩いていくと、丘へ通じる階段の前に案内板があった。見えてきたのは、手入れもされず草に覆われた墓地で、そこには岸に打ち上げられて死んだ人たちの巨大な墓がたったひとつあるだけだった。石碑には彼らの国籍しか書かれていない。近くにもうひとつ墓地があり、墓碑には出身もまちまちな遭難者たちの氏名が刻まれていた。石碑のひとつにはカップ・アルコナ号の悲劇が記され、もうひとつには犠牲者全員の国籍が記されている。あたり一面に雑草が生い茂り、この悲劇が象徴する罪の大きさに比べて、墓地はあまりにも影が薄すぎるように思えた。何年も前に起きた惨劇が、今わたしたちを正面から見据えてくる。わたしはどうしていいのかわからず、呆然とたたずんでいた。ここで命を落とした人たちは、ただの収容者ではない。みな頑健で意志が強く、不屈の闘志と揺るぎない精神力を持ち、ナチスのあらゆる虐待に耐えて生きのびてきたのだ。それなのに、解放までまさにあと一歩というところで死んでしまうとは……。

そのあと、わたしたちは郵便局らしき小さな建物の前で足を止めた。なかに入ると小さい窓口があり、その向こうに年配の男性がいた。ほかに人の姿はない。もしかしたら、この人なら憶えているかもしれない。いつからここに住んでいるのか尋ねてみた。「生まれたときからですよ」と相手は答えた。

自分がなにものかは伝えず、ちょっと興味を持っただけの観光客を装って話しかけた。「丘の上に墓地がありました。ここで、おおぜいの人が亡くなったらしいですね」

男性は窓口から出てきて、わたしをドアのところへ連れていき、湾を指さした。「あそこで三隻の船が沈没して、何千という人が溺死したんです。当時、わたしはここにはいませんでしたが、あのあと何年も、骨が海岸に打ち上げられていましたよ。わたしも何度か見つけたことがあります」。巡礼の旅としてこの地を訪れたわたしは、隠された事実をすべて知りたいと願っていた。ところが、ちょうどそのとき年配の女性が入ってきて、男性が挨拶をしたため、わたしたちの会話はそこで終わり、彼から聞き出せたのはそれだけになってしまった。わたしは、つらい記憶で胸が張り裂けそうなまま、その場をあとにした。結局、このときの旅は悪夢をたどりなおす旅になった。

　一九八五年七月、アメリカ在住のユダヤ人男女のグループが、現地調査のため東ヨーロッパを訪れることになり、わたしも参加した。ポーランドでは、どんな場所へ行っても苦い記憶が蘇ってきた。この地からすべてが始まったのだ。一度は人間の英知が失われたアウシュヴィッツ。そこは歳月と風雨にさらされて、収容所の建物も監視塔も傷んでいた。かつて何千人ものユダヤ人の子どもたちが人生の最後に歩いた同じ場所で、なにも知らない子どもたちが遊んでいる。荒涼としていた周辺の風景は、芝生のある住宅地に替わっていた。ビルケナウには、身の毛もよだつクレマトリウム［ガス室や焼却炉を備えた複合施設］の残骸があった。門にかかげられた「働けば自由になる」という不快な看板は、今もそのままだ。ここで四〇〇万人が殺害されたという説明書きを、たくさんの観光客が読んでいる。しかし、その説明から真実は伝わってこない。

　死のブロック《ブロック・シュミエルチ》で目にしたおぞましいガラスの展示ケースが、わたしにはなによりもこたえた。そこに積みあげられているのは、収容者の服、あらゆるサイズの靴——大きいものも小さいものも赤ん坊のちっちゃなものもある――、名前入りのスーツケース、山になった人間の頭髪、眼鏡、杖、歯、そのほかの私物。これまでそんなものを見たことがなかったわたしは、言いようのない苦しみで胸がいっぱいになった。

ブロックの外に出ると、わたしはその場に立ちすくみ、空を見上げた。灰となって昇っていった何百万という人たちの魂は、今どこにあるのだろう。おそらく、罪を犯した者たちのほうは、今このときものうのうと生き、子どもたちを育て、よき父親や祖父になっていることだろう。

博物館の施設内にある記録保管所へ行って名前を告げると、保管係のタデウシュ・イワシュコからこう言われた。「あなたのことは知っています。アウシュヴィッツ第三強制収容所のフュルステングルーベで歯科医をしていらしたかたですね」。彼は手を伸ばして、棚から一冊の本を取りだした。書名は『アウシュヴィッツの記録』。「なかをご覧ください。ご自分の名前と収容者番号、そしてお父様とお兄様のものもあります」。わたしは、虚《うつ》ろな目で自分の名前「ブロネク・ヤクボヴィッチ」と収容者番号１４１１２９、そして父と兄の収容者番号を読んだ。書き込みには、わたしの任務として「フュルステングルーベの歯科医」とあった。

長らく内に秘めていた願いをかなえるべく、わたしは故郷の小さな街ドブラを訪れた。わたしはそこで生まれ、二二年近く暮らしたのだ。そして一九四一年に逮捕され、たくさんの思い出とともにその地をあとにした。ユダヤ人が五〇〇年も暮らしつづけてきた土地だというのに、戦後ドブラに戻ったユダヤ人はひとりもいない。村の歩道には、ユダヤ人墓地から持ちだされた墓碑が舗装に使われていた。わたしは悲痛な思いを抱えたまま、長いあいだじっと座っていた。そして、泣きはじめた。

　ふと顔を上げると、日焼けした老女がじっとわたしを見ていた。「昔、あんたの家のすぐそばに住んでいたよ。母さんとも、姉さんのポーラとも親しくしてたんだ。ふたりが移送されるまでね。母さんのエステルがこう言ってたよ。『ミルカ！　また会える場所があるとしたら、それはどこか別の世界だわね』」。そのとき、皮肉な言葉が頭に浮かんだ。〝ドブラ〟はポーランド語で〝善〟を意味するのだ。

　かつて母と姉が移送されていった道をたどり、ヘウムノへと車を走らせた。収容所で聞いたシャッツ医師の打ちあけ話が心に蘇る。母とポーラはここで窒息させられ、死んだのだ。

　天気はよかったにもかかわらず、ヘウムノ絶滅収容所の跡地は殺風景でわびしく感じられた。なんとも言えず陰鬱でぞっとする場所だ。四〇万人のユダヤ人がここで殺害され、一九四二年には親衛隊大将《オーバーグルッペンフューラー》ラインハルト・ハイドリヒがプラハで暗殺された報復として、チェコスロバキアの小村リディツェ［村民が虐殺され、子どもと女性の一部は強制収容所に送られた］から移送されたキリスト教徒の子ども八〇人ほども殺された。慰霊碑には、苦悶にゆがんだ犠牲者たちの顔が描かれている。その下に書かれた言葉を、わたしは断腸の思いで読んだ。クレマトリウムに日々運ばれてくる死体を処理させられていたユダヤ人たちが書き残したものである。「われわれの最後の日々を世界に知らしめるため、これを血で書いている。ここで、われわれは銃で、あるいはガスで殺されて焼かれ、その灰は森に撒かれるのだ！」。上のほうには、大きな文字でただひとつの言葉が記されていた。「忘れない《パミエンタムィ》」。この日ここで目にした光景を、わたしは永遠に忘れないだろう。

説明書きによれば、ヘウムノのクレマトリウムは、一日に約五〇〇〇〇人もの死体を灰にする機能があったという。これは、四六〇〇人を限度としたアウシュヴィッツを上まわる数だ。母と姉の魂がここにある！

ヘウムノを目にしたわたしは、アウシュヴィッツのときよりも激しい苦痛を覚えた。ドイツ人の学生が数人、見るからに心を打たれたようすで慰霊碑の前にたたずんでいる。彼らの父親や祖父は、ここで起きたことをどう話して聞かせるのだろう。

わたしは家族や祖先が長く暮らしてきた国をあとにした。もはやポーランドで暮らしたいとは思っていないし、かつての祖国とはすでに縁を切っている。まっさらな気持ちでボストンに戻ってきたとき、わたしは故郷に帰ったように感じた。

あのようなことが自分に、一度しかないこの人生に起こったとは、いまだに信じられない。答えの出ない数々の疑問を、わたしはこれまであまりじっくり考えたことがなかった。責任はだれにあるのか。はたして、どれかひとつでも防ぐことはできたのだろうか。もしできたとすれば、なぜそうしなかったのか。ほかにもたくさんの疑問が残されているが、それは未来への宿題だ。ユダヤ人の歴史になぜこれほど凄惨な一時期があったのか。それを説明するには、おそらくもっと多くの知恵が必要になるだろうから。

原注

【1】二度の世界大戦のはざまに、ポーランドで暮らすユダヤ人、とくにわたしの世代はシオニズム思想に魅かれた。指導者のひとりヘルツルが提唱した「ユダヤ人国家」とは、神に遣わされたメシアが故郷に帰してくれるのを待つのではなく、みずからパレスチナにユダヤ人国家を建設しようとする考えかたである。

【2】タデウシュ・イワシュコ『アウシュヴィッツの記録（*Hefte von Auschwitz 16*）（Auschwitz: Verlag Staatliches Auschwitz-Museum,1978）: 71

【3】ベルナドッテ伯爵の著書『幕おりぬ』のなかに、ノイ・グラッサウを訪れたという記述はみられなかった。したがって、このときのスウェーデン人三人のひとりがベルナドッテだったかどうか確証はない。参照：フォルケ・ベルナドット『幕おりぬ――ヨーロッパ終戦秘史』（衣奈多喜男訳、国際出版、一九四八年）

【4】ヨアヒム・フォルファー『カップ・アルコナ号――ある船舶の歴史（*Cap Arcona: Biographie eines Shiffes*）』（Herford: Koehlers Verlagsgesellschaft, 1977）

【5】マーティン・ギルバート『ホロコースト――第二次世界大戦におけるヨーロッパのユダヤ人

の歴史（*The Holocaoust: A History of the Jews of Europe during the Second World War*）』（New York: Holt, Rinehart and Winston, 1986）

【6】本書におけるわたし自身の役割はごく小さなものだ。本書の目的は、われわれが巻きこまれた出来事を後世まで記憶してもらうことである。

付録

A　カップ・アルコナ号の沈没

カップ・アルコナ号の沈没に関して、英語で書かれた唯一のものと思われるのが、イギリスの雑誌に発表されたJ・L・イシャウッドの記事である。

一九二七年五月一四日に進水したカップ・アルコナ号は、第二次世界大戦が始まるまで、ハンブルク・南アメリカ航路において、おそらくもっとも豪華な客船であった……

一九四五年四月、ソ連軍の進撃を受け、カップ・アルコナ号は二万六〇〇〇人のドイツ人を三回に分けて、バルト海の東から西へと避難させた。そのあと、一九四五年四月、強制収容所の収容者六〇〇〇人が乗船した。

乗客で満員のカップ・アルコナ号が、何隻かの船とともにトラーヴェミュンデの湾に停泊していた五月三日、イギリス軍が湾を爆撃した。多くの船が沈没したが、なかでも最大の船舶がドイッチュラント号とカップ・アルコナ号だった。当時、カップ・アルコナ号には収容者と看守、乗組員を含めて約六〇〇〇人が乗船していた。

爆撃により激しい損傷を受けて炎上したカップ・アルコナ号は、ついに転覆した。驚愕すべきその死者数は約五〇〇〇人と言われている。

犠牲者五〇〇〇人の墓場となった黒焦げの船体は、横倒しのまま五年近くも放置されていたが、一九四九年、解体され屑鉄《くずてつ》に姿を変えた。

（J・L・イシャウッド「汽船の歴史――ハンブルク・南アメリカ航路の定期船カップ・アルコナ」一九七六年五月『*Sea Breezes*』より引用）

イシャウッドの記事は、〝極秘〟と記された「イギリス軍作戦遂行記録」によって裏づけられている。わたしはこの記録をハンブルク・南アメリカ汽船会社およびハンブルク・アメリカ・ラインから提供してもらった。

第一九七飛行中隊による一九四五年五月の作戦遂行記録

「開始一五時一五分：終了一六時三五分」ＤＤ七七一。リューベック湾における船舶への攻撃。一万五〇〇〇ないし二万トン、方位０・０２０８の発動汽船に爆弾すべてを投下。飛行中隊二六三の攻撃により船はすでに炎上しており、わが隊は二発を命中させた。五か所で火の手が上がり、その後、船は炎上しながら転覆。晴天乱気流」

（「作戦遂行記録」AIR 27/1109, 5822, P. 1, イギリス国立公文書館（ロンドン））

B　覚書

アウシュヴィッツ博物館の資料より

・ＳＳ伍長カロル・バガ：バガは一九四四年五月から一九四五年一月まで、アウシュヴィッツ第一強制収容所とフェルステングルーベで衛生担当下士官を務めた。ポーランドの捜査機関に協力的であったため、クラクフ刑務所での収監期間は短かった。

・ＳＳ伍長グンター・ハインツ：ハインツの名はフェルステングルーベの歯科医の記録に、衛生担当下士官として記載されているほか、〝ＳＳ衛生研究所〟の記録にも見られる。(Log 8, S. Kr 409, BL 87 u. 207, Microfilm323)

・ＳＳ隊員コッホ：フェルステングルーベの厨房チーフだったコッホは欠席裁判を受けたが、これといった罪状は立証されず、訴訟は棄却された。

・ＳＳ上級曹長オットー・モル：一九四五年に逮捕されてクラクフ高等裁判所で裁判にかけられ、数々の残虐な犯罪により有罪となる。死刑を宣告され、同年、絞首刑となった。

・SS隊員オルスラーガー：アウシュヴィッツ第一強制収容所およびフュルステングルーベの看守。欠席裁判を受けたが、重要な犯罪行為は認められず、訴訟は棄却された。（APMO. Sign. Mat. 616a, Bd, 48, S. 71）

・SS伍長ファイファー：フュルステングルーベのブロック指導者として、ファイファーの署名が収容所記録に残されている。しかし、告訴は受理されず、訴訟は棄却された。（GmbH, Nr. 72829, B1. 230）

・SS伍長エーリッヒ・アドルフ・フォークト：歯科診療室の記録によると、フォークトは衛生担当下士官として一九四三年五月初めからフュルステングルーベで、一九四五年からはミッテルバウ＝ドーラで任務についている。特別な犯罪行為を認められず、訴訟は棄却された。（SS trial, Sign. Mat./589）

フュルステングルーベでSS隊員が手を染めた犯罪の多くは、証言記録が残されていない。これはおもに、生還したユダヤ人が戦後ほとんどポーランドへ帰らなかったからである。

フュルステングルーベにおけるSS隊員たちのさらなる記録については、タデウシュ・イワシュコ著『アウシュヴィッツの記録』を参照のこと。

そのほかの記録

・アドルフ・アイヒマン：戦後、アイヒマンは南米に逃亡し、ブエノスアイレスで暮らしていた。一九六〇年五月、イスラエル諜報特務庁〈モサド〉の手で捕えられて、エルサレムの裁判所で裁きを受け、人道に対する罪で有罪判決を下された。死刑を宣告され、一九六二年五月三一日に絞首刑に処された。（*Encyclopedia Americana*, 1990, Vol. 9）

・ヨーゼフ・メンゲレ：長く待たれてきたアメリカ政府報告書によると、メンゲレはアウシュヴィッツの〝死の天使〟として、無辜《むこ》の収容者四〇万人を死に追いやった容疑で行方を追及されていた。一九四五年、アメリカ軍の収容所二か所で捕虜として拘留されるが、メンゲレと気づかれないまま釈放になる。一九四九年、南米に逃亡し、パラグアイ、ウルグアイ、ブラジル、アルゼンチンを含むさまざまな国の避難所で暮らす。一九七九年二月七日、サンパウロ近くの海岸で死んでいるのを発見された。（Gerald Posner and John Ware, *Mengele: The Complete Story* (New York: McGraw Hill, 1986)）

・ヴァルター・ラウフ：ユダヤ人やロシア人およそ九万七〇〇〇人の殺害に使われたガストラックの開発と生産に関わった。逃亡犯罪人引き渡しの交渉は何度も失敗し、一九八四年五月、肺がんによりチリのサンティアゴで死亡。（Posner and Ware, *Mengele*）

・マックス・ハンス・ペーター・シュミット上級曹長：シュミット司令官の裁判は、フュルステングルーベのほかの幹部よりもはるかに複雑なものになった。ドイツ、アメリカ、イスラエルの調査弁護士に提出された証言から、次の事実があきらかになった。シュミットは（1）衰弱した収容者たちを射殺した。（2）〈フンボルト・ドゥーツ〉での作業から戻ってきた収容者をひとり殺害した。（3）チェコスロバキア出身のユダヤ人弁護士を射殺した。（4）収容者が配給用食料の積まれたワゴンを押していた際、押せなくなった者二〇人を射殺した。（5）作業についてこられない収容者を射殺した。（6）納屋に隠れていた収容者を射殺するよう命じた。（7）ミッテルバウ＝ドーラへの移送時を含む行進中に、収容者たちを射殺したことが目撃されている。

被告人は供述しなかったが、弁護士は無罪を訴え、収容者に対する殺害や射殺にシュミットは関知せず、責任はないと主張した。

一九七九年四月一九日、シュレースヴィヒ＝ホルシュタイン州のキール地方裁判所で、以下の判決が下された。

これらの事件について、被告人が関与あるいは関知していたという確証はない。この行進の際、被告人が現場に居合わせなかった可能性もありうる。また、目撃者についても、体力の衰えと記憶力の減退を勘案すると、当時の目撃情報すべてが正しいとは言えないことを考慮しなければならない。さらに、三〇年が経過したことで、証言に脚色が加えられたとも考えられる。したがって、これらの銃殺が実際にあったのかどうか、だれが撃ったのか、そして被告人が関わっていたのかどうか、確たる結論を導きだすことはできない。

よって、これらの事件に被告人が関与あるいは関知していたというじゅうぶんな証拠はない。一九四五年四月、トゥルマリェンからマクデブルクへの行進時の収容者射殺について、被告人シュミットは責任を負わない。同じく、納屋に隠れていた収容者の殺害についても、また、アイヒラー、ブート（あるいはブース）、および氏名不詳のロシア人収容者の殺害についても責任を負わない。

また、この種の裁判はすでに時効を迎えている。罪に問えるのは殺人、故殺《こさつ》、殺人幇助《ほうじょ》に限る。

したがって、キール地方裁判所は一九七九年四月一九日、本件を棄却する。

（vgl. BGH St 22, 275. バルテルス判事の承認済（署名は判読不能））。シュレースヴィヒ＝ホルシュタイン州法務大臣の公印）


本書の著者を含む三人の生還者は、この裁判には出席していないが、シュミットが収容者たちを殺害したのを見たと証言している。しかし、この裁判ではそうした証言は取りあげられなかった。もしかしたら、評決はあらかじめ決まっていたのかもしれない。シュミットの犯した罪をすべて免責にするとは、いかにも不可解であり、きわめて理不尽である。

ボストンのドイツ総領事は、裁判を再開するようドイツ連邦司法省に要請しているが、現在のところ司法省は沈黙を守っている。周知のことだが、ドイツ連邦司法省はなおも多数の元ナチスを捜査中だ。ドイツが過去から解放されるのは何世代も先のことになるだろう。

C　収容者141129番の記録

一九八六年五月六日
IV-8521/2150/1282/86
アウシュヴィッツ・ビルケナウ博物館

ベンジャミン・ジェイコブス様

アウシュヴィッツ博物館は貴殿からのお尋ねを承りましたが、元アウシュヴィッツ収容所の収容者141129番、ブロネク・ヤクボヴィッチに関する完全な資料は保存されていないことをご報告いたします。

ただし、現存する記録によると、氏名は不詳ながら、当該番号141129の収容者は、一九四三年八月二六日にポズナン地方の収容所からアウシュヴィッツ強制収容所に移送されたことが確認できます。さらに、一九四四年［一九四三年の誤記と思われる］一〇月二五日、同収容者はアウシュヴィッツ第三強制収容所フュルステングルーベに移送されたという記述があります。それ以外の記録は当博物館には見当たりません。

館長　カジミエシュ・スモーレン

監訳者あとがき

本書は一九四一年、ポーランドの小さな村で暮らしていた二一歳のユダヤ人歯科医学生ブロネク・ヤクボヴィッチ（後にベンジャミン・ジェイコブス）が強制収容所へ送られ、アウシュヴィッツを含む数か所の収容所で約四年間を過ごし、筆舌に尽くしがたい試練を乗り越えて生きのびた体験を、自ら綴ったものである。

著者はボストンで暮らしていた後年、第二次世界大戦中にナチス・ドイツによって、どのように何百万人もの人々が地上から抹殺されたのか、なぜそんなことが起きたのかを若い聴衆の前で話しはじめた。偏見に対して関心を持ち声を上げることの大切さを、彼らはしっかり受けとめてくれた。そんな折、著者は咽頭がんを発症、声を失う可能性が生じた。「書くんだ。声を出せる時間はそう長くないかもしれないぞ」、その心の声に応えて完成したのが本書である。

原著を見いだしたのは東京歯科大学・社会歯科学講座の一員として日本歯科医史学会での活動の中である。欧米歯科関連の文献を渉猟《しょうりょう》するうちに、書名に「AUSCHWITZ」と「DENTIST」の二つの単語を含む本書が目に入り、取り寄せて読んでみたところ、たちまち引き込まれてあっという間に読み終えてしまった。他のホロコースト生存者の回顧録とは異なった部分も多く、好著と直感した。

本書が描く当時の世界情勢を簡単にたどってみよう。

大きな傷痕をヨーロッパ諸国に残した第一次世界大戦。連合国とドイツの間で締結された講和条約であるヴェルサイユ条約は一九一九年六月二八日に調印され、ドイツは領土割譲を強いられたうえ、巨額の賠償金を課せられた。

一九三三年、政権の座についたヒトラーは捲土重来《けんどちょうらい》を期して一九三五年三月に再軍備宣言し、旧領の奪回へと動き出した。第一歩として一九三六年非武装地帯ラインラントへ進駐、徐々に旧領の奪回に成功したヒトラーは次にポーランドに目を向けた。そして一九三九年九月、ドイツのポーランド侵攻をきっかけとして第二次世界大戦が始まる。

ナチス・ドイツがユダヤ人に対して組織的に行った虐殺は、何の兆しもなく第二次世界大戦中に突然始まったことではない。その背景には、ヨーロッパ社会における根強い反ユダヤ主義《アンチセミティズム》があった。このような流れのなかで、ホロコースト（大虐殺）がヒトラー主導のもと、第二次世界大戦時において突出した規模で行われたのである。

またヒトラー政権は初期からユダヤ人大量殺戮を企図していたわけではなく、芝健介『ホロコースト』によれば「ナチ・ドイツによるユダヤ人問題の『解決方法』は過激化していった。当初、ポーランド占領までは『追放』を考え、それまでの過渡期として『ゲットー』に押し込める。追放地として目論んだソ連の膨大なユダヤ人に対しては、『大量射殺』で臨んだ。だがその限界はすぐに露見し、独ソ戦が膠着状態となるとともに、最終的には毒ガスを用いる『大量殺戮』が求められるようになるのである」（芝健介『ホロコースト――ナチスによるユダヤ人大量殺戮の全貌』中公新書、二〇〇八年、一二八頁）とあるように、ユダヤ人政策は徐々に変わっていったのである。

このような情勢の中、本書の著者は、まさにヒトラー政権のユダヤ人政策の変遷に沿うように第二次世界大戦の初期から末期まで翻弄されつづけた。

約四年間の収容所生活を綴っている本書には、三つの特徴がある。

第一の特徴は、強制収容所内における歯科医療に関する記録である。最初に移送された時、著者は歯科医学校の一年生であった。ほとんど素人に近かったが収容所で過ごす中、切実な必要に迫られ独自に工夫したり、治療マニュアルを読んだりして経験を重ね、歯科医師としての手技を磨いて強制収容所内で数えきれないほどの患者の診療を行った。

歯科医療の心得が多少なりともあったことが、この過酷な四年間を生きのびることができた一因であることは間違いない。ゲットー（ユダヤ人の強制居住区）から収容所へ移送される時に母がどうしても持っていけと言ってきかなかった歯科治療用の小さな道具箱が、彼の命を救ったのであった。

治療に関しては第14章の、収容所司令官でSS（ナチス親衛隊）上級曹長のオットー・モルを診察する場面が最も印象的である。SS上級曹長がユダヤ人歯科医師に嫌がる様子もなく治療され、著者の家族を気遣う言葉をかけているのは少々意外であり、このような記録は多くは存在しない。

また著者は、ＳＳ隊員のブリッジを作成するため、死体から金歯を抜いてくる作業を強いられた。どれほど気味が悪くおぞましい行為であろうと、断ることはできなかった。収容所生活を始めて以来のつらく恐ろしい作業を行い、やがてＳＳ隊員たちのブリッジやかぶせもの、さらには、指輪やカフスボタンなどの装身具に加工できるだけの金が採取できた。

この収容所だけではなく、なんとナチス・ドイツは組織的にユダヤ人等の口腔内に存在する金を収奪していたのである。Xavier Riaudはホロコースト時代の歯科医学に関する著作がある数少ない研究者で、二〇一五年に発表した論文に「ナチスの歯科用金の歴史——死体からスイス銀行まで（"History of Nazi Dental Gold: From Dead Bodies till Swiss Bank," *SAJ Forensic Science* 1, no. 1）」がある。陳腐な言い方だが想像を絶する恐るべき内容である。

ＳＳ全国指導者ハインリヒ・ヒムラーは、一九四〇年九月二三日、ＳＳの医師らに死体や生きた人間の口から金歯を集めるよう命じた。この命令はＴ４作戦（優生学思想に基づいて行われた障害者などの虐殺政策）の一環として出されたもので、この時点では強制収容所の収容者を対象とするものではなかった。さらにヒムラーは一九四二年一二月二三日に二回目の命令を出し、組織的な金歯の収集を命じた。これは、殺戮したユダヤ人から金歯を集め戦争遂行に必要な資源調達資金を確保することを目的としていた。本来歯科医療を通じて社会に貢献すべき歯科医師がこのようなことに加担していたのは、同業者として慚愧《ざんき》に堪えない。

第二の特徴は、収容所関連の著作ではめずらしい、非ユダヤ人女性との恋愛の描写である。

一九四一年初夏、著者は厨房助手として水汲みの仕事の最中、ポーランドの心優しく美しい女性、ゾーシャと偶然出会い親しくなる。水汲みを収容者に監視なしで任せていて、初期の段階ではまだまだ監視の目は緩かったことがわかる。

ゾーシャはたびたび著者に食料を持ってきてくれ、互いにひかれあうようになる。母や姉との手紙の受け渡し役も引き受けてくれた。この関係は非常に危うく、危険をはらんでいた。ナチスは、ユダヤ人と非ユダヤ人が結ばれることは究極の罪としていたため、もし捕まれば、ふたりとも命を奪われかねなかったのである。

そして第三の特徴は、日本ではほとんど知られていない「カップ・アルコナ号の悲劇」の乗船者としての記録である。カップ・アルコナ号は、「南大西洋の女王」と呼ばれた豪華客船で、ナチス製作の映画「タイタニック」でタイタニック号の代役として使用されたこともある。

第二次世界大戦末期、ソ連赤軍は戦局が優勢になると三〇〇万人以上のソビエト人捕虜を殺害したドイツに対して、すさまじい報復を行った。海軍総司令官デーニッツは、ドイツ領の飛び地である東プロイセンやポーランドに取り残され、陸路で母国への脱出は困難となっていた二〇〇万人の軍民を赤軍から救おうと、「ハンニバル作戦」(同胞救出作戦)を立案する。その作戦の中で一九四五年にバルト海で起きたヴィルヘルム・グストロフ号、シュトイベン号、ゴヤ号のソ連による撃沈は、歴史に残る海の三大惨事として知られる。

同じ時期、各地のナチス強制収容所のユダヤ人たちが連合国軍に解放されつつあったにもかかわらず、一部の収容者にとって不条理な事が起こってしまった。バルト海に面した北ドイツのリューベック湾近くの強制収容所に収容されていた約一万人の外国人収容者(ユダヤ人が多数)は、赤軍が迫りくるさなか、カップ・アルコナ号、ティールベク号、ドイッチュラント号に乗船させられた。

　カップ・アルコナ号には五千人ほどの収容者が乗船した。正確には不明であるが最終的には約四〇〇〇人のＳＳ看守、五〇〇人の海軍軍人、および七六人の船員などを含む合計六千人ほどが乗っていた。ティールベク号にも同様に二八〇〇人ほどのノイエンガンメ収容所の収容者が乗っていた。

　強制収容所の収容者が収容されていたことを知ってか知らずか五月三日、イギリス空軍のタイフーン戦闘爆撃機は、リューベック湾に停泊中のカップ・アルコナ号、ついでティールベク号に波状砲撃を仕掛けた。軍事的な機能または任務をまったく持っていなかった二隻の船は大きな白旗を揚げたが、無駄であった。したがって、この攻撃は、戦時国際法違反として罰されていても不思議はない。想像を絶する収容所の体験からなんとか脱出できると喜んだのもつかの間、本来は救出してくれるはずの英国から攻撃を受けたのである。

　燃えさかるカップ・アルコナ号は長い時間かかって沈没したため、多くの収容者は焼死した。船外に脱出することができた人々のほとんどは冷たい海で溺れて、救われたのは約三五〇〜五〇〇人にすぎず、五〇〇〇人以上が犠牲となった。

　このカップ・アルコナ号の撃沈は、おそらくは海事史上三番目に多い犠牲者を数えた大惨事であるにもかかわらず、第二次世界大戦の歴史の中であまり知られていない事実である。一体誰がなんのために攻撃を命じたのであろうか。そして命じた人は強制収容所の収容者が乗船していたことを知っていたのであろうか。

幸いにも著者は九死に一生を得た。そしてこの大惨事の生存者として貴重な体験記録を本書に書き残したのである。


このように本書には類書にない特徴がある。残酷な描写は比較的少なく、収容所での生活も淡々と、そして誠実な文章で綴られている。語り口も魅力的で、「この先主人公はどうなるのだろう」とハラハラしながら先を読まずにはいられない。若い読者が、ホロコースト関連の著作の中で最初に接するのに適当なものではないだろうか。

収容所では、少しの運・不運と、決断の適否が生死を分けたが、筆者がこれほどまでに運に恵まれ、的確な状況判断を行って生きのびたのは不思議ですらある。これには運だけではなく、人に好かれる彼の誠実な人柄、知性が大いに寄与したものと推察できる。実際多くの場面で彼に好意を寄せる人たちが現れて、彼を助けてくれている。

過去を学ぶことは未来への羅針盤を持つことができるということであり、本書は、排外主義がはびこる現在の時代情況に警鐘を鳴らしてくれている。若い読者が主人公に共感をもって読み進めながら歴史の一時期を学び、本書がこの悲劇を繰り返さない一助となってほしい。それが著者も望むところであろう。

なお、本書には、時おり細かい事実関係における著者の記憶違いや、時期が前後しているところが見られる。著者が「まえがき」に記しているように、本書が戦後半世紀を経て執筆された経緯を考慮すると、無理もないことと思われる。あきらかな誤りについては原書出版社の了解を得て訂正したが、著者がすでに亡くなっているため、著者自身にしか知りえない箇所や伝聞の箇所については、原書を尊重してそのままとした。

このたび、本書が向井和美氏の抑制のきいた簡潔かつ品格ある翻訳を得て、出版される運びになったのは、大いに意義のあることである。是非幅広い年齢層の多くの方に読んでいただきたいと切に願う。

最後に、本書を出版することの意義を理解していただいた紀伊國屋書店会長の高井昌史氏に心から御礼を申し上げる次第である。

二〇一七年一二月

上田祥士

参考文献

Mark Weber, "The 1945 Sinkings of the *Cap Arcona* and the *Thielbek*," *The Journal of Historical Review*, July-August 2000 19, no. 4, pp. 2-3.

大内建二「バルト海の悲劇——世界商船史上最悪の遭難事件の真相」「世界の艦船」二〇〇二年一月号、二〇〇—二〇七頁

著者紹介

ベンジャミン・ジェイコブス　Benjamin Jacobs

1919年ポーランド西部の小さな村ドブラのユダヤ人家庭で生まれる。
1941年、歯科医の勉強を始めて1年目の21歳のときに、
ナチス・ドイツによって父とともに強制収容所に送られ、
アウシュヴィッツ強制収容所を含む数か所の収容所の医務室や
診療所で「歯科医」として働いた。
戦後はアメリカに移住し、ボストンで起業する。2004年没。
他の著書に、*The 100-Year Secret: Britain's Hidden World War II Massacre*（共著、未邦訳）がある。

監訳者紹介

上田祥士（うえだ・しょうじ）

1953年、東京都出身。1978年東京歯科大学卒業。
1982年東京歯科大学大学院修了。
上田歯科医院院長。東京歯科大学評議員・非常勤講師。
成蹊学園評議員・校医。歯学博士。
編著に『大正昭和の歯科界を生きて──4つの部門のパイオニア
岡本清纓 歯界遍歴の足跡』（医歯薬出版）、
共著に『大正自由教育の旗手──実践の中村春二・思想の三浦修吾』
（小学館スクウェア）がある。

訳者紹介

向井和美（むかい・かずみ）

京都府出身。早稲田大学第一文学部卒業。翻訳家。
訳書にヘルゴー『内向的な人こそ強い人』（新潮社）、
バジーニ『100の思考実験』、ハーディング『学校に通わず12歳までに
6人が大学に入ったハーディング家の子育て』、
ウォームズリー『プリズン・ブック・クラブ』
（以上、紀伊國屋書店）ほかがある。

アウシュヴィッツの歯科医

2018年 2月15日　第1刷発行
2021年10月27日　第9刷発行

著者　ベンジャミン・ジェイコブス

監訳者　上田祥士

訳者　向井和美

発行所　株式会社 紀伊國屋書店
東京都新宿区新宿3-17-7
出版部［編集］電話03(6910)0508
ホールセール部［営業］電話03(6910)0519
〒153-8504　東京都目黒区下目黒3-7-10

本文組版　明昌堂
印刷・製本　シナノ パブリッシング プレス

ISBN 978-4-314-01154-9 C0022
Printed in Japan
＊定価は外装に表示してあります